Auf der Rückreise von Genua nach Klagenfurt, nach Gastvorträgen an der dortigen Universität, wollte ich vor nun schon über 25 Jahren in Mantua und Castiglione delle Stiviere Station machen, um mich sozusagen an Ort und Stelle mit dem »Lebensraum« meines Namenspatrons Aloysius von Gonzaga vertraut zu machen, über den zu schreiben ich mir schon lange vorgenommen hatte. Dann war aber der Drang nach Hause zu Frau und Söhnen stärker, und ich bin »auf schnellstem Weg« nach Klagenfurt zurückgefahren. Doch aufgeschoben war nicht aufgehoben. Ich bin gewissermaßen reumütig zurückgekehrt und habe im Jahr 2015 mit dem Roman »Aluigis Abbild« dem Gonzaga-Prinzen (und dem Mantovaner Hofmaler Peter Paul Rubens) nach Recherchen vor Ort literarisch gehuldigt… »Damit nicht genug«, hat mir meine Frau zu meinem 80. Geburtstag einen Reisegutschein für eine »Wallfahrt« nach Castiglione und das Versprechen ihrer Begleitung geschenkt. Das Nachfolgende ist das Protokoll dieser Lebensreise, mit Erinnerungen an frühere Italien- und Romfahrten (eine als Gymnasiast mit dem Fahrrad), mit Anmerkungen auch zu meiner literarischen (und religiös-kirchlichen) Sozialisation. Erzähltechnisch bitte ich, mir einige Freiheiten herausnehmen zu dürfen, auch Seitenwege zu nehmen.

Diese Lebensreise ist kein Durchmarsch, vielmehr manchmal ein umwegfreundliches Schlendern. Ich berufe mich dabei auf den großen irischen Dichter James Joyce, den Jesuitenschüler von Clongowes Wood, und vor allem seinen Roman »Ein Porträt des Künstlers als junger Mann«, und seine kühne Methode des »*Stream of consciousness*« im »Ulysses«. Und wenn auch nicht gerade als Odyssee, so doch stellenweise als Irrfahrt ist auch mein (bisheriges) Leben »abgelaufen« und »verlaufen«…

Wallfahrt,
oder Werdegang und Lebenslauf

Als ich im Jahr 1974 von Saarbrücken nach Klagenfurt kam, einem Ruf auf den Lehrstuhl »Deutsche Philologie unter besonderer Berücksichtigung der Didaktik« an die junge Hochschule für Bildungswissenschaften folgend, suchte ich alsbald den Kontakt mit dem damaligen Hochschulseelsorger oder »Studentenpfarrer«, dem Theologen Karl Matthäus Woschitz, der später Ordinarius in Graz wurde und als hochgelehrter Mann mit bedeutenden Publikationen wie dem Buch »Elpis« (Hoffnung) heute großes Ansehen genießt. Der polyglotte, aus St. Margareten im Rosental gebürtige Kärntner Slowene wunderte sich ein wenig über den neuzugezogenen Germanisten und sagte lachend zu mir, ich würde als Neuling in Kärnten bald erfahren, daß in diesem Land ein starker Antiklerikalismus herrsche. Es gelte: *»Religio pudendum est!«*, Religion sei hier öffentlich »verpönt«.

Der 2011 verstorbene slowenische Dichter und Philosophielehrer am Slowenischen Gymnasium in Klagenfurt/Celovec Janko Messner wunderte sich übrigens, daß ein Schriftsteller wie ich nach Kärnten (und Österreich) übersiedelt und sich hier niederläßt, wo doch bekanntlich Autoren von Rang eher von hier wegstreben, nach Graz, Wien oder gleich ins Ausland, nach Deutschland wie Elfriede Jelinek, Italien wie Ingeborg Bachmann oder nach Frankreich wie der nunmehrige Nobelpreisträger Peter Handke. Messner nannte die entsprechenden bekannten Namen … Auf Gert Jonke, Josef Winkler und Egyd Gstättner, die hiergeblieben sind, hat er vergessen …

Für Religiosität müsse man sich also schämen? »Verschämtes« Christentum? Ratlose Religiöse? Religiosität gilt im Sinne Sigmund Freuds und der Psychoanalyse als »Wahn«, dem Marxismus-Leninismus war Religion bekanntlich »Opium des Volks« … Beim Wiener Philosophen Friedrich Kainz habe ich in Vorlesungen gehört, daß die unsterbliche Seele eine »katathyme Konzeption« sei, also eine unhaltbare Annahme, ein Wunsch vielleicht. In den Fremdwörterbüchern wird *katathym* mit »affekt-, vorstellungs- und wunschbedingt« erklärt. Bertolt Brecht schließlich ist sich sicher: »Ihr werdet sterben wie die Tiere, und es kommt nichts nachher.« Den Verhaltensforscher Konrad Lorenz habe ich im Saarländischen Rundfunk in einem Interview sagen gehört, die Vorstellung eines »persönlichen Gottes« halte er für einen »Frevel«! *Frevel* bedeutet »schweres Vergehen gegen ein ehernes Gesetz«, in der Sprachgeschichte konnotierte das Wort als Adjektiv aber einst durchaus auch positiv, als »kühn, mutig«. Ein *Frevler* ist ein schneidiger Draufgänger …

Dem Verhaltensforscher wird das an sich veraltete Wort wohl auch aus der Forstwirtschaft geläufig gewesen sein, die von Wald-, Wild- oder Jagdfrevel spricht … Konrad Lorenz war als Professor in Königsberg auch ein später Kollege des Immanuel Kant und wird wohl mit dem Aufklärer, dem Verfasser von »Die Religion innerhalb der Grenzen der bloßen Vernunft«, weitgehend übereingestimmt haben. Und über die Metaphysiker dachte Kant, sie seien Denker, die Ochsen melken und ein Sieb darunter halten! *Aude sapere*! Hab Mut zum Denken und begnüge dich mit dem, was man wissen kann: Bleibt letztlich wirklich nur der Ausweg, den die (irrtümlich) Quintus Septimus Florens Tertullian zugeschriebene Phrase *»Credo quia absurdum est«* nahelegt? Und: *»Contra spem sperare«*, »Gegen alle Hoffnung hoffen«? Soll man sich nach der Lektüre der reichen, umfangreichen, religions- und kirchenkritischen Literatur von Immanuel Kant über Baruch de Spinoza und seinen »Tractatus theologico-politicus« bis hin zu Ernst Topitsch, der mit seiner Weltanschauungsanalyse und Ideologiekritik, dem Buch »Vom Ursprung und Ende der Metaphysik«, großes Aufsehen und Widerspruch erregte, »einschüchtern« lassen?

Vor allem mein Freund Fridolin Wiplinger, Topitschs Kollege – und Konkurrent – am Philosophischen Institut der Universität Wien, Bewunderer von Martin Heidegger und von dessen Existenzialphilosophie, hat sich auf einer »Wallfahrt«, die wir gemeinsam mit dem Hochschulseelsorger Karl Strobl im Opel der Hochschulgemeinde unternommen haben und von der noch die Rede sein soll, in langen Monologen heftig gegen Topitschs Thesen ausgesprochen und Luft gemacht. Die Zeiten seien wohl so oder so vorbei, als man die Philosophie für eine »ancilla theologiae«, eine Magd der Theologie, gehalten hat. Diese Zumutung beantwortet der Philosoph mit »Non serviam«. Doch man muß deshalb nicht gleich an Luzifer und den Höllensturz denken!

Ich bin Ernst Topitsch einmal frühmorgens auf dem Weg zu meinem Rigorosum bei Erich Heintel begegnet, ohne gleich zu wissen, mit welcher Koryphäe ich es bei diesem immer ein wenig grinsenden, verschmitzten Mann mit rosigem, rundem Gesicht und sorgfältig gescheiteltem, spärlichem Haar zu tun hatte, der stets in altmodischer Kleidung und mit schwarzen Ärmelschonern auftrat. Ich hielt ihn für einen Pedell oder allenfalls einen Bibliothekar oder Beamten … Und natürlich wußte ich nicht, daß mein »Gesprächspartner« – es ging nur um Organisatorisches und Raumfragen für mein bevorstehendes Rigorosum – der Mann war, der als Assistent von Alois Dempf Ingeborg Bachmann ihr (erstes) Dissertationsthema vorgeschlagen und die Arbeit betreut hat: »Der Heilige bei Conrad Ferdinand Meyer, Friedrich Nietzsche und Jacob Burkhardt«. Daß sich Bachmann als ersten »Doktorvater« für Alois Dempf, den als katholisch-liberal geltenden Philosophen entschieden hat, hat neben theoretischen Gründen – der Sympathie für seine Philosophie in der Tradition des »logischen Empirismus« – aber auch mit der aufrechten, eben nicht »rechten« oder konservativen politischen Gesinnung Dempfs zu tun, der in der Zeit des Nationalsozialismus in der inneren Emigration lebte und Verbindung zur Widerstandsgruppe der »Weißen Rose«, vor allem zum 1943 hingerichteten Willi Graf hatte. Ernst Topitsch sah sich selbst durchaus auch in der Nachfolge des auf Ernst Mach zurückgehenden »Wiener Kreises«, auch Moritz Schlicks, der in der Universität von einem seiner Dissertanten wegen seiner antimetaphysischen Philosophie, die diesem Studenten sein geistiges Weltanschauungsfundament zerstört habe, erschossen wurde. Oft bin ich während meiner Wiener Studienzeit (1957–1962) auf der »Philosophenstiege« des Hauptgebäudes der Wiener Universität über jene Stelle hinweggeschritten, wo sich heute die Gedenktafel befindet, die an das unerhörte Ereignis des 22. Juni 1936 erinnert… Bei allem Abscheu für die fanatische Untat des Mörders Hans Nelböck aus Lichtenegg bei Wels in Oberösterreich hatte ich doch auch ein gewisses Verständnis für die weltanschaulichen Nöte eines jungen Menschen vom Land, dem an der Universität durch kalten Rationalismus und Positivismus sozusagen sein naiver Kinderglaube ausgetrieben wurde…

Alois Dempf hatte hochbegabte Studentinnen und Studenten – wie zum Beispiel Ingeborg Bachmann. Einer seiner geistesverwandten Studenten war Hermann Krings, Vertreter der sogenannten Transzendentalphilosophie, dessen Schüler und Assistent wiederum Hans Michael Baumgartner war. Hermann Krings war zu meiner Saarbrücker Zeit Rektor der Universität des Saarlandes. Einer seiner aus München mitgekommenen Studenten war Christoph Wild, später langjähriger Geschäftsführer des Kösel-Verlags, erfolgreicher Geschäftsmann mit christlich-sozialer Gesinnung. Ein begnadeter Rhetor, der etwa bei den Verleihungen des Geschwister-Scholl-Preises aufsehenerregende Reden gehalten hat.

Unter den bekannten Namensträgern des Taufnamens Alois ist nach Alois Alzheimer und anderen natürlich auch Alois Dempf angeführt. Nun weiß ich nicht, lieber Prinz Aloysius, ob Dempf mit seinem Vornamen zufrieden war oder ein Problem damit hatte. Man kann aus dieser Namenswahl auf ein christliches oder christkatholisches Elternhaus schließen. Denn der Name *Alois* ist gewissermaßen auch ein Programm und ein Bekenntnis. Er wurde nur im katholischen Süden nach deiner Heiligsprechung im Jahr 1726 oft als Taufname verwendet. Und er war in der Gegenreformation fast ein Kampfname gegen den Protestantismus. Man kann freilich aus Namen nicht immer linear auf die Weltanschauung oder Gesinnung des Namensträgers oder der Namensgeber schließen. Herbert Eisenreich erwähnt in einer Erzählung über den Spanischen Bürgerkrieg einen besonders brutalen Kombattanten und Kommandanten, der mit Vornamen *Jesus* heißt. Die Spanier und mit ihnen die spanischsprechenden katholischen Länder Südamerikas kennen oder kannten ja keine Scheu vor diesem »Namen, der über allen Namen« ist.

Ich habe einmal geschrieben, daß ich mit deinem, meinem Namen, lieber Namenspatron, schon deswegen zufrieden bin, weil im Dezember 1938 viele Adolfs und Hermanns getauft oder diese Namen von »Gottgläubigen« ohne kirchliche Taufe angenommen wurden. Im Monologdrama »Der Herr Karl« von Carl Merz und Helmut Qualtinger fragt der Magazineur Karl seinen fiktiven Gesprächspartner, den Lehrling, wann er geboren sei, und auf die Antwort (»1938«) legt der charakterlose Mitläufer und Opportunist los – und seine Sicht der damaligen Ereignisse dar. Dezember 1938?! Eh schon wissen! Neun Monate nach dem Einmarsch der deutschen Wehrmacht in Österreich. Damals hat sich ein Pichler Gastwirt am Straßenrand vor Begeisterung so heiser gebrüllt, daß er eine ganze Woche lang keine Stimme mehr hatte und seine Gäste wortlos und stumm bedienen mußte… Mich hat das Stück von Merz und Qualtinger auch darum so »angeheimelt«, weil ich während meiner Welser Gymnasialzeit oft meinen Kindheits- und Jugendfreund, den Lehrling oder »Lehrbuben«, heute muß man sagen *Azubi,* »Auszubildenden«, Josef Kaser an seinem Arbeitsplatz im Warenlager, im Gewölb der Großhandlung Unterholzer am Welser Stadtplatz, besuchte, später im Lager der Großhandlung Stadelbauer. Dort gab es nicht nur Ratten, die hinter den Regalen Nester bauten, dort gab es im Herrn Zeilberger auch einen alten, bramarbasierenden Magazineur, von dem ich meinte, Qualtinger müßte ihn gekannt und »nachgemacht« haben, was natürlich nicht der Fall war. Obwohl Qualtinger, wie sich herausstellte, bei der Niederschrift einen Kellner in einem Wiener Café im Auge gehabt hatte, der sich später selbst und von sich aus stolz als Karl-Vorbild öffentlich machte…

Auch bei der Lektüre des Buches »Soll und Haben« von Gustav Freytag, dem Klassiker von den tüchtigen deutschen Kaufleuten (mit antisemitischen Untertönen), wurde ich an das Milieu der Welser Großhandelskaufleute erinnert. Am Welser Stadtplatz gab es auch eine Gerberei und ein Lederwarengeschäft, wo mein Vater für seine Mühle die Lederriemen bezog. Dort war ein anderer meiner Jugendfreunde Lehrling, Josef Mühlberger. Im Roman »Die Mühle« habe ich eine kleine Riemen- und Lederkunde inseriert, die ich im Wesentlichen meinen Besuchen bei der Firma

Reichardt am Welser Stadtplatz und meinem Jugendfreund Mühlberger verdanke, auch einen namenkundlichen Exkurs über die Personennamen Mühlberger und Müller, die die älteren, urgermanischen Namen Kürnberger und Kürner fort- oder ersetzen.

Ingeborg Bachmann, die zunächst begann, bei Alois Dempf und seinem Assistenten Ernst Topitsch, der sich Bachmann auch mit seiner philosophisch und politisch motivierten Abneigung gegen Martin Heidegger und den Existenzialismus verbunden fühlte, zu dissertieren, und an die am Tor der Ursulinen-Schule in Klagenfurt eine Tafel mit einem Satz aus ihrer Erzählung »Jugend in einer österreichischen Stadt« erinnert, war ja eigentlich Protestantin. Oft habe ich mich mit Elisabeth Reichmann-Endres, der 2016 verstorbenen Kärntner Landeskonservatorin, in ihrem Haus in der »Abstimmungsstraße« in Viktring oder bei mir in der Weihergasse in Klagenfurt unterhalten. Sie war Bachmanns Mitschülerin gewesen und wurde deshalb von den Medien immer wieder und besonders in »Bachmann-Jahren« befragt, wie es denn mit ihrer Freundin Ingeborg gewesen sei. Frau Reichmann-Endres war nobel zurückhaltend, auch wenn sie einiges in der Literatur über »die« Bachmann modifizieren oder korrigieren mußte, sei es auch manchmal Nebensächliches gewesen. So heißt es, sogar in der gediegenen Biographie von Hans Höller im Rowohlt Verlag, sie hätte bei ihren Kolleginnen und Freundinnen den Spitznamen »Elfchen« gehabt. Sie nannten sie aber nicht Elfchen, sondern Els-chen, weil sie von der Oper »Lohengrin« von Richard Wagner schwärmte und ihr der Name Elschen (nach Elschen von Brabant) gefiel …

Von Reichmann-Endres und anderen Klassenkameradinnen hat man erfahren, daß Ingeborg Bachmann sehr oft gefehlt hat und als abwesend ins Klassenbuch eingetragen wurde. Sie war wohl eigentlich nicht kränklich. Manche vermuten aber, daß sie vielleicht von zu Hause, also von ihrem Elternhaus und ihrem Vater her, traumatisiert war, worauf es im Kapitel 4 des Romans »Malina« gewisse Hinweise gibt.

Walter Wimmer, emeritierter Pfarrer von St. Konrad in Linz, nun in Pension und im Domherrenhof in der Linzer Rudigierstraße wohnhaft, ein Bauernsohn aus Gunskirchen bei Wels, jüngerer Bruder meines Kollegen Josef Wimmer im Kollegium Petrinum, der Bischöflichen Lehranstalt der Diözese Linz, der auch Priester wurde und schließlich Religionsinspektor und 2019 leider verstorben ist, Walter Wimmer also hat erzählt, daß Ingeborg Bachmann im sogenannten Germanikum, wo die Priesterstudenten aus Deutschland, Österreich und ursprünglich auch einmal aus Ungarn wohnten, die an der Päpstlichen Universität, der »Gregoriana«, Theologie studierten, Walter Wimmer also hat erzählt, daß Ingeborg Bachmann im Germanikum gewesen sei, dort auch eine Lesung gehalten und sich bei den jungen Theologen wohlgefühlt habe, mit denen sie später sogar Ausflüge unternommen habe.

Ich darf aus meinem Briefwechsel mit Walter Wimmer zitieren. Zuvor meine Anfrage vom 19. Juli 2016: »Sehr geehrter Herr Konsistorialrat Dr. Walter Wimmer, lieber Walter! Als Studienkollege Deines Bruders Josef und als Pichler bitte ich den Gunskirchner, mir das Du nachzusehen. Mich beschäftigt gerade jetzt, wo der 90. Geburtstag Ingeborg Bachmanns ›gefeiert‹

wird, die Erinnerung an etwas, was ich einmal von Dir gehört haben muß. Nämlich, daß Bachmann einmal oder öfter Kontakt zu den Theologen des Germanikums aufgenommen hat. Ich bin hier in Klagenfurt mit Frau Elisabeth Reichmann-Endres in Verbindung, die eine Mitschülerin der Bachmann war und immer wieder als Auskunftsperson für die Klagenfurter Zeit bemüht wird. Aber von Rom weiß sie wenig. Nun war Ingeborg Bachmann ja Protestantin und in einem eben erschienenen Fotoband ›Bachmanns Rom‹ steht, daß sie über eine Begegnung mit Papst Paul VI. geschrieben hat, sie habe ›den Antichrist von Angesicht zu Angesicht‹ gesehen! Sie ist also polemisch wie weiland Martin Luther … Und wenn von ihrem Unglück in Rom und ihrer Einsamkeit die Rede ist, dann hängt das vielleicht auch damit zusammen, daß sie in der »Heiligen Stadt« kaum integriert war. Der Besuch bei Euch Theologen war vielleicht der ein wenig hilflose Versuch einer Art Annäherung? Was meinst Du dazu? Ich hoffe, es geht Dir gut. Über einen Mangel an Reichgottesarbeit wirst Du Dich ja nicht gerade beklagen können, wenn man Deine Bio im Internet liest … Sei herzlich gegrüßt und grüße von mir auch Deinen Bruder Josef!

Dein Alois Brandstetter«

Darauf bekam ich von Walter Wimmer eine Antwort, aus der ich ebenfalls zitieren darf: »Da die Germaniker Ingeborg Bachmann kennenlernten, habe ich als Österreicher und Präfekt sie auch im Namen der Hausleitung zu einem Leseabend ins Germanikum eingeladen. Obwohl sie offenbar schon lange keinen öffentlichen Auftritt hatte und auch nicht wollte, ist sie der Einladung gefolgt und war am 10. Juni 1971 abends im Kolleg. Sie hat in der Sala de Gregorio aus ihrem kurz vorher erschienenen Buch ›Malina‹ gelesen. Ich habe ein Exemplar, das sie signiert hat und in das sie auch das Datum eingeschrieben hat. Meine Erinnerungen: Ich durfte sie begrüßen und willkommen heißen. In den ersten 20 Minuten hatte sie eine sehr leise Stimme und man hatte den Eindruck, daß ihr die Stimme versage. Dann aber wurde ihre Stimme immer kräftiger. Nach ihrer Lesung saßen wir, zwei Präfekten, der Rektor, der Spiritual und noch zwei Personen im Patreszimmer im ersten Stock beisammen und plauderten angeregt über dieses und jenes. Frau Bachmann erzählte z. B. von ihrer Doktorarbeit ›gegen‹ Martin Heidegger. Es war Mitternacht, als wir uns verabschiedet haben. Am Österreichischen Kulturinstitut, zu dem wir Österreicher guten Kontakt hatten (Direktor war Dr. Schmidinger, der Vater des jetzigen Rektors der Universität Salzburg), hörte man offenbar von Bachmanns Lesung bei uns, so daß man sie auch an das Institut eingeladen hat. Ich habe gehört, daß sie unter der Bedingung zugesagt hat, daß auch die Germaniker eingeladen werden. Wir waren auch einige dort. Ich weiß, daß nach ihrem traurigen Unfall, an dessen Folgen sie gestorben ist, noch zwei oder drei Germaniker für sie Blut gespendet haben …«

Bachmanns erster Ansprechpartner im katholischen Rom war als Kärntner Landsmann Helmut Gfrerer, ein Kollege Walter Wimmers, später Seelsorgeamtsleiter in Klagenfurt, nun Pfarrer in Weißenstein im Drautal. Er hat mir berichtet, daß der Fundamentaltheologe der Universität Münster in Westfalen, Harald Wagner, die jungen Theologen ermuntert hat, so wie er selbst es hielt, mit den bedeutenden deutschen Dichtern in Italien – Stefan Andres oder Luise Rinser oder eben Ingeborg Bachmann – in Kontakt zu treten, um daraus auch geistigen Nutzen für ihren priesterlichen, geistlichen Beruf als Seelsorger zu ziehen. Nach Helmut Gfrerer hat sich ein anderer aus Kärnten stammender Alumne solcher Kontakte mit Bachmann befleißigt. Er trug den in Kärnten bedeutend klingenden Familiennamen Perkonig. Er ist leider, wie die von ihm bewunderte und verehrte Dichterin, tragisch geendet.

Ich bin in Kärnten zwei katholischen Geistlichen begegnet, die zur Literatur und zu Literaten ein besonderes Verhältnis hatten. Der eine war Hans Duller, Religionsprofessor und langjähriger Präses der Kolpingfamilie. Er stammte wie die Dichterin Christine Lavant, mit der er lebenslang freundschaftlich verbunden war, aus dem Lavanttal, darum war er auch prädestiniert, als Priester und Freund die Grabrede zu halten, die im Buch »Steige, steige verwunschene Kraft. Erinnerungen an Christine Lavant« abgedruckt ist: Sie heißt »Am offenen Grabe« und beginnt mit einem Lavant-Gedicht: »Hab dich lange nicht gefunden, / Hilfe meiner Abendstunden; / hab nicht mehr gedacht, / daß ich soll getröstet werden / hier auf Erden. Kann die schwerste Nacht nun kommen, / so in deine Hand genommen, / bleib ich dennoch heil. / Wie am sichern Seil / klimm ich ins Gebirg der Gnaden, / trostbeladen.«

Ein anderer Beiträger der Erinnerungsschrift war der Pfarrer von Althofen im Gurktal, Johannes Pettauer, ein Priester nach altem Schlag, wohl auch ein Anhänger des konzilkritischen Bischofs Marcel Lefèbvre, der ebenfalls nach altem Ritus die lateinische Messe mit dem Rücken zum Volk gelesen hat. Pettauer, von Kirche und Staat hochverdient hochdekoriert, Träger des Goldenen Ehrenzeichens für Wissenschaft und Kunst, Gründer und Leiter des sogenannten »Zammelsberger Kulturkreises«, der sich selbst einen »Rilkomanen« nannte, weil er in vielen Veranstaltungen Rainer Maria Rilke auswendig und mit schöner baritonaler Stimme rezitierte, wie auch die Kärntner Lyriker Guido Zernatto und Johannes Lindner. Pettauer, der also nach dem Krieg als Kaplan in Wolfsberg in Kärnten mit Christine Lavant »viel zu tun« hatte, sah sie weniger positiv als Hans Duller in seiner Grabrede. *De mortuis nil nisi bene*? »Unser beider Beziehung litt aber, ehrlich gestanden, unter der Belastung völlig gegensätzlicher religiöser Anschauungen. Meine damals (wie heute) ungebrochene, fast naive kindliche Weltanschauung konnte ihre anklagenden, oft wie Vulkane ausbrechenden Jobsiaden keineswegs befriedigen. Ich mußte ihr doch, was ja die Wahrheit ist, sagen, daß sie eine aggressive, Gott-lose Person sei, welche sich seines Namens nur als Vorwand bediene.« Auch verglich er sie zu ihrem Nachteil mit seinem Favoriten Rilke. Pettauer dürfte ihr auch ihre Beschwerderede beim Gurker Bischof über die lärmende Katholische Jugend vor dem Fenster ihres über 30 Jahre älteren kranken Mannes, des naiven Malers Habernig, für die Pettauer ja wohl als Jugendkaplan verantwortlich war, übel genommen und nicht vergessen haben.

Dem aus Wuppertal-Elberfeld stammenden Maler Werner Berg, den Christine Lavant unglücklich liebte, verdanken wir ausdrucksstarke expressionistische Porträts der Dichterin, auch eine Briefmarke, nicht weniger eindrucksvolle Kohlezeichnungen dem Maler und Kunsterzieher Egon von Wucherer, der zu »Steige, steige, verwunschene Kraft« auch einen berührenden Erinnerungsaufsatz beigesteuert hat.

Ein besonderes Kapitel ist in diesem Zusammenhang Christine Lavants Verhältnis zu ihrem Arzt, dem Neurologen, Publizisten und Politiker des nationalen Flügels der Freiheitlichen Partei – und 1986 sogar deren Präsidentschaftskandidat – Otto Scrinzi. Ihren Krankheitszustand beschreibt er wie folgt: »Chronisches Augenleiden, das sie halb blind macht, Mittelohreiterungen rauben ihr Teile des Gehörs, Lungentuberkulose, Schilddrüsenüberfunktion, Asthma und ein hartnäckiges Magen-Darmleiden.« Christine Lavant hatte Bewunderer, Freundinnen und Freunde unterschiedlichster sozialer und politischer Herkunft, wie ihre vielen Briefe an Otto Scrinzi und an ihre Freundin, die Wolfsbergerin Ingeborg Ilse Teuffenbach in Innsbruck (verehelichte Capra und Mutter des 1939 geborenen Fritjof Capra), aber auch an Gerhard und Maja Lampersberg vom Maria Saaler Tonhof belegen, wo sich auch Thomas Bernhard mit ihr anfreundete, der auch eine postume Ausgabe ihrer Gedichte besorgte. Bernhard hat auch gemeint, er müsse sie vor dem Odium, für eine katholische Dichterin gehalten zu werden, schützen …

Thomas Bernhard selbst hat sich von seinen eigenen lyrischen Anfängen, etwa dem Gedichtband »In hora mortis«, und seiner Nähe zu Personen aus dem Umkreis des Otto Müller Verlags wie Otto Müller selbst, aber auch Ludwig von Ficker oder Ignaz Zangerle, bis hin zum letzten großen Roman »Die Auslöschung«

und zum von Ignaz Hennetmair mitgeteilten Kirchenaustritt zunehmend kritisch über den österreichischen Katholizismus geäußert. Man erinnert sich auch an seine, im Zusammenhang mit dem Skandal um die Verleihung des Kleinen (!) Staatspreises geäußerte, heftige Verachtung für Rudolf Henz und Minister Piffl-Perčević, »den dummen Mann aus der Steiermark«. In einem Almanach des Residenz Verlages zum Thema »Feinde« hat er an erster Stelle den österreichischen Staat und gleich danach die Kirche genannt… Was hatte sie ihm angetan? Sicher dürfte sein, daß er auch von Christen respektiert und ernstgenommen wurde, nicht nur von sogenannten »Linkskatholiken«, die freilich oft mehr links als katholisch sind.

Ein außerordentlich verständnisvoller Intellektueller war im Sinne der Verständigung und Versöhnung von Sozialismus und Kirche Norbert Leser. Er war der Sohn der Schriftstellerin Jolanthe Leser, einer Frau, die in ihrem Werk, etwa »Die Pappelallee«, ein besonderes Verständnis für bedrängte, arme, aus der »Provinz«, im besonderen dem Burgenland, stammende Menschen in Wien, zeigt. Norbert Leser hat mir das erwähnte Buch seiner Mutter mit einer persönlichen Widmung nach meinem Vortrag in seinem Kreis im Juni 1983 geschenkt. Natürlich besitze ich auch sein eigenes Buch »Salz der Gesellschaft«. Vielleicht sollte man den österreichischen Sozialdemokraten etwas vom kritischen Geist Lesers wünschen und zur Lektüre seiner Schriften raten, damit sich nicht an ihnen das Wort der Schrift erfüllt: »Wenn das Salz schal geworden ist, wirft man es weg…«

Als ich nun am 5. Dezember 2018 80 Jahre alt geworden war und mit Ehrungen geradezu »überhäuft«

wurde, unter anderem dem Franz Theodor-Csokor-Preis des Österreichischen PEN-Clubs, war neben öffentlichen Ehrungen auch ein besonderes privates Geschenk meiner Frau dabei, ein Reiseversprechen für einen Ausflug oder eine Wallfahrt nach Castiglione delle Stiviere und Mantua, jene Ortschaften, die in einem meiner Romane, »Aluigis Abbild«, Schauplatz und Thema sind. Wohl war ich bereits bei meinen Recherchen zu diesem, meinem letzten Roman über meinen Namenspatron Aloysius von Gonzaga und über den neun Jahre nach Aloysius, also 1577, in Siegen geborenen Hofmaler der Gonzagas Peter Paul Rubens an Ort und Stelle in der Lombardei gewesen. Unglücklicherweise war ich in Mantua an einem Montag gewesen, und am Montag sind in Italien die Museen und Palazzi bekanntlich geschlossen, weil sich die Kunstwerke und die Wärter und Wächter der Schätze von den Touristenscharen erholen müssen. Die Kirchen haben natürlich immer und vor allem auch am Sonntag geöffnet … Manche Geistliche, »Kultarbeiter«, nehmen sich gern, wie die Friseure, dann auch am Montag frei.

Diesmal freilich hat meine Frau im Internet alles genau untersucht und ausgesucht, was Quartiere in Schauplatznähe und Öffnungszeiten der Kultusstätten betrifft, so daß wir alles Großartige an Bildern von Andrea Mantegna, Peter Paul Rubens und Giulio Pippi Romano im Palazzo Ducale und im Palazzo del Te bewundern können würden. Die in Wien mit ihrer Familie lebende Italienerin Gabriella Telera, die in Turin studiert und sich als Germanistin mit meinen Romanen, vor allem mit »Die Abtei«, befaßt und sie teilweise ins Italienische übersetzt hatte, hat uns über das kirchliche Programm am 21. Juni, dem Todes- und Namenstag des Aloysius di Gonzaga, in Castiglione delle Stiviere informiert und uns den Termin der Festmesse um 10.30 mitgeteilt. Dort zog es mich hin. Im Zentrum von Castiglione an der Piazza San Luigi Gonzaga, am quadratischen Platz vor der Kirche mit seiner mächtigen Platane, gibt es leider kein Hotel, so daß wir am Rande der Stadt gegen Solferino hin in einem Hotel, das nach dem Gründer des Roten Kreuzes Henri Dunant benannt ist, übernachten mußten. Auf dem Platz vor der Kirche in Castiglione herrschte auf einem Wochenmarkt reges Treiben. Vor der Festmesse im Santuario di San Luigi Gonzaga besichtigte ich im Dom, der Chiesa dei Santi Nazario e Celso Martiri, noch das Grab, das heißt die Grabplatte über der Gruft vor dem Presbyterium, wo die Mutter des Aloysius und von sieben weiteren Kindern, Marta Tana di Santena di Chieri, 1804 – umgebettet vom Friedhof des Klosters Santa Maria vor den Toren Castigliones – ihre letzte Ruhestätte gefunden hat.

Da wir von Solferino aus und dem Hotel Henri Dunant mit unseren Koffern und Taschen unterwegs nach Mantua waren, wo wir im Hotel Gonzaga gebucht hatten, wußten wir nun in Castiglione, wo wir die für 10.30 angesetzte Festmesse besuchen wollten, nicht, wohin mit dem vielen Gepäck. Mutig und findig, wie meine Frau ist, erklärte sie dem Sakristan, einem Afrikaner in schwarzem Talar, einem »Kirchenschweizer«, unser Problem, der sich darauf mit dem Kirchenrektor besprach, der uns erlaubte, unsere Koffer und Taschen in einem der vielen Beichtstühle und zwar im mittleren Teil eines Beichtstuhls, auf dem Sitz des Beichtvaters, hinter einem Vorhang, abzustellen und abzulegen. Es war ja auch keiner der vielen wunderbar geschnitzten Beichtstühle von Priestern besetzt und von Sündern besucht... Ursprünglich hatte ich geplant, in dieser Kirche nach meinem 80. Geburtstag eine sogenannte Lebens- oder Generalbeichte abzulegen und sozusagen einen Schlußstrich unter alle bedenklichen Handlungen, »Worte und Werke« (*verba et opera*), meines Lebenswandels zu ziehen und um Nachsicht (*remissio*) und Nachlaß (*absolutio*) zu ersuchen... Schon bei meinem ersten Recherchebesuch vor fünf Jahren hatte ich mich nach einem Geistlichen umgesehen, der Deutsch verstünde, aber keinen gefunden. Ein jesuitisch ernst und streng wirkender Priester schritt, Rosenkranz betend, im Mittelgang der Kirche auf und ab. Den wollte ich in seiner Andacht nicht stören, hatte aber ohnehin keine Hoffnung, daß ich mich verständlich machen könnte.

Während eines Gastsemesters an der Universität in Genua im Jahr 1980 stand mir auch einmal der Sinn nach Aussprache und Beichte. Dort behalf ich mir mit meinen Lateinkenntnissen... *Confiteor Deo omnipotenti... apostolis Petro et Paulo... beatae Mariae virgini... quia peccavi nimis cogitatione verbo et opere...* Es kann freilich sein, wenn man in einer Fremdsprache beichtet, daß man »läßliche« Sünden« nennt, die man eigentlich nicht begangen hat, nur weil man die Vokabeln kennt, während einem die Begriffe für die wirklichen Verfehlungen, vor allem für die sogenannten »Todsünden«, nicht einfallen wollen und fehlen... An die sogenannten »schweren« oder »Todsünden«, die nach der strengen alten Meinung in die Hölle als ewige Verdammnis führen, mag man ja gar nicht denken!

Im Religionsunterricht an der Volksschule in Pichl bei Wels habe ich von Pfarrer Alois Einberger, dem ich seinen, meinen Vornamen verdanke und der mir oft am 21. Juni, unserem Namenstag, ein sogenanntes Heiligenbildchen mit einem Aloysius-Gebet auf der Rückseite schenkte, aber aus heutiger religionspädagogischer Sicht bedenkliche, manche meinen verheerende Ansichten vermittelt bekommen. Ich erinnere mich an eine sogenannte »Höllenpredigt«, die dem Spezialisten aus dem 17. Jahrhundert auf diesem Gebiet, dem damals schier unvorstellbare 82 Jahre alt gewordenen Martin von Cochem, Kapuziner, Volksmissionar und Schriftsteller, »Ehre« gemacht hätte, in der Einberger davon sprach, daß in der Hölle eine Uhr »Immer – Nimmer« ticke, um die Ewigkeit und Ausweglosigkeit der Strafe anzuzeigen und bewußtzumachen. So etwas erzeuge, wie eine liebe befreundete evangelische Theologin und Germanistin in Saarbrücken, Ulrike Gräff, in einer »Personenbeschreibung« in »Das große Brandy-Buch« (Brandy war mein Spitzname) über mich schrieb, »ekklesiogene Neurosen«... Sie führte meine damaligen psychischen Probleme, Phobien, Panikattacken und Depressionen, auf anerzogene Schuldgefühle durch Eltern und Religionslehrer zurück, so daß mir auch unschuldige Vergnügungen und harmlose Freuden verwehrt seien, weil ich sie mir nun, nach den »beherzigten« internalisierten Ermahnungen der schwarzen Pädagogik, selbst verbieten würde.... Sie hatte in vielem recht, wenn auch ihre schlimmsten Befürchtungen hinsichtlich meiner Zukunft dann Gott sei Dank doch nicht ganz so eintrafen. Pfarrer Einberger jedenfalls beschwor und zitierte auch gern in seinen Predigten die

»Nacht, da niemand mehr wirken kann«, obwohl der Evangelist Johannes (9/4) es nicht so infernalisch gemeint hat: »Ich muß das Evangelium am Tag verkünden, es kommt die Nacht, da niemand mehr wirken kann …« Das Evangelium ist doch eine *frohe* und keine *rohe* Botschaft, keine *Drohbotschaft* …

Heute hat sich der Teufel als Thema der Theologie verabschiedet, der Satan hat abgedankt. Eben macht ein Buch des Autors Gerhard Roth mit dem abgewandelten, auf William Shakespeare zurückgehenden Titel Furore: »Die Hölle ist leer – die Teufel sind alle hier.« Die Teufel sind alle unter uns? In Shakespeares »Sturm« heißt es: »Hell is empty and all the devils are here.« Und wenn man bald täglich von abscheulichen Attentaten, Terroranschlägen und grauenhaften Massakern mit zahlreichen Toten, darunter immer auch Frauen und Kindern, von nichts als Krisen und Kriegen hört, möchte man dies bald als Erklärung gelten lassen.

James Joyce, der überragende irische Autor des »Ulysses«, der Revolutionär und Pionier des modernen Romans, hat in seinem Frühwerk »Porträt des Künstlers als junger Mann« seine Jugend als Internatsschüler in zwei der bekanntesten Jesuiten-Schulen Irlands, dem Kollegium Clongowes Wood und dem College Belvedere, beschrieben und »aufgearbeitet«. Im dritten Kapitel dieses »semiautobiographischen« Romans über Stephen Dedalus (als der Joyce dann auch im »Ulysses« erscheint) schildert er Exerzitien, also »geistliche Übungen«, die ein Pater Arnall leitet. Dort ist über viele Seiten eine der eindrucksvollsten Höllenpredigten »protokolliert«, die dem jungen Stephen besonders nahe und zu Herzen geht und ihn beunruhigt, da er eine venerische »Todsünde« begangen hat, die in die ewige Verdammnis führt. Und gerade hier ist auch von jener Uhr im Inferno die Rede, die »Immer-Nimmer« tickt, von der wortgleich auch Alois Einberger im Religionsunterricht an der Volksschule Pichl bei Wels gesprochen hat. Es gibt in diesem Roman des James Augustine Aloysius Joyce noch viele andere Stellen, die mir buchstäblich *unheimlich* vertraut sind und von denen noch zu reden sein wird, wie etwa die über seine Mutterbindung ... Schon architektonisch gleicht das Linzer Kollegium Petrinum am Fuße des Pöstlingberges Clongowes Wood nahe Dublin in Irland. Das »Aloisianum«, die Jesuiten-Anstalt der Diözese Linz am Freinberg, hingegen kann sich, architektonisch gesehen, mit Clongowes Wood nicht messen ...

Als ich in Castiglione bei meiner ersten Recherche keinen Beichtvater fand, der Deutsch gesprochen hätte, und da meine Lateinkenntnisse in der Zwischenzeit weitgehend reduziert, wenn nicht gar geschwunden waren, sagte ich mir, der Wille gilt für das Werk ... Und: Aufgeschoben ist nicht aufgehoben. Ich erinnerte mich aber natürlich an die Büßerlegende »Gregorius« des Hartmann von Aue aus dem späten 12. Jahrhundert, die ich in so vielen Sprachgeschichte-Proseminaren an den Universitäten in Saarbrücken, Klagenfurt und Salzburg als Lektüretext den Übungen zugrundegelegt hatte: Dort, im berühmten Prolog, macht sich Hartmann Sorgen und Vorwürfe, weil er viel gedichtet habe, was ihm den Beifall der Welt bringen sollte. »Dazu verführten ihn die jungen Jahre.« Jetzt aber weiß er, daß derjenige, der jung ist und im Hinblick auf seine Jugend »drauflossündigt«, weil er sich denkt, du bist noch ein junger Mann und deine Sünden wirst du schon im Alter noch Zeit haben zu büßen, gründlich falsch denkt, weil der Tod sein »Vorhaben« oder seinen »Vorsatz« (*vürgedanc*) mit einem plötzlichen Ende schlagartig zunichte machen kann.

Lieber Aloysius, mir ist, als hättest du Hartmann von Aue gelesen oder ein Proseminar bei mir besucht, weil ein Passus aus einem deiner Briefe aus Rom an deinen Bruder Francesco in Castiglione, der nach Rodolfo jene Stelle eingenommen hatte, die dir zugedacht war und zugestanden hätte, sich genau wie eine »Prosaauflösung« der Verse Hartmanns in der Gregorius-Legende liest. Du mußt nämlich wissen, daß sich meine Habilitationsschrift mit der Prosaauflösung befaßt hat, im Untertitel heißt sie »Studien zur Rezeption der höfischen Epik im frühneuhochdeutschen Prosaroman«. Du schreibst: »Und außerdem möchte ich, daß Sie des Abends nicht zu Bette gehen, bevor Sie nicht in Ihr Inneres geschaut, damit Sie, falls Sie sich einer schweren Sünde, wovor Sie Gott bewahren wolle, schuldig finden, den Vorsatz fassen, sie möglichst bald durch eine Beichte auszutilgen, die Sie immer dann für notwendig halten müssen, wenn Sie etwas zu bereuen haben. Deshalb warten Sie niemals bis auf eine bestimmte Zeit, wie etwa Ostern oder ähnliche Gelegenheiten, da Ihnen niemand die Gewißheit geben kann, daß Sie dann noch leben.«

Du warst also mit deinem Bruder per Sie! Und deiner Mutter sagst und schreibst du: Erlauchteste in Christo hochzuverehrende Frau Mutter, und dem Vater: Erlauchtester Herr Vater. Ist dir das nicht schwergefallen, da du doch erleben mußtest, wie dich dein Vater, ein Spieler und Trinker, der dich unbedingt von deinem Vorsatz abbringen wollte, Jesuit zu werden, und der seiner Familie viel Sorgen bereitet hat, behandelt hat? Ja, selbst deinen Bruder Rodolfo, den »Übeltäter«, den die Menschen in der Gegend wohl begründet einen Tyrannen nannten, dessen Ermordung sie gefeiert haben und der wohl so lange in einer sogenannten wilden Ehe oder Ehe zur linken Hand oder auch Friedelehe mit der bürgerlichen Elena Aliprandi lebte, bis du ihm gedroht hast, ihn nicht mehr als Bruder zu betrachten – sogar ihn sprichst du im Brief vom 6. Februar 1591 so an: »Erlauchtester in Christo hochzuverehrender Bruder«! Hochzuverehren?

Dieser Brief, den du aus Mailand, wohin du, deine Studien in Rom unterbrechend, gefahren bist, hat es in sich! Abgesehen davon, daß er ein stilistisches Kabinettstück und große Literatur ist, zeugt er von einer großen Entschlossenheit und einem ungewöhnlichen sittlichen Ernst. Du redest deinem Bruder Rodolfo ins Gewissen, er möge um Christi willen den Skandal seiner wilden Ehe aus der Welt schaffen, andernfalls du mit ihm brechen würdest. »Sollte mir dies nicht gelingen, so erkenne ich Sie als Bruder allein ›secundum carnem‹ nicht an und will Sie nicht anerkennen.« Aus den Anmerkungen zu diesem Brief erfährt man Erstaunliches, so zum Beispiel, daß Rodolfo eigentlich nicht in wilder Ehe lebte, sondern in einer geheim geschlossenen Ehe mit der nicht standesgemäßen Tochter des Münzmeisters Antonio Aliprandi, Elena Aliprandi. Geheimgehalten hat Rodolfo seine Ehe, weil er die Reaktion der Familie fürchtete, und »aus Scheu vor dem Unwillen seiner Verwandten«, und ganz besonders seines Onkels Alfonso, des Herrn von Castel Goffredo, dessen Besitz er erben und vor allem dessen Tochter er heiraten sollte. Aloysius, du erwähnst in diesem Brief auch das Beispiel des »Herrn Herzogs von Mantua« Vincenzo Gonzaga, Herzog nach seinem Vater Guglielmo Gonzaga, dessen Mutter Eleonora von Österreich war, der die Auflösung seiner Eheangelegenheit – die Ungültigkeitserklärung seiner nur ein Jahr dauernden Ehe mit Margerita Farnese, einer Prinzessin von Parma – auch durch Unterstützung des Mailänder Bischofs Karl Borromäus erreicht hat. Vincenzo Gonzaga hat in zweiter Ehe Eleonora Medici geheiratet, von ihr steht in den Anmerkungen zum Brief, sie sei die Gespielin der Brüder Aloysius und Rodolfo gewesen, als sie am Hof in Florenz Pagen waren. Nicht in den Anmerkungen zum Brief, aber in meinem Roman »Aluigis Abbild« steht, daß Vincenzo »der Prächtige« jener kunstsinnige Herzog war, der viele Künstler nach Mantua brachte, vor allem Peter Paul Rubens …

Man spricht ja auch in den Literaturgeschichten bei Autoren, die sozusagen klein angefangen haben und später groß »herausgekommen« sind, von »Jugendsünden« – also weniger im ethisch-moralischen Sinn, sondern im ästhetischen Sinn. Von Rainer Maria Rilke heißt es etwa, daß sein Frühwerk eher bescheiden gewesen sei und nicht erwarten ließ, zu welcher Größe er sich in seinem lyrischen Spätwerk »aufschwingen« würde. Es gibt das Sprichwort: Jugend hat keine Tugend. Es bedeutet, daß sich junge Menschen oft bedenkenlos über moralische Grundsätze hinwegsetzen. Du, lieber Namenspatron, bist der überzeugendste Gegenbeweis. Oder muß man sagen: Ausnahmen bestätigen die Regel? Auch in der Literatur bist du das – denn ich halte dich auch für einen begnadeten Schriftsteller, in gleich mehreren Sprachen, Latein zuvörderst, aber auch im Italienischen, und zwar im geschliffenen toskanischen Hochitalienisch, das zu lernen man euch Brüder, dich und Rodolfo, ja zu den Medici nach Florenz geschickt hat. Darum habe ich dich in meinem Roman auch mit dem aus Andes bei Mantua stammenden bedeutendsten lateinischen Dichter des Altertums verglichen, der von Haus aus, vom Elternhaus her, einen Dialekt gesprochen hat, in Rom aber wie du das sogenannte klassische Latein gelernt hat, Publius Vergilius Maro nämlich, der mit seinen Dichtungen, den Bucolica und Georgica, vor allem aber mit dem Jahrtausendwerk der »Aeneis« das Höchste an Sprachkunst geleistet hat.

Das Musterbeispiel eines zu äußerster Meisterschaft gelangten, jung verstorbenen Dichters ist Georg Büchner. Er starb wie du, Aloysius, mit 23 Jahren! Und hat mit »Dantons Tod«, »Woyzeck«, »Leonce und Lena«, der Novelle »Lenz« und dem »Hessischen Landboten« ein großartiges, revolutionäres Werk hinterlassen. Ich habe mich in meinem Germanistikstudium einmal an einer Arbeit über die Novelle »Lenz« versucht, aber buchstäblich aus Angst, panischer Angst vor dem bedrohlich dargestellten Leiden des Sturm und Drang-Dichters Jakob Michael Reinhold Lenz, vor seiner »Dementia praecox«, seinen schizophrenen »Schüben«, meine Arbeit aufgegeben und »unterlassen«… Eine ähnliche Betroffenheit hat mich auch bei der Lektüre von Werken E.T.A. Hoffmanns und Franz Kafkas erfaßt. Es erging mir wohl ähnlich wie den vielen, von Goethes »Die Leiden des jungen Werthers« »verunsicherten«, zu Tode verängstigten jungen Menschen, die sozusagen dem »einladenden« Beispiel des Helden Werther in den Tod gefolgt sind… Die Todessehnsucht wird später ein großes Thema in der Romantik, die Goethe im Gegensatz zur »gesunden« Klassik als »krank« bezeichnet hat. Eigentlich spricht Goethe nicht von *der* Klassik und *der* Romantik, er sagt vielmehr: »Das Klassische nenne ich das Gesunde und das Romantische das Kranke.« (Gespräch mit Eckermann am 2. April 1829)

Als hättest du, lieber Aloysius, Hartmann von Aue gelesen, was nicht anzunehmen ist, lautet einer der vom Castiglioner Dominikanerpater Claudio Fini, deinem Gesprächspartner, mitgeteilten Aussprüche, die in deinem Seligsprechungsprozess eine Rolle gespielt haben und an die ich mich vor deiner Kopfreliquie in der Kirche nach der Festmesse mit höchstem Respekt erinnerte: »Die freiwilligen Bußübungen des Leibes dürfen nicht bis auf das Alter verschoben werden, wenn die Kräfte dem nicht mehr gewachsen sind.« Und manches, was du gesagt und geschrieben hast, ist durchaus nicht ohne Humor gesagt. Ich denke etwa nur an deinen Ausspruch, daß man den Leib durch Hiebe wie einen störrischen Esel antreiben müsse…

Nichts war der alten Theologie schrecklicher als die *mors repentina*, der unvorhergesehene und »unversehene, plötzliche Tod«. Unvorbereitet hinüberzugehen galt als Gräuel. *Sine viatico*, »ohne Wegzehrung«! In einem solchen Fall wurde damals ins Sterbebuch der Pfarre »*Non provideri potuit*«, also: Er oder sie konnte nicht *versehen* werden, eingetragen. *Versehen* – welch merkwürdiges, vieldeutiges Wort! Eine der priesterlichen Obliegenheiten war in meiner Kindheit und Jugend auf dem Land der Versehgang, der Besuch der Kranken mit dem »Ciborium«, einem Behälter für die konsekrierten Hostien. Der Pfarrer wurde dabei meist von einem Ministranten begleitet, der von Zeit zu Zeit, wenn Leute vorbeigingen, mit einer kleinen Handglocke läutete. Fromme knieten sich manchmal nieder, wenn sie den Priester mit der Stola über dem Talar bekleidet kommen sahen. So wie sich viele Passanten, die die Brücke über den Innbach bei der Mühle und meinem Elternhaus in Pichl bei Wels überquerten, vor dem in der Mitte des Geländers angebrachten metallenen Kruzifix bekreuzigten. Ernst Jandl bringt mich zum Schmunzeln, ja Lachen, wenn er in einem »Gedicht« schreibt: »Immer, wenn ich an einer Kirche vorbeigehe, bekreuzige ich mich, bei einem Zwetschgenbaum aber bezwetschgige ich mich. Wie ich ersteres tue, weiß jeder Katholik, wie ich letzteres tue, ich allein.« Mein Freund Josef Winkler beschreibt, wie er den Pfarrer von Kamering im Drautal, den aus dem oberösterreichischen Offenhausen stammenden Franz Reintaler, auf ähnlichen »Versehfahrten« im Auto, das von den Smart Export, die der Pfarrer rauchte, »imprägniert« war, begleitete. Denn wenn ein Geweihter, ein Geistlicher, Zigaretten, Zigarre oder Pfeife raucht, erzeugt das ja auch nicht gerade Weihrauch …

Die Lektüre dieser Stelle in Josef Winklers Buch erinnerte mich wieder an den denkwürdigen und bereits erwähnten Ausflug von Wien nach Rom in der Karwoche 1962 mit dem Auto der Katholischen Hochschulgemeinde, das ich steuerte. Wir, die drei Insassen, der unvergessene Wiener Studentenseelsorger Monsignore Karl Strobl, von uns liebevoll »Monsi« genannt, Gott hab ihn selig, der Philosoph Fridolin Wiplinger – auch er lange tot und auf dem Friedhof in Haslach im oberen Mühlviertel beerdigt – und ich, wir waren alle starke Raucher, und dementsprechend hat der Innenraum des Opel Rekord bei unserer Ankunft in der Ewigen Stadt wie eine Selchkammer oder Rauchkuchl gerochen... Die Autos, die »Luxusautos«, wie man auch sagte, hatten damals ja auf dem Armaturenbrett ein eingebautes elektrisches Feuerzeug. Wenn man den äußeren Knopf über dem zylindrischen Corpus hineindrückte, begannen am anderen Ende, im Inneren dieses Anzünders, Drähte zu glühen. Man zog das Ding heraus und berührte mit der Zigarette den glühenden Draht. Aber nicht nur diese Anzündhilfe, auch ein herausziehbarer Aschenbecher gehörte zum Standardinventar dieser »Luxusautos«. Das gerät heute angesichts des neuverordneten Rauchverbots in den Gaststätten und der allgemeinen Ablehnung des Rauchens in geschlossenen Räumen sowie der Raucher langsam in Vergessenheit. Und einen »geschlosseneren«, engeren Raum als den Innenraum eines Autos gibt es ja wohl nicht.

Mich erinnert dies alles an den unvergeßlichen populären Kärntner Mundartdichter und Humoristen Wilhelm Rudnigger, der ein Kettenraucher war und im Auto, mit dem er seine Lesetouren, auch solche bis Hamburg, unternahm, oft oder immer vergaß, den Aschenbecher zu benützen, was an seiner braunen Trachtenjoppe aschgraue Spuren hinterließ... Ich wollte einmal zu ihm ins Auto steigen, er warnte mich aber und bat mich, davon Abstand zu nehmen. Seine Sitze waren nämlich nicht nur mit Asche imprägniert und besudelt, sondern auch von den Haaren seines Hundes Felix übersät, der ihn auf seinen Fahrten von Café zu Café immer begleitete ... Mir hat Rudniggers bester Freund, der Goldschmied und Schmuckkünstler Sepp Schmölzer, einige Artefakte, Objekte und Fotos, aber auch viele »Rudniggeriana« vermacht. Ich habe sie, nachdem der Nachlaß Rudniggers, auch sein berühmter Spazierstock(!), ins Musil-Literaturmuseum gekommen ist, auch dorthin gebracht.

Etwas anderes bleibt mir von jener erwähnten Romfahrt ewig – oder »bis auf Weiteres« – im Gedächtnis: Im Dom von Bologna wollte Monsi auf der Hinfahrt eine Messe zelebrieren und bat mich, ihm zu ministrieren. Ich dachte, das wird wohl an einem Seitenaltar sein, und war wegen meiner Platzangst, der »Klaustrophobie«, bereits richtig in Panik, als ich sah, daß uns ein Sakristan zum hohen Hochaltar führte. Man hatte Monsignore Strobl also als Substituten und Einspringer für einen ausgefallenen ortsfesten Zelebranten »eingeteilt«, den sonntäglichen Hauptgottesdienst vor einer großen Gottesdienstgemeinde zu übernehmen. Ich war geradezu geschockt und habe mich bei den damals in der vorkonziliaren Zeit noch gebräuchlichen Psalmen des »Staffelgebetes« wohl einige Male vertan. Vor allem beim sogenannten »Confiteor«, das zwei Syntagmen hat, im ersten Teil vor dem »Mea culpa!« dominiert der Dativ: Ich bekenne Gott, *dem* Allmächtigen, den Aposteln Petrus und Paulus ... und euch Brüdern und Schwestern ... Im zweiten Teil, dem Schlußteil, aber herrscht der Akkusativ: *Precor* – »ich bitte« – *beatam*

Mariam virginem … und euch Brüder und Schwestern, für mich zu beten bei Gott unserem Herrn. Ich habe mich aber im zweiten Teil wieder in den Dativ verirrt und so hat Monsignore Strobl meinem verbalen »Perpetuum mobile« ein Ende bereitet, indem er mir mit dem Schlußvers einfach ins Wort gefallen ist: *Introibo ad altare Dei*. Da wußte ich wieder, wie antworten: *Ad Deum qui laetificat iuventutem meam* – »Zu Gott, der mich erfreut von Jugend auf.«

An der Windschutzscheibe unseres Opel Rekord klebte natürlich jene SOS-Plakette – ein blaues Kreuz auf weißem Grund –, die bedeutete, daß der Fahrzeughalter und -lenker sich als Christ und Katholik versteht und bekennt und im Falle eines schweren Unfalls »versehen« werden und kirchlich von einem Priester betreut werden will. Christen haben damals, wie vielleicht heute die »Zeugen Jehovas«, die man ein wenig abfällig als »Bibelforscher« bezeichnete, die Religion wichtiger genommen als die Medizin. Und mehr als nach dem Arzt nach dem Priester gerufen. Wie auch das oben erwähnte »Versehen« wird auch das Sakrament der Krankensalbung kaum noch gespendet. Die im Volksmund als »Letzte Ölung« bezeichnete Krankensalbung, lateinisch *Sacra unctio infirmorum*, wurde freilich nicht nur *ante*, sondern auch *post mortem*, also vor oder nach dem *Ableben* gespendet, »verabreicht« … *Ableben* – welch merkwürdiges Wort …

Der alten Theologie und dem Volksglauben entsprechend und gemäß, wird wohl von älteren Geistlichen am 3. Februar, dem Namenstag des heiligen Blasius, der Blasiussegen gespendet, ein sogenanntes *Sacramentale*, also keines der sieben Sakramente. Blasius war ein frühchristlicher Märtyrer, der der Legende nach ein Kind, das zu ersticken drohte, von einer Fischgräte im Hals befreite, was ihn zu einem der vierzehn Nothelfer und hier insbesondere für HNO zuständig werden ließ. Und am Aschermittwoch wird das Aschenkreuz ausgeteilt: »Gedenke o Mensch, daß du Staub bist und zu Staub zurückkehren wirst.« *Pulvris es*, Pulver, Staub bist du … Das ist, naturwissenschaftlich gesehen, nicht richtig oder nur teilweise korrekt. Bei Georg Büchner, dem Dichter, Mediziner, Naturwissenschaftler und Revolutionär, könnte man nachlesen, woraus sich der Mensch wirklich zusammensetzt, in der Hauptsache wohl aus Wasser und Salzen. Und auch Gottfried Benn, den großen expressionistischen und pessimistischen Dichter und Arzt, könnte man zu dieser Frage konsultieren. Aber man sollte sich nicht deprimieren lassen! Schwimmt die Seele im Wasser? Der Geist Gottes schwebt jedenfalls über den Wassern …

Unsere Aloysius-Wallfahrt begannen wir, meine Frau Suchra und ich, in Desenzano am Gardasee, und da in Castiglione selbst kein passendes Hotel zu finden war, nahmen wir, wie gesagt, Quartier im benachbarten Solferino, in einem nach Henri Dunant, dem Gründer des Roten Kreuzes, benannten Hotel. Im Vestibül des Hauses, an der Rezeption, wo wir eincheckten, unsere Vouchers vorweisen und uns ausweisen mußten, neben einer Theke, die wie eine riesige, glänzend gelb schimmernde Plastikwurst oder ein aufgeblähter Dickdarm, sicher von einem ambitionierten Designer, gestaltet war, standen Gegenstände herum, ramponierte Tische und Sessel und durchgesessene Fauteuils, auch landwirtschaftliche Geräte, alles in einem malerisch beschädigten, desolaten Zustand. Der ästhetische und moralische Hintergedanke dieser zerrütteten Gegenstände war wohl, an den gräßlichen Krieg und das grauenhafte Gemetzel der Schlacht bei Solferino am 24. Juni 1859 zu erinnern, die mit der Niederlage Österreichs gegen das Königreich Sardinien und Frankreich unter Napoleon III. endete und den Namensgeber des Hotels zu seiner großen humanitären Anstrengung und Tat, der Gründung des Roten Kreuzes, bewogen hat.

Genau hundert Jahre vor dem Tod Jean-Henri Dunants im Jahr 1910 starb in der Lombardei und zwar in Mantua der Tiroler Freiheitskämpfer Andreas Hofer. Er starb aber bekanntlich keines natürlichen Todes, sondern er wurde hingerichtet, und ich wollte nach der eigentlichen Wallfahrt nach Castiglione auch der Spur Hofers folgen und jene Stelle aufsuchen, wo die grausame Prozedur der Exekution bei der Zitadelle an der »Porta nuova« im Norden Mantuas stattgefunden hat. Einige Zeit vor der Wallfahrt hat mir, seinem »Doktorvater«, ein ehemaliger Student und Dissertant aus Saarbrücken, der Luxemburger Pit Schlechter, der über das Luxemburger Volksstück, das triviale Theater, wie es von Laien, örtlichen Vereinen, gespielt und gepflegt wird, promoviert hatte, auf mein Buch »Lebenszeichen« hin, in dem unsere gemeinsame Zeit im Saarland in einigen Geschichten vorkommt, einen Brief geschrieben, aus dem ich zitieren darf: »Wiederholt war ich auch bei den Amischen in den USA, denen Sie in Ihrem Buch eine ›archaische‹ Landwirtschaft zuschreiben, was so nicht ganz zutrifft. Sie benutzen zwar immer noch Pferde statt Traktoren, entwickeln und benutzen aber hochmoderne Geräte und Maschinen für den Pferdezug. Ansonsten genieße ich das Landleben, übrigens nicht weit von dem Ort, aus dem einst der junge Mann kam, der als Offizier in französischen Diensten Ihrem Andreas Hofer in Mantua nach einem etwas stümperhaften Exekutionsversuch den Gnadenschuss geben musste.« Der zitierte junge Mann, der Andreas Hofer den Gnadenschuß geben mußte, hieß Michel Eiffes und stammte aus dem Ort Befort, wo er nach seinem Militärdienst noch dreißig Jahre lang als angesehener Gastwirt und Bürgermeister lebte.

Das Andreas-Hofer-Lied »Zu Mantua in Banden / der treue Hofer lag« wurde zur Tiroler Landeshymne. Und im viel beschworenen und besungenen »heiligen« Land Tirol, in der Innsbrucker Hofkirche, hat er – bzw. seine sterblichen »Überreste« – nach der Beisetzung in der Kirche San Michele in Mantua und nach der Odyssee seiner Leiche von Mantua mit Zwischenstationen unter anderem in Verona und Sterzing seine letzte Ruhestätte gefunden. Er ist hier der prominenteste Tote, da Kaiser Maximilian, der vor 500 Jahren in der Welser Burg gestorben ist, das für ihn gedachte Mausoleum mit den »Eisernen Mandern« nicht in Anspruch genommen hat und in Wiener Neustadt seine Grablege fand. Wie mag dieser Transport eines Toten vonstatten gegangen sein? Im Welser Museum gibt es ein anschaulich gestaltetes Diorama jenes Zuges, mit dem der tote Kaiser in seinem hölzernen Sarg auf dem von drei Pferdepaaren, also dreispännig gezogenen Paradewagen in die Welser Stadtpfarrkirche zu einer ersten Einsegnung und Exequie gebracht wird, begleitet und eingerahmt von einer Schar Ministranten und Akolythen, etliche mit Fahnen oder brennenden Kerzen, und zahlreichen hohen Klerikern und Geistlichen und Priesteramtskandidaten in Talaren und Chorhemden, sicher auch von Bischöfen aus den Erzdiözesen Salzburg und Passau und von Adeligen, vermutlich vor allem Aristokraten aus dem Geschlecht der Polheimer, in deren Stadtschloß, in einem Erkerzimmer, Maximilian am 12. Jänner 1519 verstorben war. Und weil, wie gesagt, Winter war, wird der weitere Leichentransport über Enns, St. Pölten und Wien nach Wiener Neustadt zumindest klimatisch keine Schwierigkeiten bereitet haben. Über diese Schwierigkeiten, im heißen Sommer eine Leiche – in diesem Fall jene Oswalds von Wolkenstein, des Diplomaten, Minnesängers und Spruchdichters – über Berg und Tal von Meran nach Brixen zu bringen, hat Dieter Kühn in seinem Buch »Ich Wolkenstein« ausführlich und eindrucksvoll geschrieben, auch Auskünfte verwendet, die er von einem Pathologen bekommen hat. Ja, selbst in der Bibel heißt es im Zusammenhang mit der Totenerweckung des Lazarus (Joh. 11,39), des Bruders von Martha und Maria, drastisch, daß Martha zu Jesus sagt: »Er ist schon vier Tage tot«, »*Iam fetet*« in der lateinischen Vulgata. Luther übersetzt: »Herr, er stinckt schon, denn er ist vier Tage gelegen«.

Die »letzte Ruhestätte« hat Oswald in Neustift, im Kloster der Augustiner Chorherren, eigentlich vorerst auch nicht gefunden. Nachdem sein Leichnam lange verschollen war und erst 1973 am alten Friedhof an der Außenmauer des Doms in Brixen entdeckt wurde, hat man die Knochen des Skeletts und den Schädel schließlich in Linz und Bern untersucht und anhand einer angeborenen Mißbildung des rechten Auges, wie auf dem bekannten Porträt ersichtlich, identifiziert. Erst dann konnte er wirklich und ein zweites Mal »beigesetzt« werden. Dann erst hat also der unruhige und streitbare Geist, der in viele Prozesse und Scharmützel und Händel verwickelte Baron, seine Ruhe und ewigen Frieden gefunden …

Im Fall von Kaiser Maximilian ist davon die Rede – nachzulesen etwa im Buch »Maximilian I.« von Hermann Wiesflecker, dem aus Lienz gebürtigen Grazer Historiker –, daß der Kaiser testamentarisch verfügt hat, daß er nach dem Ableben geschoren werden will, daß ihm die Zähne gebrochen werden sollen und daß er in seinem Eichendoppelsarg mit Asche und Kalk überschüttet werde. Die Redewendung »in Sack und Asche Buße tun« ist laut Lutz Röhrichs »Lexikon der sprichwörtlichen Redensarten« bereits biblisch belegt (Ester 4,1). Und der fromme Kaiser hat sich nicht nur wegen eines venerischen Leidens als Sünder gefühlt. Er war demütig und »reumütig« …

Auch ich habe Exhumierungs- und Umbettungsvorgänge miterlebt: Die Mutter meiner Frau, also meine Schwiegermutter, wurde im Klagenfurter Hauptfriedhof in Annabichl beerdigt. Es war jedoch der Wunsch meines Schwiegervaters, eines gebürtigen Albaners und Moslems, daß sie ein Jahr nach dem Begräbnis in die Nähe seiner Wohnung in der Dag-Hammerskjöld-Siedlung auf den Friedhof Sankt Martin umgebettet werde, damit er sie sozusagen in seiner Nähe hat und ein Friedhofsbesuch im weit entfernten Annabichl nicht immer eine »Weltreise« mit den Stadtbussen und öfterem Umsteigen nötig machte. Umgebettet wird ganz diskret nachts oder im Morgengrauen, wenn die Einwohner der Stadt noch schlafen. Mein Schwiegervater Teka Selman – sein Name Suliman wurde im Krieg eingedeutscht – schlief in jener Nacht aber nicht, sondern begab sich aus einem gewissen Mißtrauen, das er sich wohl im Krieg und in Lagern in Exjugoslawien und Italien »zugezogen« hatte, und auch, weil ihm in seinem Flüchtlingsleben oft übel mitgespielt worden war, auf den Friedhof, um mit eigenen Augen zu sehen, daß nicht geschwindelt und der Sarg wirklich ausgegraben und erhoben und schließlich im neu angemieteten Grab im Friedhof Sankt Martin in die am Vortag ausgehobene Grube versenkt wurde. Er wollte nicht für nichts und wieder nichts die nicht unerheblichen Kosten und Gebühren bezahlen … Er wurde aber von den Arbeitern der Bestattung, den »Pompfüneberern«, die absolut kein Publikum duldeten, verscheucht und konnte nur aus der Ferne dem Geschehen folgen … Nun ruht auch er in diesem Grab, er ist zehn Jahre nach seiner Frau im zweiundneunzigsten Lebensjahr verstorben. Sein Begräbnis, den Kondukt, hat der brave, unermüdlich tätige und vielbeschäftigte Pater Anton Wanner, Kapuziner und Krankenhausseelsorger, freundlicherweise gestaltet und in seiner Grabrede von jenen Propheten, namentlich Abraham, gesprochen, die Christen, Juden und Moslems gleicherweise kennen, anerkennen und verehren. Es war wahrlich ein interkonfessionelles Begräbnis …

Als vor einigen Jahren ein Kind, die neunjährige Tochter eines albanischen Moslems in der erwähnten Dag-Hammerskjöld-Siedlung auf tragische Weise verbrannte und ums Leben kam und ebenfalls nach christlichem Ritus von einem katholischen Geistlichen auf ihrem letzten Weg »begleitet« wurde, hat der Betreffende Schwierigkeiten mit dem Seelsorgeamt der Diözese Gurk bekommen. In Leserbriefen wurde dann aber die Kaltherzigkeit des Kirchenrechts kritisiert, noch dazu, wo es sich nicht um einen Selbstmörder wie Werther, sondern um ein Kind, ein unschuldiges Mädchen, handelte … Begräbnisse von Anders- oder auch »Ungläubigen«, aus ihrer Kirche Ausgetretenen, zeremoniell und liturgisch zu moderieren, ist, um es ein wenig flapsig auszudrücken, zu einem bevorzugten »Geschäft« der Altkatholischen Kirche, der Markus-Kirche in der Klagenfurter Kaufmanngasse in der Nähe der Stiege, die nach einem der Gründer der Altkatholischen Kirche Johann Joseph Ignaz von Döllinger benannt ist, geworden. Der zuständige Ortsbischof der Altkatholiken wird vor allem für seine rhetorischen und spirituellen Fähigkeiten von vielen dankbar geschätzt und auch bewundert.

Altkatholisch wurde auch die Schriftstellerin Brigitte Schwaiger auf dem Wiener Zentralfriedhof beerdigt. Ein Ehrengrab, wie sie es verdient hätte, hat Brigitte Schwaiger nicht bekommen … Den Wunsch, den sie einmal geäußert hat, ein Grab zwischen den Grabstätten von Gerhard Bronner und Friedrich Torberg zu bekommen, hat man ihr auch nicht erfüllt. Gewünscht hätte sie sich vielleicht auch, daß der Wiener Erzbischof Kardinal Christoph Schönborn, für den sie eine große, unglückliche Sympathie empfand, sie auf ihrem letzten Weg begleitete … Mit ihrem surrealistischen, irrwitzigen Humor, hat sie sich ja brieflich an den Kardinal gewandt und vorgeschlagen, er und sie sollten aus der Kirche austreten, mosaisch werden und heiraten … Altkatholisch beerdigt wurde auch der eingangs erwähnte Dichter und Lehrer am Slowenischen Gymnasium Janko Messner, der sich, obwohl sein Bruder katholischer Priester war, über die Rolle der katholischen Kirche im Volksgruppenstreit und in der Minderheitenfrage oft geärgert und in geharnischten Briefen an das Ordinariat bitter beschwert hat. Katholisch geblieben, wenn auch in kritischer Distanz zum Klerus und zur Hierarchie und zum Bischof, wie die Erzählung »Das Kind« zeigt, ist Christine Lavant. Viel besucht ist das Grab Ingeborg Bachmanns auf dem Friedhof Annabichl in Klagenfurt, wohin man sie nach ihrem rätselhaften Tod in Rom überführt hat. Ihrer Grabstätte hat sich nachträglich ihre Heimatstadt Klagenfurt im Sinne eines Ehrengrabs angenommen, Kritiker sagen »bemächtigt«... Uwe Johnson hat in dem Buch »Eine Reise nach Klagenfurt« seinen Besuch von Bachmanns Grab und der kritisch gesehenen Landeshauptstadt Klagenfurt protokolliert. Werner Berg hat unter dem Eindruck des Buches »Hand an sich legen. Diskurs über den Freitod« von Jean Améry, der in einem Salzburger Hotel freiwillig aus dem Leben geschieden ist, auch diesen Ausweg gewählt. Der Wunsch, auf dem Salzburger Kommunalfriedhof beerdigt zu werden, wurde Berg erfüllt. Die Welt der Unglücklichen ist eine grundsätzlich andere als die Welt der Glücklichen, heißt es sinngemäß bei Améry.

Der Psychiater und Suizidforscher Erwin Ringel, der in einem Hotel in Bad Kleinkirchheim in Kärnten in der »Bedürfnisanstalt« eines natürlichen (!) Todes gestorben ist, hat Profundes über die kranke »Kärntner Seele« geschrieben und die heimliche Landeshymne »Valosn valosn, valosn bin i« von Thomas Koschat, der im Eingangsbereich des Annabichler Friedhofs ein pompöses Ehrengrab erhalten hat, als Depressions-, ja Selbstmord-Hymne bezeichnet. Erwin Ringels makabres Ende erinnert an Josef Roths Geschichte »Die Rebellion«, in der eine männliche »Klofrau« – ein Invalide – in »seiner« Bedürfnisanstalt stirbt und im anschließenden Gericht seinem Schöpfer bitterste Vorwürfe macht. Ähnliche Vorwürfe hat in ihren Gedichten auch Christine Lavant gegen den »lieben« Gott herausgeschrien, weshalb sie ja, wie schon ausgeführt, der Priester Johannes Pettauer als »gottlos« bezeichnet hat. Hier darf man sich auch an den vom Protestantismus zum Katholizismus konvertierten Günther Nenning erinnern, der ein Buch mit dem Titel »Gott ist verrückt« geschrieben hat. Oder an Tilmann Mosers »Gottesvergiftung«.

Heute haben die Kirchen sich auch mit der Feuerbestattung abgefunden, die noch in meiner Jugend ein religiöses No-Go war, weil es, wie argumentiert wurde, zugleich eine Abkehr vom Beispiel Jesu war, der in ein Felsengrab gelegt wurde. »Der ist bei der Flamme«, war ein Satz über eine Ungeheuerlichkeit. *Flamme* hieß der Sterbeverein jener, die »sich verbrennen« lassen wollten. Heute ist alles anders. Die Pensionisten meiner Heimatgemeinde, und zwar sowohl diejenigen aus dem schwarzen, als auch die aus dem roten Verein, haben gemeinsam einen Ausflug nach Sankt Marienkirchen gemacht, um dort das neu errichtete Krematorium zu besichtigen, von dem es heißt, daß sich mit ihm kein anderes Krematorium in Österreich, was seine Kapazität und Leistungsfähigkeit betrifft, messen und vergleichen könne… Angeblich gibt es dort auch eine

Kantine, wo die Besucher, wie in einer Brauerei im Bräustüberl, mit Freibier und Frankfurter Würsteln bewirtet werden. Seit dem Zweiten Vatikanischen Konzil darf auch kein Pfarrer mehr Selbstmördern oder deren Hinterbliebenen ein christliches Begräbnis verweigern. In einer deutschen Satirezeitschrift erschien damals eine Karikatur, auf der ein geschwänzter und gehörnter Krampus oder Teufel vor einer langen Reihe von Verdammten stand, mit einer Sprechblase, in der es hieß: Alle Feuerbestatteten vortreten! Generalamnestie!

Es entspricht im übrigen einer religiösen Unsicherheit, einem Minderwertigkeitsgefühl als Reaktion auf das schon zitierte »*religio est pudendum*«, daß sich die »Konfessionellen« gerne nach prominenten Anhängern ihrer Kirche umsehen und auf berühmte Personen, am besten auf Literaturnobelpreisträger oder Stars und Spitzensportler berufen, die sich in »Testimonials« (»Zeugnis geben«) zu ihrer Kirche und einem entsprechenden Lebenswandel bekennen. Ein solches Idol war in meiner Kindheit und Jugend in der Katholischen Jungschar und der Katholischen Jugend der Schifahrer und Olympiasieger Toni Sailer, der in seiner Heimatstadt Kitzbühel wohl mit der Kirche, der »Ortskirche«, vertraut war. Wenn sich dann viel später, vielleicht sogar nach dem Ableben der »Bekenner«, gewisse moralische Mängel und dunkle Flecken in ihrer Biographie bzw. gewisse Prominente als Heuchler oder Frömmler herausstellen, ist das Ende der Fahnenstange und der Sympathie erreicht. Viele ehemalige Sympathieträger der Gegenwart oder jüngeren Vergangenheit wurden im nachhinein entzaubert. Viele Stars sind erloschen oder haben sich als Sternchen oder überhaupt als Sternschnuppen erwiesen ... In meiner Mundart heißt übrigens *stürzen*, etwa beim Schifahren, einen »Stern reißen«. Es sind freilich auch schon manche »Entzauberer« und Enthüllungsjournalisten entzaubert und »enthüllt« worden ... Der Mensch ist und bleibt ein »Mängelwesen«. Auch man selbst, in diesem Sinne: *Me too*. Viele »Gerechte« haben sich als Selbstgerechte erwiesen und herausgestellt.

»Bekenner« war übrigens der theologische Fachausdruck für heroische Menschen, die sich von ihrem Glauben nicht »abbringen« haben lassen. Auch nicht durch Folter. Ich glaube nicht, daß ich einer Tortur und einer »hochnotpeinlichen« Untersuchung, den »Daumenschrauben«, der »eisernen Halskrause«, der »Streckleiter«, aber auch nicht der Qual durch Schlafentzug, womit man neben anderen Brutalitäten wie der grellen Bestrahlung durch Jupiterlampen etc. den ungarischen Erzbischof und Primas von Ungarn József Mindszenty, den entschiedenen Kritiker des Kommunismus, gequält und zermürbt hat, standgehalten hätte ... Auch nicht dem in der Strafanstalt auf der Insel Guantánamo praktizierten »Waterboarding«, der »modernen« Foltermethode des simulierten Scheinertränkens ...

»Bekennen« führte in vielen Fällen zum Martyrium. Im Buch »Erotik und Enthaltsamkeit« des französischen Historikers Jacques Dalarun, eines Schülers des Historiker-»Papstes« Georges Duby, erfährt man über den Abt Robert d'Arbrissel aus dem Kloster Fontevraud in der Bretagne (das Werk heißt im Original »Robert d'Arbrissel et la vie religieuse dans l'Ouest de la France«), daß es neben dem sogenannten »roten Martyrium« der

»Blutzeugen« auch ein »weißes Martyrium« gegeben hat. Im Falle des Robert d'Arbrissel bestand es darin, daß Mönche und Nonnen gemeinschaftlich lebten, ja, im selben Dormitorium schliefen. Die asketische Leistung bestand darin, daß sie der »fleischlichen« Versuchung und der Libido widerstanden, sich der Versuchung widersetzten und das Sprichwort falsifizierten: Wer sich in die Versuchung und Gefahr begibt, kommt darin um …

Viele Religionen und Konfessionen kennen das Märtyrertum, weil sich die Gläubigen sozusagen gegenseitig massakrieren und umbringen, wie Kritiker meinen. Im Gegensatz zum Islam, wo den »Märtyrern« (oft Terroristen und Selbstmordattentätern) im Jenseits 100 Jungfrauen versprochen werden, gilt im Christentum nach Markus 12,18–27: »Im Himmel wird nicht gefreit.« In der Vulgata heißt es, daß Jesus den Sadduzäern auf ihre spitzfindige Frage antwortet: Im Jenseits *»neque nubent neque nubentur«* … Luther übersetzt: »Sie werden nicht freien, noch sich freien lassen, sondern sie sind wie die Engel im Himmel.«

Als »Engel im Himmel« wurdest bekanntlich auch du, Prinz Aloysius von Gonzaga, bezeichnet, als du 1591 im Ruf der Heiligkeit als 23jähriger Jüngling beim Samariterdienst, der Pflege von Pestkranken in Rom, starbst, wie du auch auf vielen Bildern mit einem Pestkranken, den du auf Händen trägst, dargestellt wirst. Als du, Aloysius, starbst, war der französische Priester Vinzenz von Paul, der sich durch Großtaten der Nächstenliebe, der Armenfürsorge und der Krankenpflege ausgezeichnet hat und als Gründer und Patron der Caritas gilt, gerade zehn Jahre alt. Es waren Mönche und Nonnen, »Barmherzige Brüder« und »Barmherzige Schwestern«, die Spitäler und Sanatorien gründeten und betrieben, die heute zunehmend von der öffentlichen Hand übernommen und als allgemeine Kliniken und Krankenanstalten geführt werden. Nur die alten Bezeichnungen wie etwa »Elisabethinen-Krankenhaus« oder »Privatklinik Maria Hilf« in Klagenfurt erinnern noch daran, daß es sich einmal um kirchliche Institute gehandelt hat. Der gute Geist der Nächstenliebe wirkt auch noch in unserer, von vielen mit Recht als herzlos empfundenen Gegenwart, wenn man nur an die Friedensnobelpreisträgerin, die aus Skopje stammende Mutter Teresa in Kalkutta denkt. In Saarbrücken steht das »Evangelische Krankenhaus« in hohem Ansehen, wo ich meinen verehrten Lehrer Hans Eggers einmal kurz vor seinem Tod im Jahr 1988 besuchte. Nach seiner Einäscherung wurde seine Urne auf dem Friedhof Sankt Johann »beerdigt«. Mit dem Spital »Maria Hilf«, einst von Schwestern geführt, die sich nun, wenige und alt und in Pension, in eine an den Garten des Sanatoriums angrenzende Villa zurückgezogen und das Krankenhaus den Ärzten und Schwestern der Vereinigung »Humanomed« übergeben haben, habe ich nun leider – oder eigentlich Gott sei Dank – als Apnoe-Patient Bekanntschaft machen müssen – oder dürfen. Hier wurde mir durch den Neurologen und Psychiater Dr. Gustav Raimann, nach einer richtigen, sozusagen punktgenauen Diagnose und Therapie und nach der Untersuchung im Schlaflabor wunderbar geholfen, so daß ich wieder Lust bekam zu leben und zu schreiben …

Es gibt natürlich hier wie in vielen Krankenanstalten auch eine Kapelle, nicht nur einen allgemeinen interkonfessionellen »Andachtsraum« wie in neuen Spitälern. Die Kapelle in »Maria Hilf« stammt vom berühmten Architekten Clemens Holzmeister. Vor der »Rezeption«, der »Aufnahme«, beim Eingang erinnert noch eine traditionelle Marienstatue an die Geschichte des Hauses. Aber auch ein modernes Bild des großen slowenischen Kärntner Malers Valentin Oman kann man hier bewundern, das ähnlich wie Omans Fresken in der Kapelle auf dem Friedhof in Annabichl oder in der Kirche im Bischöflichen Internat und Gymnasium Tanzenberg – das Oman wie auch Peter Handke oder Engelbert Obernosterer besucht haben – »verblassende« Menschen und Gestalten zeigt, die schemenhaft und geheimnisvoll in die Gegenwart hervor- oder eigentlich in die Ewigkeit des Jenseits zurücktreten… In Tanzenberg zitiert Oman über seinen Bildern das Turiner Grabtuch, das auch stilistisch viel über seine Malweise aussagt. Es war mir eine Ehre, daß ich an der Universität Klagenfurt bei Omans Verleihung der Ehrendoktorwürde die »Festansprache« halten durfte. Schließlich kennen wir uns seit unserer Studienzeit, als wir beide im Studentenheim in der Wiener Ebendorferstraße wohnten, ich als Student der Germanistik, er als Student an der Akademie der bildenden Künste am Schillerplatz. Fast wären wir dort Kollegen geworden. Aber er hat im Gegensatz zu mir die Aufnahmeprüfung bestanden…

Viele Jahre später, nach meinen dreizehn Jahren in Saarbrücken und meiner Rückkehr nach Österreich, wollte mich der Maler Josef Mikl, der an der Akademie der bildenden Künste eine Meisterklasse leitete, als Nachfolger des verunglückten, zwanzig Jahre verschollenen und schließlich tot in einer Höhle in den Osttiroler Bergen aufgefundenen Kunstwissenschaftlers, des Jesuitenpaters Alfred Focke, als Kollegen und Freund an die Akademie berufen lassen. Daraus ist nichts geworden. Es hätte wohl auch nicht ganz meiner damaligen Lebensplanung entsprochen … Mit Focke hatte ich, kurz bevor er in die Berge aufgebrochen und dort umgekommen ist, bei einer Tagung in Millstatt eine kleine Auseinandersetzung, weil ich mich kritisch über Karl Rahner und dessen in einer Jubiläumsschrift des Otto Müller Verlags geäußerte Meinung, alles Kreative sei im Kern auch christlich, ausgesprochen habe. Julian Schutting hat in seinem Buch »Dem Erinnern entrissen« dem »einsamen Grenzgänger« Focke einen berührenden Nachruf gewidmet, im Bedauern auch, daß die Kirche keine Gestalten wie ihn oder Monsignore Otto Mauer mehr hat …

Ich habe mich einmal, auf Anfrage und Bitten der Diözesanfinanzkammer hin, bereiterklärt, mich als Kirchenbeitragszahler zu deklarieren. Daraufhin wurde ich von Bischof Alois Schwarz zu einem Mittagsmahl ins Palais der Kaisertochter Marianna eingeladen, in die Bischofsresidenz der Diözese Gurk-Klagenfurt. Der andere, im Gegensatz zu mir wirklich prominente Armin Assinger, der sich auch als Beitragszahler »geoutet« hat, hat die Einladung des Bischofs »nicht einmal ignoriert«. Heute, in der Zeit des übertriebenen und überbewerteten Datenschutzes, darf ja in keinem Formular das früher selbstverständliche r.k. oder AB oder HB, also die Konfession abgefragt werden. Es freut mich aber, wenn ich auf meinem Weg aus dem Zentrum entlang des Lendkanals an der Johanneskirche, die ich einmal in einem Essay irrtümlich als Lutherkirche bezeichnet habe – sie ist freilich auf dem Martin-Luther-Platz –, vorbeikomme und die Gedenktafel für den evangelischen Gert Jonke sehe … In der Stadtpfarrkirche Sankt Egid hat mich der leider schon verstorbene Monsignore Markus Mairitsch auf einen protestantischen Pastor auf dem Deckengemälde hingewiesen, erkennbar an dem charakteristischen Beffchen. Der Klagenfurter Dom war ursprünglich eine Kirche der Protestanten. Die ergreifendste Rede hat beim Requiem für den verstorbenen Generalvikar und Protonotar Olaf Colerus-Geldern der evangelische Bischof Herwig Sturm gehalten …

In der Kirche Sankt Egid, der Klagenfurter Hauptpfarre, historisch gesehen freilich eine Art Filiale der Mutterkirche in Maria Saal, »Maria in solio«, befindet sich neben dem rechten Seitengang in einer Nische das Grab des aus Texas stammenden »französischen« Dichters Julien Green. Er hat in seinem bewegten Leben mit vielen Ortswechseln und Reisen, über die er das umfangreichste Tagebuch der Literaturgeschichte – in der deutschen Ausgabe fünf voluminöse Bände – geschrieben hat, auch zwei Mal die Konfession gewechselt, vom Katholizismus zum Buddhismus und im Alter zurück zum Katholizismus. Als er zu einer Aufführung seines Theaterstückes »Süden« nach Klagenfurt kam, lernte er hier neben dem Intendanten Herbert Wochinz den erwähnten Markus Mairitsch, eine herausragende Priesterpersönlichkeit der Diözese Gurk-Klagenfurt, kennen. Bewogen durch die ihn tief berührende Marienverehrung in Kärnten – Mairitsch war geistlicher Assistent der Legio Mariae –, erwirkte er die

Erlaubnis, in der Kirche St. Egid bestattet zu werden, weswegen es 14 Jahre nach seinem Tod in Paris 2012 zur Überführung nach Klagenfurt kam. Bischof Egon Kapellari zelebrierte vor einer großen Trauergemeinde das Requiem und hielt eine eindrucksvolle Predigt in französischer Sprache. Als Greens »Ziehsohn« und Erbe Jean-Eric Green starb, wurde er neben seinem »Vater« in St. Egid bestattet. Bei seinem Requiem gab es kaum Besuch. Wir waren vielleicht 10 »Gäste«... Es kann sein, daß manche diese Grablege an dieser Stelle als unpassend empfunden haben. Die Bestattungen in der Krypta der Stadtpfarrkirche bereiteten übrigens auch technische Schwierigkeiten, weil der Kirchenrektor vor Mairitsch die Gruft, den riesigen Keller der Kirche, ungeschickter Weise, angeblich aus statischen Gründen, mit Beton hat ausgießen lassen. Bestattungen waren nun nur mehr in dem einen noch freien Raum möglich...

Es gibt Gott sei Dank (!) in Europa viele Gotteshäuser, die von mehreren oder doch zwei Konfessionen genützt werden, in vielen katholischen Kirchen in Österreich hat die Kirchenleitung etwa den Orthodoxen – den Griechisch-orthodoxen, den Serbisch-orthodoxen oder Russisch-orthodoxen – Benützungsrechte eingeräumt. Natürlich bleiben die Christen unter sich. Es wäre kaum vorstellbar, daß Moscheen für Christen oder Kirchen für Muslime zur Verfügung gestellt würden... Ich habe einmal in der Klagenfurter Kreuzberglkirche einem griechisch-orthodoxen Gottesdienst »beigewohnt« und über die Schönheit und den ästhetischen Reiz der praktizierten Riten und der Liturgie gestaunt. Man hat vor dem Gottesdienst den Altarraum mit mitgebrachten Ikonen und anderen spezifisch orthodoxen Weihegegenständen und einer Art Ikonostase, einer Bilderwand, umgestaltet. Eigentlich schade, daß von der alten griechischen Liturgietradition in der katholischen Messe nur noch das »Kyrie eleison, Christe eleison« übriggeblieben ist. Wie herrlich aber klingt dieser Anruf in der »Krönungsmesse« Wolfgang Amadeus Mozarts, der »Missa solemnis« von Ludwig van Beethoven oder in Anton Bruckners »Windhaager Messe« oder auch Charles Gounods »Cäcilienmesse« … Man darf sich auch daran erinnern, daß das »deutsche« Wort *Kirche* etymologisch gerade auf dieses *kyrios* zurückgeht, auf das Griechische – wie auch das Wort *Etymologie* selbst …

Ich kann auch lange Predigten oder Psalmen oder Lesungen in einer mir nicht bekannten Sprache hören, schon gar, wenn sie im *tonus rectus*, also singend, vorgetragen werden. Neulich im Dom von Caorle habe ich am Fest Mariä Namen auch von der italienischen Predigt des lebhaft gestikulierenden Prädikanten nur hin und wieder ein Wort verstanden. Nur am lateinisch gebeteten Credo, dem Pater noster und dem Abschlußgesang, dem Salve regina, konnte ich mich beteiligen und »mithalten« … Im übrigen habe ich mich bei den frommen italienischen Marienverehrern – vor allem Marienverehrerinnen – sehr wohl und gut aufgehoben gefühlt – und ein aktuelles und akutes Gesundheitsproblem dabei vorübergehend vergessen … Gebetserhörung? Nein, nicht doch! Die Ausdauer der Orthodoxen beim Singen und Beten kann einen ungeduldigen Mitteleuropäer freilich überfordern. In diesem Sinn hab ich mich dann doch vor dem Ende der griechischen Liturgie in der Kreuzberglkirche entfernt… Freunde, die wiederholt den Berg Athos besucht haben, berichten von ungeheuer langen Andachten, namentlich in der Osterzeit, die halbe Nächte dauern oder auch im Morgengrauen stattfinden.

In Psalm 33/21 heißt es: »Gott beschützt die Gebeine der Gerechten.« Und bei Jesaias steht: »Es werden ihre Gebeine blühen wie Blumen.« Moritz Meschler – wie du, Aloysius, vom Orden der Gesellschaft Jesu – zitiert diese beiden Stellen in seinem Buch »Leben des hl. Aloysius von Gonzaga, Patrons der christlichen Jugend« (1819) im Schlußkapitel »Die irdische Hülle des entflohenen Engels«, wo von den fünf »Erhebungen«, das heißt Exhumierungen und Umbettungen, deines Leichnams die Rede ist, und von den vielen Reliquien, die durch Schenkungen an Kirchen gelangten, wie die Kinnlade nach Palermo, ein Schulterblatt nach Brüssel, von dem ein Teil später nach Antwerpen gelangte. »Der römische Provinzial, Pater Bernardin Rossignoli, teilte reichlich von den Reliquien aus… und so kamen Teile des Leibes nach Polen, ja nach Indien.« Das berühmte Kruzifix, vor dem du auf vielen Bildern in Betrachtung und Andacht dargestellt bist, gelangte nach Köln. »Am 2. August des Jahres 1626, vier Jahre nach der Heiligsprechung des Gründers des Jesuitenordens Ignatius von Loyola, legte der Kardinal Ludovico Ludovisi feierlich den ersten Stein zur neuen Kirche des hl. Ignatius und zwar an der Stelle der alten Annuntiatenkirche.« Dort also hast du, Aloysius, nach der fünften »Erhebung« eine eigene würdige Kapelle erhalten, in deren Altar der Rest der verbliebenen Reliquien und »Überreste« verwahrt liegt. Francesco Gonzaga, dein jüngerer

Bruder, Markgraf nach dem verruchten »tyrannolo«, nach Rodolfo Gonzaga also, dem »unheiligen Bruder des Heiligen«, der von aufgebrachten Untergebenen erschossen wurde und außerhalb der Friedhofsmauern beerdigt worden war, wenn auch später auf Ersuchen der Mutter Marta Tana beim Papst umgebettet wurde, Francesco Gonzaga also, im Gegensatz zu seinem Vorgänger tüchtig und fromm und auch politisch bedeutend, bekam vom Jesuitenprovinzial Aquaviva schließlich für die Jesuitenkirche in Castiglione dein Haupt, das Haupt des 1605, vierzehn Jahre nach seinem Tod, selig gesprochenen älteren Bruders. (Die Heiligsprechung erfolgte ja erst 1726.) Es ist merkwürdig, wie Meschler mutmaßt und spekuliert, warum du, der Selige und dann Heilige, nicht wie andere Heilige unverwest geblieben bist. Ich habe mir in meinem Roman »Aluigis Abbild« einen etwas anderen Reim auf diesen Umstand gemacht… Meschler: »Gott hat dem Leib des hl Aloysius nicht wie den Leibern so vieler anderer Heiligen die Gabe der Unversehrtheit verliehen, die gewöhnlich als eine besondere Belohnung unentweihter Keuschheit angesehen wird. Man sollte denken, gerade Aloysius habe in Ansehung seiner außerordentlichen Reinheit und Jungfräulichkeit auch diese Auszeichnung zuteil werden sollen. Gott ist aber unerforschlich in der Verteilung seiner Gaben und Gunstbezeigungen. Vielleicht beabsichtigt er in seiner Vorsehung durch die Auflösung des heiligen Leibes vielen Orten die Ehre und die Segnungen der Gegenwart seiner Reliquien zuzuwenden…« Nun ja.

Solch unverweste Leiber gibt es in der Kirche in Castiglione delle Stiviere auch, und zwar jene der drei

Töchter des verruchten Markgrafen Rodolfo, Cinzia, Gridonia und Olimpia, die sich nicht an ihrem bösen Vater, sondern an ihrem verstorbenen Onkel Aloysius ein Beispiel genommen und einen jesuitischen Frauenorden für adelige Mädchen gegründet haben. Obwohl sie weder selig- noch heiliggesprochen wurden, hat ihnen Gott, um Meschlers Wortschatz zu verwenden, die »Gnade der Unversehrtheit des Leibes« geschenkt. Gott hat sich also nicht nach Rom und der Rota des Vatikans gerichtet, um es ein wenig frivol zu sagen. Mit wächsernen Gesichtern liegen sie in ihrer schwarzen Nonnentracht und mit Spangenschuhen in einer kleinen Seitenkapelle in gläsernen Särgen. Neben dem Santuario di San Luigi gibt es ein Museo storico Aloisiano in jenem Collegio Vergini Gesu, das die drei Schwestern, die frommen Frauen, die Töchter der bürgerlichen Elena Aliprandi, der Tochter des Münzmeisters Annibale Aliprandi, des »Finanzministers« Ferrante Gonzagas, des Vaters von Aloysius und Rodolfo, gegründet haben. Neben diesem lokal- und kirchengeschichtlichen Museum besitzt Castiglione delle Stiviere das vielbesuchte Museum des Roten Kreuzes, das – einer Bildergalerie im Internet unter »Sehenswürdigkeiten Castigliones« nach zu urteilen –, ein wenig wie die Wagenburg in Schönbrunn anmutet, nur eben nicht Prunkwagen für den Kaiser und seine Familie, sondern Rettungswagen für den Transport von Verwundeten jener Kriege, die die Potentaten Europas erklärt oder auch angezettelt haben, ausstellt. Es sei an Erich Frieds epigrammatischen Text über »Kriegserklärung« erinnert, wo es sinngemäß heißt, daß er sich die Kriege nicht *erklären* kann … Neben vorsintflutlichen, für den

Sanitätsdienst umgebauten und adaptierten Kaleschen, Landauern oder Leiterwagen mit Holzachsen zeigt das Museum auch historische Tragbahren, auf denen man die Verwundeten von der Front zurück in die Lazarette gebracht hat.

In einem solchen Lazarett ist auch mein 1896 geborener, 1976 verstorbener Vater Martin Brandstetter gelegen, und zwar in Cavalese nach einer Verwundung in den Dolomiten im Ersten Weltkrieg. Er wurde trotzdem auch im Zweiten Weltkrieg wieder »eingezogen« und im sogenannten »Volkssturm« zwangsverpflichtet, obwohl er doch als älterer Vater von sieben Kindern eigentlich als »unabkömmlich« hätte gelten müssen. Dort hat er sich schließlich bei Schlägerungsarbeiten am »Westwall« ein schweres Bruchleiden zugezogen, was »Abrüsten« und das vorläufige Ende vieler Sorgen und Ängste bedeutete – zum Glück für ihn und uns, für seine Frau und uns Kinder. Über ihn habe ich in der letzten Nummer der Rieder Kulturzeitschrift »Bundschuh« geschrieben. Er stammte aus einer Bauernfamilie in Tumeltsham mit neun Kindern, von denen alle sieben Söhne im Ersten Weltkrieg Militärdienst leisten mußten, was einen Rekord in der Monarchie darstellte und wofür Kaiser Franz Joseph meine Großmutter mit einer kleinen Statuette, ihn in Uniform darstellend, »belohnte«.

Lange vor Henri Dunant ist bei seinem Sanitätsdienst an den Pestkranken der Gonzaga-Prinz Aloysius, zu dessen Schädel, dem »Haupt« des Heiligen, ich am 21. Juni 2019 nach der Festmesse hinter dem Hauptaltar der Jesuitenkirche über eine schmale Treppe hinaufgestiegen bin, »umgekommen«. Pestepidemien ereigneten sich im 14., 15. und 16. Jahrhundert viele, es waren Epidemien, denen reiche, adelige Familien oft in ferne Provinzen zu Verwandten ausgewichen sind, einmal auch Ferrante und Marta Tana Gonzaga mit ihren Kindern. Vielleicht hat sich Aloysius aber an seinem Verwandten Carlo Borromaio, dem Bischof von Mailand, ein Beispiel genommen, der nicht ausgewichen ist und in seiner Diözese in der Lombardei und im angrenzenden Gebiet der Schweiz für Kranke heroisch Messen zelebriert hat. Der Heilige Karl Borromäus, dem die Karlskirche in Wien geweiht ist, hat bei einer Visite oder Visitation in Castiglione dem zehnjährigen Prinzen Aloysius von Gonzaga Religionsunterricht gegeben und die Erstkommunion gereicht.

In der Wiener Karlskirche haben auch die oder zumindest einige der zahlreichen Kinder des Malers Ernst Fuchs die Erstkommunion empfangen, wozu es ein hinreißend von ihm und seiner Frau Eva Christina und ihren Kindern Emanuel, Angelika, Tilman und Marie gestaltetes »Kinderbuch« gibt: das »Album der Familie Fuchs«. Vorneweg sind vier Porträts der Kinder, wie nur er, Fuchs, sie malen konnte. Für mich ist Fuchs einer der ganz großen Maler von Kinderbildnissen und erinnert an den allergrößten, nämlich Peter Paul Rubens. In meinem Roman »Aluigis Abbild« habe ich einen Brief fingiert, den die Mutter Marta Tana an Rubens schreibt, um ein »ritratto« ihres (verstorbenen und seliggesprochenen) Sohns Aloysius von des Meisters Hand zu erbitten. Ein solches Bild des Hofmalers der Gonzagas in Mantua gibt es leider nicht, obwohl es hunderte, auch von bedeutenden Malern der Renaissance, des Manierismus und des Barocks gibt, etwa von

Paolo Veronese und Jacopo Tintoretto. Doch kein Bild von Rubens und auch nicht von Tiziano Vecellio, der für den Hof in Mantua viel gemalt hat. Zeitlich wäre sich dies freilich für Rubens ausgegangen, Tizian hingegen ist hochbetagt acht Jahre vor der Geburt des Aloysius gestorben.

Den Text zum Bild der Erstkommunion der Tochter Angelika aus dem Fuchs-Album darf ich zitieren: »Aus dem Tor der Karlskirche kommen viele kleine Mädchen in weißen Kleidern, auch Angelika ist dabei. Ich sehe sie gleich, die langen dunklen Haare flattern im Wind und ihr Blick sucht uns in den Reihen der wartenden Eltern. In diesem Augenblick wünsche ich mir, daß unsere Familie durch das Opfer Jesu immer in Liebe zusammenhält.« Zum Schluß also ein Wunsch, der sich vielleicht nicht ganz erfüllt hat, ein frommer Wunsch?

Am Mittagstisch des Pfarrers Markus Mairitsch im Pfarrhof neben der Stadtpfarrkirche haben wir, Ernst Fuchs, Herbert Wochinz, Elisabeth Reichmann-Endres, Matthias Kralj und Andreas Mölzer, meistens an Freitagen uns eingefunden, als Fuchs oft kühne Ansichten und Geschichten aus seinem bewegten Leben erzählte, der Bühnenbildner Matthias Kralj über seine Arbeiten am Burgtheater, der Abgeordnete im Europäischen Parlament in Straßburg Andreas Mölzer über politische Interna, die pensionierte Landeskonservatorin Elisabeth Reichmann-Endres über Denkmalschutz und Restaurierungen. Alle unterhielten die bunte Runde, ich war aber der Schweigsame in dieser Mahlgemeinschaft. Es wurde Wein kredenzt, mir hat man, das heißt Mairitsch oder die Köchin, Frau Rieger, immer eine Flasche Weizenbier gebracht. Einmal habe ich meinen Sohn Andreas mitgenommen. Gerade an diesem Tag aber hat Fuchs sehr deftige und drastische, ein wenig unappetitliche Geschichten über den Tod Michelangelos und über Heilige wie Gandolf erzählt, die auf dem Abtritt »abgetreten«, also gestorben sind, so daß Andreas befremdet hinterher gesagt hat, er wisse nicht, was er von dieser unserer Versammlung im Pfarrhof halten soll. Ich solle ihn aber bitte mit solchen Einladungen in Zukunft verschonen! Fuchs und Wochinz erzählten meistens von ihrer gemeinsamen Pariser Zeit, wo Fuchs seine Bilder sogar aus Not auf der Straße Passanten angeboten hat, und Wochinz berichtete von seinen Begegnungen mit bedeutenden Theaterleuten wie Eugène Ionesco, Jean Genet und Julien Green, deren Stücke er später in seinem »Theater am Fleischmarkt« in Wien gespielt hat, oder mit dem Pantomimen Marcel Marceau. Fuchs war damals mit seinem wohl bedeutendsten Werk, der Ausgestaltung der ehemaligen Sakristei der Kirche Sankt Egid, des heute als »Fuchs-Kapelle« bezeichneten Raumes, mit Fresken zum Alten und Neuen Testament beschäftigt. Dort hat er auch den Auftraggeber Markus Mairitsch in der Gestalt des letzten alttestamentlichen Propheten Hosea verewigt.

Diese »Fuchs-Kapelle« ist heute eine vielbesuchte Fremdenverkehrsattraktion und die Ablehnung der Kunst des Hauptvertreters des Wiener Phantastischen Realismus ist wohl auch abgeklungen … Von der Fuchs-Kapelle als einer »Geisterbahn« war die abfällige Rede gewesen. Aufregung gab es freilich zuletzt wegen des riesigen Tafelbildes des »Letzten Abendmahls« im

Presbyterium von Sankt Egid, das wohl nach einem Gemälde, das Fuchs für die Kapelle des Österreichischen Hospizes in Jerusalem gemalt hat, weniger von ihm als von Helfern »nachgemalt« scheint. Überkritische haben sogar geäußert, sie würden das Gotteshaus wegen dieses von ihnen als »gotteslästerlich« empfundenen Bildes in Zukunft nicht mehr betreten. Fuchs hat auf diesem Bild bekannte Kärntner Persönlichkeiten dargestellt wie den Bischof Alois Schwarz oder den Theologen Matthäus Woschitz. Ursprünglich hatte er auch eine junge Frau ins Bild gesetzt, die als Frau Sabel, die Mutter zweier Kinder von Fuchs, erkennbar war. Auf Ersuchen des Pfarrers hin hat er sie aber übermalt und ihr die Physiognomie seiner Mutter gegeben. An die Tür der Kapelle hat er das sogenannte »Heilige Haupt von Klagenfurt« gemalt, eine Kopie nach einer Kopie eines Guido-Reni-Bildes, vor dem, einem Gelübde aus vergangenen Zeiten folgend, bis heute in einer Woche in der Fastenzeit, vor der Karwoche, sogenannte Heilig-Hauptandachten gehalten werden.

Ich hatte mir vom »Besuch« der Kopfreliquie meines Namenspatrons vielleicht zuviel erwartet. Eine »Erscheinung«? Eine Vision? Eine »Erweckung«, wie sie Paul Claudel in der Kirche Notre-Dame in Paris erlebte, oder ein ähnlich intensives Erlebnis, wie es etwa Roman Brandstaetter hatte, der polnische getaufte Jude, den ich einmal als Verantwortlicher der Katholischen Hochschulgemeinde anläßlich seines Wien-Besuches zur Aufführung seines Stückes »Schweigen« im Kellertheater unter dem Cafe Landtmann begrüßen und dessen anschließendes Gespräch mit seiner Übersetzerin Gerda Hagenau über das Buch »Der Weg nach

Assisi« ich moderieren durfte. Aber die Verweildauer vor dem Totenkopf war, obwohl ich nach dem Gottesdienst den ersten Andrang von Gläubigen vorübergehen ließ und als letzter zu ihm hinaufstieg, doch zu kurz, um beim Betrachten dieses Hauptes alles andächtig zu bedenken, was ich von ihm wußte, was er »Gläubiges« – und Unglaubliches – geleistet, gesprochen und auch geschrieben hat, wie er als 15Jähriger in Spanien in der Residenz Valladolid in klassischem Latein eine auch die Professoren der Universität Salamanca in Erstaunen versetzende Rede auf König Philipp II., den Sohn Kaiser Karls V., den ruhmreich als Sieger aus der Schlacht um Portugal Zurückgekehrten, gehalten hat. An die Briefe mußte ich denken, die er seiner Mutter geschrieben hat, aber auch seinem Bruder Rodolfo, den er rügt und ermahnt, von seinem liederlichen Lotterleben und dem Konkubinat mit Elena Aliprandi zu lassen. Warum, fragte ich ihn, bist du eigentlich nicht zum Begräbnis deines Vaters Ferrante, dem du durch deine Entscheidung gegen die Übernahme des Marchesats von Castiglione und für den Eintritt in den Jesuitenorden so viel Kummer bereitet hast, von Rom nach Castiglione gereist, wo du doch sonst viele Reisen und Ritte absolviert hast. Stimmen meine in »Aluigis Abbild« geäußerten Vermutungen, daß du es mit dem biblischen »Laßt die Toten die Toten begraben!« erklärt hast? Was, lieber Namenspatron, sagst du zu den beiden nackten, süßen Putti, die über dich die Himmelskrone halten? Sie scheinen doch ein wenig wie übermütige Lausbuben, wie du einer warst, als du im Heerlager, wohin dich dein Vater mitgenommen hat, eine Kanone abgefeuert hast. Später hast du das als deine größte Sünde bezeichnet. Da hast du vielleicht ein wenig übertrieben, es war doch eher eine Dummheit, ein unüberlegter Streich, aber keine Todsünde.

Die zwei spitzbübischen Engel, die halbnackt die Krone über dein Haupt halten, eine Krone, wie du sie als Kronprinz der Grafschaft, der Markgrafschaft Castiglione zur großen Enttäuschung deines Vaters und der Menschen des Landes verschmäht hast, wohl also eine vom Künstler phantasievoll abseits der feudalen Heraldik erfundene »Himmelskrone«, gaben und geben mir zu denken. Was würdest du dazu in deiner großen Abhandlung über Engel, über Engel im allgemeinen und die drei Erzengel, Michael, Gabriel und Raffael im besonderen, sagen? Leider hast du ja jedes Wort über die Ikonographie und die Kunst, die sich in deiner Zeit so prächtig entwickelt hat, wenn man nur an Tizian, Veronese, Tintoretto oder den bei deinen Verwandten, den Gonzaga-Herzögen in Mantua, tätigen Pippi »Romano«, den Raffael-Schüler, denkt, vermieden. Habe ich dich recht verstanden und richtig interpretiert, wenn ich konjiziert und vermutet und geschrieben habe, die Kunst deiner Zeit hätte dich mehr angewidert und abgestoßen als angezogen oder überhaupt interessiert? Stimmt es, daß du als Page bei deinem Verwandten Vincenzo Gonzaga den Herzog gebeten hast, er möge dir Dienste im Palazzo del Te, dem ehemaligen Liebesnest des Herzogs Fernando Gonzaga und seiner Hetäre Boschetta, ersparen und vor allem solche im Palazzo, wo in der Sala dei Sposi und der Sala di Psiche sehr freizügige erotische Szenen dargestellt sind, deren Anblick du unbedingt vermeiden wolltest? Die beiden Putti, Engel und ein wenig Bengel, passen wohl nicht ganz zu dir, wenn es heißt, daß die Putti auch eine Erinnerung an die Eroten der Antike sind, eine Zeit, als die »Knabenliebe« durchaus üblich war und alte Männer, ältere Philosophen, Umgang mit »Lustknaben« pflegten. Die Kirchen Italiens, ja Europas, sind reich an den dürftig gekleideten, halbnackten, geflügelten kleinen Engeln, die wie in Schwärmen auf Mauervorsprüngen, auf Gesimsen und Lisenen und vor den Bildern der Heiligen, ja auf Altären neben den Tabernakeln sitzen und sich fröhlich und wohlig räkeln, indem sie im Kontrapost oder mit einem angehobenen Beinchen das Gleichgewicht und die Balance suchen. Viele halten Fackeln oder Kerzen in Händen, oder sie musizieren und blasen pausbackig in Fanfaren oder Trompeten, Schalmeien oder Flöten.

Doch gibt es auch in der Gegenwart, fast 450 Jahre nach deinem Tod, ein sogenanntes »Engelwerk«, wo eine heute als »fundamentalistisch« bezeichnete Gruppe von Gläubigen – manche meinen »Abergläubischen« – sich auf all jene Stellen in den heiligen Schriften des Alten und des Neuen Bundes beruft, die auch du in deinem wunderbaren Latein zitierst. Sie nehmen alles wörtlich und lassen keinen Widerspruch oder eine freiere, eine freizügigere Auslegung oder Exegese gelten. Ich habe deinem Engel-Traktat entnommen, daß auch du dich genau an die Heilige Schrift und die patristische Literatur, an Hieronymus, Augustinus und Athanasius und Gregor und wie sie alle heißen, hältst. Du tust gut daran. Es ist viel blühende Phantasie, Vision, geistreiche Mystik und erlebnisvolle Spiritualität in den Gedanken. Und es wäre ein Fehler und ein großer Schaden und Verlust, wenn wir die Literatur und die Kunst und die Geistesgeschichte und die Sprache von den Engeln »säubern« wollten, sie aus tausenden Gemälden, Reliefs oder Plastiken, beispielsweise der Verkündigung durch den Erzengel Gabriel, um nur das zu nennen, wegretouchieren und streichen wollten. Der fromme Mensch ist niemals ein Bilderstürmer. Das wäre wahrlich ein Vandalenakt, wenn wir Bilder, auf denen ein Schutzengel ein Kind bei Sturm und Regen über eine Brücke führt, unter der ein reißender Fluß bedrohlich braust und tost, schwarz übermalen und unkenntlich machen würden… Und sprachlich muß natürlich auch weiterhin gelten: *Angelus Domini nuntiavit Mariae*… Und wenn jemand eine gefährliche Situation unversehrt übersteht, etwa einen Verkehrsunfall, werden wir weiterhin sagen dürfen: »Er hatte einen Schutzengel.«

Einmal hatte ich Glück oder einen Schutzengel, wie man will: Am 18. September 1987 mußte ich von Klagenfurt nach Linz fahren, um bei einer Benefizveranstaltung der Kinderkrebshilfe eine Lesung zu halten. Ich versäumte aber in Salzburg den Anschluß und somit jenen Schnellzug, der bei Lambach mit einem Eilzug kollidierte, wobei vier Passagiere getötet und 77 zum Teil schwer verletzt wurden. Den Veranstaltern jener Benefizveranstaltung hatte ich freilich auch kein Glück beschert. Es gab absolut keinen Besuch, nur die Leiterin jener Institution und ihr Mann bildeten das Publikum. Eigentlich gab es kein »Publikum«, was ja ins Deutsche übersetzt »Öffentlichkeit« bedeutet. Ich schämte mich natürlich ein wenig und entschuldigte mich bei der Veranstalterin, die meine Anziehungskraft so sehr überschätzt hatte. Über einen ähnlichen Flop in Kastelruth habe ich einmal eine Geschichte geschrieben, die ich ganz gern bei erfolgreicheren Lesungen vor zahlreichem Publikum, das es auch manchmal gab, vorlas, was man durchaus als Koketterie verstehen kann. In Hall in Tirol hielt ich einmal auf Einladung einer Buchhandlung eine sogenannte Signierstunde, in der ich mir auch die Finger nicht gerade wund schreiben mußte. Der treuherzige Buchhändler sagte aber trotzdem oder gerade deshalb, wir sollten einen neuen Termin für eine solche Signierstunde festlegen und besser bewerben. Da habe ich mich freilich »empfohlen« …

Es ist die Rede vom Schutzengel vielleicht doch etwas mehr und etwas anderes, als zu sagen: Ich hatte Glück. So wie wir im anderen, dem Unglücksfall, wenn jemand besonderes und ausgesprochenes Pech hat, sagen: Es ging mit dem Teufel zu, also mit Luzifer oder Satan, dem gefallenen Engel, den der Erzengel Michael mit seinem Flammenschwert in die Hölle gestürzt hat. Es muß jeder für sich ausmachen, wo er die Grenze zwischen Glauben und Aberglauben sieht und zieht. Und ob er den Philosophen und Kritikern zustimmen will, daß das Christentum unbarmherzig die alten »heidnischen« Mythen des Polytheismus bekämpft und »beseitigt« hat, den Olymp entrümpelt und ausgeräumt, also leergefegt, und mit den Göttern und Giganten aufgeräumt hat – und viele neue Mythen, deutsch »Märchen«, also auch Legenden »erfunden« hat. Schön ist der Gedanke einer *anima naturaliter Christiana*, wie es von Sokrates, aber vor allem von Vergil heißt, dessen riesiges Denkmal in Mantua ich am Tag nach der Festmesse in Castiglione wieder bestaunt habe. Ich hatte kurz vor meiner, unserer Reise nach Castiglione einen Vortrag des Wiener Fundamentaltheologen Jan-Heiner Tück über das Thema »Christus und Odysseus« gehört. Menschen, die in vorchristlicher Zeit Barmherzigkeit und Mitleid geübt haben, wird also eine »anima naturaliter Christiana« »zugestanden«. Das Christentum hat die Nächstenliebe ja nicht erfunden und patentiert. Sie haben also eine christliche Ethik des Mitleids und der Nächstenliebe vorweggenommen. Es gibt ja auch heute viele hochgemute und humane Atheisten, etwa in den sogenannten Serviceclubs oder in den Freimaurerlogen, die viel Karitatives und Gutes tun und sich auch mit altruistischen Christen verbinden, Atheisten, die sich also nicht im intellektuellen Kampf gegen den Theismus erschöpfen …

Das ist ja auch wohl die Message, also die Botschaft, die Moral der Geschichte vom barmherzigen Samariter, der wohl bekanntesten Erzählung Jesu, wie sie Lukas (10,25–37) berichtet. Ein Gelehrter will Christus auf die Probe stellen und fragt, was er tun müsse und wie er leben solle, um gerecht zu handeln. Christus fragt ihn, was er im Gesetz lese, worauf der Gelehrte die bekannte Regel zitiert: »Du sollst Gott aus ganzem Herzen und mit aller Kraft lieben. Und deinen Nächsten wie dich selbst.« Auf die Nachfrage: »Wer ist mein Nächster?«, erzählt Jesus diese tausendmal in Predigten zitierte und interpretierte, in der Literatur und in der bildenden Kunst dargestellte Geschichte vom Mann, der unter die Räuber fiel und halbtot liegen blieb und von vorübergehenden, selbstgerechten Priestern (*sacerdos*) und Leviten (*levita*) in seinem Elend liegengelassen wird, während ein Mann aus dem von den Orthodoxen geringgeachteten, ja verachteten Samarien sich rührend des Verunglückten annimmt. *Quis est meus proximus*? fragt der Gesetzeslehrer im lateinischen Text den Herrn. »Wer ist mein Nächster?« Daß die Geschichte so ungeheuer viel »Valenz« hat, also einlädt zum Nacherzählen und Ausdeuten nach dem sogenannten vierfachen Schriftsinn, beweist auch ihre Verwendung im Sprichwortgut. Große Maler von Rembrandt bis van Gogh haben sie »bebildert«, viele Komponisten bis hin zu Benjamin Britten haben sie »vertont«. Die vielen Darstellungen, die dich, lieber Aloysius mit dem Pestkranken, den du trägst und ins Hospiz bringst, zeigen, sind ja auch gewissermaßen ikonographisch von den Bildern des barmherzigen Samariters »präfiguriert«. Am gegenwärtigen Papst, dem Jesuiten Jorge Mario Bergoglio, der sich als Papst nach seiner Wahl zum Pontifex und 266. Bischof von Rom den programmatischen Namen Franziskus wählte, hättest oder hast du sicher deine Freude, weil er zum Leitmotiv seines Pontifikats »Misericordia«, also die Barmherzigkeit, wählte und das Jahr 2019 zum »Jahr der Barmherzigkeit« ausgerufen hat. Er ist der erste Südamerikaner auf dem Stuhl Petri und meines Wissens auch der erste Papst mit Namen Franziskus. Er hat seinen Namen wohl bewußt gewählt. Man hätte vielleicht denken können, daß ein Papst aus deinem Orden, dem Orden der Jesuiten, der Bischof von Rom wird, sich nach Ignatius von Loyola benennt, in dessen Kirche San Ignazio du deine letzte Ruhestätte gefunden hast, wo sich in einem goldenen Sarg dein Leichnam befindet, ohne den Schädel, vor dem ich stand, und anderen Teile des Skelettes, die als Reliquien bis Indien gekommen sind. In dieser

Namenswahl liegt eine Sympathie und Hinwendung zu Franz von Assisi, ein wenig aber möglicherweise auch eine »Abneigung« gegen den eigenen Orden, der ja vielleicht nicht ganz unbegründet in vielen Ländern verboten war, zum Beispiel auch in der Schweiz, woher die Gardisten des Papstes kommen, die Nachfolger der »Sbirren« gewissermaßen, mit denen Goethe in Assisi unliebsame Bekanntschaft gemacht hat. Er hätte sich gut und gern auch deinen Namen nehmen und geben können, »Aloysius I.«, Aloysius der erste? Am jetzigen Papst hättest oder hast du sicher auch deswegen und ohnedies deine Freude, weil er wie du perfekt Spanisch und Italienisch, ja alle romanischen Sprachen spricht – und natürlich Latein und die neue »Lingua franca« Englisch. So ist Assisi wie schon unter seinem Vorvorgänger, dem Polen Johannes Paul II., noch einmal in den Fokus der Pastoral gekommen. Johannes Paul II. hat in Assisi eine Weltkonferenz von Führungspersonen aller Weltreligionen abgehalten, was ihm nicht nur viel Bewunderung von tolerant und liberal gesinnten Menschen aller Konfessionen beschert hat, sondern auch viel herbe Kritik von fundamentalistisch geprägten Gläubigen, etwa aus der »Bruderschaft Pius X.«, den Anhängern des verstorbenen konservativen Erzbischofs Joseph Lefèbvres, des Gegners des »Aggiornamentos«, der Annäherung der Kirche an die moderne Welt im Zweiten Vatikanischen Konzil. Neuerdings hat sogar der versöhnliche Papst Franziskus aus dieser Richtung Kritik geerntet, weil er an Neuerungen denkt, die Konservative vehement ablehnen.

Natürlich ging mir auch wieder die bereits erwähnte Diskussion mit Alfred Focke, dem Jesuiten und Kunstwissenschaftler, durch den Kopf. Ich hatte mich gegen die Meinung des Theologen Karl Rahner ausgesprochen, alle Autorschaft und alles Kreative seien genuin christlich, auch wenn sich die Schöpfer, Autoren und Künstler nicht als Christen verstehen. Sind also auch die Werke, die man früher auf den »Index librorum prohibitorum« gesetzt hat, die Katholiken verboten waren und für deren Lektüre man eine Dispens und Erlaubnis vom kirchlichen Lehramt brauchte, wenn man sich mit ihnen etwa wissenschaftlich befassen wollte, sind also auch die Werke des Marquis de Sade, um nur einen von den Indizierten zu nennen, »christliche Kunst«? Focke verteidigte Rahner. Ich sagte übermütig und angriffslustig: Ein Jesuit hackt dem anderen Jesuiten kein Auge aus ... Kurz darauf ist Focke verunglückt. Ich kann mich bei ihm also nicht mehr entschuldigen und Abbitte leisten, wie ich es in drei anderen Fällen reumütig getan habe. Was etwa soll man von einem Buch wie »Genie, Irrsinn und Ruhm« des deutschen Psychiaters Wilhelm Lange-Eichbaum halten, in dem nicht nur Heilige, sondern auch der Reformator Martin Luther, das »religiöse Genie«, wie oft gesagt wird, ja Jesus Christus selbst, der Gottessohn, der doch unser aller Erlöser ist, wie die Soteriologie lehrt, als Geisteskranke hingestellt werden? Nicht nur Alfred Focke, auch Günter Rombold, der Linzer Theologe, der oft als Nachfolger des kunstsinnigen Otto Mauer, des Gründers der Galerie St. Stephan – oder, wie sie sich später nannte oder nennen mußte: »Galerie nächst Sankt Stephan« – angesehen wurde, war einmal mit meinen

Ansichten nicht ganz zufrieden. Wilhelm Lange-Eichbaum würde sicher auch meinen Drang und Willen, in Castiglione eine Lebensbeichte abzulegen, als Skrupel und Minderwertigkeitskomplex, somit als krankhaft empfinden und bezeichnen. In meiner Zwiesprache mit dem Haupt des Aloysius kam mir in den Sinn, daß vor der Medizin und der zuständigen Neurologie und Psychiatrie gerade die Heiligen, was ihre Gesundheit oder eigentlich ihre Krankheit, ihren »Wahn« und ihre »fixen Ideen« betrifft, besonders schlecht wegkommen. So gesehen hast du, lieber Namenspatron, gewissermaßen Glück gehabt, daß dich Lange-Eichbaum oder auch Sigmund Freud nicht analysiert haben, wo doch schon wohlwollende Autoren und Hagiographen gern deine Keuschheit als übersteigert und deine übertriebene Angst vor dem anderen Geschlecht, ja vor deiner Mutter, vor der du angeblich immer die Augen niedergeschlagen und es vermieden hast, sie anzublikken, als bedenklich betrachtet haben... Ganz sicher hätten sie bei dir auch den »sacro egoismo«, den frommen Masochismus, diese besondere Konsequenz und »Rücksichtslosigkeit« der Heiligen gegen sich, aber auch gegen Angehörige, und den »Fanatismus« entdeckt. Die Werkzeuge, mit denen du dich im Sinne des Exerzitienbuches des Ignatius von Loyola gequält und gegeißelt hast, den Bußgürtel und die Peitsche, kann man ja im Castiglioner Museum unter den Aloisiania sehen. Die »Kinder dieser Welt« neigen ja dazu, das, was die Bewunderer der Heiligen als Unbeirrbarkeit preisen, als Sturheit zu interpretieren. Auch als Humorlosigkeit. Der aus Kattowitz stammende Jesuit und Theologe Erich Przywara hat sogar ein Buch »Der lachende Asket« geschrieben. Erstaunlich, weil nach gängiger Meinung Entbehrung und Hunger doch mißmutig und grantig machen …

Einiges an Humorlosigkeit habe auch ich, der ich allenfalls ein »seltsamer Heiliger« bin, mir zu Schulden kommen lassen, für das ich mich eigentlich schämen und entschuldigen müßte: Zum Beispiel veröffentlichte ich in der Zeitung »Die Furche« ein Gedicht über den Sexualwissenschaftler Ernest Borneman. Ungefähr so: »Manchmal trete ich in Pichl vor mein Haus auf dem Weinberg, blicke hinüber und denke mir: Dort drüben in Scharten sitzt in seinem Bauernhof im umgewidmeten Schweinestall der wackere Professor Borneman und schreibt sich die Finger wund über den fleischlichen Menschen.« Frei aus dem Gedächtnis zitiert. Irgendwie war auch von seiner Bibliothek mit den vielen Erotica die Rede und vom heiligen Paulus, der gemeint hatte, der Leib des Menschen sei ein Tempel des Heiligen Geistes … Borneman schrieb mir, eine solche Bibliothek, wie ich vermutete, hätte nicht er, sondern der sogenannte »Pornojäger« Martin Humer in Sankt Marienkirchen. Er, Borneman, hätte in seiner Bibliothek vor allem auch meine Bücher, die er von Anfang an in der Buchhandlung des Oberösterreichischen Landesverlags in der Welser Bahnhofstraße gekauft habe, weil ihn schon mein Debüt »Überwindung der Blitzangst« als Psychologen und Kulturwissenschaftler sehr interessiert hätte. Nun also müsse er zur Kenntnis nehmen, daß ich doch kein Aufklärer und Gleichgesinnter sei, für den er mich gehalten hatte. Natürlich machte mich sein Brief sehr betroffen. Jahre später hat mich Borneman aber erfreut, als er mir sein Buch »Das Patriarchat« geschickt hat mit einer anspielungsreichen Widmung: »Für A.B. zur Überwindung der Triebe«. Das wirkte auf mich beruhigend und wohltuend, fast wie eine Absolution …

Bekennen und beichten und eingestehen muß ich auch, daß ich in einem meiner Bücher, ich glaube in »Romulus und Wörthersee«, über eine Podiumsdiskussion vor großem Publikum geschrieben habe, bei der sich der Psychiater und Suizidforscher Erwin Ringel und der Schriftsteller Erich Fried über die kirchliche Sexualmoral unterhalten und »ausgetauscht« haben. Fried sagte über die moralischen Ansichten des damals regierenden Heiligen Vaters Johannes Paul II.: »Der Papst muß krank sein!« Darauf gab es im Publikum frenetischen Applaus und Zustimmung. Ich fragte in meinem Text, ob man die Krankheit eines Menschen, und sei er ein Gegner und Widersacher, applaudieren und beklatschen darf, aus Schadenfreude? Vor allem aber schrieb ich, daß Ringel und Fried, zwei damals schon schwer gezeichnete, kranke und leidende Menschen, sich mit einem solchen Urteil über den damals noch vitalen Papst zurückhalten sollten. Einen mißliebigen Regimegegner oder Dissidenten für verrückt oder geisteskrank zu erklären, gehört und gehörte zum Standardrepertoire an Denunziationen in repressiven Diktaturen … Ähnlich wie das sogenannte »Entmündigen«, das oft auch von Verwandten des oder der Entmündigten angestrebt wird, um sich auch im Hinblick auf ein Testament Erbschaftsvorteile zu verschaffen. Der Vater war ja nicht mehr bei Verstand … Medizinisches Gutachten (Alzheimer, Demenz) liegt bei. Die Bibel »empfiehlt« freilich etwas anderes. Olaf Colerus-Geldern, dessen Grab in der Gruft unter dem Klagenfurter Dom ich am Allerseelentag voriges Jahr besuchte, hat mich gern am sogenannten Familiensonntag um die Lesung jener Perikope aus dem sogenannten »Ekklesiastikus«, der Spätschrift des Alten Testaments des Jesus Sirach oder Syrach, die zu den »Apokryphen« des Alten Testaments gezählt wird, gebeten, in der es heißt: »Wenn der Verstand deines Vaters nachläßt, laß ihn nicht merken, daß du es merkst ...« Das ist ein Satz, den ich auch meinen Söhnen Andreas und Markus manchmal, aber nicht nur im Scherz vorgesagt habe ... Auch in Latein, wo die entscheidenden Verse 15–17 des Kapitels 3 im »Jesus Syrach« wie folgt lauten: *Fili suscipe senectam patris tui et non contristes eum in vita illius. Et si defecerit sensu, veniam da et ne spernas eum in virtute tua / elemosyna enim patris non erit in oblivione.* Ich zitiere den entscheidenden Satz aus der Lutherbibel: »Liebes Kind / pflege deines Vaters im alter / vnd betrübe jn ja nicht. / Vnd halt jm zu gute ob er Kindisch würde / vnd veracht jn ja nicht / darumb das du geschickter bist.« *Deficere sensu* übersetzt Luther also mit »kindisch werden« und *darumb das du geschickter bist* entspricht dem lateinischen *in virtute tua.* »In der Vollkraft deiner Jugend«, *veniam da!*, heißt es in der Vulgata. »Sei gnädig! Sei nachsichtig!«

Heute ist im Zusammenhang mit dem Altern, das trotz vieler Anti-Aging-Ratschläge unausweichlich ist, sehr viel von der Alzheimer-Krankheit und der »Altersdemenz« die Rede. Und weil ich also im Aloysius-Sanktuarium in Castiglione vor dem Haupt des Heiligen stand, erinnerte ich mich auch daran, daß ich einmal im Internet den Taufnamen Alois googelte und zu meinem Erstaunen am Beginn der langen Liste

»Bekannte Namensträger« folgendes fand: Alois, Fürst von Liechtenstein, Alois Alzheimer, deutscher Psychiater. Alois Brandstetter, österreichischer Schriftsteller … Du, Aloysius von Gonzaga, rangierst weit unten. Einige mit dem Namen Alois sind mir sehr sympathisch, etwa der in Prag geborene, in München berühmt und reich gewordene Alois Senefelder, der deutsche Erfinder des Steindrucks, der außerdem Schriftsteller, Sänger und Komponist war, der Lehrer des Koloman Felner, über den ich den Roman »Vom Manne aus Eicha« geschrieben habe, einige sind mir unsympathisch, ja geradezu peinlich, wie der Vater Adolf Hitlers, Alois Hitler! Und er ist nicht der einzige »Ungustl« mit diesem Taufnamen. Ich habe vor Jahren immer wieder Post bekommen von einem »Pater Alois«, der in Korea ein großes Sozialwerk, ein Heim für verwahrloste Waisenkinder betrieben haben wollte. Er schrieb mir erschütternde Briefe und ich spendete und spendete. Eines Tages machte mich aber meine Frau auf einen Artikel der Ombudsfrau der »Kleinen Zeitung« aufmerksam, wo zu lesen war, daß es sich bei jenem »Pater Alois« nicht um einen Wohltäter, sondern um einen Übeltäter, einen Schwindler und Betrüger handelte. Eben heute, am 15. Dezember 2019, ist in der »Kleinen Zeitung« ein ausführlicher Artikel von Kurt Wimmer über einen sehr zwielichtigen Alois erschienen: »Der Fall des braunen Bischofs«. »Vor dem Krieg schrieb dieser Bischof ein Buch, in dem er die Idee eines christlichen Nationalsozialismus verfocht. Im Krieg betete er für den Sieg Hitlers und nach dem Krieg wurde er Fluchthelfer für Kriegsverbrecher: Alois Hudal.«

Ein Kapitel für sich sind heute Doppelnamen, sowohl bei den Familiennamen als auch bei den Vornamen. Ganze Litaneien von Taufnamen gab es früher eher nur bei den Aristokraten, Zita Maria delle Grazie Habsburg-Lothringen geb. Bourbon-Parma … Erstaunlich, daß von dir, lieber Namenspatron Aloysius von Gonzaga, keine weiteren Vornamen bekannt sind. Wenn man oder vor allem deine Mutter dich Luigi oder Aluigi nannte, dann wird man die Nähe und die Herkunft des Namens Aloysius als eine Sonderform von Ludwig, Ludovico, noch im Bewußtsein gehabt haben. Verwundert und erfreut hat es mich, daß drei außerordentliche Persönlichkeiten der Jetztzeit den Namen Alois als Zweitnamen führen oder führten: Bernd Alois Zimmermann, der Komponist Joseph Alois Ratzinger, emeritierter Papst (Benedikt XVI.), und Arnold Alois Schwarzenegger. Mit keinem, weder dem großen Theologen, dessen »Einführung in das Christentum« ich sehr schätze, noch mit dem Schauspieler und Bodybuilder kann ich mich vergleichen. Am ehesten noch mit Allen Ginsberg, dem Schriftsteller der *Beat-Generation*, wenn der Name Alan oder Allen wirklich eine keltische oder schottische Form von Alois ist, wie oft behauptet.

Jetzt, wo ich die Personen mit dem Vornamen Alois in Wikipedia wieder nachschlage, sehe ich, daß sich die Liste verändert und verlängert hat und daß mich Alois Andritzki, ein sorbischer Priester und Märtyrer, alphabetisch von Platz 3 verdrängt und auf Platz 4 zurückversetzt hat. Damit hätte ich, sportlich gesehen, nicht mehr die Bronzemedaille, sondern die ungeliebte »blecherne« bekommen … Zugleich bin ich auch beruhigt, weil ich die Nähe zu Alzheimer mit zunehmendem Alter und bedrohlicher Vergeßlichkeit als leicht bedrückend empfunden habe. Ein Omen? Aber ansteckend ist das von Alzheimer untersuchte und nach ihm benannte progrediente Leiden ja Gott sei Dank nicht. Bei meinem bereits erwähnten Aufenthalt im Schlaflabor der Humanomed-Klinik, wo man bei mir gefährlich viele nächtliche »Atemaussetzer« (310 in einer Nacht) festgestellt hat, was sich durch unruhigen Schlaf oder überhaupt Schlaflosigkeit sehr ungünstig auch auf die Psyche auswirkt – es geht einem sozusagen und jugendsprachlich auch »auf den Geist« und ist dementsprechend zermürbend –, in Villach also, erzählte mir der Klinikleiter Bruno Pramsohler bei der Visite den folgenden Witz: Theodor Wagner-Jauregg und Sigmund Freud treffen sich in der Bahn, und Freud gratuliert Wagner-Jauregg zur Verleihung des Medizinnobelpreises, worauf dieser erwidert: Sie bekommen ihn doch demnächst sicher auch, aber einschränkend hinzufügt: für Literatur… Freud hätte zwei Nobelpreise verdient, für Medizin und Literatur! Ob Churchill und Bob Dylan den Literaturnobelpreis verdient haben, weiß ich nicht und es sei dahingestellt. Mein Sohn Markus, der in dem Buch »Austrobob« über Dylan geschrieben hat, sagt natürlich Ja. Er muß es wissen. Ganz sicher aber weiß es Günter Eichberger, der 1959 in Oberzeiring geborene und meiner festen Überzeugung nach nach dem Tod Wolfgang Bauers und Werner Schwabs und dem Weggang der Nobelpreisträgerin Elfriede Jelinek über Wien nach München, bedeutendste lebende Schriftsteller der Steiermark. Eichberger hat im Klagenfurter Ritter Verlag ein Buch mit dem Titel »Alias« veröffentlicht, »eine«, wie es in der Beschreibung heißt, »anarchistisch-witzige Satire auf das Musikgeschäft mit seinem Starkult, andererseits eine Parodie auf die Genres Biographie und Memoirenliteratur. Und nicht zuletzt ist »Alias« eine ebenso subtile wie subversive Annäherung an die Persönlichkeit und die Kunst Bob Dylans.« In meinem Exemplar von »Alias« hat Günter diese Widmung geschrieben: »›Alias‹ für Alois: be not busy being born is being dying … (B. D.).« Mein Sohn Markus hat mir erklärt, was es mit diesem Zitat für eine Bewandtnis hat.

So habe ich auch, bescheiden und selbstverliebt wie ich bin, den Essay »Der Alpensinfoniker«, den Günter Eichberger über mich in »Der Doppelgänger des Verwandlungskünstlers« geschrieben hat, wieder gelesen und seine Widmung »Wenn sich das Modell nicht wiedererkennt, ist das Porträt gelungen.« Leider fühle ich mich aber »bis zur Kenntlichkeit entstellt«, also gut getroffen, »aufgeblättert«, »bloßgestellt« und entlarvt. Meine Entwicklung von meinem ersten Buch »Überwindung der Blitzangst« bis zu dieser Autobiographie beschreibt er so oder läßt er mich so sagen: »Oft habe ich mich als typischer österreichischer Autor mit dem Spott von Ordnungen beschäftigt; aber der Spott hört in den letzten Jahren ganz auf bei mir, übrig bleibt die Ordnung, die Sittlichkeit. Ich war freilich nicht immer so fromm und sittsam, wie man in meiner frühen Prosa nachlesen kann …«

Merkwürdig, daß du, heiliger Aloysius, in der Liste der Namen im Internet-Ranking weit zurückgesetzt bist, wo du doch wahrlich der prominenteste Namensträger, wenn nicht überhaupt der Namensgeber bist. Irgendwo habe ich einmal geschrieben, daß ich meinen Eltern für diesen Namen dankbar bin, weil gerade im Dezember 1938 in Österreich bzw. Oberdonau viele Adolfs getauft wurden, wenn er, mein Taufname, mir auch in meiner Kindheit und Jugend nicht immer gefiel, vor allem, wenn mich die Leute auch als Jüngling, ja, als erwachsenen Mann noch Loisl oder gar Loisi nannten … Im Saarland hieß ich dann Alwis. Das klang zwar so, als steckte im Namen wirklich das Wort weise, was aber ein volksetymologischer Irrtum ist. Der Alois ist nicht der »ganz Weise«, wie in Namensbüchern (»Wie nennen wir unser Kind?«) glauben gemacht wird. Der Name ist eigentlich und genau genommen aus einem anderen Namen, nämlich dem Namen *Ludwig* entstanden, was ja auch in anderen Sprachen und in deutschen Mundarten, wo beide Namen oft gleich ausgesprochen werden, plausibel ist. Das saarländische *Saarlouis* wie auch das amerikanische *Saint Louis* sind nach dem heiligen Ludwig, Ludwig IX., auch Ludwig der Heilige, benannt, dem König aus dem Geschlecht der Kapetinger, der von 1226 bis 1270 in Frankreich herrschte. Man könnte natürlich auch an jenen westfränkischen König Ludwig III., den Sieger in der denkwürdigen Schlacht bei Saucourt 881 gegen die Normannen denken.

Das althochdeutsche Ludwigslied gilt als eine frühe Form oder überhaupt als das erste Endreimgedicht. Die heidnischen Heldenlieder, wie das Hildebrandslied, waren ja Stabreimdichtungen. Daß es sich bei jener Schlacht um ein auch heilsgeschichtlich herausragendes Ereignis handelte, wird ebenso daran deutlich, daß Gott selbst als *magazogo*, also »Pate« oder »Vormund« Ludwigs bezeichnet wird. Und die Schlacht beginnen die christlichen Krieger wie eine Messe mit *Kyrie eleison* … »Herr erbarme Dich unser!« Ein heutiger Ludwig könnte freilich auch den Karolinger Ludwig, zubenannt »der Fromme«, einen Sohn Karls des Großen, als seinen Patron ansehen, wenn auch Historiker manchmal ein wenig abfällig und unfromm nicht von Ludwig dem Frommen, sondern von »Ludwig dem Frömmler« reden … War er bigott? Überhaupt ist die Heiligkeit von Königen und Kaisern immer problematisch, denn das Reich Christi ist nicht von dieser Welt … Von Karl dem Großen, der freilich mit Feuer und Schwert missioniert hat oder christianisieren hat lassen, gilt, daß er nur in der Diözese Aachen als Heiliger verehrt wird oder verehrt werden darf. In Niedersachsen, in Sachsen und Brandenburg nennen ihn manche heute wieder den »Sachsenschlächter«. Und als über 1000 Jahre später Kaiser Karl I., der letzte Habsburger Kaiser der k.u.k. Monarchie, seliggesprochen wurde, haben sich viele über das dafür notwendige, nachzuweisende Wunder einer Gebetserhörung – in diesem Fall die wunderbare Heilung einer aus Polen stammenden, in Brasilien lebenden Nonne von ihrem Venenleiden und Krampfadern – sehr gewundert und darüber gespottet oder gespöttelt … Karl war aber, wie auch seine Gemahlin Zita von Bourbon-Parma, wirklich kirchentreu und aufrichtig und rechtschaffen fromm, und wenn mit Georges Bernanos gilt: »Erfolg ist vor Gott keine Kategorie«, dann hat Karl diese Bedingung durch Mißerfolg und Versagen im Kriegführen wie im Friedenschließen sozusagen auch erfüllt … Er war der großen Aufgabe, die ihm die Geschichte abverlangt und zugemutet hatte, nicht gewachsen. An ihr wären sicher auch Kronprinz Rudolf, der sich und seine Geliebte Mary Vetsera in Mayerling »umgebracht« hat, und auch der in Sarajewo ermordete Franz Ferdinand, der schießwütige Nimrod, gescheitert. Anders als in deinem Fall, heiliger Aloysius, wo wenigstens die Hauptreliquie, dein Haupt, wenn auch ohne Unterkiefer, durch ein Entgegenkommen der römischen Jesuiten in deine Heimat Castiglione gekommen ist, ist der vollständige Leichnam des 1922 in Madeira verstorbenen Kaisers Karl in seinem Exilort in Monte, Funchal in einer kleinen Kapelle geblieben. Und als man fünfzig Jahre nach seinem Tod seinen Sarg öffnete, habe man »über den guten Zustand« des einbalsamierten Kaisers gestaunt. Eine »Unversehrtheit« des Leibes, die oft als Omen und Fingerzeig Gottes gesehen wird, habe aber, wie auch in deinem Fall, beim Seligsprechungsprozess keine Rolle gespielt. Särge von bedeutenden Menschen nach einer gewissen Zeit zu öffnen, wird von Kritikern als »Störung der Totenruhe« verstanden und mißbilligt. Ist es ein wissenschaftliches oder oft ein kriminalistisches Anliegen, ein Verdacht, daß der oder die Tote ermordet, erschlagen oder erstochen oder vergiftet wurde, oder ist es bloß die Neugier und der Fürwitz, der die Graböffner leitet und verführt? Eine Suche nach Grabbeigaben? Neuerdings sind die prominenten Toten auch in ihren Gräbern, Mausoleen und Grüften nicht mehr sicher und benötigen im Hades Security und »Geleitschutz«. So wurden etwa die sterblichen Überreste eines deutschen Milliardärs in Velden am Wörthersee geraubt, um Lösegeld zu erpressen. Auch Mary Vetsera hat man exhumiert und »geplündert«. Ein Spediteur hat kundgetan, daß sie sich in ihrem Sarg in einer seiner Garagen befindet, ohne sagen zu können, wie sie genau dorthin gekommen ist.

Die spektakulärste Nachschau im Sarg hat es aber nicht bei Kaiser Karl I., dem letzten Habsburger, gegeben, sondern bei Karl dem Großen. Im Jahr 1000 hat der Sachsenkaiser aus dem Geschlecht der Liudolfinger Otto III. in Aachen seinen Vorgänger aus dem Geschlecht der »Karolinger« Karl den Großen »besucht«. Er bot einen makabren Anblick. So seien ihm die Fingernägel noch nach dem Tod so sehr nachgewachsen, daß sie aus den durchlöcherten Handschuhen ragten … Oft sind es, anders als im Falle Ottos und Karls des Großen, Unbefugte und Laien und Amateure, die auf eigene Faust und ohne Genehmigung in Grüften wildern. So geschehen in Kärnten, und zwar im Stift St. Paul, wo sich ähnlich, wenn auch nicht so bedeutend wie in der Kapuzinergruft, eine Habsburger-Grablege befindet und wo ein umtriebiger Historiker und Geschichtsprofessor am Gymnasium in Klagenfurt auf eigene Faust zu buddeln begann, bis ihm die Obrigkeit – aufmerksam gemacht durch Kärntner Verwandte und Adelige aus dem Geschlecht der Habsburger – in den Arm fiel …

Auch der Sarg Anton Bruckners, zwei Stockwerke unter der Orgel in der Gruft des Augustiner Chorherrenstifts St. Florian in Oberösterreich, wurde im Jahr 2000 geöffnet. Ich sage einmal ein wenig frivol, Gott hätte gut daran getan, wenn er ihn durch Unverwestheit als einen Heiligen gekennzeichnet und beglaubigt hätte … Bekanntlich gibt es ja Bestrebungen, einen Seligsprechungsprozess für Bruckner einzuleiten und anzustrengen. Bruckner selbst hat, was der Theologe und Psychotherapeut Arnold Mettnitzer in einer eindrucksvollen Rede neben dem Sarkophag in St. Florian stehend, erwähnt hat, Bruckner selbst also hat gesagt, daß er dem lieben Gott, dem er ja die 9. Symphonie gewidmet hat, auf die Frage, was er aus den ihm verliehenen Talenten gemacht habe, die Partitur seines TE DEUM zeigen würde, was IHN gnädig stimmen werde. *Non confundar in aeternum!* »In Ewigkeit werde ich nicht zuschanden werden.« Diese Angst Bruckners vor der Grube wird in der Literatur gern als eine besondere Phobie bezeichnet, auch die Angst, lebendig bestattet zu werden, kann sich zur Neurose auswachsen. Darum lassen sich ja auch immer mehr Menschen verbrennen … Seelische Leiden waren dem leidenden Genie Bruckner »geläufig«. Vom Tod heißt es in der Barockliteratur und in Totentänzen, wie dem berühmtesten Kärntner Totentanz von Metnitz im Görtschitztal, daß er gefräßig und »unersättlich« sei. Und er »verschmäht« niemanden, angefangen von Papst und Kaiser bis hinunter zum Bettler. Der Mensch ist »moribund«. *Moribund* wird meist als »todgeweiht« übersetzt. *Morituri te salutant* haben die Gladiatoren, die in Rom in Triumphzügen buchstäblich »vorgeführt« wurden, dem siegreichen Feldherrn oder dem Caesar zugerufen …

Das Wort Sarkophag bedeutet, aus dem Griechischen ins Deutsche übersetzt, wörtlich eigentlich »Fleischfresser«, *sárks* bedeutet Fleisch und *phagein* »essen, fressen«. Anton Bruckner hat ja testamentarisch verfügt, daß er nicht beerdigt, also in ein Erdgrab »versenkt«, sondern in einem bleiernen Metallsarg, einem Sarkophag eben, frei in der Gruft unter der großen Orgel aufgestellt werden soll. Diesem seinem letzten Willen hat man natürlich entsprochen. Ich habe in meiner Sammlung von Essays »Lebenszeichen« in einem der Texte auch über den Besuch Adolf Hitlers in St. Florian am 4. April 1943 geschrieben, wo er von Johannes Hollnsteiner, dem »Priester in Almas Salon«, also im Salon der Alma Mahler-Werfel, auch in die Gruft zu Bruckners Sarkophag geführt wurde, zu Bruckner, den der mit einem Akronym, einem Spottnamen, als Gröfaz (»Größter Feldherr aller Zeiten«) bezeichnete schreckliche Diktator neben Richard Wagner am meisten verehrte. Kein Künstler kann sich seine Bewunderer, schon gar nach seinem Tod, aussuchen. Und mancher bekommt aus einem Mißverständnis heraus auch Applaus »aus der falschen Ecke«! Das säkularisierte Stift St. Florian hatte sich der »Führer« als seinen Alterssitz vorgestellt und gewünscht! Es ist GOTT SEI DANK ganz anders gekommen … Daß Anton Bruckner selbst ein ungeheuer devoter Bewunderer Richard Wagners war, vor dem er sich niedergekniet und erniedrigt hat, ist rührend und ein Zeichen seines großen Kunstverstandes, aber auch seiner schlichten Gesinnung. Im übrigen wurde Bruckner in München hoch verehrt, nicht nur von Hermann Levi, seinem bedeutendsten Förderer, und man sagt, daß sich mit der und nach der Aufführung der VII. Symphonie 1884 in München seine Bekanntheit zum Weltruhm steigerte. Bruckner war, anders als Richard Wagner, sicher kein Antisemit, und als ihn der Münchner Maler Fritz von Uhde aus Bewunderung als Apostel an der Abendmahlstafel sitzend malte, sagte Bruckner: »Ja, bin ich denn ein Jude? Ich bin ja gar nicht würdig, in der Gesellschaft der Apostel zu sitzen«, und dies war alles andere als antisemitisch gemeint, sondern im Gegenteil im Sinne des »Non sum dignus«, des Tischgebets der Katholiken vor dem Empfang der heiligen Kommunion. Schließlich hat er dieses Gebet ja auch vertont: *Domine non sum dignus ut intres sub tectum meum sed tantum dic verbum et sanabitur anima mea …* »O Herr, ich bin nicht würdig, daß Du eingehst unter mein Dach. Aber sprich nur ein Wort, so wird meine Seele gesund.« Das hat Bruckner oft mit mystischer Inbrunst gebetet. Die Münchner Gesellschaft hofierte den gesellschaftlich linkischen, unmodern gekleideten Bruckner geradezu. Vor allem auch den Malern hatte er es mit seiner markanten Physiognomie angetan. Hermann Kaulbach, der Sohn des noch berühmteren Wilhelm von Kaulbach, des wichtigsten Vertreters der sogenannten »Akademisten« und »Nazarener«, ließ Bruckner bitten, ihn porträtieren zu dürfen. Bruckner war mit dem Porträt aber ganz unglücklich und bat den Maler vergeblich, ihm eine kleinere Nase zu geben. Von Uhdes Bild aber war er, als er es in Wien auf einer Ausstellung sah, tief ergriffen. In München entstanden durch Levis Vermittlung auch die wohl besten Porträtfotos Bruckners durch die Firma Hanfstaengl.

Heiliger Aloysius, von deinen Bildern wird noch zu reden sein. Aber auch von dir gibt es Bilder, die wirklich nicht als schön zu bezeichnen sind. Eins von diesen unschönen und unvorteilhaften Bildern findet sich über dem rechten Seitenaltar vor dem Eingang in die Sakramentskapelle im Klagenfurter Dom. Und auch hier ist es eine übergroße Nase, die dich richtig entstellt. Das Bild ist von einem unbedeutenden Maler, dessen Namen mir die liebe Elisabeth Reichmann-

Endres genannt hat, den ich aber inzwischen vergessen habe. Mögen auch jene oft wiedergegebenen Bilder von dir, wie das im Schloß Amras aufbewahrte Kinderbildnis, dich hübscher zeigen, als du warst, so ist das Klagenfurter Bild eine karikaturistische Übertreibung. Das hat mich nicht gehindert, am 21. Juni oft vor dir in der ursprünglich protestantischen, dann jesuitischen Kirche, dem nunmehrigem Dom zu erscheinen und an dich zu denken und zu meditieren. Ich verwende das feine Fremdwort *meditieren* aber nicht wie jene, die sich schämen, *beten* zu sagen. Es war wohl ein wenig Ironie im Spiel, als ich bei meiner ersten Begegnung mit dem neuen Bischof Alois Schwarz im Bildungshaus Sankt Georgen am Längsee in einer kleineren Runde sagte, wenn der neue Bischof ein Bauernsohn sei und mit Namen Alois heiße, könne ja nichts mehr schief gehen. Es ist aber einiges schiefgegangen, wenn man das Ende seines Episkopats in Kärnten und seinen Weggang nach St. Pölten bedenkt. Er war weniger Bauer als Jäger, und was seinen Lebenswandel betrifft, der ruchbar geworden ist, hat er sich an seinem Namenspatron, an dir, Aloysius, kein Vorbild genommen. Er war ein guter Redner und Prediger. Ich habe ihm gern zugehört. Und ihm den Lebenswandel vorzuwerfen, bin ich sicher gar nicht geeignet und befugt. Als gegen den Linzer Weihbischof Alois Wagner ähnliche Vorwürfe erhoben wurden und behauptet wurde, daß er mit seiner Sekretärin enger und nicht nur dienstlich verkehre, hat die mir verbundene Hilde Musil gesagt, sie frage jemanden, der in dieser Art tratsche, mit der deutschen Übersetzung eines französischen Sprichwortes stets: »Haben Sie ihnen die Kerze gehalten?«

Das vorerwähnte Kommuniongebet *Domine non sum dignus* könnte gut und gern als Motto über Anton Bruckners gottesfürchtigem Lebensweg stehen. Heute ist das Kommunizieren in der katholischen Kirche nach dem Zweiten Vatikanischen Konzil und den Liturgiereformen zur Routine geworden. In meiner Jugend galt noch die vorgeschriebene Nüchternheit vor dem Kommunionempfang wie auch das Freitagsgebot, nichts Fleischliches an diesem Tag zu essen. Am Freitag war der Katholik Vegetarier ... Mich hat einmal meine Mutter darauf aufmerksam gemacht, daß eigentlich auch der von mir geliebte Schinkenkäse an diesem Tag unpassend sei. Es gibt und gab freilich raffinierte Ausreden, so daß etwa Mönche wie die Benediktiner in Kremsmünster schmackhafte Forellen aus ihrem wunderbaren, von Jakob Prandtauer und Carlo Antonio Carlone geschaffenen Fischkalter verspeisen konnten ... Philipp Harnoncourt, der Grazer Theologe, hat einmal, um das gedankenlose Kommunizieren hintanzuhalten, zum »eucharistischen Fasten« geraten oder aufgerufen. Damit wir wieder lernen, dieses Brot von gewöhnlicher Speise zu unterscheiden. Denn: »Wer unwürdig dieses Brot ißt und diesen Kelch trinkt, der ißt und trinkt sich das Gericht.«

Es hat sich viel geändert und manches hat sich wohl auch verschlechtert. Verbessert hat sich das Bewußtsein, daß es nicht unbedingt vergorener, also alkoholischer Wein sein muß, der für die »Transsubstantiation«, also zum »Wandeln«, geeignet und nötig sei, sondern auch unvergorener Traubensaft verwendet werden darf. Es gab ja unter den Klerikern nicht selten auch Alkoholkranke, so daß die neue Konzession auch ein Beitrag und eine Hilfestellung für entwöhnungswillige Priester war. Eine Erleichterung bedeutet ja bereits, daß nicht mehr *sub utraque specie*, »unter beiderlei Gestalt«, also mit ungesäuertem Brot und vergorenem Wein, sondern nur mit der Hostie (manchmal in den Kelch mit Wein getaucht) kommuniziert werden darf. Und die Mehrzahl der Messebesucher zieht heute die sogenannte Handkommunion gegenüber der älteren Art, wo der Priester dem Kommunikanten die Hostie auf die Zunge legt, vor.

Was es ganz allgemein mit dem Grundnahrungsmittel Brot in Geschichte und Gegenwart auf sich hat, kann man neuerdings in einem von den Architekten der Gruppe »Coop Himmelb(l)au« originell »dekonstruktivistisch« gestalteten Museum, dem sogenannten »Paneum«, einem Gebäude wie ein riesiger Laib Brot, in Asten nahe Sankt Florian, andächtig studieren ... Der Name »Paneum« leitet sich von *panis*, »Brot«, ab, das die Gebildeten (oft auch Eingebildeten) an den Spruch *Panem et circenses*, also »Brot und Zirkusspiele« erinnert. Es war Anna Horak, die verehrte pensionierte Lehrerin und Lektorin von dreien meiner Bücher, vor allem des Romans »Zur Entlastung der Briefträger«, die als Lektorin, und vor allem Leserin, meine Bücher oft besser kennt als ich, ihr Autor, die mir die Reise zum Paneum wie auch zur Basilika in Lorch zum 80. Geburtstag geschenkt hat. Ich habe sie darum, ähnlich wie mich meine Freunde vom Tanzenberger Stammtisch im Cafe der Diakonie, im besonderen der Latein- und Griechisch-Professor Helmut Graf, mit einer wunderbar gestalteten, lateinischen Urkunde zum »Poeta laureatus« ernannt haben, zur »Lectrix primissima laureata« nominiert ...

Besonders verbunden bin ich und fühle ich mich natürlich auch mit Eveline Schrader. Sie hat wie Helmut Graf in Wien studiert und wurde mit einer altphilologischen Dissertation bei Albin Lesky zur Doctoressa philosophiae promoviert. Sie hat mir bei einigen meiner Bücher, in denen Klassisches eine Rolle spielt, wie in den Romanen »So wahr ich Feuerbach heiße« oder »Vom Manne aus Eicha«, ganz besonders aber im Roman »Altenehrung« entscheidend geholfen und mich unterstützt – und auch vor Irrtümern bewahrt. Im Roman »Altenehrung« habe ich mich in einer Art Schmähschrift, einer fingierten lateinischen *Inscriptio* eines untergebenen und beleidigten Denkmal-Beamten über seinen vorgesetzten Herrn, den Landeskonservator, nomine Reininghaus, versucht. Der entscheidende Passus des Textes wäre ohne Evelines *auxilium*, *subsidium* und *adiumentum* sicher nicht fehlerfrei gelungen.

Mit Asten, dem Standort des Paneums in der Nähe des oft besuchten Stifts Sankt Florian, verbindet mich sehr viel. Und so war es für mich eine besondere Ehre, daß ich bei der Schlußveranstaltung der Landesausstellung 1986 die Festrede halten durfte. Auch für die Festschrift zur Neueinweihung der renovierten Stiftskirche Mariä Himmelfahrt, »Raum und Klang zum Lobe Gottes und zur Freude der Menschen«, im Jahr 1996 habe ich unter dem Titel »Im Hause Dein« einen »Erlebnisaufsatz« geschrieben. Das Stift Sankt Florian besitzt in der Landeshauptstadt Linz ein Gebäude auf der Landstraße, den sogenannten Florianer Hof, so wie alle österreichischen Stifte in den Landeshauptstädten oder in der Bundeshauptstadt Wien sogenannte »Höfe« besitzen oder besaßen, in denen auch die Äbte oder Pröpste oder Prioren, wenn sie, etwa als Landtagsabgeordnete, politisch unterwegs waren, logierten. Einer meiner Lehrer, der Benediktiner, Historiker und Universitätsprofessor Hugo Hantsch, Verfasser einer viel gelesenen »Geschichte Österreichs«, wohnte während des Studienbetriebs im Melker Hof. Im Florianer Hof in Linz hatte sich bis zum Jahr 2003 eine Buchhandlung, die Buchhandlung Korb, eingemietet, die von dem Welser Maturakollegen Otto Edlinger geführt wurde. Bei einem Jubiläum dieser Buchhandlung wurde im Festsaal des »Mutterhauses«, also im Stift selbst, eine Lesung von zwei Autoren veranstaltet, von Hermann Friedl und mir oder, wie man gern sagt: »meiner Wenigkeit«. Bei dieser Gelegenheit wurde ich durch Friedls Lesung auf sein grandioses neuestes Buch »Beginn der Errichtung eines Denkmals« aufmerksam, großartig fingierte Briefe von Johannes Aprent, dem Nachlassverwalter Stifters, vom oberösterreichischen Mundartdichter Franz Stelzhamer und anderen Zeitgenossen Stifters, das ich, anders als sein Hauptwerk »Der Landarzt«, noch nicht kannte. Hermann Friedl war Arzt und Psychiater, unter anderem in Stuttgart, wo er mit der Lektorin Gertrud Frank bekannt wurde. Sie haben sich wohl, nachdem Gertrud Frank in Salzburg das Lektorat des Residenz Verlages übernommen hatte, auch über mich und meine Probleme unterhalten und sie hat mir gute Wünsche und auch psychologische und diätetische Ratschläge des Facharztes Friedl übermittelt... Dank und Gebete hinüber an beide!

Im Jahr 1949 machten wir, die Zöglinge der zweiten Klasse des Bischöflichen Knabenseminars Kollegium Petrinum in Urfahr, auch einen Schulausflug nach

Sankt Florian unter der Leitung unseres Klassenvorstandes, des Malers und Zeichenlehrers Willi Zawischa. Und obwohl wir eine muntere Bubenschar waren, auch übermütig und zu Späßen aufgelegt, wenn auch nach heutigem Maßstab durchaus fügsam und »brav«, sind wir beim Betreten der Gruft auf dem Weg zum Sarkophag Bruckners mucksmäuschenstill und andächtig geworden.

Unter den Zöglingen des Petrinums, in einer Klasse über uns, muß einem der Gymnasiasten die ungeheure Aura der Gruft und das ästhetische und religiöse Fluidum des Stiftes besonders nahe gegangen sein, weil er sich entschloß, nach der Matura ins Chorherrenstift einzutreten: Augustinus Franz Kropfreiter aus Hargelsberg, der wohl bedeutendste Komponist und Organist Oberösterreichs im 20. Jahrhundert, wurde Laienbruder des Ordens der Augustiner Chorherren. Als Mönche verstehen sich die Chorherren an sich nicht, sie sind eben »Herren«. Kropfreiter mag sich auch ein wenig an Franz Liszt, dem Pianisten und Komponisten orientiert haben, der, wenn auch erst mit 54 Jahren, in Rom die niederen Weihen und den Titel Abbé erhielt. Kropfreiter aber, dem vom Propst der Name Augustinus gegeben wurde, war schon am Petrinum, als Schüler, als musikalisch Hochbegabter, mit dem bekannten Kirchenmusiker Hermann Kronsteiner und dessen Bruder, dem Linzer Domkapellmeister Josef Kronsteiner in intensiven Kontakt gekommen. Die Brüder Kronsteiner waren Priester und stammten aus einer kinderreichen Familie in Losenstein. Hermann Kronsteiner hat über seine Herkunft auch ein Buch geschrieben mit dem Titel »Eine Mutter und 11 Kinder«. Er wurde nach und neben seiner Lehrerstelle am Petrinum als ordentlicher Professor für Kirchenmusik an die Wiener Musikakademie berufen, wo er in seiner Meisterklasse einige heute bekannte Musiker als Schüler unterrichtete, unter anderem den späteren Domorganisten von Sankt Stephan Peter Planyavsky. Ein Kollege und Freund Kronsteiners war auch Hans Haselböck, der Doyen der Kirchenmusik in Österreich. In meiner Klasse im Petrinum hatte ich zwei Mitschüler mit dem Namen Kronsteiner, Kinder der Geschwister der Brüder, also Neffen von Josef und Hermann. Otto Kronsteiner, einer der beiden, ist ein angesehener Slawist und Polonist und Professor an der Universität Salzburg geworden, wo ich in meinem Vertretungsjahr sein Kollege wurde ...

Nur der Vollständigkeit halber erwähne ich hier auch, daß ich, anders als Kropfreiter, mit Kronsteiner Schwierigkeiten bekommen habe – oder er mit mir – und ich durch ihn und den Präfekten Johannes Schauer im dritten Schuljahr wegen pubertärer »Vergehen« relegiert wurde und das sogenannte »Consilium abeundi« (deutsch: den Rauswurf) bekam. Das ist eine andere Geschichte und schon nicht mehr wahr, wenn sie auch meinen Lebensweg entscheidend geprägt hat. Es gibt auch andere Schriftsteller, die in geistlichen Anstalten ähnliche Erfahrungen gemacht haben, Richard Billinger etwa, der ein einschlägiges Buch »Palast der Jugend« geschrieben hat und wegen einer »Separatfreundschaft« Schwierigkeiten bekommen hat und abgehen mußte. Franz Rieger war auch Zögling im Petrinum und hat ein eindrucksvolles Buch über seine Internatszeit, wenn auch verschlüsselt, geschrieben:

»Internat in L«. Sagen möchte ich, weil manchmal danach gefragt, daß ich keine schlimmen Erfahrungen, wie sie heute in eigens eingerichteten Kommissionen aufgearbeitet werden, im Sinne physischer Über- oder Untergriffe erlitten habe. Eine »Separatfreundschaft«, wenn auch nicht in Billingers Sinn, hat es bei mir auch gegeben. Ich war befreundet mit einem Zögling aus Hartkirchen, mit dem ich auch nach meinem Rauswurf noch in Briefkontakt stand. Der Präfekt hat aber, wie damals nicht unüblich, meine Briefe geöffnet und gelesen, und daraufhin meiner Mutter einen schrecklichen Brief geschrieben, mit der Aufforderung, sie möge verhindern, daß ich weiter mit dem Freund korrespondiere, weil meine Briefe für einen Priesterstudenten Gift wären. Mein Freund, den ich später nur einmal noch bei einer Primiz in Hartkirchen getroffen habe, hat in dem Jahr vor seiner Priesterweihe, weil er noch nicht das vorgeschriebene kanonische Alter erreicht hatte, selbst am Petrinum als Hilfspräfekt gearbeitet, wo er sich dann unter denkwürdigen Umständen das Leben genommen hat. Er war ein guter Zeichner und hat wie zum Vermächtnis keinen Abschiedsbrief, aber eine Zeichnung hinterlassen, auf der man einen Sarg sieht, aus dem eine Hand herausragt, die einen Kelch hält. Kelche aus Gold waren damals übliche Geschenke der Pfarren für ihre Primizianten …

Augustinus Franz Kropfreiter bin ich nur einmal im späteren Leben begegnet, als er in Linz im Jahr 2002 mit dem Heinrich-Gleißner-Preis ausgezeichnet wurde. Er war damals schon schwer leidend. Eines seiner kompositorischen Werke bezieht sich thematisch auf den wohl wertvollsten Kunstschatz des Stiftes St. Florian, den sogenannten Altdorfer Altar, einen spätgotischen Flügelaltar, den Albrecht Altdorfer, ein Dürer-Schüler aus Regensburg, um 1515 gemalt hat und der als das Hauptwerk der sogenannten Donauschule gilt. Kropfreiters Musik, heißt es, sei im Sinne der Zwölftontechnik ähnlich kühn wie Bruckners spätromantische Werke.

Kropfreiter war im Petrinum nicht der einzige musikalisch hochbegabte Zögling. Der sogenannte Petriner Chor hat unter der Leitung Hermann Kronsteiners ähnlich wie die Florianer Sängerknaben oder die Wiener Sängerknaben auch Konzertreisen unternommen. Ich wollte auch dort mitsingen, Hermann Kronsteiner, der eine Art Aufnahmeprüfung abgehalten hat, hat mich aber nicht haben wollen … Sicher war auch das eine Quelle unserer späteren Entzweiung. Das Petrinum war seinerzeit nicht nur für seinen Knabenchor, sondern vor allem sportlich als »Faustballhochburg« bekannt und als Diözesansportgemeinschaft in der Sport-Union oft führend.

Linz hat neben dem Kollegium Petrinum noch eine zweite kirchliche Lehranstalt, die nach dir, Aloysius, *Aloisianum* benannt ist. Die beiden Institute und Schulen standen in Konkurrenz zueinander. Die Petriner sprachen abschätzig vom Aloisianum als »Refugium peccatorum«, und es kam natürlich manchmal vor, daß ein Mühlviertler Bauernsohn am Petrinum scheiterte, etwa am rigoros unterrichteten Latein, und daraufhin sein Heil bei den Jesuiten am Freinberg suchte. Da kam er aber vom Regen in die Traufe … In der Eingangshalle des riesigen Gebäudes des Petrinums, einer Art mehrstöckigem Vierkanthof, mit einer Sternwarte als Dachreiter im Osttrakt, thront ein überlebensgroßer Petrus, die Schlüssel in Händen, gegenüber der Pforte und Portierloge im weitaus kleineren Vorraum des Aloisianums stehst du, Aloysius, in der bekannten, hundertfach in den Kirchen des Abendlandes gestalteten Darstellung als Alumne im schwarzen Talar, mit zur Seite geneigtem Haupt und der Lilie, dem Symbol der Keuschheit, in Händen. In deinem Castiglioner Sanktuarium stellen dich gleich zwei Statuen dar, eine nach der ikonographischen Art in Talar und weißem Chorhemd mit dem andächtig und liebevoll betrachteten Kruzifix in Händen, eine andere aber in der Livrée eines Pagen, der du ja auch bei den Medici in Florenz, bei deinen Verwandten in Mantua und am spanischen Hof in Madrid bei König Philipp II. gewesen bist, für den du die erwähnte geschliffene, in klassischem Latein gehaltene Rede auf den siegreich aus der Schlacht um Portugal zurückgekehrten König ausgebracht hast, für die dich die Professoren der Universität Salamanca so gelobt haben, in einer ausdrucksstarken Laudatio deiner Laudatio. Auch in der Darstellung als Page mit der spanischen Halskrause, der Kröse, betrachtest du ein kleines Kruzifix in den Händen, hier bist du mit streng gescheiteltem schwarzem Haar, einem Lederwams, Kniehosen und nackten Unterschenkeln mit Kurzstrümpfen in Bundschuhen dargestellt, ein Page, ganz so wie du dich ja auch als Page der Gottesmutter Maria verstanden hast …

Wie in deinem Fall, lieber heiliger Aloysius, sind auch im Falle des seligen Karl viele Reliquien »im Umlauf«, wenn auch nicht von seinem Skelett, das unversehrt in einem Kupfersarg liegt, so doch in Form von Gegenständen, die er berührt oder benützt hat. Nur die

Herzen der toten Habsburger werden den Leichen entnommen und in eigenen Herzkapseln verwahrt. Karls Gattin, die Kaiserin Zita von Bourbon-Parma, die in Zizers in der Schweiz in einem Nonnenkloster lebte, wurde nach ihrem Tod nach Wien überführt und am 1. April 1989 in der Kaisergruft bei der Kapuzinerkirche bestattet. Man hat für ihren Gatten neben ihrem Sarkophag ein Podest für einen zweiten Sarg errichtet, das man aber schließlich wieder »rückgebaut« hat, weil die Politik (Habsburger Gesetz!), aber auch Karls und Zitas Sohn Otto von Habsburg wollten, daß der verstorbene Vater aus Dankbarkeit für das Volk der Insel, das dem Kaiser im Exil ans Herz gewachsen war, in Madeira verbleiben solle. Der oberösterreichische Dichter Christoph Ransmayr beschreibt in seinem Buch »Der Weg nach Surabaya« in einer Reportage »Auszug aus dem Hause Österreich. Unterwegs zur letzten Kaiserin Europas« eine Reise, genauer gesagt, eine Wallfahrt österreichischer Monarchisten zur Kaiserwitwe Zita nach Zizers in die Schweiz, an der er inkognito und unerkannt als stiller Beobachter, mit einer in der Kriminalistik vielleicht als *undercover* bezeichneten detektivischen Methode, teilgenommen haben dürfte.

Der Großmeister dieser Recherchemethode und das Vorbild ähnlich agierender Autoren ist natürlich Günter Wallraff, der sich in die Redaktion der deutschen BILD-Zeitung, in ein Kloster und einige andere Milieus eingeschlichen und Unglaubliches an Merkwürdigkeiten und vor allem an Korruption beobachtet und in Reportagen beschrieben hat. Wenn alle Literatur entweder der *»laus«* oder dem *»vituperium«* verpflichtet ist, also Zustimmung oder Ablehnung und Abneigung ausdrückt und erzeugen will, dann geht es hier wohl um letzteres, wenn man allein das von Ransmayr zitierte pessimistische Motto Joseph Roths aus der »Kapuzinergruft« bedenkt, oder liest, wie im Schlußkapitel Ransmayr eine Rede des todkranken Friedrich Heer zitiert, der über den letzten Kaiser Karl I., die Kaiserin Zita und Österreich in seiner unverwechselbaren kritischen Art wahrlich verzweifelt loslegt, sozusagen »heerzieht« …

Wie steht es nun um den Tod der Mächtigen, der Berühmten, der Reichen, der Vermögenden? Als ich zu dir, lieber Aloysius, zu deinem Totenkopf in der Jesuitenkirche von Castiglione, über den die zwei süßen Putti die von dir eigentlich verschmähte Krone, Sinnbild der Herrscherwürde, halten, hinter dem Hochaltar, den Weihrauch des Hochamtes noch in der Nase, hinaufstieg, kam mir einer der vom Dominikanerpater Claudio Fini, deinem vertrauten Gesprächspartner, aufgeschriebenen Sprüche – »Aussprüche« – von dir in den Sinn: »Wir brauchen uns auf unsere Geburt nicht sonderlich viel einzubilden, denn der Leichnam eines Fürsten unterscheidet sich in nichts von dem eines armen Bettlers, als höchstens darin, daß er noch unangenehmer riecht!« Und geradezu köstlich ist der Vergleich zwischen den irdischen Reichen und dem himmlischen Reich, dem der Fromme zustrebt. »Es verachtet die irdischen Fürstentümer, wer seine Seele dem himmlischen Reiche zuwendet, im Vergleich zu dem die Kronen und Königsmäntel wie Kleidungsstücke von Schauspielern scheinen, die über kurz oder lang abgelegt werden.« Manches von dem, was du gesagt und geschrieben hast, hätte auch Giovanni Bernardone, also Franziskus von Assisi, nicht anders sagen können. In meinem

Roman »Aluigis Abbild« ist es die Freundin deiner Mutter, Camilla Aliprandi, die Frau und dann Witwe nach Aliprandi, dem »Finanzminister« der Gonzagas, die dein Frömmigkeitskonzept nicht ganz teilt und damit deine verehrte Mutter Marta Tana kränkt, weil sie den ebenfalls jung, aber immerhin 45jährig verstorbenen und bereits zwei Jahre nach seinem Tod heiliggesprochenen Franziskus gegen dich »ausspielt«. Auch ich habe lange vieles mißverstanden und unterschätzt, was deine Nähe zu dem über 350 Jahre vor dir ins Reich der Toten heimgegangenen »Poverello« betrifft. Erst nachdem ich nun deine Rede, die du im Mai 1590 in Siena, auf dem Rückweg von Mailand nach Rom zum Thema Allerheiligen und im Besonderen zur ersten der Seligpreisungen, der Seligpreisung der »Armen im Geiste«, vor Studenten gehalten hast, endlich gelesen und studiert habe, sehe ich euch ganz nahe beisammen … Wie Franziskus, den du ausdrücklich als vorbildlich im Hinblick auf die erste Seligpreisung lobst, hast auch du auf irdische Güter und Ehren und eine Karriere als Markgraf verzichtet, wobei natürlich dein Verzicht auf die Regentschaft und das Marchesat sogar weit größer ist als der des Franziskus auf das Erbe seines freilich auch begüterten Vaters, des Tuchhändlers Bernardone. Ich habe eine Geschichte in Erinnerung, die davon handelt, daß Papst Innozenz III. auf dem Sterbebett darum bat, Franziskus von Assisi zu holen, von dem er sich erhoffte, daß er ihn in dieser schweren Stunde trösten und segnen würde. Ihr seid euch in manchem ähnlich, du und Franziskus, und doch ist jeder in seiner Art merk-würdig. Dir, Aloysius, hat die Natur offenbar weniger bedeutet. Du hattest es mit der Übernatur …

Ich habe gelesen und übernommen und in »Aluigis Abbild« zitiert, daß du als Alumne auf dem Weg von Rom nach Neapel, den du mit einem Novizenmeister zurückgelegt hast, kaum auf die wunderbare Landschaft und auch nicht auf die herrlichen Denkmäler an der Via Appia aus der Vergangenheit geachtet hast, weil du nur gebetet und meditiert hast und mit deinem Vorgesetzten, zu dem du, der du sonst zu Fuß und mit Steinen in den Schuhen, um dich zu kasteien, gegangen bist, in die Sänfte gestiegen bist, ausschließlich über Theologisches sprechen wolltest. Franziskus war ein Dichter und ein Troubadour, der Schöpfer einer der ergreifendsten Hymnen, eines Preisliedes auf die Schöpfung, des »Sonnengesangs«. Bist du wirklich im Gardasee nie baden und schwimmen gewesen? Hast du in der Pferdeschwemme in Sirmione nur dein Reittier plantschen lassen?

Auf der erwähnten Wallfahrt nach Rom im Jahr 1962 sind wir ergriffen in jenem Erker des Klosters der Heiligen Clara in San Damiano gestanden, wo Franziskus kurz vor seinem Tod den Sonnengesang gedichtet und von einem Mitbruder singen hat lassen, mit Blick auf die gesegnete Landschaft Umbriens. Philologisch gesehen gilt der Sonnengesang in »volgare umbro«, also in umbrischer Mundart, als erstes italienisches Denkmal und Franziskus als poetischer Pionier vor Dante Alighieri und Francesco Petrarca.

Dich, Aloysius, hat es mehr als nach Assisi nach Loreto gezogen, wo du jenes Haus ergriffen besucht hast, das Engel aus Nazareth hierhergebracht haben und in dem Maria vom Erzengel Gabriel besucht wurde. Ein »Maria Loretto« gibt es, wie vielerorts im

Abendland, auch in Klagenfurt. Ähnlich wie es auch mancherorts, etwa in Feldbach in der Oststeiermark, einen »Tabor« gibt. In Klagenfurt steht ein kleines, architektonisch dem italienischen Loreto nachempfundenes Kirchlein, neben einem stattlichen Schloß, das die Familie Orsini-Rosenberg der Stadt Klagenfurt verkauft hat. Das Kirchlein ist eigentlich die ausgelagerte Schloßkapelle, heute von Salesianern oder von der Filialkirche St. Martin betreut, oder – in unfrommer Ausdrucksweise – »bespielt«. Da es eine beliebte Trauungskirche und Taufkirche geworden ist, ist der Ausdruck »bespielt« gar nicht so unpassend, wenn man sieht, wie sich Hochzeitsgäste manchmal in Kirchen aufführen und pietätlos benehmen und Photographen über Kommunionsbänke springen und mit ihren Blitzlichtern das Ewige Licht in den Schatten stellen …

Eine merkwürdige Ignoranz oder Unvertrautheit mit der katholischen Welt sieht man mit Erstaunen selbst bei Johann Wolfgang von Goethe in seinem Tagebuch oder Reisebericht über seine »Italienische Reise«, die er zwischen September 1786 und Mai 1788 unternommen hat. Ich habe einmal in Sankt Gallen bei einer Tagung der Schweizer Goethe-Gesellschaft einen Vortrag gehalten und mich dort auf Goethes Besuch in Assisi konzentriert. Das war weiß Gott keine Wallfahrt. Dabei habe ich mit meinen kritischen Anmerkungen den »Aufgeregten von Goethe«, um ein Werk Adolf Muschgs zu zitieren, keine Freude gemacht. Nur die Kirche Maria sopra Minerva begeisterte Goethe, aber nicht, weil er vielleicht ein Marienverehrer wie du, heiliger Aloysius, und ich, gewesen wäre, dazu war er zu sehr Protestant und Lutheraner. Er begeisterte sich vielmehr an der

Architektur des heidnischen Tempels. Dabei korrigiert er selbst Palladio, den er sonst gern zitiert, weil auch der das Gebäude nicht richtig beschrieben habe. Es heißt, daß Goethe in Assisi mit dem Minerva-Tempel das erste klassische Bauwerk der römischen Antike gesehen hat und angesichts dieses Tempels ins Schwärmen geraten ist. Den Dom des Franziskus nennt er dagegen »häßlich«! Über den Dom sagt er: »Die ungeheuren Substruktionen der babylonisch übereinander getürmten Kirchen, wo der heilige Franziskus ruht, ließ ich links, mit Abneigung … (liegen).« Die Fresken Giottos in der mystischen Unterkirche erwähnt er mit keinem Wort. Er hätte sie damals, also 200 Jahre vor dem schrecklichen Erdbeben, noch unversehrt bewundern können. Mit ungeheurem Aufwand wurde dieses herausragende »Weltkulturerbe« nach dem Erdbeben restauriert, nein rekonstruiert. Die Mosaike lagen ja in Trümmern am Boden! Ganz kann man sich des Eindrucks nicht erwehren, als sei selbst Goethe nicht ganz frei gewesen vom deutschen Überlegenheitsgefühl gegenüber den Italienern, der Protestanten gegenüber den Katholiken, so fein und umständlich er sich über einige Gegenstände und Lebensgewohnheiten der Menschen dort auch vernehmen läßt. Wie er allein über die Primitivität der »Vetturine«, des Wagens also oder der Droschke, in der ihn sein »Chauffeur« befördert, schreibt, spricht Bände: »Mit den Vetturinen ist es eine leidige Fahrt; das Beste, daß man ihnen bequem zu Fuße folgen kann. Von Ferrara laß ich mich nun immer so fortschleppen. Dieses Italien, von Natur höchlich begünstigt, worauf doch eine bequemere und frischere Lebensweise gegründet ist, ist gegen alle Länder unendlich zurück. Das Fuhrwerk der *Vetturine*, welches noch *sedia*, ein Sessel, heißt, ist gewiß aus dem alten Tragsessel entstanden, in welchen sich Frauen, ältere und vornehme Personen von Maultieren tragen ließen. Statt des hinteren Maultiers, das man hervor an die Gabel spannte, setzte man zwei Räder unter, und an keine weitere Verbesserung ward gedacht. Man wird wie vor Jahrhunderten, noch immer fortgeschaukelt, und so sind sie in ihren Wohnungen und allem.«

Was Goethes erstaunlich robuste Abneigung gegenüber dem christlichen Assisi und seine Begeisterung für den Minerva-Tempel betrifft, konnte ich, Alois Brandstetter, mich in meinem Vortrag in St. Gallen auf Roman Brandstaetters »Der Weg nach Assisi« berufen, dieses wunderbare Buch, in dem es heißt: »Wir sitzen in der Osteria auf der Piazza Comunale. Vor rund eineinhalb Jahrhunderten stand an der gleichen Stelle zu Füßen des Minervaheiligtums ein Deutscher und betrachtete hingerissen die Risse und Narben der schlanken Säulen. Alles was heidnisch war, stand ihm nahe und war ihm verwandt. Alles was franziskanisch war – fremd und verächtlich. Er besuchte nicht einmal die Basilika San Francesco. Nur diese eine tote Fassade des heidnischen Tempels weckte aufrichtige und tiefe Bewunderung in ihm.«

Bei Goethe spürt man wohl etwas von der Geringschätzung, die der Dichter und Intellektuelle Egyd Gstättner, der nicht nur mein Freund ist, sondern auch einmal bei mir das Mittelhochdeutsche studiert hat, in einem Buch in das Wortpaar »Nichtstuer des Südens« gelegt hat. Ein einfältiger Mann des Fernsehens hat mit dem Ausdruck »Spaghettifresser« einen Sturm der Entrüstung entfacht. Der italienische Ministerpräsident und Medienzar Silvio Berlusconi hingegen hat über den Präsidenten des Europäischen Parlaments in Straßburg, den Deutschen Martin Schulz, der ihn wegen seiner Medienpolitik scharf kritisiert hatte, empört gesagt, er, Schulz, würde sich gut für die Rolle eines Capos in einem KZ-Film eignen. Der ehemalige Bundeskanzler Gerhard Schröder drohte nach heftigen Attacken des italienischen Staatssekretärs Stefano Stefani von der Lega Nord in der Tageszeitung »Padania«, seinen Italien-Urlaub abzusagen. Stefani hatte geschrieben: Die deutschen Touristen »bevölkern im Sommerurlaub lautstark unsere Strände, besoffen vor arroganter Selbstsicherheit. Es handelt sich um primitive supernationalistische Blonde, die lärmend über unsere Strände herfallen ...«

Im alten Österreich wurden die Italiener bekanntlich »Katzelmacher« geschimpft, was aber nicht auf Sexuelles anspielt, vielmehr zielt das Wort auf *Katzel*, geflochtene Körbe, die italienische Hausierer, aber auch die Gottscheer angetragen und angeboten haben. Vielleicht »entschuldigt« Goethe, daß er in Assisi von Sbirren, der päpstlichen Polizei des Kirchenstaates, fast verhaftet worden wäre, weil man ihn für einen verdächtigen Spion und Mitglied einer »Konterbande« gehalten hat. Heute würde man sagen: für einen »Gefährder« oder gar Terroristen ... Und meinen Vater mag entschuldigen, wenn er die Italiener »Katzelmacher« nannte, daß sie ihn im Ersten Weltkrieg in den Dolomiten auf der Marmolata schwer verwundet haben ...

Über die aus der erwähnten *sedia* herausentwickelten *vetturine*, das heißt über die Herkunft dieses Wortes, äußert Goethe sich übrigens nicht. Da es auch im Fremdwörter-Duden nicht vorkommt oder etymologisch erklärt wird, trage ich die Erklärung hier nach: Im Wort steckt das lateinische Deponens, also ein Zeitwort, das formal wie ein Passiv aussieht, aber aktiv notiert, ein Verbum, das in meiner Lateingrammatik der Konsonantischen oder Mischkonjugation zugezählt wird: *vehor vehi vectus sum*, »sich bewegen«. *Vehi navi* heißt »schiffen«, *vehi curru* »mit dem Wagen fahren« und *equo vehi* »reiten«. *Vetturine* ist also ein anderer Ausdruck für »Vehikel« … Zu Pferd war Goethe, der in seiner Jugend ein guter Reiter war, der etwa von Straßburg nach Sesenheim zu Friederike Brion geritten ist, in Italien ja nicht mehr unterwegs, obwohl er 1786, bei Beginn seiner Italienreise, 38 Jahre alt war und sicher auch noch Reiter. Ein Reisen in Sänften (mit eingebautem Abtritt), in primitiven Vetturinen und dergleichen, können wir uns im Zeitalter des Luftverkehrs, der Eisenbahn, der Intercityzüge, der Autos, Taxis, oder der E-Mobilität, kaum noch vorstellen. Goethe konnte natürlich in Assisi, nachdem er seinem »Fahrer« freigegeben hat, nicht mit dem Mobiltelephon in Foligno anrufen, um den »Chauffeur« zurückzurufen …

Wahre »Goetheaner« lassen über den Olympier nichts kommen, jede Kritik wird als Majestätsbeleidigung, wenn nicht gar Gotteslästerung betrachtet … Man darf sich aber in diesem Zusammenhang an Johann Gottfried Herder erinnern, der sich, wie Goethe in »Dichtung und Wahrheit« mitteilt, über seinen Namen lustig gemacht hat (»Der du von den Goten, den Göttern oder dem Kote stammst …«). Als im letzten Goethe-Jubiläumsjahr 2009 wieder viel Hymnisches über Goethe geschrieben wurde, hat der aus Norddeutschland stammende, in Österreich aber heimisch gewordene Lektor und Verleger Jochen Jung eine Publikation veranstaltet namens »Goethes schlechteste Gedichte«. Da ging natürlich ein mürrisches Rauschen durch die Feuilletons der Zeitungen, als gäbe es von Goethe schlechterdings keine schlechten Gedichte.

Mit Jochen Jung habe ich mich, als er Lektor in Wolfgang Schafflers Residenz Verlag war und einige meiner Bücher dort betreute, sehr gut verstanden und zusammengearbeitet. Als er aber, nachdem der Residenz Verlag unglücklicher Weise im Österreichischen Bundesverlag aufging, seine Arbeit beendete oder beenden mußte und seinen eigenen Verlag gründete, da hatte ich mir aus Enttäuschung in einer meiner Krisen überhaupt vorgenommen, mit dem Schreiben und Publizieren Schluß zu machen, und bin also Jochen Jung im Unterschied zu anderen wie etwa Gert Jonke, nicht in seinen neuen Verlag gefolgt. Da ist unsere, ich darf fast sagen: Freundschaft zerbrochen. Als ich nach einer gewissen Zeit der Quarantäne und neuen Publikationen im weiterhin bestehenden Residenz Verlag an Jochen Jung, der inzwischen zunehmend auch als Autor von Artikeln und eigenen Büchern in Erscheinung getreten war, einen Brief geschrieben und einige Mißverständnisse aufzuklären versucht habe, hat er sich abweisend und unversöhnlich gezeigt. Er reagierte vielleicht ähnlich wie Günter Grass einst auf Marcel Reich-Ranicki: Das Tischtuch ist zerschnitten … Daß ich immerhin zwei kleinere Beiträge in Anthologien seines Verlags beigesteuert hatte, daß ich aber vor allem die Edition der Briefe H.C. Artmanns an Herbert Wochinz, den

Gründer der Komödienspiele im Schloß Porcia in Spittal an der Drau, möglich gemacht, und mit einem, wie ich unbescheiden meine, lesenswerten Vorwort einbegleitet habe, hat als »Wiedergutmachung« leider nicht gereicht ... H.C. Artmann hat für Wochinz die Textbücher der Komödien bearbeitet, übersetzt und redigiert, die Komödien-Dramaturgie der beiden zeichnete sich durch ihr forciertes Tempo und den Sprachwitz bei Auswahl der geeigneten Stücke aus.

Es sind mir auch sonst einige Freunde abhandengekommen, und Freundschaften, die ich für krisenfest hielt, zerbrochen. Nicht immer mußte ich mir selbst die Schuld daran geben. Oft war es auch nur so, daß ein ferner Freund oder, mit Beethoven zu sprechen, eine »ferne Geliebte«, das Korrespondieren satt bekommen hatte. Wiederbelebungsversuche von »stillgelegten« Freundschaften bringen meistens nicht viel. Einsam wird man natürlich auch durch den Tod von so vielen Freunden.

Hier ist es angebracht, einen kleinen Exkurs über Kränkungen, wie sie Autoren zuteilwerden und wie sie mir gar nicht so wenige zuteilgeworden sind, anzufügen. Die Gefahr, für nachtragend und ein Sensibelchen gehalten zu werden, nehme ich gern in Kauf. Sie steht ja auch in keinem Verhältnis zur Erleichterung und Genugtuung, die einem ein solches Aus- und Ansprechen verschafft – ein diätetischer Akt im Sinne der seelischen Hygiene! Natürlich ist mir klar, daß ich damit nicht in deinem Sinne, lieber Aloysius von Gonzaga, handle. Du hast ja die schlimmsten Zumutungen der Mitwelt, aber auch des Schicksals wie Krankheiten, wahrlich gottergeben hin- und angenommen und dich auch noch beim Schöpfer für die Züchtigungen bedankt. Und als wäre dies alles nicht schon genug gewesen, hast du dich auch noch selbst gegeißelt und gefoltert und kasteit. Ich aber hatte schon Schwierigkeiten, Eduard Mörike zuzustimmen: »Herr schicke, was du willt, ein Liebes oder Leides, ich bin vergnügt, daß beides aus deinen Händen quillt.« Ich war öfter nicht vergnügt und habe mit dem Schicksal gehadert. So weiß ich wirklich nicht, ob ich am Ende *gerichtet* oder wie Faust *gerettet* werde. Es könnte sein, daß mir der himmlische Pförtner, der heilige Petrus in der Gestalt des Marcel Reich-Ranicki ein abweisendes »Wer hat eigentlich den Brandstetter eingeladen!« an den Kopf wirft. Nach meinem Lebenswandel und Werdegang kann ich nicht hoffen, daß sich ein himmlischer Fürsprecher meldet. Ich brauchte halt auch immer mehr Liebe, als ich verdient habe. Wer wirft mir eine Rose zu, wenn ich friere ... Es ist in deinem Orden, Aloysius, ein geflügeltes Wort: »Sie wissen, was Sie zu tun haben. Tun Sie, was Sie wollen!« Ich habe es weiß Gott nicht immer gewußt!

Eine irdische berufsspezifische Kränkung habe ich erlebt, als ich auf Einladung des Büros des Klagenfurter Theaters für eine sonntägliche Matinee zu Richard Wagners »Der fliegende Holländer« einen Redebeitrag geschrieben habe, der sich mit den Ausrufen der Matrosen, den »unsemantischen« *Ahis* und *Ahos*, Urlauten der Aufmunterung und Begeisterung, als vorweggenommene »Konkrete Poesie«, als »Lautgedichte«, befaßt hat. Als ich nun am Sonntag vormittag zur vereinbarten Zeit im Theater erschien, kam mir alsbald der geschäftige Moderator der Veranstaltung, Herr K.R., entgegen und sagte: Mit Ihnen habe ich nicht gerechnet. Das Programm ist voll. Sie bringe ich nicht mehr unter! Fassungslos und wortlos bin ich wie ein begossener Pudel abgezogen, statt daß ich mich gleich an Ort und Stelle abreagiert hätte. Im nachhinein ist mir einiges klar geworden. Es war wohl der Chef des Domestiken, der Intendant Dietmar Pflegerl, selbst der Regisseur dieser Szene, die man mir machte. Ich war ein Freund seines Vorgängers Herbert Wochinz, der für Pflegerl eine *Persona non grata* war – und offenbar ich mit ihm. Die Abneigung ging so weit, daß Pflegerl nicht einmal an der großen Geburtstagsfeier für Wochinz zum 75. im Theater teilnahm, bei der der Maler und Wochinz-Freund Ernst Fuchs die Festansprache hielt. Und ich selbst hatte es mir, ohne je ein Wort mit Pflegerl gesprochen zu haben, wohl ein für allemal verscherzt, als ich einen Satz von ihm in einem Interview als unglaublichen Barbarismus eines Banausen »brandmarkte«. Er hatte gesagt, es täte ihm leid, daß er mit Lateinlernen am Akademischen Gymnasium in Graz so viel Zeit vertun und vergeuden mußte. Pflegerls Ablehnung konnte ich aber insofern leicht verschmerzen, als ich ja kein Dramatiker war.

Dem Theater fühlte ich mich als Besucher von Vorstellungen, aber auch durch Beiträge für Programmhefte der Wiener Staatsoper und der Salzburger Festspiele durchaus verbunden. Herbert Lederer hat am Wiener Schwedenplatz in seinem Einmanntheater zwei lange Monologe von mir aus den Romanen »Zu Lasten der Briefträger« und »Die Abtei« theatralisch bearbeitet, vor allem also »eingestrichen« und hörspielartig vorgetragen. Drei meiner Romane sind auch verfilmt worden (»Zu Lasten der Briefträger«, »Die Abtei« und »Die Enthüllung« nach meinem Roman »Altenehrung«). In meinem Kellerarchiv horte ich gezählte 35 Programmhefte von Burgtheater-Vorstellungen, die ich als Student am Stehplatz zwischen 1957 und 1962, dem Jahr meiner Promotion, besucht habe.

Herbert Wochinz war mit dem von ihm gegründeten und vom Industriellen Manfred Mautner Markhof unterstützten »Theater am Fleischmarkt« ein Pionier des modernen Theaters in Österreich, wo er Ur- und Erstaufführungen von Genet und Ionesco brachte. Er hat sich aber schon in seiner Zeit als Intendant am Klagenfurter Stadttheater nicht nur der Gegenwartsdramatik und den Stücken von Thomas Bernhard, dessen erster Regisseur er am »Tonhof«, dem Wohnsitz des Komponisten Gerhard Lampersberg und seiner Frau Maja, war, oder Peter Turrinis »Rozznjogd« gewidmet, sondern sich – was erstaunlich war – auch der guten alten Operetten angenommen und sie traditionell und niveauvoll aufführen lassen. In der Ära Dietmar Pflegerls waren Operetten eher tabu oder wurden den bizarren und oft grotesken Einfällen der Regietheaterregisseure zum Opfer gebracht. Damit hat man natürlich viele ältere Abonnenten verschreckt und verscheucht.

Der Innsbrucker Jesuit und Moraltheologe Hans Rotter, ein progressiver Pragmatiker und Fachmann für Probleme in Ehe und Sexualität, hat die Meinung vertreten, auch die Kirche sollte zur Kenntnis nehmen, daß Ehen sozusagen gestorben sind, wenn die Liebe zwischen den Ehepartnern erloschen, erkaltet und tot ist, und die Getrennten oder Geschiedenen und auch die Wiederverheirateten nicht weiter mit Verboten und Sanktionen wie dem Ausschluß vom Kommunionempfang oder der vorenthaltenen Patenschaft für Täuflinge oder Firmlinge behelligen. Rotter war auch so etwas wie der geistliche Assistent der »aufmüpfigen« Bewegung von Laien »Wir sind Kirche«, die sich nach vielen Enttäuschungen, vor allem jedoch nach der Affäre um den Wiener Erzbischof Kardinal Hans Hermann Groër gebildet hatte und deren wichtigstes Anliegen die Abschaffung des Pflicht- oder »Zwangzölibats« war. Als ich auf Einladung durch die Leiterin des Brenner-Archivs, die Germanistikprofessorin Ulrike Tanzer, bei den Innsbrucker Theologen mein Buch über dich, heiliger Aloysius, vorgestellt habe, habe ich am Tag darauf auch die Gruft unter der Universitätskirche besucht, in der sich die »Gräber« der verstorbenen Ordensmitglieder befinden. Vor den waagrecht und übereinander in Mauernischen geschobenen Särgen befindet sich an der Stirnwand jeweils ein kleines Namensschild: Hans Rotter, Hugo Rahner, Karl Rahner … *Requiescant in pace*!

Oft denke ich, was du, lieber Namenspatron, Patron der studierenden Jugend, wohl zur Situation der Kirche, etwa den vielen Skandalen, den Mißbrauchsfällen in geistlichen Anstalten und Konvikten, und überhaupt zu Auswüchsen der sogenannten schwarzen Pädagogik in unserer Zeit sagen würdest. Oft ist es, als wollten die »Pforten der Hölle«, entgegen der Prophezeiung und Zusage, die Kirche doch »überwältigen«. In der Katholischen Hochschulgemeinde in Wien wurde bei Aufnahmen in die Hochschuljugend ein Gebet des Kardinals John Henry Newman gebetet, in dem es heißt: »Die Sache Christi liegt wie im Todeskampf.

Und doch, nie schritt Christus mächtiger durch die Erdenzeit, nie war sein Kommen spürbarer und beglückender als jetzt.« Oder, frage ich mich, werden wir im Rückblick deine Zeit, die die Historiker mit einem aus dem Französischen stammenden Wort *Renaissance* nennen und deren Hochblüte du im 16. Jahrhundert erlebt hast, wirklich auch als Zeit des »*Humanismus*« in Erinnerung behalten, wo es doch alles andere als human, »menschlich« zugegangen ist und es doch auch eine Zeit der brutalsten Morde, der ungeheuerlichen Verbrechen und der exzessiven Ausschweifungen war. Niccolò Machiavelli hat mit seiner Schrift »Il principe« das Handeln so vieler »Machthaber« an den italienischen Höfen, der Herzöge und Markgrafen, beeinflußt, die nach der Maxime herrschten: Der Zweck heiligt die Mittel. Das Regiment der Fürsten soll nicht moralisch bewertet werden, sie stehen über dem Gesetz, sie machen die Gesetze. Auch in den Gonzaga-Familien gab es schwarze Schafe, die du aber in deiner edlen Vornehmheit übersehen hast und nicht wahrhaben wolltest. Oder du hast zum Beispiel deinem Bruder Rodolfo, den man schon damals den unheiligen Bruder des Heiligen nannte, in vielen Briefen aus Rom nach Castiglione gut zu- und ins Gewissen geredet. Was etwa die Souveränität betrifft, haben sich noch die Könige Englands nicht an die den Untertanen verordnete Sexualmoral und die Ehevorschriften gehalten.

Die »Weibergeschichten« des Königs Heinrich VIII. aus dem Hause Tudor, der sich sechsmal vermählt hat und zwei seiner verstoßenen Frauen hinrichten und köpfen hat lassen, auch Anna Boleyn, deretwegen er sich – wegen des verweigerten Dispenses durch den

Papst – von Rom losgesagt und die anglikanische Kirche gegründet hat, sind dir, Aloysius, in der Lombardei wohl auch zu Ohren gekommen … Es zeugt von nobler Gesinnung, daß sich die Könige und ihre Familien im 19. Jahrhundert den rigorosen Gesetzen des Bürgertums anbequemen zu wollen erklärten, was ihren gegenwärtigen Nachkommen noch immer nur mühsam gelingt. Die englische konstitutionelle Monarchie wird mehr als von den britischen Staatsbürgern von der Boulevardpresse gestützt und gehalten, die ohne die Ehe- und Ehebruchsgeschichten der Prinzen und Prinzessinen an Themenarmut leiden würde … Oft sind die Zeitungen voll von Berichten über das obskure, das heißt »dunkle« oder »finstere«, Liebesleben des Lieblingssohnes der greisen Königin Elisabeth, die gerade jetzt bei der Eröffnung der Parlamentssession die Rede, die ihr das Büro des Premierministers aufgesetzt hat, vorlesen oder verlesen muss … Es ist kein Wunder, daß die Königin bei diesem zeremoniellen Akt immer besonders »not amused« wirkt … Der »Brexit«, der Austritt Englands aus der Europäischen Union, die Herzensangelegenheit des konservativen (!), immer unfrisierten Premierministers Boris Johnson, sollte nach seinen Worten das Weihnachtsgeschenk für alle Briten nach den vorgezogenen Unterhaus-Wahlen im Dezember 2019 werden. Advent, Advent … Es geht in den Augen der Separatisten und Sezessionisten um die Wiederherstellung der »splendid isolation« der Britischen Inseln. Diese hatten ja auch mit dem Bau des Tunnels unter dem Ärmelkanal zwischen Calais und Folkestone keine rechte Freude … Ein »Brexit«, ein schwerwiegender Bruch mit der Tradition, war in religionspolitischer Hinsicht auch der »Abfall« König Heinrichs VIII. von Rom, der wahrlich nicht den Ehrentitel *Defensor Fidei*, eines »Verteidigers des wahren Glaubens«, den ihm der Papst vordem einmal verliehen hatte, verdient hat, sondern vielmehr ein Zerstörer der Einheit war, ein »Brexit«, den man, wie gesagt, mit dem mehrdeutigen Wort *Abfall* bezeichnet. Letztlich einer Mätresse wegen ... So sollte man ihn, Heinrich VIII., keinesfalls mehr als *Defensor Fidei* bezeichnen, sondern als »Henricus Apostata« wie den spätrömischen Kaiser Julian Apostata.

Nicht erst seit der Lektüre von Goethes freier Übersetzung der Vita des Benvenuto Cellini interessiert mich das Leben dieses großartigen Künstlers, Bildhauers und Goldschmiedes, vor dessen auferstandenem Christus mit der Siegesfahne über dem Gefäß mit der kostbarsten Reliquie, der Blutreliquie Christi, unter der Vierung der monumentalen Kirche des heiligen Andreas in Mantua ich gestanden bin. Der imposante Dom von Mantua ist dem Apostelfürsten Petrus geweiht, ist also eine Peterskirche. Wie magst du, Aloysius, in frommer Andacht ergriffen vor der Blutreliquie in der Andreas-Kirche gestanden sein, vor jenem wunderbaren Gefäß mit der Statuette des Auferstandenen von Benvenuto Cellini!

Mir, dem Altpetriner, der mit seiner Schule, aus der er verwiesen wurde, längst Frieden geschlossen hat, und der auch auf die Jahresberichte der Anstalt, die das Gymnasium, seit es entsprechend den staatlichen Vorschriften der Koedukation auch Mädchen zugänglich gemacht wurde, PETRA (!) nennt, abonniert ist, mir also, der ich immerhin dreimal in meinem langen Leben die riesige Kirche des heiligen Petrus in Rom besucht habe, in der mit Bodenmarkierungen auftrumpfend angezeigt wird, wie sie andere Kirchen der Christenheit wie den Kölner Dom, Notre-Dame in Paris oder Westminster Abbey übertrifft und überragt, mir also hat die vielleicht kleinste Peterskirche der Welt, das zierliche kapellenartige Kirchlein in der Ortschaft Liedering, die Filialkirche Sankt Peter, in der Gemeinde und Pfarre Gunskirchen bei Wels, immer viel bedeutet. Vielen der Besucher in meinem Haus in Pichl bei Wels habe ich sie gezeigt. Das Kirchlein ist, um Rudolf Mosers Beitrag im Jahrbuch des Musealvereins Wels aus dem Jahr 1967/68 zu zitieren, »ein kuppelgewölbter Zentralbau mit ovalem Grundriß, Helmdach mit Laterne, rechteckigem, niedrigem stichkappentonnengewölbtem Sakristeianbau«. Diese Kapelle ist wahrlich ein Kleinod, eine köstliche Kostbarkeit, sie geht jedem nur ein bißchen empfänglichen Menschen ans Gemüt. Man spürt an diesem »Kraftort«, an dem mehrere Quellen entspringen, darunter eine Quelle mit heilkräftigem Wasser, mit dem sich Wallfahrer gegen Augenleiden das Gesicht gewaschen haben, was im 17. Jahrhundert auch zur Gründung eines Ganzkörperbades im benachbarten Haus, einem Gäste- und Wirtshaus, geführt hat, eine wundersame Aura. Wie viele christliche Wallfahrtsorte hat auch dieser nachgewiesenermaßen in früherer Zeit eine kultische und numinose, auratische Bedeutung gehabt.

Drei Jahre nach deiner Geburt 1568 ist Benvenuto Cellini gestorben. Er war ein Kind jener großen, schrecklichen Zeit, ein herrischer und jähzorniger Mensch, der einmal einen seiner Lehrlinge, der ihn geärgert hatte, eigenhändig erwürgt hat. Und es war nicht das erste Mal, daß problematische Charaktere große, inspirierte und inspirierende Kunstwerke geschaffen haben. Der Geist weht, wo er will … Der Geist kann jeden benutzen, um Gottes Absichten zu verwirklichen, lautet die Erklärung in einer Johannes-Stelle (Joh. 3,8). Als zeitgenössische Beispiele darf man die Kapelle Notre-Dame-du-Haut von Ronchamp (»Unsere liebe Frau von der Höhe«) bei Belfort, eine Marienwallfahrtskirche, oder die Kirche in Mauer bei Wien anführen. Die Kirche in Ronchamp hat Le Corbusier, der schweizerisch-französische Architekt gestaltet, die Kirche in Mauer der Bildhauer Fritz Wotruba. Beide Kirchen sind von eher »unkirchlichen« Menschen entworfen worden, von Künstlern, die keine Kirchenbesucher waren … Sie sind aber großartig gelungen und manchen von »frommen« Architekten geplanten Kirchen ästhetisch und auch liturgisch überlegen. Hüten wir uns deshalb, die beiden Architekten »unchristlich« zu nennen. Der kürzlich hochbetagt verstorbene Architekt und Karikaturist Gustav Peichl, von dem es leider keine Kirche gibt, sagte und schrieb, daß gute Architekten Häuser bauen, in die man gerne hineingeht und die man ungern verläßt. Bei Kirchen trifft das für mich fast immer zu. Die verstorbene sozialistische Unterrichtsministerin Hertha Firnberg sagte in einem Interview, daß sie gern in der Mittagspause aus ihrem Ministerium in die Minoritenkirche hinübergehe, um sich dort zu sammeln und »innezuhalten«. In dieser Kirche ist bekanntlich Wolfgang Amadeus Mozarts Requiem welturaufgeführt worden … Und in dieser Kirche gibt es auch einen dem Apostel Judas Thaddäus geweihten

Altar. Judas Thaddäus gilt der Volksfrömmigkeit als Nothelfer in aussichtslosen Lagen. Auch mir hat er in meiner Studienzeit geholfen – so wie der heilige Josef, der »Nährvater«, der Patron der Sterbenden, über kurz oder lang, das heißt, mehr kurz als lang, für mich als Greis »zuständig« sein wird ... Die Kirche in Ronchamp wurde von satirischen Kritikern oft als »Sprungschanze Gottes« bezeichnet, was ich eigentlich zutreffend und durchaus positiv empfinde. Schließlich geht es um den »Aufschwung« in den Himmel. Die Kirche in Mauer bezeichnet auch Friedrich Achleitner, der geistreiche Autor Konkreter Poesie, Mitglied der »Wiener Gruppe« und Architekturprofessor an der Universität für angewandte Kunst, in seinem Architekturführer als »begehbare Plastik«. Sie gleicht auch ein wenig Stonehenge, dem 3000 Jahre vor Christi Geburt in der Bronzezeit errichteten Monument, nur daß Wotruba die Stelen und Steinblöcke zusammengerückt, sozusagen zu einem Gebäude verdichtet hat.

Auch der bekannteste Kärntner Architekt der jüngeren Vergangenheit, Günther Domenig, hat mit seinem »Steinhaus« in Steindorf am Ossiacher See einen wahren Geniestreich geliefert, wie schon davor mit dem Entwurf für eine Bank in Favoriten in Wien mit einer stürzenden Fassade, die wie zerknittert und zersplittert wirkt. Unterhalb seines Steinhauses, einer Akkumulation von unregelmäßig gegeneinander gefügten Flächen und Kuben am Ufer des Sees, gibt es ein eigenes zusätzliches Gebäude, das eine Kapelle sein könnte. Domenig, ein kritischer Geist und immer zu Provokationen aufgelegt, hat oft durch sein Steinhaus Führungen gemacht und dann die Verblüffung seiner Besucher genossen, wenn er ihnen die Tür zu dem von ihnen für eine Hauskapelle gehaltenen kleinen Gebäude öffnete, und sie dort, wo sie den Altar vermuteten, einer Klomuschel ansichtig wurden … Elisabeth Reichmann-Endres hat sich mir gegenüber einmal über diesen Höhepunkt oder Tiefpunkt einer Führung von Domenig, die sie mitgemacht hatte, sehr kritisch und enttäuscht geäußert. »Das ist eines großen Architekten unwürdig«, meinte sie.

Vorwärts, zurück nach Assisi! Nicht mit einer *Vetturine* wie Johann Wolfgang von Goethe, sondern mit einem Auto, vermutlich mit einem Pkw der polnischen Botschaft in Rom, wo er nach seinem Exil in Palästina 1946 als Kulturattaché angestellt war, fuhr Roman Brandstaetter, Autor von Dramen (»Schweigen«), Prosa und Lyrik und Übersetzer aus nahezu allen europäischen Sprachen (u. a. Shakespeare), die Straße zu der kleinen umbrischen Stadt Assisi hinauf. Seinen ersten Eindruck beschreibt er in dem erwähnten Buch »Der Weg nach Assisi«, dem »Protokoll« seiner Konversion, wahrlich ganz anders als Goethe: »Das Auto keuchte den Berg hinauf … Wir kamen an Maria degli Angeli vorbei. In ihrem Inneren befindet sich die Portiuncula, jener Ort, an dem der irdische Tod des Poverello erfolgte – und plötzlich erwächst vor unseren entzückten Augen die Basilika des hl. Franciskus, ein Himmelstor, ein gregorianischer Choral, in Stein gemeißelt …«

Die Stellung von getauften Juden ist heute, obwohl alle Apostel und vor allem Christus und seine Mutter Maria Juden waren, eine besonders schwierige. Franz Werfel hat in höchster Not auf der Flucht vor den

Nationalsozialisten bei einem Aufenthalt in Lourdes ein Gelübde abgelegt, er werde, wenn ihm und seiner Frau Alma die Flucht über die Pyrenäen gelingt und sie später das rettende Ufer, die Küste Amerikas, erreichen, vor jeder anderen Arbeit aus Dankbarkeit einen Roman über Bernadette Soubirous schreiben – »Das Lied der Bernadette«. Mit dem großartigen Roman »Der veruntreute Himmel« über eine fromme Frau, die einem sich als Priesteramtskandidaten und Theologiestudenten ausgebenden Betrüger mit ihrer kleinen Rente das Studium in Rom finanziert, wo sie schließlich auf einer Wallfahrt die ernüchternde Wahrheit »erleidet«, aber mit dem glücklichen Erlebnis einer allgemeinen Audienz im Petersdom, in den Angehörige der Schweizer Garde den Heiligen Vater auf seiner »Sedia gestatoria«, wie einst üblich, hereinbringen, ergreifend belohnt und entschädigt wird, hat Franz Werfel eine wahrhaft intime Kenntnis der katholischen Welt bewiesen. Er hat sich trotz seiner Hinwendung zum Christentum vom Judentum nicht abgewendet. Man denkt vielleicht an Papst Pius X., der gesagt hat: Wir (Christen) sind alle Juden dem Geiste nach … Die katholische Kirche hat sich, anders als der evangelische »Reichsbischof« Johann Heinrich Ludwig Müller in der Nazizeit, der den Nationalsozialismus mit dem Christentum versöhnen wollte, nie vom »Alten Testament«, der »Bibel der Juden«, losgesagt. Olaf Colerus-Geldern, langjähriger Generalvikar der Diözese Gurk-Klagenfurt unter Bischof Egon Kapellari, später »Protonotar«, ein eloquenter und humorvoller Prediger, dem Judentum auch verwandtschaftlich verbunden, hat einmal gesagt, es gebe im Alten Testament knifflige Stellen, bei deren Exegese sich nicht nur ein biederer Landpfarrer schwertut. Neben dem Antisemitismus, den Bundeskanzler Bruno Kreisky einmal einen »Deppensport« genannt hat, ist auch der sogenannte »Philosemitismus« nicht unproblematisch. Hans Weigel hat einmal gemeint, der Philosemitismus sei eigentlich eine Sonderform des Antisemitismus oder Antijudaismus. Colerus-Geldern, dem ich manchmal bei der vielbesuchten Sonntagsmesse in der Kirche Sankt Egid als Lektor behilflich sein durfte, hat mich kurz vor seinem Tod ein letztes Mal angerufen und mir zu meinem Roman über dich, lieber Namenspatron Aloysius, zu »Aluigis Abbild« gratuliert. Er war sonst nicht immer mit meiner Literatur ganz zufrieden und hat auch oft eine Wortwahl kritisiert. So erinnere ich mich, daß er das Wort *kriegen* (Kinder kriegen) »abscheulich« gefunden hat … Daß er mich nach dem Requiem für Herbert Wochinz über die Wortwahl meiner Trauerrede aufgeklärt hat, habe ich in einem Essay im Buch »Lebenszeichen« dargestellt. Mir war nicht bewußt gewesen, was es mit der Floskel »Die Erde sei dir leicht« auf sich hat … »Aluigis Abbild« mag ihm auch deshalb gefallen haben, weil hier im Rubens-Zusammenhang auch über die christliche Kunst, im besonderen die Malerei, gehandelt wird. Er war ja eigentlich promovierter Kunsthistoriker. Von der Elf-Uhr-Messe sagte er einmal schmunzelnd, sie habe den Spottnamen »Parfummesse« bekommen, weil sie gern und viel, vor allem auch von den Kärntner Adeligen und vornehmen Damen besucht wurde. Es habe also nur an Hochfesten nach Weihrauch gerochen, an normalen Sonntagen nach Deodorant …

Meine Mutter Anna Brandstetter, geborene Berger, hat, ganz wie die Heldin in Werfels »Der veruntreute Himmel«, immer Priesteramtsstudenten nach ihren Möglichkeiten unterstützt, ganz besonders den spätgeborenen Sohn einer nach dem Zweiten Weltkrieg bei uns einquartierten Familie aus dem Banat, der ihr wohl Hoffnung gab, daß er »geistlich werden« würde... Heute lebt er als Pensionist in Baden-Württemberg, wohin die Familie aus Österreich weitergezogen ist, »geistlich« ist er (wie auch ich) nicht geworden. So mußte ich auch einmal bei einem Symposium in Bamberg einen Priester aus deinem Orden, heiliger Aloysius, einen Jesuiten also, enttäuschen, der mich bat, bei der Frühmesse für die Tagungsteilnehmer mit ihm zu »konzelebrieren«, nicht bloß zu ministrieren, wie damals im Dom von Bologna bei der Wallfahrt mit dem Wiener Studentenpfarrer Karl Strobl... Er hielt mich irrtümlich, wohl auf Grund meines Benehmens und meiner Diskussionsbeiträge, für einen Kleriker. Eigentlich für mich eher eine Ehre als eine Schande... Man gewöhnt sich daran, daß man, wenn man sich als Christ oder gar als Römisch-Katholischer zu erkennen gibt, von manchen skeptisch angesehen wird. Der Spott, man sei bigott, liegt nahe... Ein Märtyrer ist man deshalb aber noch lange nicht...

Thomas Bernhard, über den sein früherer Freund, der Immobilienmakler, oberösterreichisch »Häuseranstauber«, Ignaz Hennetmair berichtet, daß dieser sich nach seinem Kirchenaustritt für das beim Kirchenbeitrag eingesparte Geld bei seinem Antiquitätenhändler in Steyr ein Kruzifix gekauft hat, Thomas Bernhard also schreibt in seinem Skandalroman »Holzfällen«

verächtlich über seine Kollegin Jeannie Ebner, weil sie sich beim Begräbnis einer gemeinsamen tragisch verstorbenen Bekannten durch Bekreuzigen und Mitbeten sozusagen »pfäffisch« aufgeführt habe. Und einer meiner Kärntner Bekannten, der in Ohlsdorf an einem Begräbnis teilgenommen hat, hat erzählt, daß sich Teilnehmer an den sogenannten »Bernhard-Tagen« am Straßenrand über einen defilierenden Leichenzug zur oder von der Kirche zum Friedhof lustig gemacht und ungeniert gespottet haben. Dafür kann Bernhard nun wirklich nichts. Das war sicher nicht in seinem Sinn. Es war freilich Ironie, als sich Bernhard in einem Interview als »durch und durch katholische Existenz« bezeichnet und dies mit ausgebreiteten Armen sozusagen illustriert hat… Die Spötter bei den Bernhard-Tagen waren sicher nicht jene Bernhard-Freunde, die in Gmunden »nachträglich« ein Requiem bestellt und besucht haben. *Requiescat in pace!* Am Grinzinger Friedhof…

Franz Werfel ist übrigens, anders als Roman Brandstaetter, nicht zum Katholizismus konvertiert, und er hatte dafür gute Gründe. Es spielte sicher auch die Befürchtung eine Rolle, für einen Proselyten gehalten zu werden. Konvertiten werden ja in allen Religionen und Kirchen von Fundamentalisten des »abgelegten« Glaubens für Abtrünnige und abspenstig Gemachte oder untreu Gewordene gehalten. Eine wegen einer Ehe mit einem Katholiken katholisch gewordene Muslimin und Lehrerin an einer Klagenfurter Volksschule wurde vom Religionslehrer gebeten, für eine Kirchenzeitung über ihre »Konversion« zu schreiben. Das hat sie wohlweislich abgelehnt. Denn an derselben Schule unterrichtete ein fanatischer Imam, der den Anschlag auf das World Trade Center in New York am 11. September 2001 öffentlich guthieß. Und er unterrichtete nach einem Religionsbuch, in dem ein »Abfall« vom Islam als todeswürdiges Verbrechen bezeichnet wird … »Proselyten machen« ist der pejorative Ausdruck für »mit unredlichen Mitteln« Menschen an- oder abwerben, »keilen«. Ursprünglich waren Proselyten die zum Judentum neubekehrten Ungläubigen. Das Wort *Proselyt* kommt aus dem Griechischen, wo *proselytos* der »Hinzugekommene« bedeutet. Heute ist weniger der Übertritt von einer Kirche in die andere oder von einer der Weltreligionen in eine andere Thema, sondern der Austritt ins Leere, aus den Kirchen in Richtung »Ohne Bekenntnis« … Ich möchte hier Arnold Stadler aus Meßkirch, den Büchner-Preisträger des Jahres 1999, zitieren: »Auch der Unglaube ist nur ein Glaube.« Jährlich werden in den Medien Statistiken und Rekorde von Kirchenaustritten gemeldet. Auch von Abmeldungen vom Religionsunterricht. Als mir mein Ältester auf der Fahrt zur Schule im Auto sagte, er werde sich endgültig vom Religionsunterricht abmelden, war ich so erschüttert, daß ich fast einen Unfall gebaut hätte …

Als Alfred Döblin im amerikanischen Exil einen Vortrag über sein Erweckungserlebnis und seine Hinwendung zum Christentum, ähnlich jenem Franz Werfels in Lourdes, hielt, hat Bertolt Brecht, der den Vortrag angehört hatte, gesagt, Döblin verletze seine areligiösen Gefühle. Dabei »missionierte« Döblin sicher nicht, wie es André Gide von Paul Claudel sagte: »Er gebraucht das Kruzifix wie einen Hammer!« Für ihn, Brecht, der in einem Interview auf die Frage nach seiner Lieblingslektüre gesagt hat: »Sie werden lachen, die Bibel!«, war der Glaube unglaubwürdig und *Religio* ein *ridendum*. Lachhaft? Der urchristliche »Kommunismus«, wie er in der Apostelgeschichte zum Ausdruck kommt, hat ihm freilich imponiert.

Viele Geistesgrößen waren Freimaurer, aber nicht jeder Freimaurer ist eine Geistesgröße wie Johann Wolfgang von Goethe oder Wolfgang Amadeus Mozart. Alexander Giese, ein bekennender Freimaurer und Meister der Großloge Österreichs, sozusagen der von den »Brüdern« beauftragte »Öffentlichkeitsarbeiter« des Geheimbundes, war Schriftsteller, Lyriker, Verfasser von Hörspielen und historischen Romanen, und als Leiter der Wissenschaftsabteilung des Österreichischen Rundfunks auch als Journalist tätig. Er war auch Präsident des PEN-Clubs Österreich. Ich habe ihn, als ich die Kärntner Sektion des Clubs »präsidierte«, zu einem Vortrag nach Klagenfurt eingeladen, wo er aus einem seiner historischen Romane, »Geduldet euch Brüder«, ein Kapitel vorlas, das von einem Freimaurer der Vergangenheit mit meinem Familiennamen Brandstätter oder Brandstetter handelte, der, seiner Überzeugung wegen, zu Festungshaft verurteilt wurde, sozusagen einem Märtyrer der Freimaurerei. Eine andere, eher köstliche Erzählung ist mir in Erinnerung, wie sich der russische Botschafter in Wien, der frühere Außenminister der Sowjetunion Wjatscheslaw Michailowitsch Molotow, der sogenannte »Mister Njet«, und seine Gattin Polina Semjonowna mit dem Hund des Ehepaares Giese, das sie fast täglich beim Morgenspaziergang treffen, anfreunden und schließlich, bevor sie nach Rußland zurückkehren und Wien verlassen, bitten, ob ihnen die Gieses nicht den lieben Hund als Abschiedsgeschenk überlassen möchten – worauf Alexander Giese sagte: Njet! Nicht gerade Njet gesagt, aber doch abgelehnt haben muß Giese, als er zum 80. Geburtstag seiner Schwägerin Gertrud Fussenegger, die damals auch in Linz dem PEN-Club vorstand, die Festrede halten sollte, was wohl schon aus familiären Gründen angezeigt gewesen war. So bin ich für Giese eingesprungen. Mag sein, daß Giese wegen der belasteten Vergangenheit Fusseneggers, die damals erbittert diskutiert wurde, sich nicht exponieren wollte, nachdem er kurz vorher sogar terroristisch attackiert worden war. Im Falle Fusseneggers wurde heftig gestritten, ob ihre »Mohrenlegende« nicht rassistisch sei. Friedrich Denk, Studienrat am Weilheimer Gymnasium und Mentor des Weilheimer Literaturpreises, den Gymnasiasten vergeben und den Fussenegger bekommen hatte, hat ein Buch über die Autorin der Autobiographie »Ein Spiegelbild mit Feuersäule«, eine Art Huldigung und Rechtfertigungsschrift, verfaßt. Natürlich ist Fusseneggers Mitgliedschaft in der NSDAP und ihr Beitrag im »Bekenntnisbuch österreichischer Dichter« nicht wegzuleugnen. Klaus Amann hat gerade über dieses düstere Kapitel der österreichischen Literaturgeschichte profund geforscht und geschrieben, und einiges Bedenkliche in der Biographie etwa des Steirers Franz Nabl, des Salzburgers Karl Heinrich Waggerl oder des Wieners Josef Weinheber ans Licht gebracht. Als von einem »Literarischen Arbeitskreis« an der Klagenfurter Universität, den Josef Winkler und ich gegründet hatten und der auch die Zeitschrift »Schreibarbeiten« herausgab, in dem später aber Klaus Amann das Ruder übernahm, gemeinsam mit der Landhausbuchhandlung, die die Honorare und den Veranstaltungsraum bereitstellte, Gertrud Fussenegger eingeladen werden sollte, hat Amann abgewunken. Ich selbst habe mich in ähnlichen Fällen, vielleicht als Ausrede (?), gern auf die »Gnade der späten Geburt« berufen und so habe ich nicht nur die Geburtstagsrede für Gertrud Fussenegger gehalten, sondern bin auch später einmal mit ihr und mit Franz Rieger, für den ich bei der Verleihung des Adalbert-Stifter-Preises die Laudatio gehalten hatte, gemeinsam auf einem Podium gesessen. Gertrud Fussenegger war damals bereits fast taub und hat gesagt, sie geniere sich geradezu, daß sie noch immer am Leben sei.

Im dritten Jahr des »Wettlesens« zum Ingeborg-Bachmann-Preis viele Jahre zuvor saß ich in der Jury zusammen mit Gertrud Fussenegger, Hilde Spiel, Manès Sperber, Marcel Reich-Ranicki, Humbert Fink, Ernst Willner, Walter Jens und Joachim Kaiser. Ich war auf Einladung Ernst Willners für den aus Krankheitsgründen verhinderten Hans Weigel eingesprungen, obwohl ich ein Jahr zuvor über diese – an der Gruppe 47, der gerade ein Kärntner, der jetzt mit dem Nobelpreis ausgezeichnete Peter Handke, in Princeton sozusagen das Lebenslicht ausgeblasen hatte, orientierten – Veranstaltung in der »Kleinen Zeitung« Kritik geäußert hatte. So war es von mir wohl eine Charakterlosigkeit – oder doch nur eine Dummheit –, daß ich mich in die Jury setzte. Marcel Reich-Ranicki hatte mir die harsche Kritik am Wettlesen vom Vorjahr wohl nicht vergessen und verziehen, als er mich nach der Sitzung (mit dem Ergebnis der Preisverleihung an Gert Hofman) vor versammelter Jury, dem »Gruppenbild mit den Damen« Spiel und Fussenegger, regelrecht abkanzelte. Auf dem Rückweg zur Übergabe des Preises kam er aber auf mich zu und sagte: »Herr Brandstetter, Sie wissen, wie wir Sie in der Redaktion der ›Frankfurter Allgemeinen Zeitung‹ schätzen, meine Kritik richtete sich nicht gegen Sie, sondern gegen Willner und Fink, die nicht eigenmächtig über die Mitglieder der Jury entscheiden können!« Mir aber klingt der schon zitierte Satz Reich-Ranickis mit seiner scharfen Artikulation noch, also lebenslang, im Ohr: »Wer hat eigentlich den Brandstetter eingeladen?« Nun, da ich mir ein Foto von der Jury ansehe, nehme ich betroffen wahr, daß ich der einzige von den damaligen Jurorinnen und Juroren bin, der noch am Leben ist. Auch von den Autoren und Autorinnen, die damals ihre Texte vorgelesen haben, sind viele verstorben, so der Preisträger Gert Hofman oder Dieter Kühn. Meiner Selbsteinschätzung nach war ich wirklich kein guter Juror, wie ich auch später bei Podiumsdiskussionen kaum Eindruck machen konnte, was man doch eigentlich will. Oft ist mir erst im nachhinein eingefallen, was ich sagen hätte sollen. Das habe ich dann manchmal in Leserbriefen oder Zeitungskommentaren »nachgeholt«. Ich war öfter im Leben, nicht nur als Diskutant oder Juror, zu langsam. Ich hatte Glück, wenn mir diese Langsamkeit als Nachdenklichkeit und Bedächtigkeit ausgelegt und zugute gehalten wurde …

Der hochgeschätzte Autor Peter Henisch, mit dessen Roman »Die kleine Figur meines Vaters« ich mich auch germanistisch beschäftigt habe, hat einmal seine Eindrücke von der Frankfurter Buchmesse in einer Zeitung beschrieben und zum Abschluß über den großen Wirbel am Stand des Residenz Verlages – es dürfte um Franz Innerhofers Sensationsroman »Schöne Tage« gegangen sein – sinngemäß oder wörtlich gemeint: Nur Brandstetter sitzt ein wenig dabei, wie wenn er sich eigentlich nicht dazugehörig fühlte … Da hatte er recht. Als großer neuer Stern am literarischen Himmel wurde damals Franz Innerhofer gefeiert. Eine französische Zeitung hat ihn den »Kafka der Bauern« genannt. Die Autorin des ebenfalls und mit Recht enthusiastisch aufgenommenen Romans »Klassenliebe« Karin Struck ist in der bereits erwähnten Klagenfurter Veranstaltung vorlesend als Autorin aufgetreten. Viele wollten in ihr schon im voraus, nach Gert Jonke als Bachmann-Preisträger beim ersten Wettlesen, die nächste Preisträgerin sehen. Die Juroren waren aber ganz anderer Meinung, gaben sich wohl, gerade um Unbeeinflußbarkeit zu beweisen, überkritisch, und brachten Karin Struck zum Weinen, als sie den Schauplatz verließ. Mit ihrem zweiten Roman »Die Mutter« hatte sie die Kritik gar in der Nähe der NS-Ideologie gesehen. Auf den Zuschauerrängen saß damals eine Autorin, von der auch viele meinten, sie hätte die größten Chancen, wenn sie in den Ring stiege: Brigitte Schwaiger, der ja mit ihrem Erstling »Wie kommt das Salz ins Meer« geradezu ein Welterfolg beschieden war, promotet auch von Friedrich Torberg. Brigitte Schwaiger hat sich aber, klug, wie sie war, vielleicht auch durch das abschreckende Spektakel um Karin Struck vorsichtig geworden, verweigert und sah sich mit ihrer Lektorin die Hinrichtungen von den oberen Rängen an …

Karin Struck hat sich nach der Sensation um Innerhofers Roman »Schöne Tage« bei den Rauriser Literaturtagen so begeistert und zu Innerhofer hingezogen gefühlt, wie es auch in ihrem Beitrag »Für die Arbeit gezeugt« im SPIEGEL zum Ausdruck kommt, daß sie ihn in Salzburg besuchte, was aber für beide zu einer großen Enttäuschung geworden ist, ähnlich wie Erich Fried von Karin Struck enttäuscht wurde. Erich Fried, den ich zweimal getroffen habe, einmal in Saarbrücken und einmal nach seiner Lesung in der Klagenfurter Landhausbuchhandlung, nach der ein Foto gemacht wurde, auf dem man Fried im Gespräch mit Ingeborg Bachmanns betagter Mutter sieht, ein Buch signierend, sagte nach seiner Lesung in einem Gasthaus in Dudweiler ironisch bewundernd: Der Arnfrid (Astel, Leiter der Literaturabteilung beim Saarländischen Rundfunk, der in Strucks Roman »Klassenliebe« als Z. verschlüsselt vorkommt) hat immer die schönsten Frauen beeindruckt. Das bezog sich natürlich auch auf Astels Ehefrau Katrine von Hutten. Fried hat sich freilich etwas unfeiner ausgedrückt, er sagte nicht *beeindruckt*, sondern *gehabt* … Gestaunt habe ich auch über Frieds lyrische Routine. Er hat am Wirtshaustisch innerhalb weniger Minuten ein kapitalismuskritisches Sinngedicht über ein aufsehenerregendes Unglück geschrieben, bei dem Jugendliche bei einem Feuer in einer Diskothek umkamen, weil man die Eingangstür versperrt hatte, und es einem anwesenden Redakteur der »Saarbrücker Zeitung« mitgegeben, wo es am übernächsten Tag prompt erschienen ist … Ich selbst habe zweimal auf

Einladung von Arnfrid Astel Lesungen des Rundfunks an der Universität einbegleitet. Meine Einführung vor der Lesung von H.C. Artmann hat ihm so gut gefallen, daß er mich gleich auch für die nächste Lesung von Renate Rasp aus ihrem Roman »Ein ungeratener Sohn« engagierte. Da habe ich aber offenbar ihn und auch die Autorin enttäuscht.

H.C. Artmann ist zu seiner Lesung in Saarbrücken mit einem Pulk, einer Gruppe von Freunden und Bewunderern, aus Frankfurt angereist, von denen einer durch besonders exzentrische Einfälle aufgefallen ist. So hat er auf seiner Schiffermütze oder Brechtkappe eine Kerze montiert gehabt … Später stellte sich heraus, daß es sich um Wolf Wondratschek handelte, der kurz darauf mit seinen Kurzprosatexten, dem Buch »Früher begann der Tag mit einer Schußwunde«, Aufsehen erregte und eine große Karriere einläutete. Ein anderer Begleiter Artmanns war der junge Christoph Derschau, der Autor von »Den Kopf voll Suff und Kino. Gedichte von Liebe, Tod und dem täglichen Kleinkram«, der mich mit Artmann auch einmal in meinem Pichler Haus besuchte. Er war damals schon sehr krank, er hatte ein Lungenleiden. In die Klinik, in der er lange Zeit sein mußte, hat ihm der mitfühlende H.C. viele Karten und Briefe geschickt, aus denen Derschau ein Buch machen wollte. Derschau war ähnlich wie Wondratschek ein Bewunderer der »Pataphysik« des Alfred Jarry, einer Spielart der Nonsens-Poesie und der amerikanischen »Alltagslyrik« des Kettenrauchers und schweren Alkoholikers Charles Bukowski. Bukowskis Roman »Der Mann mit der Ledertasche«, der die drastischen »Abenteuer« eines Aushilfsbriefträgers in

New York schildert, erschien nur ein paar Jahre vor meinem Roman »Zu Lasten der Briefträger«, meinem erfolgreichsten Buch, das es zu mehreren Ausgaben, auch einer Übersetzung ins Polnische (»*Na konto listonoscy*«) und im Taschenbuch auf dreizehn Auflagen brachte. Mein Sohn Markus, Musik- und Kulturjournalist in Berlin, hat kurz vor dessen Tod ein langes Interview mit dem Bukowski-Übersetzer Carl Weissner geführt, der die amerikanischen Dichter der Beat Generation, William S. Burroughs und Allen Ginsberg, in Deutschland durch Übersetzungen bekannt gemacht hat. Da Markus Anglistik studiert und seine Magisterarbeit über Jack Kerouacs »On the Road« geschrieben und sich auch viel mit Bob Dylan beschäftigt hat, entwickelte sich das Interview mit Weissner, der auch Dylans Lieder ins Deutsche übertragen hat, zu einem Gedankenaustausch unter Spezialisten … Markus sagt, Dylan hat den Nobelpreis verdient. Ich habe da meine Zweifel, kann aber mangels intensiverer Kenntnis seiner Liedtexte nicht überzeugend mitreden und dagegenhalten. Wie Markus war auch Fabjan Hafner, der in Graz Slawistik, im besonderen Slowenistik studiert hatte und wissenschaftlicher Mitarbeiter am Robert-Musil-Institut war, von der Richtigkeit der Entscheidung des Nobelpreiskomitees überzeugt. Er hatte, im Gegensatz zu mir, auch Dylan-Konzerte, zum Beispiel in Laibach/Ljubljana, besucht. Wie hätte sich Fabjan, der leider 2016 verstorben ist, gefreut, wenn er noch erlebt hätte, daß sein Freund Peter Handke, über den er ein Buch geschrieben hat, das Handkes slowenische Wurzeln mütterlicherseits und überhaupt Handkes Verhältnis zum Slowenischen behandelt, den Nobelpreis erhalten hat! Beim Begräbnis Fabjan Hafners in Suetschach im Rosental/Sveče sah man auch Peter Handke. Es herrschte ein solcher Andrang von Trauergästen, daß wir, der Buchhändler Erwin Brunner, Egyd Gstättner und ich, wie viele andere in der Kirche keinen Platz fanden und vor den Türen stehen mußten. Es zog ein Gewitter auf mit Starkregen, und plötzlich schlug ein Blitz offenbar in unmittelbarer Nähe ein, mit ungeheurem gleichzeitig krachendem Donner, daß wir wie in Panik zusammenfuhren. Er hatte wohl in einen Baum neben der Kirche eingeschlagen. Hat sich Fabjan gemeldet? Was wollte er uns mit diesem Paukenschlag noch sagen?

Aus Siegen im Sauerland, der Geburtsstadt Peter Paul Rubens', kam im Jahr 1967 Helmut Kreuzer an die Universität des Saarlandes. Er hatte sich mit der Schrift »Die Bohème« habilitiert. In diesem Buch widmet er der sogenannten Wiener Gruppe mit Gerhard Rühm, H. C. Artmann, Friedrich Achleitner, Oswald Wiener und Konrad Bayer ein wichtiges, wenn auch vom Umfang her nicht gewichtiges Kapitel, über das ich mich mit ihm nach meinen Wiener Erfahrungen in den späten 50er Jahren einmal gründlich »ausgetauscht« habe. Mit Helmut Kreuzer habe ich auch den Studenten Wolfgang Klein, den heute bekannten Linguisten, der kurz nach seiner Promotion und seiner Habilitation Ordinarius in Heidelberg und schließlich Leiter eines Max-Planck-Institutes für Psycholinguistik im holländischen Nijmegen wurde, bekannt gemacht. Ich habe mich lange seiner, Kleins, Freundschaft erfreut, nachdem wir in der saarländischen Ortschaft Spiesen, seiner Herkunftsgemeinde, auch Nachbarn waren. Als er 50 wurde, habe ich auf Einladung der Herausgeber in einer Zeitschrift seines Instituts über ihn geschrieben, wie ich ihn oft nachts, wenn ich aus dem Gasthaus heimkehrte, hinter einem beleuchteten Fenster seines Elternhauses lesen, schreiben oder studieren gesehen hatte.

Sonntags waren wir einmal nach der Frühmesse zu dritt – Wolfgang Klein, ich und der Philosoph Rudolf Malter, der auch aus Spiesen, der sogenannten »Haberdell« stammte und dessen Andenken ich meinen Roman »Cant läßt grüßen« widmete, weil »Rudi« mich zu der im Roman beschriebenen Gestalt eines »Ammanuensis«, also eines Assistenten von Immanuel Kant, inspirierte – in einem Neunkirchner Park ambulant unterwegs. Ein Ammanuensis ist dem Wortsinn nach einer, der einem Lehrer zur Hand (*ad manum*) geht. Rudolf Malter war nach seiner Assistenten- oder Ammanuensis-Zeit bei Joachim Kopper ebenfalls Philosophieprofessor an der Johannes-Gutenberg-Universität Mainz geworden und hochangesehener Präsident der deutschen Kant-Gesellschaft und der Schopenhauer-Gesellschaft. Er hat viele Bücher geschrieben, über die Philosophie Kants, über Schopenhauer und auch über Martin Luther als Philosoph. Mit Genugtuung sehe ich im Internet, daß man im saarländischen Sulzbach eine Straße nach ihm benannt hat.

Schwaiger, Struck und Innerhofer – drei Autorinnen und Autoren der »Tragischen Literaturgeschichte« (Walter Muschg). »Vom Literaturbetrieb etikettiert und längst vergessen, wählte Innerhofer 2002 den Freitod« (Kurier). Der Bachmann-Preis war manchmal auch ein Anlaß für Kritiker, sich in Kommentaren oder Leserbriefen aufzuregen, einen »Shitstorm«, wie man heute sagt, zu inszenieren und zu entfachen, als etwa der Skandalautor Urs Allemann aus der Schweiz 1987 mit einem unappetitlichen, wohl nicht zu Unrecht als pädophil empfundenen Text mit dem Titel »Babyficken« zwar nicht den Bachmann-Preis, aber den ebenfalls ausgelobten »Preis des Landes Kärnten« bekam. Diesen »Shitstorm« hat natürlich auch die Politik befeuert, nachdem sich der Kärntner Landeshauptmann Jörg Haider ablehnend und wütend zu Wort gemeldet hatte. Der Volkszorn traf auch Rainald Goetz, der sich 1983 vor laufender Kamera bei seiner Lesung mit einer Rasierklinge »verstümmelte«, die Stirn ritzte, ohne daß man wußte, was dieses blutige Happening und dieser Aktionismus mit Literatur zu tun habe. Vom Literaturbetrieb etikettiert und längst vergessen – ein Schicksal von Dichtern, dem oft nicht einmal Literaturpreisträger entgehen. Es kommt ja immer etwas Neues, und das Alte wird obsolet, so wichtig es auch zu seiner Zeit genommen wurde.

Der Bürgermeister von Tarvis, Renato Carlantoni, im Zivilberuf Carabiniere, hat nebenher an der Universität in Udine mit einer Dissertation über mein Werk promoviert. In einer Sprechstunde bei mir in Klagenfurt hat er mir erzählt, er habe an seinem Dienstort Einheimische nach mir gefragt. Die erschütternde Antwort: »In Udine kennt Sie kein Mensch!«. Es hat auch nichts gefruchtet, daß in Österreich Rezensenten gemeint haben, ich hätte schon lange vor Umberto Ecos »Der Name der Rose« einen klerikalen Kriminalroman, nämlich »Die Abtei«, geschrieben … Es stimmt mich immer nachdenklich, wenn Autoren in ihren

Autobiographien oder Lebensläufen Übersetzungen anführen, die wohl stimmen mögen, aber doch keinen Weltruhm bedeuten. Ich hingegen halte es mit jenem holländischen Autor, der gesagt hat, in Holland sei er weltberühmt, und sage: In Oberösterreich bin ich weltberühmt. Ein maliziöser Grazer Kollege hat einmal nach einem Besuch des Cafés im Klagenfurter Künstlerhaus geschrieben, ich sei dort der »Platzhirsch«. Etwas Dümmeres und Ungerechteres kann ich mir nicht denken.

Im übrigen hatte ich gleich bei zwei deutschen Dissertanten kein Glück. Die Bosheiten fielen aber bei dem einen, dem Dissertanten Norbert Weber mit seiner Arbeit »Das gesellschaftlich Vermittelte der Romane österreichischer Schriftsteller seit 1970«, auf ihn selbst zurück, weil er meine politische Unbedarftheit an einem Werk »Start« festmachte, das nicht von mir, sondern von einem Namenskollegen Brandstätter, einem pensionierten Gemeindesekretär in Niederösterreich, im »Europäischen Verlag« erschienen ist, also eigentlich im Selbstverlag, da der genannte Verlag ohne Lektorat Bücher von Amateuren publizierte, deren Auflage sich die »Autoren« gleich mitnehmen konnten. Mit Webers mißlungener Dissertation war sogar die Österreichische Rektorenkonferenz befaßt. Daß es nicht zur Aberkennung des Doktortitels kam, lag auch am Ansehen seines Doktorvaters Wendelin Schmidt-Dengler, der mir in einem freundschaftlichen Brief schrieb, es sei ihm nicht befriedigend gelungen, den Studenten Weber politisch einzubremsen. Die Sache mit dem von mir nicht geschriebenen Buch »Start« hatte er, der vielbeschäftigte gutwillige Betreuer von Dissertanten, leider nicht bemerkt. Der Dissertant berief sich später entschuldigend auf den Katalog der Nationalbibliothek, wo »Start« in der langen Liste meiner Veröffentlichungen im Residenz Verlag angeführt sei. Mein Freund und Kollege Wolfgang Haubrichs schrieb über den »Unglücksfall Weber« einen lesenswerten Aufsatz unter dem Titel »Der doppelte Dichter«, in dem er zeigte, wie das Politische dem Ästhetischen in die Quere kommt, wenn mit zu viel Eifer (oder Geifer?) ans Werk gegangen wird … Wendelin Schmidt-Dengler hat wohl auch die Einschätzung, Geringschätzung, Webers meines Stellenwerts in der österreichischen Literatur nicht geteilt, sonst hätte er in der Jury für den Adalbert-Stifter-Preis des Landes Oberösterreich nicht für die Zuerkennung an mich gestimmt.

Aberkennungen von unrecht erworbenen Titeln haben sich in jüngster Zeit gehäuft. In meiner Assistentenzeit in Saarbrücken zwischen 1962 und 1974 gab es einen Skandal um die Dissertation des Udo Maria Nix, Dominikanerpater, Theologe und Pädagoge, dessen Dissertation über Meister Eckhart von Josef Quint, dem anerkannten Meister-Eckhart-Spezialisten, als Plagiat mit vielen nicht ausgewiesenen Zitaten entlarvt wurde. Quint war, trotz seiner schwer belasteten Vergangenheit bei der SS und seiner Mitwirkung in verschiedenen NS-Parteiorganisationen, die ihm aber offenbar relativ bald nach dem Krieg »verziehen« wurden, der erste Altgermanist bei der Gründung der neuen Universität des Saarlandes. Nach ihm kam der ideologisch wegen seiner (freilich nicht ganz unbegründeten) Bedenken im Zusammenhang mit zwei- und mehrspachiger Kindererziehung und der Empfehlung einer frühkindlichen Einwurzelung in einer (deutschen) Muttersprache auch nicht unumstrittene Hugo Moser nach Saarbrükken. Mit den gravierenden Anschuldigungen des Literaturkritikers und Cheflektors des Suhrkamp Verlages Walter Boehlich gegen die Bonner Universität, die am 19. Dezember 1936 Thomas Mann die Ehrendoktorwürde aberkannt hatte, sie habe den Namen des Rektors verschwiegen, der die Urkunde unterschrieben hat, und dem Verdacht, es könnte sich um Hugo Moser gehandelt haben, hat sich Boehlich aber gründlich blamiert! Hugo Moser war zu jener Zeit Soldat, und erst nach dem Krieg, dem Studium, der Promotion, der Habilitation und der Professur in Saarbrücken kam er 1959 nach Bonn, wo er 1963 zum Rektor gewählt wurde. Thomas Mann hat schon im Jahr 1947 die Ehrendoktorwürde der Bonner Universität wieder angenommen. Der Nachfolger Hugo Mosers in Saarbrücken war Hans Eggers, dessen Nachfolger wiederum sein Schüler Wolfgang Haubrichs. Haubrichs hatte mich, Eggers' Assistenten, abgelöst. Als ich nach Saarbrücken kam, war noch sehr viel von Hugo Moser die Rede, seiner Strenge, aber auch seiner Kompetenz, was Sprachgeschichte und Minnesang betrifft. Auch von seiner gewissen katholischen Reserviertheit war die Rede. So soll er gegen einen Umbau am Institut Bedenken angemeldet und geäußert haben, weil dadurch eine verschwiegene Ecke entstünde, hinter der Studenten (mit Studentinnen) poussieren könnten … In Hugo Mosers Schrift »Sprache und Religion«, erschienen in einem Beiheft zur Zeitschrift »Wirkendes Wort«, mit dem Untertitel »Zur muttersprachlichen Erschließung des religiösen Bereichs«, die ich im bibliographischen Organ »Germanistik« auch besprochen hatte, habe ich viele der mich interessierenden Fragen über das Verhältnis von Kirche, Religion und Sprache beantwortet gefunden. Auch in der dreibändigen Sprachgeschichte meines Saarbrücker Lehrers Hans Eggers haben mich vor allem jene Kapitel im ersten Band besonders beeindruckt, wo gezeigt wird, wie das Altdeutsche, die althochdeutschen Mundarten und Stammessprachen, an der Hand der »lateinischen Mutter« gehen lernen, wie sie etwa das »Theologem« »Heiliger Geist«, die dritte göttliche »Person« nach dem griechischen *pneuma hagion* und dem lateinischen *spiritus sanctus* als »Weih-Atem« oder »Heiliger Geist« übersetzen oder »eindeutschen.« Auch der Salzburger Ordinarius für Altgermanistik Ingo Reiffenstein, den ich, als er Rektor der Paris-Lodron-Universität wurde, zwei Semester lang vertreten durfte, hat mir schon vorher mit seiner Schrift über die Konkurrenz der iroschottischen und der angelsächsischen Missionare viel Wissenswertes vermittelt.

Ein besonders sympathischer Neugermanist in Saarbrücken war Paul Stöcklein, er folgte aber im Jahr 1962, als ich in Saarbrücken begann, einem Ruf an die Goethe-Universität nach Frankfurt am Main, wo ihm die härtesten Auseinandersetzungen mit den Studenten der 68er Revolution das Leben nicht eben leicht machten. Es hieß freilich, daß die revoltierenden Studenten der Germanistik gerade ihn relativ glimpflich behandelten, und zwar aus einem pragmatischen und opportunistischen Grund. Sie sagten (sich): Die Professoren gehen wir an, Stöcklein schonen wir, denn bei ihm machen wir schließlich das Examen … Wie gut stand der Johann Wolfgang von Goethe-Universität in Frankfurt am Main Paul Stöcklein an, der Verfasser der viel beachteten Monographie »Wege zum späten Goethe« und ganz besonders auch der Rowohlt-Monographie über Joseph von Eichendorff! Andererseits war er der Verfasser von »Einspruch gegen den Zeitgeist. Begegnungen und Reflexionen aus den Jahren 1930–1990«, an dem natürlich rabiate Linke keine Freude hatten, wenn ihre Methoden und ihre Gesinnung als Nachklang und Fortsetzung des totalitären Ungeists der Nazizeit dargestellt wurden (»Linke Faschisten«)... Seine Unzufriedenheit mit dem Zeitgeist, der von ihm so empfundenen Verrohung, Verachtung und Respektlosigkeit jüngerer Menschen gegenüber Autoritäten, mag es geschuldet sein, daß er mir auf einen zeitgeistkritischen Beitrag in der österreichischen Wochenzeitung »Die Furche« hin aus seinem Alterswohnsitz in Bamberg nach Klagenfurt einen zustimmenden Brief schrieb. Es ist mir eine Ehre, daß er mich für einen gleichgestimmten und gleichgesinnten Kollegen gehalten hat. Auf einer Karte schrieb er mir: »Lieber verehrter Herr Kollege, natürlich habe ich eine so schöne Geschichte wie ›Altenehrung‹ mit Wonne gelesen. Und jetzt das Gedicht ›Biologisch‹ in der Furche. Dank dem Autor!« Da habe ich mich bei Stöcklein mit der Übersendung meines Romans »Die Burg« herzlich bedankt. Leider bin ich seiner im Brief auch ausgesprochenen Einladung in sein geliebtes Bamberg, das er mir gern gezeigt hätte, nicht gefolgt.

Eines meiner »Abenteuer im Kopf« ist die fiktive Konfrontation verehrter Geistesgrößen. Peter Henisch hat etwa, um ein ähnliches Beispiel mit anderem Personal und anderer Thematik zu nennen, auf einer

Schiffsreise nach Amerika den Abenteuerschriftsteller Karl May und den Autor Franz Kafka »zusammengebracht«. Karl May hat im Mai 1908 wirklich Amerika bereist. Sein Amerika-Aufenthalt dauerte aber nur zwei Monate. Franz Kafka war nie in Amerika, er kannte Amerika nur aus einem Reisebericht. Und doch ist »Der Verschollene« (der Roman »Amerika«) für mich das in gewisser Weise amerikanischste und suggestivste Amerika-Buch, »genauer« als Ferdinand Kürnbergers »Der Amerikamüde«. (Ich war freilich auch nie in der »Neuen Welt« ...) »Ich war noch niemals in New York« ist übrigens ein Schlager des populären Schlagersängers Udo Jürgens, der auch zum Titel einer Musical-Revue über Jürgens genommen wurde. Eine Begegnung zwischen May und Kafka wäre sich also zeitlich ausgegangen. Nicht ausgegangen aber wäre sich eine Begegnung zwischen dir, Aloysius von Gonzaga, und dem Freiherrn Joseph von Eichendorff, wie ich sie hier einmal ansatzweise imaginiere. Wohl hätte man es dabei mit zwei adeligen, in ihrer je eigenen Art frommen Menschen, ja Katholiken, zu tun. Eichendorffs Religiosität war aber von einer ganz anderen Art als deine, lieber Prinz. Ihm wäre es sicher nie eingefallen, sich zu geißeln. Eine Affinität besteht vielleicht darin, daß Eichendorff den Konflikt mit seiner Mutter durchgestanden und seine Jugendliebe Aloysia Anna Viktoria von Larisch gegen den Widerstand der Mutter geehelicht hat, du, Aloysius, hast dich gegen deinen Vater durchgesetzt und dir die Ehelosigkeit erkämpft ... An einer von Paul Stöcklein in seiner Eichendorff-Biographie zitierten Passage aus »Ahnung und Gegenwart«, die autobiographisch zu verstehen und zu lesen ist, hättest du, Aloysius, sicher eine besondere Freude. Das könntest geradezu auch du, aber auch ein Pietist, geschrieben haben: »Ich kann es nicht mit Worten beschreiben, was ich bei der Lektüre der Bibel« – (im besonderen der Leidensgeschichte Jesu) – »empfand. Ich weinte aus Herzensgrunde, daß ich schluchzte. Mein ganzes Wesen war davon erfüllt und durchdrungen, und ich begriff nicht, wie mein Hofmeister und die Leute im Haus, die doch das alles schon lange wußten, nicht ebenso gerührt waren und auf ihre alte Weise so ruhig fortleben konnten.« Ein gravierender Unterschied zwischen dir und Eichendorff ist allerdings euer Verhältnis zur Natur. Vielleicht habe ich dir ja unrecht getan, als ich mich in meinem Roman eigentlich bedauernd vernehmen habe lassen, daß dir die Natur, die herrliche Landschaft in der Lombardei, der wunderbar reine Gardasee und die Alpen nicht viel bedeutet haben. Jedenfalls finde ich in deiner Literatur, den Briefen und den Essays keine Hinweise auf Naturseligkeit. Eichendorff aber war ein Romantiker, der immer wieder ins Schwärmen geriet angesichts von Landschaften bzw. Sonnenauf- oder -untergängen. Du hast den Genuß, den auch Menschen zu deiner Zeit schon aus der Naturbeobachtung gezogen und gewonnen haben, selbst verschmäht oder gar für eine Sünde gehalten. Aus ähnlichen Motiven wurde ja auch der Assisi-Besucher Goethe als Pantheist denunziert und verschrien. Es war aber ein Mann aus deinem Orden, lieber Aloysius, der Jesuit Karl Rahner, der ein Buch geschrieben hat, dessen Titel eigentlich pantheistisch klingt: »Gott in Welt«.

Ein gewagtes Unternehmen im Erfinden der Begegnung von Geistesgrößen, die sich nicht begegnet sind, obwohl sie »Zeitgenossen« waren, war mein Roman über dich, Aloysius, »Aluigis Abbild«. Ursprünglich dachte ich, es kann doch nicht sein, daß der in meinen Augen größte Maler der Kunstgeschichte, der in Siegen in Westfalen geborene Peter Paul Rubens, der unter anderem Hofmaler bei Vincenzo Gonzaga in Mantua war, dich nicht gemalt hätte. Noch dazu, weil Rubens, der schließlich nach seinen Wanderjahren auch als Diplomat und Gesandter in Antwerpen ansässig wurde, sozusagen eine große Malwerkstatt mit an die fünfzig »Gesellen« betrieben hat und vor allem viele Bilder für Jesuitenkirchen gemalt oder malen hat lassen, es kann also nicht sein, daß dieser kirchen-, wenn auch vielleicht mehr weltfromme Mann von dir nicht Notiz genommen hätte ... Rubens ist am 28. Juni 1577 geboren und am 30. Mai 1640 gestorben, in Mantua war er, nach Aufenthalten in Rom und Venedig, wo er Tizian und Tintoretto studierte und Vincenzo Gonzaga auf ihn aufmerksam wurde und ihn für seinen Hof in Mantua engagierte, um das Jahr 1604, in einer Zeit, als du, Aloysius, bereits seliggesprochen wurdest. Von Angesicht gesehen kann er dich natürlich nicht haben, aber gehört haben mußte er von dir, dem sozusagen religiösen Wunderknaben, ganz sicher ... Rubens hat außerdem viele porträtiert, die er nicht gesehen hat und die ihm nicht Modell gesessen oder gestanden sind, angefangen von der Heiligen Familie und den Aposteln, herauf zu den Kirchenvätern und den Päpsten. Ein wirklich atemberaubendes Bild hat er vom sterbenden Franz von Assisi gemalt, dem Giovanni Bernardone, genannt »Francesco«. In meinem Roman schreibt Donna Marta Tana, deine Mutter, an Rubens und bittet um ein *ritratto*, ein Bild ihres Sohnes, ein Bild von dir, »von des Meisters Hand«, für die Basilika in Castiglione. Mit einem gewissen detektivischen Vergnügen und nicht absichtslos habe ich deine von dir so verehrte Mutter Marta Tana schreiben lassen, »von des Meisters Hand« müsse das Bild sein, weil sie ja wisse, daß viele Bilder nicht oder nicht nur von ihm, sondern den vielen Lehrlingen, Eleven und Azubis gemalt und daher nur unter seinem Namen und nach seiner Malweise und »Manier« und unter seiner Anleitung entstehen würden … Rubens lehnt ab, schickt aber seinen begabtesten Schüler Anthonis van Dyck nach Italien und nach Castiglione. Rubens gibt auch vornehm, aber doch erkennbar distanziert zu Papier, daß er mit deinen asketischen Postulaten, lieber Aloysius, nicht ganz einverstanden ist oder auch, daß er persönlich sie nicht erfüllt, weil er gerade den Frauen sehr zugetan ist, natürlich bei Anerkennung der unauflöslichen christlichen Ehe und unter Beachtung der ehelichen Treue, wie er auch zwei Ehen geführt und gehalten hat, mit der leider 1626 verstorbenen Isabella Brant, mit der er sich in einem seiner schönsten Bilder in der Geißblattlaube dargestellt hat, und schließlich mit der jungen Helene Fourment, die er in einem atemberaubenden, oft als obszön mißverstandenen Gemälde nackt, aber mit einem übergeworfenen Pelz dargestellt hat. Wie Gott sie schuf!

Historisch belegt ist van Dycks Italienreise, auch seine Begegnung mit der 90jährigen, sogar von Michelangelo gerühmten ersten großen Malerin der Kunstgeschichte Sofonisba Anguissola in Sizilien. Es könnte sein, daß du, Aloysius, die Malerin in Spanien getroffen hast, weil sie ja, als Hofmalerin Philipps II. in Madrid, die Infantin Isabel und andere königliche Familienmitglieder porträtiert hat. Das Bild der Infantin Isabel hat Anguissolas Lehrer und Vorbild Rubens so sehr gefallen, daß er es kopiert hat! Eine größere Ehre kann einer Schülerin nicht zuteilwerden! Anthonis van Dyck hingegen war wohl vom Elternhaus her ein ähnlich gläubiger, wenn auch nicht so strenggläubiger Jüngling wie du, Aloysius, er hatte einen geistlichen Bruder und Schwestern, die Nonnen wurden. Und er sah dir, wie sein »Autoritratto«, sein Selbstporträt in der Gemäldegalerie der Akademie der bildenden Künste am Schillerplatz in Wien zeigt, physiognomisch ähnlich. Als er 1620 zum ersten Mal für kurze Zeit nach England kam und 1632 endgültig nach London übersiedelte, wurde er zum Lieblingsmaler der englischen Aristokratie und des Königshauses. Konfessionell gesehen, hat er in England ganz neue Erfahrungen gemacht, da sich ja bekanntlich im Februar 1531 die englischen Bischöfe von der römischen Mutterkirche getrennt hatten und König Heinrich VIII. zum »supreme head« der englischen, theologisch dem Protestantismus nahestehenden Staatskirche erhoben hatten. Und heute, in unserer Zeit, ist die englische Königin neben dem Erzbischof von Canterbury die oberste Instanz der anglikanischen Kirche, gewissermaßen die Päpstin Elisabeth … Die Bischöfe der anglikanischen Kirche haben freilich schon einmal gedroht, daß sie, wenn der durch »unchristliche«, sozusagen »ketzerische« Äußerungen und durch einen bedenklichen Lebenswandel auffällig gewordene Kronprinz Charles seiner Mutter Elisabeth auf den Thron nachfolgen würde, der Krone die kirchliche Oberhoheit entziehen wollen. Ein maliziöser Freund hat gemeint, wenn die Engländer König Heinrich VIII., den Initiator und Gründer ihrer Staatskirche, als religiöses Oberhaupt anerkannt haben, werden sie sich wohl auch mit King Charles abfinden, der nicht fünfmal geheiratet hat und nicht zwei Ehefrauen ermorden ließ, wenn er auch am Unglück seiner von ihm verstoßenen Frau Diana, ihrem Unfalltod in Paris, nicht ganz unschuldig ist… Kein Wunder auch, daß es unter den Anglikanern starke katholisierende Gruppen und auch »Rückkehrer« zur alten römischen Kirche gibt. Abgesehen von Anthonis van Dyck ist es vor allem Hans Holbein der Jüngere, der 1543 in London an der Pest gestorben ist, der die englischen Hocharistokraten, allen voran König Heinrich VIII., gemalt hat. In Augsburg geboren, lebte er später in Basel, wo er das Bürgerrecht erhielt. Kurt Schwitters, der dadaistische Merz-Künstler, gebürtig aus Hannover, hat ein Gedicht über Basel geschrieben, wo er heimisch wurde, in dem es unter anderem heißt: »Dort lint es Böck; / dort beint es hol, / es waldet grün und witzt…« – eine dadaistische Verneigung vor Arnold Böcklin und Hans Holbein. Ob sich Holbein und van Dyck vom Katholizismus »abgemeldet« haben und Protestanten oder Anhänger der englischen Staatskirche geworden sind (Wes Brot ich ess, des Lied ich sing…), ist (mir) nicht bekannt. Bekannt ist etwa, daß Jacob Jordaens, neben Rubens und van Dyck der dritte große flämische Maler Antwerpens, öffentlich und demonstrativ zum Protestantismus konvertierte, also »evangelisch« geworden ist. Obwohl er anders als Rubens und van Dyck kaum gereist und vor allem nicht in Italien gewesen ist, wurde er international bekannt und berühmt und bekam auch Aufträge von englischen Aristokraten. Das Konfessionelle spielte damals noch nicht die Rolle, die es später bekam. Martin Luther und dem Protestantismus brachten auch Maler oder Dichter Sympathien entgegen, die sich nicht ausdrücklich von der »alten« Kirche getrennt haben, wie Erasmus von Rotterdam oder auch Albrecht Dürer. Von Albrecht Dürers »Allerheiligenbild« im Kunsthistorischen Museum in Wien heißt es, es sei ein letztes testamentarisches Dokument seines alten Glaubens. Theologisch gesehen ist es wohl wirklich sehr altertümlich, wenn man die Heiligen wie in Logen oder vielmehr auf Rängen in Reih und Glied aufgefädelt sieht. Dürer aber, wie es Thomas Bernhard getan hat, einen »deutschen Ur- und Frühnazi« zu nennen, ist nicht unoriginell, aber polemisch, und natürlich ahistorisch, ja »antihistorisch« und anachronistisch. Peter Paul Rubens, der Barockmaler, dessen Bilder durchaus auch als Zeugnisse der von Jesuiten dominierten »Gegenreformation« »gelesen« werden können, ist als Künstler nicht besser oder schlechter, weil er ein frommer Katholik war, als sein protestantischer Kollege und »Antipode« Rembrandt, der auch keiner Bevorzugung oder Benachteiligung durch schmalbrüstige Konfessionalisten bedarf. Von Lucas Cranach dem Jüngeren steht aber in meiner Kunstgeschichte, er sei nach seiner Hinwendung zum Protestantismus künstlerisch »verdorrt« … Natürlich gibt es großartige protestantische Maler wie den erwähnten Rembrandt, aber doch auch kunstfeindliche ikonoklastische Bewegungen in der neuen Kirche, vor allem aber im Calvinismus. Auch der Islam verschmäht »Götzenbilder«. In den Moscheen dominiert als Schmuck das Ornamentale.

Im europäischen Zusammenhang ist Adolf Loos, der Wiener Architekt, mit seiner Schrift »Ornament und Verbrechen« gegen das Überregulierte, Regelmäßige, Langweilige zu Felde gezogen. Für ihn äußert sich im Symmetrischen und Ornamentalen die Faulheit der Künstler ... Das Fremdwort *Ikonoklasmus* kommt aus dem Griechischen, *ikon*, »das Bild«, und *klao*, »ich zerstöre«. Von dir, Aloysius, gibt es, wie schon angedeutet, keine Äußerungen über die Kunst, aber auch keine Hinweise auf Bildfeindlichkeit, Bilderfurcht oder Ikonophobie. Wie aber verhält es sich mit den vielen sogenannten »Gnadenbildern« oder »wundertätigen« Bildern in unzähligen Wallfahrtsorten? Daß sie der nüchterne, aufgeklärte, skeptische Mensch dem Volks- oder auch Aberglauben zurechnet, ist kein Wunder. Wer aber wie wir bei einem noch darzustellenden »Betriebsausflug« des Residenz Verlags nach Polen im Marienwallfahrtsort Tschenstochau nahe Krakau die täglich zur festgesetzten Stunde erfolgende Enthüllung des Gnadenbildes über dem Hochaltar erlebt, wird sich wohl davon berühren lassen. Bald schließt sich aber der Schrein. Es bleibt Zeit für ein andächtiges *Ave Maria* ...

Viele, heiliger Aloysius, haben dich gemalt, bedeutende und unbedeutende Künstler, einige Maler, die dich, rein zeitlich gesehen, malen hätten können, haben es nicht getan. Sie werden ihre Gründe – oder keine Aufträge – gehabt haben ... Aber du kannst dich nicht beklagen. Und wenn es nur das eine Bild von dir gäbe, das Francisco de Goya gemalt hat, könntest du schon zufrieden sein. Natürlich hätte man wohl gerne auch ein Bild von Diego Velasquez oder Domenico Theotokopoulos, genannt El Greco, »der Grieche«, gesehen. Das Bild, das (sich) Goya von dir gemacht hat, ist wohl für die Kunsthistoriker kein typischer Goya, kein Bild des »Propheten der Moderne«, wie ihn der Katalog der Ausstellung im Kunsthistorischen Museum in Wien im Jahr 2005 nennt, in dem das Bild von dir leider gar nicht wiedergegeben wird. Auch der Kunsthistoriker Werner Hofmann schweigt sich in seiner 330 Seiten starken Monographie »Goya. Vom Himmel durch die Welt zur Hölle« über dein Porträt aus. Goya ist drei Jahre vor Goethe geboren (1746) und vier Jahre vor Goethe gestorben (1828). Ja, es sind vor allem die »Höllenbilder«, die Bilder von Gräueln aller Art, Krieg (»*Desastres de la guerra*«), Mord und Totschlag, auch Kruditäten der antiken Mythologie – »Kronos frißt seine Kinder« –, andererseits aber auch die gewagten erotischen Bilder von Frauen, wie das Gemälde »Die nackte Maja«, auf die sich Betrachter, die Leute und die Fachleute, stützen und »stürzen«... Das Bild aber von dir, Aloysius, könnte gut und gerne auch von Jan Vermeer van Delft sein. Es zeigt dich in einem abgedunkelten Interieur, einem nächtlichen Raum, durch dessen halb von einem Vorhang verdecktes Fenster Mondlicht schimmert, stehend an einem Tisch, im schwarzen Habit des Klerikers, bei andächtiger Betrachtung des Kruzifixes in deinen Händen. Du hältst das Kreuz aber nicht in deinen bloßen Händen, sondern im Schaft umhüllt von einem weißen Tuch. Auf dem Tisch liegen »Gegenstände«, die zu dir und deiner asketischen Existenz gehören, ein Totenkopf, eine Geißel und eine Krone. Aber die Krone ist ein Reif mit Zacken und metallenen Spitzen nach oben oder unten, die sich der Büßer auf den Kopf setzt und drückt und sich so Schmerzen und blutende Wunden zufügt und sich verletzt. Diese Krone ist also eine Dornenkrone und keine *corona triumphalis*, auch keine Himmels- oder Märtyrerkrone, wie sie die beiden Putti in deinem Santuario über dein *caput mortui* halten, oder wie die Kronen, die auf den vielen »Krönung Mariens«-Bildern zu sehen sind. Bei den Blumen, den drei Blüten, die auf dem Tisch liegen, handelt es sich wohl um Lilien, Symbole der Jungfräulichkeit und Reinheit. Natürlich hat die Gegenwart, auch die heutige aufgeklärte Theologie, mit dieser Art von Kasteiung nichts mehr im Sinn. Es heißt, das »normale« Leben jedes Menschen hat Prüfungen und Grausamkeiten genug, man muß sie nicht masochistisch noch vermehren. »Unser Leben währet siebzig Jahre, und wenn's hoch kommt, so sind's achtzig Jahre, und wenn's köstlich gewesen ist, so ist es Mühe und Arbeit gewesen«, heißt es im Buch Kohelet.

Wir staunen, lieber Aloysius, wenn wir im Zusammenhang mit den Kasteiungen im Buch über deine drei Nichten Cinzia, Olympia und Gridonia Folgendes über deinen Bruder Francesco Gonzaga und seine Gattin lesen: »Franziskus hatte sich mit einer Dame von ausgezeichneter Tugend und vornehmer Abkunft aus Böhmen vermählt. Ihr Vater war Großkanzler dieses Königreichs, für den Königsthron von Pohlen bestimmt und verwandt mit den Königsgeschlechtern Europas. Die junge Dame war Bibiana Pernstein.« (Ich zitiere aus der deutschen Übersetzung des italienischen Originals, besorgt von Albert von Haza-Radlitz in Wien 1841.) Sie wird als außerordentlich fromm dargestellt, vergießt nach der Kommunion Tränen frommer Rührung. Als ihr der Tod ihres erstgeborenen Kindes mitgeteilt wird, eilt sie in das Sterbezimmer, fällt dort aus Schmerz in Ohnmacht… »Sie ermannte sich jedoch bald und brachte Gott das Opfer. In Anbetracht der Bußwerke führte sie, um den heiligen Aloysius nachzuahmen, die Geißel, trug Cilicien, und fastete noch außerdem.« Von deinem Bruder Francesco heißt es, daß er sich in allem ein Beispiel an seiner frommen Frau nahm, und daß er auch ein Cilicium trug, das man nach dem Tod an ihm fand… Francesco und seine ganze Familie hatten immer dein Beispiel, Aloysius, vor Augen. In wie vielen Familien ist es heute, wie du weißt, hingegen so, daß höchstens ein Familienmitglied Religion praktiziert – und oft ist es die Mutter, die vom Mann und den Kindern wegen ihres kirchlichen Eifers aber eher belächelt, hoffentlich nicht verspottet wird. Ein bekannter Künstler, vor allem aber ein Nachfahre des Kaisers Franz Joseph, hat mir seine Situation in dieser Hinsicht so dargestellt: Meine Frau geht sonntags in die Kirche – und ich begleite sie. Es waren auch am 21. Juni 2019, bei der Festmesse, sehr viele ältere Frauen, darunter vermutlich auch Witwen, in deinem Santuario, kaum Jugend, hin und wieder ein Kleinkind an der Hand der Großmutter…

Es war dem sogenannten Opus Dei, der charismatischen, von Spanien ausgehenden Bewegung, gegründet 1928 als Institut der Kirche, als Personalprälatur, von Josemaría Escrivá de Balaguer, vorbehalten, die archaischen, ja atavistischen, masochistisch anmutenden Bußübungen etwa mit dem »Cilicium«, dem »härenen« Büßerhemd, wieder zu beleben und zu praktizieren.

Das Lexikon zitiert zum Stichwort *Cilicium*, einen rauhen Stoff aus Ziegenhaar aus Kilikien in Anatolien, als ersten Beleg für »Bußgewand« den Psalm 35, im Text der Vulgata: »*Ego autem, cum mihi molesti essent, induebar cilicio*«: »Ich aber zog ein Bußkleid an, als sie mir lästig wurden.« Damit hängt auch das im Zusammenhang mit dem Testament des in Wels 1519 verstorbenen Kaisers Maximilian erwähnte Wort »In Sack und Asche Buße tun« zusammen, der »Sack« stammt von einem hebräischen *saq* (lateinisch *saccus*). Aus kratzigen Schweinsborsten und ruppigem Roßhaar waren oder sind die Cilicien (gewesen?). Josemaría Escrivá wird von seinen Anhängern gern als *Ignatius redivivus*, also als Ignatius von Loyola unserer Zeit, gesehen, sein Hauptwerk »Camino« mit den »Exerzitien« des heiligen Ignatius verglichen oder gleichgesetzt. Wegen verschiedener politischer Äußerungen und Statements und seiner Nähe zum Diktator Francisco Franco war und ist er bis heute, auch oder gerade nach seiner Heiligsprechung durch Papst Johannes Paul II., umstritten. Einige wollen seine Bewegung und ihren Einfluß auf die Politik gar ähnlich wie den der Scientology-Sekte oder der Freimaurer sehen. Im Haus der Katholischen Hochschulgemeinde, wo ich vier Jahre wohnte, haben auch oft Geistliche mitgearbeitet, auch Mönche aus den österreichischen Stiften wie Pater Jakob Krinzinger und Pater Konrad Kienesberger aus Kremsmünster oder Pater Ludwig aus Schlierbach oder Pater Johannes aus Melk, die nach ihrer Priesterweihe in Wien für ihre Heimatgymnasien Lehramtsfächer studierten. Auch an einen Spanier, einen Pater F., erinnere ich mich, der wohl vom Opus Dei geschickt worden war und mitgliederwerbend, wenn auch sehr diskret, unterwegs war. Dieses Anwerben wurde zugleich auch als ein Abwerben von der Katholischen Hochschuljugend empfunden und deshalb wohl vom Hausherrn Monsignore Karl Strobl ohne großes Aufsehen abgestellt …

Totenköpfe von exhumierten Skeletten wie auch die Skelette selbst spielten im kirchlichen Leben der Vergangenheit eine heute kaum noch verständliche oder vorstellbare Rolle. Es gibt Kirchen wie die, die ich in meinem Buch »Der geborene Gärtner« erwähne, nämlich die aufgelassene Stiftskirche, heute Pfarrkirche von Ranshofen, wo unter jedem Seitenaltar hinter Glas in einem goldenen Transparentsarg ein Skelett liegt, was die Kirche zu einem wahren Ossarium, einem Beinhaus, und zu einem Totenschauhaus, einem Karner, macht. Wem mag der Schädel wohl einmal gehört haben, den du, Aloysius in deinem Zimmer hattest? Der Sinn solch makabrer Reliquien war ja wohl ein *Memento mori*, »Von des todes gehugede«, wie ein altdeutscher Traktat sich nennt: eine Erinnerung an den Tod oder ein »Todesgedenken«. Heute ist die ironische Antwort auf diese Fixiertheit und »Borniertheit«: Es gibt ein Leben vor dem Tod! Gerade die Jugend ist aber heute in dieser Hinsicht sehr leicht-sinnig, wenn man die letalen Embleme, die Bilder von Totenköpfen auf T-Shirts oder Jacken, aber auch auf heute Tattoos genannten Tätowierungen sieht – und erschrickt … Die Jugend liebt das Unfeierliche und verachtet das Gesittete. Ich war unlängst, am Freitag, den 13. Dezember 2019, in einem Klagenfurter Kellertheater unter einer hauptsächlich von jungen Leuten frequentierten Bar mit dem Namen »Wohnzimmer«, um mir Dario Fos Stück »Offene Zweierbeziehung« anzusehen. Der Nobelpreisträger Fo ist ein Lombarde wie du, Aloysius, und heißt wie du auch noch Luigi und Angelo. Ein Engel war er aber weißgott nicht! Seine Taufnamen lassen vielleicht auf ein christliches italienisches Elternhaus schließen. Auf dem Weg zum WC staunte ich in der Pause über eine Lichtinstallation im Vorraum, einen meterhohen Totenkopf aus Neon-Leuchtröhren. Im Klosett aber verblüffte mich über der Klomuschel an der Wand eine andere Installation, eine wiederum aus gewundenen Neonröhren gestaltete, hell rosa leuchtende »Inschrift«: »Holy shit«… Und über die Todessucht und Todessehnsucht sich zu mokieren oder die Nase zu rümpfen, besteht heute wirklich kein Grund. Man hat statistisch erhoben, wie viele hunderte Leichen allein in den Kriminalfilmen, den »Tatorten« usw., in einem Jahr vorkommen und dass in jedem zweiten Film Leichen und ihre tödlichen Verletzungen in Prosekturen seziert und analysiert werden. Der Pathologe hat, was seine Bedeutung in diesen Programmen und Formaten betrifft, dem Inspektor, der Inspektorin oder der Kriminalistin von der Polizei bald den Rang abgelaufen. Und die Erklärungen der Pathologen klingen oft sehr professionell und (pseudo) wissenschaftlich… Eben zieht ja auch eine Ausstellung und Schaustellung von präparierten Leichen, teilweise von hingerichteten Chinesen, die Gunther von Hagen, ein deutscher Anatom und Geschäftsmann, der auch eine besondere Art der Konservierung entwickelt hat, zusammengestellt hat, durch die europäischen Hauptstädte und findet angeblich viel Interesse – aber nicht bei mir.

Auch ich war einmal in diesem Sinne jung und habe für mein erstes Seminar nach meiner Habilitation im Jahr 1970 als Thema angekündigt: »Krankheit und Tod in der deutschen Gegenwartsliteratur«, also kein ausschließlich altgermanistisches, sondern ein neugermanistisches Thema, schließlich hatte ich durch meinen Habilitationsvortrag über die Konkrete Poesie die sogenannte »Venia legendi«, also die akademische Lehrbefugnis, für das ganze Fach »Deutsche Philologie« bekommen. Mein Lehrer Hans Eggers, Kriegsteilnehmer, Kriegsverwundeter und Kriegsgefangener, hatte an meiner Themenwahl aber keine Freude. Er wollte nach seinen schweren Erlebnissen vom Tod bis auf weiteres nichts wissen. Er hat sich vielleicht auch an das bekannte Diktum Thomas Manns aus dem »Zauberberg« erinnert: »Der Mensch soll um der Liebe und Güte willen dem Tod keine Herrschaft einräumen über seine Gedanken …«

Es ist mir im Saarland nicht gelungen, Frankreich zu erobern, und in Kärnten nicht Italien. Das liegt natürlich auch daran, daß ich die jeweiligen Landessprachen nicht wirklich erlernte und schließlich die *courage*, um es französisch zu sagen, und die *voglia*, um es italienisch zu sagen, also Mut und Lust an der Konversation verloren habe und verstummt bin. So gesehen habe ich mich dir, Aloysius, wirklich nicht ebenbürtig erwiesen. Und moralisch natürlich auch nicht. Obwohl ich die ersten 23 Jahre meines Lebens durchaus »aloysianisch« gelebt und deinen Namen sogesehen verdient habe … Es waren in deinem Fall wohl auch eher die romanischen Sprachen Italienisch, und zwar Toskanisch, Spanisch und natürlich die unvergleichliche, die »heilige« Sprache, das den romanischen Sprachen zugrundeliegende Latein, die du bewundernswert beherrscht hast. An deinem Latein hätte auch Vergil seine Freude gehabt. Englisch wirst du wahrscheinlich nicht beherrscht haben, wie du ja auch über die Religionspolitik der englischen Könige abfällig geurteilt hast. Ich bewundere deine Bildung und deine Sprachenkenntnis, hinter der ich weit zurückbleibe. So verdiene ich den Ehrentitel »Philologe« eigentlich nicht, »Germanist« vielleicht schon. Und natürlich bin ich in meinem langen Leben bezüglich der Sexualmoral deinem Vorbild nicht gefolgt, da habe ich mehr deinem Bruder Rodolfo geglichen, mit dem du so hart ins Gericht gegangen bist. In deiner Zeit hätten sie mich sicher auch außerhalb der Friedhofsmauern in ungeweihter Erde beerdigt… Aber dürfte sich dann überhaupt ein alter Mensch noch Alois nennen, müßte er nicht den Namen ablegen und sich umbenennen oder »umtaufen« lassen?

Franz von Assisi ist bekanntlich der Patron der Tiere und der Tierschützer. Ob er aber mit jenen rabiaten Tierschützern der Gegenwart, die auf der Mariahilfer Straße in Wien Frauen in Pelzmänteln attackieren und anspucken oder mit Lack besprühen, solidarisch wäre, darf bezweifelt werden. Und daß man dich, Aloysius von Gonzaga, nun zum Schutzheiligen der Homosexuellen, der Schwulen und Lesben, »ernannt« hat, wird dir vielleicht auch nicht gefallen haben und recht gewesen sein. Eben hat im Wiener Stephansdom eine Jubiläumsveranstaltung der sogenannten HOSI, der »Homosexuellen-Initiative«, unter der Schirmherrschaft des Wiener Kardinals und Präses der Österreichischen Bischofskonferenz Christoph Schönborn stattgefunden. Ein maliziöser Freund hat gemeint, wir werden noch erleben, daß der schrille und ausgelassene Life-Ball, der über die Hofburg als Veranstaltungsort in den Festsaal des Wiener Rathauses abgewandert ist, im (säkularisierten) Stephansdom tanzen wird …

Es ist ja nun, da die Menschen, die Gläubigen, den Kirchen als Gottesdienstbesucher und auch als Beitragszahler abhanden kommen, so, daß die Kirche die Gotteshäuser, die Pfarrhöfe, die Diözesanhäuser, die vielen Bildungs- und Exerzitienhäuser bald nicht mehr behalten, weil nicht erhalten wird können, und so gezwungen sein wird, entweder für diese Objekte Mieter oder überhaupt Käufer zu finden. Ein resignierender Pfarrer hat mir neulich erzählt, daß er eine tägliche Frühmesse hält, aber manchmal nur drei Besucher hat und einmal überhaupt allein war. Es zahlt sich also nicht mehr aus, für zwei Besucher in der *Rorate*, der adventlichen Frühmesse, die teure Elektroheizung einzuschalten. Auch eine Kollekte wird dann ja sinnlos. Einige Pfarrherren sind darum bereits dazu übergegangen, statt den »Peterspfennig« nach Rom zu schicken, eine Sammlung für die Heizungskosten der Ortskirche abzuhalten. Am 1. Adventsonntag hat mich immer das Evangelium nach Lukas 21,25–33 erschreckt, die Ankündigung des Endes der Welt. Wenn ihr denn die Zeichen der Verwüstung seht, wenn ihr die höllische Erderwärmung, das Schmelzen der Polkappen und der Gletscher, des »ewigen Eises«, wenn ihr das Ansteigen des Meeresspiegels und das Verschwinden und Untertauchen von Inseln seht, das Schicksal der Stadt Venedig, wenn ihr die Taifune und Tornados, die wochenlangen Starkregen und Überschwemmungen, die Vulkanausbrüche seht und bedenkt … dann – ja was dann?

In Castiglione, lieber Namenspatron Aloysius, habe ich dem Kirchenrektor vor deiner oder seiner Kathedrale erzählen wollen, daß ich über dich ein Buch geschrieben habe. Meine Frau, des Italienischen mächtig, war gerade nicht anwesend, darum versuchte ich es auf Latein: *Librum tedescum de sancto Aloisio, meo patrono, scripsi.* Der Jesuit sah mich aber eher fragend und mitleidig an, bis er dann aber immerhin *Bene, bene!* sagte. Als ich nach der 7. Klasse Gymnasium 1956 mit einem Schulfreund mit dem Rad nach Rom fuhr, freundeten wir uns in der Nähe von Modena mit zwei ungefähr gleichaltrigen italienischen Jugendlichen an, zwei Brüdern, Söhnen aus sichtlich begütertem Haus, die uns zu sich in eine prächtige italienische Villa, an der Palladio seine Freude gehabt hätte, einluden. Obwohl die beiden mit uns vergleichbare Schulen besuchten, hatten sie uns, was das Lateinische betrifft, wenig voraus. Aus einem Briefverkehr, wie wir ihn uns nach Austausch der Adressen vorgenommen hatten, ist aber nichts geworden … Aus den Augen, aus dem Sinn!

Als ich nun am 21. Juni 2019 vor dem stehe, was von dir, Aloysius, materiell übriggeblieben ist, der kostbaren Reliquie, deinem Totenkopf, diesem beinernen Gefäß, das einmal und einst dein Gehirn beschützte, das trotz deiner kurzen Lebenszeit so viel Merkwürdiges, Theologisches, Politisches, Moralisches gedacht, studiert, gesagt und geschrieben hat, und wenn ich jenes, für das du verehrt und bewundert wurdest, aber auch jenes, wofür du belächelt oder gar verachtet wurdest und wirst, bedenke, dann ist mir doch eines zweifelsfrei klar, daß du wahrhaftig ein Frommer und kein Frömmler, ein Heiliger und kein Scheinheiliger warst, ein wahrer und wirklicher sanctus *mirabilis*, nicht im ironischen Sinn ein »seltsamer« Heiliger. Dein Handeln war merk-würdig und würdig… Natürlich ist jeder Heilige ein außerordentlicher, ein herausragender, »ungewöhnlicher« Mensch… Heute wird man oder frau, wenn man oder frau sich durch ein gewisses, auch unauffälliges Benehmen in Gotteshäusern, Eintauchen der Hand in den Weibrunnkessel, Kniebeugen, Bekreuzigen, durch die Beachtung von kulturell normierten oder empfohlenen, früher *be*fohlenen »Äußerlichkeiten« auf das Wesentliche, auf Spirituelles oder Mystisches, einstimmen will, manchmal zu Unrecht als Frömmler, Betschwester, als bigott und Heuchler oder Pharisäer angesehen und denunziert. Was das kirchliche Betragen oder Benehmen geistig und geistlich anzeigt und bedeutet, hat Bischof Egon Kapellari in einem wunderbaren Buch »Heilige Zeichen in Liturgie und Alltag« mit einem wahrlich auch lesenswerten Vorwort von Hans Urs von Balthasar eindrucksvoll beschrieben. Kapellaris Bücher sind überhaupt für mich pastoral, aber auch ästhetisch gesehen, große Literatur. Natürlich hat es ein Mann der Kirche schwer, von der Literaturkritik beachtet zu werden. Das Urteil oder das Aburteil ist, wie schon angedeutet, der verehrten Jeannie Ebner durch Thomas Bernhard widerfahren oder zuteil geworden, weil sie sich bei einem Begräbnis »auffällig« benommen habe, wie im Roman »Holzfällen« nachzulesen. Schlimmer noch ist es, ein wenig frivol oder flapsig ausgedrückt, Prälat Leopold Ungar, dem verdienstvollen langjährigen Direktor der österreichischen Caritas ergangen. Bekanntlich hat ihn Thomas Bernhard aufgesucht und ihm angeboten, er würde gern nach Afrika, in den Kongo, gehen und im Sinne der christlichen Nächstenliebe für die Caritas dort Gutes tun ... Er könnte sich etwa auch als Fahrer, mit einem Führerschein sogar für Lastwagen, wenn gebraucht, dort nützlich machen. Die leicht angeberischen Mitteilungen im Buch »Meine Preise« über seine proletarische Vergangenheit als Bierausfahrer für die Brauerei Gösser hat auch Manfred Mittermayer in seiner großen Bernhard-Biographie offenbar für leicht übertrieben gehalten. Bernhard war eben, in der Diktion des unvergessenen Literaturwissenschaftlers Wendelin Schmidt-Dengler, ein »Übertreibungskünstler«. Bernhard ist auch bald wieder davon abgekommen, hat sich nach diesem Altruistik-Anfall schnell wieder »erholt«. Wohl unzufrieden mit sich selbst und seinem Bittgang in einer »schwachen Stunde«, hat er sich aber an Leopold Ungar »abreagiert« und »gerächt«, indem er ihn so darzustellen versuchte, als lebe er im Luxus und fahre in der Eisenbahn Erster Klasse und fliege Business-Class, fußfrei, zu den Schauplätzen des Elends, der Hungersnöte und der Erdbeben, der Überschwemmungen und der Kriege, um Geld und Mittel für die Caritas zu lukrieren ...

ROM! Wie voller Hingabe und Liebe nennst du, heiliger Aloysius, die Heilige, die Ewige Stadt in deinen Briefen als deine wahre irdische Heimat, wenn du aus Spanien, Valladolid oder Madrid oder deiner »engeren« Heimat, der Lombardei, ins Zentrum der katholischen Christenheit ins Römische Kolleg zurückgekehrt bist, natürlich und selbstverständlich reitend ...

Aber es sind nicht die überwältigenden Bauten oder die Parks der Stadt, die »Villen«, auch nicht das azurblaue Meer oder der Hafen von Ostia, nicht die Kunstwerke oder Bilder von Raffael oder Michelangelo, die du nirgendwo in deinen Briefen erwähnst, sondern es ist ausschließlich das Kultische, das dich an Rom fasziniert und fesselt, die Kirchen und der Vatikan. Der Jesuit Moritz Meschler schreibt in seiner deutschen Biographie, die sich natürlich ganz an das von deinem Freund und Mitalumnen Pater Virgilio Cepari Mitgeteilte hält, daß du nach der Reise nach Neapel – einer Art Krankentransport mit dem Novizenmeister Pater Pescatore und zwei kranken Novizen – die Neapolitaner enttäuscht hast, weil du nach dieser Reise in den Süden ihre Stadt mit keinem Wort gelobt hast. Es wäre dir nicht eingefallen, schreibt Meschler, in den populären Seufzer einzustimmen: *Vede Napoli e puoi muore*! Neapel sehen und sterben! Für dich galt einzig: *Vede Roma e puoi muore!* Für dich war Rom der konkurrenzlose Lebensmittelpunkt. Ja, und gestorben bist du hier 1591 leider auch …

Mir wurde Rom nach meiner Radwallfahrt im Jahr 1956 und der Maturareise 1957 literarisch vor allem durch das Buch »Das Schweißtuch der Veronika« von Gertrud von Le Fort »beigebracht« und nahegebracht. Dort ist von einer, von dem Kind und der Jugendlichen Veronika abgöttisch verehrten Großmutter, einer lange in Rom lebenden alten Frau, die Rede, die mit ihrer Enkelin, der Halbwaisen Veronika eben die Stadt erkundet. Die Oma wohnt zwischen dem Pantheon und der Kirche Santa Maria sopra Minerva, also symbolisch zwischen dem bewunderten »heidnischen« antiken

Rom und dem kritisch gesehenen christkatholischen. Die römische Kirche mit demselben Namen wie die Kirche in Assisi, die Goethe in einer ersten Begegnung mit der Antike bewundert hat, steht aber nur an der Stelle, wo einmal ein Minervatempel stand, der von der Kirche beseitigt und »überbaut« wurde… Im Gegensatz zur »unchristlichen« oder »neuheidnischen« Großmutter, die einen Salon führt, in dem alle großen deutschen Rombesucher und Romkenner von Ferdinand Gregorovius bis Theodor Mommsen verkehren, ist ihre Tochter Edelgard, oder »Edel«, eine, wenn auch nicht einfache, fromme Katholikin, die jedenfalls regelmäßig Gottesdienste und Sonntagsmessen besucht, bis sie schließlich aber an allem irre, wirklich »irre«, das heißt krank wird. Sie hat aber als Erzieherin von ihrem Schwager, einem abwesenden, durch die Welt reisenden deutschen Gelehrten, den strikten Auftrag, Veronika, seine und der verstorbenen, tragisch ums Leben gekommenen Frau Tochter, vor jeder Religiosität zu »bewahren«. Es steht somit eine freigeistige, allenfalls protestantisch-aufklärerische Welt gegen die des christlichen, päpstlichen Rom. Das letzte Wort soll aber Gertrud von Le Fort selbst haben, nämlich das Schlußwort des ersten Teils des zweibändigen Romans, »Der römische Brunnen«: Veronika besucht zum Abschied, bevor sie der Zug nach Norden bringt, ein letztes Mal Sankt Peter: »Dann beugte ich mich zu Boden und küßte ihn: ich küßte nicht Steine, sondern ich küßte das heilige Herz der Welt, ich küßte die Stätte, an der sich Himmel und Erde berühren, das Rom Jesu Christi, das unüberwindliche und wahrhaft ewige Rom!«

Wer denkt da bei so viel Hingabe, Affirmation – und auch Aversion – gegenüber der katholischen Religiosität nicht an die Autobiographie Franz Grillparzers, der sich, wie trotzig, fest vorgenommen hatte, sich angesichts des Papstes bei der Audienz nicht zu Devotion und »Unterwürfigkeit« hinreißen zu lassen, und schließlich doch, wie in Trance, nicht anders konnte – und nicht den Fischerring, sondern sogar den Schuh des Papstes neben den auf einem Seidentuch am Boden für den päpstlichen Segen aufgelegten Rosenkränzen, mit denen er in Wien befreundeten, frommen Frauen eine Freude zu machen gedachte, küßte! »Und so mußte ich, der ich dem Pabste nicht hatte die Hände küssen wollen, nunmehr seinen Fuß küssen. Alles rächt sich in dieser Welt!« Oder an Ingeborg Bachmann muß ich denken, die sich nach einer Audienz bei Papst Paul VI. zu der Kühnheit versteigt, sie habe den Antichrist von Angesicht zu Angesicht gesehen ... Der Maler Ernst Fuchs hatte zum Katholizismus und den Päpsten offenbar ein »gutes Verhältnis«, jedenfalls hat er Papst Johannes Paul II. in Salzburg ein großes, ja riesiges Gemälde »überreicht«, das den Heiligen Vater wie auch den Ortsheiligen, den irischen Mönch, Missionar und Bischof von Salzburg Virgil, in eindrucksvoller Geste des Segnens darstellt. Bei einer unserer wöchentlichen Zusammenkünfte, zum Mittagsmahl in den Pfarrhof St. Egid eingeladen von Monsignore Markus Mairitsch, erzählte Ernst Fuchs von einer Begegnung mit Padre Pio, bei dem er eine Generalbeichte »absolvierte«. Stoff zum Einbekennen hatte er ja nun reichlich, weil er sich wohl nicht strikt an die rigorosen Forderungen der alten »Beichtspiegel« gehalten haben mag … Ich war zu der Zeit, als Pater Pio 2002 von Papst Johannes Paul II. heiliggesprochen wurde, zu Gastvorträgen an der Universität in Genua und habe sozusagen hautnah erlebt, zu welcher Zuneigung zu »ihren« Heiligen die Italiener fähig sind und ganz besonders zu Francesco Forgione, dem Kapuzinerpater Pio, »Italiens Volksheiligen Nummer 1«, wie ihn der Boulevard nannte. Er bezeichnete seinen Beruf einmal als Beichtvater, und es ist von zehn Stunden die Rede, die er oft täglich im Beichtstuhl verbrachte. Die Gläubigen, seine »Anhänger«, hatten auch keine Zweifel an der Echtheit der Stigmata an seinen Händen und Füßen. Karl Strobl, der Studentenpfarrer in Wien, hat mir einmal erzählt, daß die österreichischen Bischöfe Pater Pio um die Leitung ihrer Exerzitien ersuchten. Pater Pio habe sich aber über die Distanziertheit der Bischöfe gewundert und deshalb den nicht nur christlich, sondern auch gruppendynamisch und psychologisch verständlichen und verstehbaren Vorschlag gemacht, sie sollten sich alle untereinander brüderlich duzen.

Eine ähnliche Popularität, wie sie Pater Pio in Italien erreichte, genoß der Kapuzinerpater Abbé Pierre, mit bürgerlichem Namen Henri Antoine Grouès, in Frankreich. Dreißig Jahre lang stand er im Ranking der beliebtesten Franzosen an der Spitze, was bei den großteils laizistisch gesinnten Franzosen einiges bedeutet, bis er selbst bat, ihn von der Liste zu streichen. Sein Pseudonym hat er sich im Zweiten Weltkrieg zugelegt, um im Sinne der Emmaus-Gesellschaft bedrängten Juden zur Flucht verhelfen zu können. Innerkirchlich war er als Kritiker der rigiden katholischen Geschlechtsmoral zuletzt sehr umstritten. Die französische katholische Kirche hatte freilich ein besonders gutes Verhältnis zum Judentum, was seinen Ausdruck überzeugend auch darin fand, daß der Hochschulseelsorger Jean-Marie Lustiger, der getaufte Jude Aaron Lustiger, Erzbischof von Paris und Kardinal wurde. Er hat auch immer wieder als »papabile«, also als möglicher Kandidat für die Papstwahl gegolten. Abbé Pierre habe ich in meiner Studienzeit einmal in der übervollen Schottenkirche in Wien predigen gehört. Er predigte in französischer Sprache und wurde Satz für Satz von einem Dolmetscher ins Deutsche übertragen. Das Herz der Zuhörer erreicht man unter diesen Umständen und Umwegen natürlich nur schwer. Fünf Jahre Französisch-Unterricht am Bundesrealgymnasium Wels haben vielleicht ausgereicht, um in einem französischen Gasthaus die Speisekarte zu lesen und ein Essen zu bestellen, aber nicht zum Verständnis eines homiletisch anspruchsvollen Sermons.

Grillparzer bietet in seiner »Selbstbiographie« ein ähnlich starkes Beispiel von Antiklerikalismus wie die Großmutter in Gertrud von Le Forts Roman. So schreibt er: »Bei meiner Begeisterung für das Alterthum, vermehrt durch den Eindruck der Statuen und Monumente, stellte sich das neue kirchliche oder vielmehr dem Alten aufgedrungene Pfäffische ziemlich in Schatten!« Es ist natürlich ein starkes Stück Repression, daß Grillparzer wegen eines Gedichts, das von der »kirchlichen Parthei« als anstößig und abfällig denunziert wurde, die Aufmerksamkeit der Zensur erregte und sogar die Mißbilligung des Kaisers erfuhr, in dessen Gefolge er aber immerhin seine italienische Reise unternommen hat, und im Sinne der Kultur- und

Literaturpolitik des Fürsten Metternich »für einen halben Jakobiner und Religionsspötter« gehalten wurde … Mit der Engherzigkeit und Engstirnigkeit der »kirchlichen Parthei«, mit Grillparzer gesprochen, habe sogar ich, 150 Jahre nach Grillparzer, noch einmal Bekanntschaft gemacht, als ein Benediktiner an meinem Roman »Die Abtei« vieles vom Standpunkt der »Rechtgläubigkeit« aus aussetzen zu müssen glaubte. Dabei haben sich doch vor allem die Dominikaner in der Inquisition hervorgetan, während die Benediktiner den »Häretikern« gegenüber als die weniger strengen und nachsichtigeren Mönche galten …

Hier möchte ich einen kleinen Exkurs über Kulturkampf-Skandale einfügen: Ich stand auf einer Exkursion des deutschen Reiseveranstalters von Bildungsreisen »Lingua et Cultura« unter der Führung meines Freundes, der zugleich einer meiner ersten Studenten in einem Gotisch-Proseminar an der Universität des Saarlandes in Saarbrücken war, des Professor emeritus der Universität Genf Hans-Jürgen Schrader, in Harzburg vor dem Bismarck-Denkmal mit der Inschrift »Nach Canossa gehen wir nicht!« Das ist nun eine Anspielung auf den »Canossagang« König Heinrichs IV. aus dem Geschlecht der Salier im Dezember und Jänner 1076/77 zu Papst Gregor VII. Die Anerkennung der päpstlichen Suprematie vor der weltlichen Herrschaft der Könige, die das Ende des sogenannten Investiturstreites bedeutete, war offensichtlich für die »evangelische Parthei« ein Ärgernis und eine offene Wunde bis in die Gegenwart. Den Satz »Seien Sie außer Sorge, nach Canossa gehen wir nicht – weder körperlich noch geistig!« hat der Reichskanzler Fürst Bismarck bekanntlich im

Deutschen Reichstag 1872 gesagt, nachdem der Vatikan den deutschen Gesandten, Kardinal Prinz Gustav Adolf zu Hohenlohe-Schillingsfürst, als Gesandten beim Heiligen Stuhl abgelehnt hatte und nicht akkreditieren wollte, weil dieser sich gegen das auf dem Ersten Vatikanischen Konzil unter Papst Pius IX. verkündete Dogma von der »Infallibilität« des Papstes, seiner Unfehlbarkeit in Glaubensfragen, ausgesprochen und eine persönliche Nähe zu seinem theologischen Lehrer, dem Bayern Ignaz Döllinger beibehalten hatte – obwohl er schließlich dem Papst sein bedingungsloses »obsequium fidei« versicherte … Fünf Jahre nach Bismarcks Absage wurde auf dem Großen Burgberg bei Bad Harzburg die »Canossa-Säule« eingeweiht. Von hier war König Heinrich IV., der Gründer der neuen Pfalz Harzburg, aufgebrochen, um schließlich am 25. Januar 1077 barfuß im Gewand des Büßers und unter Tränen vor dem Papst in Canossa zu erscheinen, um vom Kirchenbann befreit zu werden …

In Bad Harzburg haben wir natürlich auch des großen Realisten Wilhelm Raabe gedacht, der hier mit seiner Familie mehrmals, 1873 und 1874, zur Sommerfrische war und dem Ort in seinen »Harzburger Erzählungen« ein wunderbares Denkmal gesetzt hat. Hier hat Raabe auch »Frau Salome« und »Zum wilden Mann« geschrieben. Für mich, den Raabe-Preisträger des Jahres 1984, war dies ein besonderes Innehalten … In der Harzburger Kirche standen wir aber auch vor jenem Taufbecken, aus dessen Wasser Hans-Jürgen Schrader im Jahr 1943 getauft wurde … In der Harzburger Kirche erinnerte ich mich auch an einen Satz, den er einmal über seine Kindheit und Jugend in Wolfsburg gesagt hat: »Ich war sowas von fromm!« Schrader, der aufgeklärte Intellektuelle, Deutschlands bedeutendster Pietismus-Forscher, war auch politisch geprägt vom Geist der »Bekennenden Kirche« des lutherischen Theologen und Märtyrers Dietrich Bonhoeffer. Ich halte mich im übrigen bei jedem Urteil über die Weltanschauung von Mitmenschen und Freunden zurück und an den Satz – eine liturgische Fürbitte für Mitmenschen im Meßtext –, der da lautet: »Deren Glauben niemand so kennt wie Du …«

Im Sinne des von Bismarck geführten »Kulturkampfes« gegen Rom und die Jesuiten wurde damals von protestantischer Seite auch gerne Walther von der Vogelweide mit seiner Papstkritik im »Reichston« zitiert, wo es heißt, daß der Papst zu jung sei (»O weh der pabest ist ze junc! Hilf herre diner cristenheit«) und daß aus Rom unfreundliche Briefe gekommen sind und uns erreicht haben, und natürlich berief man sich vor allem auf Luther, den »deutschen Mann« … Matthias Lexer, der aus Liesing im Kärntner Lesachtal stammende Müllersohn, der über ein Germanistikstudium in Graz bei Karl Weinhold schließlich in Würzburg zum Ordinarius und Rektor aufstieg und vom bayerischen König geadelt wurde, ist, auch aus Anhänglichkeit und Verehrung für Jacob Grimm, der sein »Kärntisches Wörterbuch« gelobt hatte, zum Protestantismus konvertiert, und hat in einer Antrittsrede über Walther von der Vogelweide auch deutlich kulturkämpferische und antirömische papstkritische Töne oder doch Untertöne angeschlagen … Ich stand einmal bei einer Exkursion mit Studenten der Universität Saarbrücken am Grab Lexers auf dem Johannis-Friedhof in Nürnberg. In starker Erinnerung sind mir aber die großformatigen und großartigen Historiengemälde im Kaisersaal der Kaiserpfalz zu Goslar zum Thema Reformation, vor allem zum Reichstag in Worms, von Hermann Wislicenus.

Worauf ich aber mit diesem kleinen Exkurs hinauswill, ist der »Kulturkampf«, der in unserer Zeit stattgefunden und in vielen Kommentaren und Leserbriefen seinen Niederschlag gefunden hat, als Herbert Achternbusch, ein Hauptvertreter des deutschen Autorenfilms und »Tabuzertrümmerer«, im Jahr 1982 »Das Gespenst« drehte, einen Film, der von vielen, auch von mir, als blasphemischer Skandal empfunden wurde. Auch seine verächtlichen Äußerungen über die Stadt Linz und die Dreifaltigkeitssäule auf dem Hauptplatz, die er beseitigt wissen wollte, haben nicht nur Linzerinnen und Linzer irritiert. Da ich mit der Reaktion der Schriftstellerverbände, die absolut kein Verständnis für verletzte religiöse Gefühle zeigten, nur um die »Freiheit der Kunst« besorgt waren und nicht einsehen wollten, daß diese Freiheit auch Grenzen hat, absolut nicht einverstanden war, bin ich aus dem Schriftstellerverband und aus der Linzer Künstlervereinigung MAERZ ausgetreten. Der Präsident des Schriftstellerverbandes hat mir freilich mitgeteilt, daß man dem Schriftstellerverband nicht beitreten und infolgedessen auch nicht aus ihm austreten könne … Er ist wohl so etwas wie eine »Kammer« … Meine Reaktion auf den Skandal hat mir neben Kritik auch einige Zustimmung eingetragen – und ganz sicher nicht aus der falschen Ecke! Die Zustimmung, die mich am meisten gefreut hat, kam von Erika Mitterer, einer Doyenne der österreichischen Literatur, die aus denselben Motiven wie ich aus dem Schriftstellerverband, dem PEN-Club, ausgetreten ist. Sie schickte mir am 10. Jänner 1984 einen Brief mit einer Abschrift ihres Offenen Briefes, der dann auch durch die Presse ging, in dem es u.a. heißt: »Ich bin Christin und tief bekümmert, daß meine Künstlerkollegen eine von der meinen so verschiedene Auffassung von Freiheit haben. Ich bitte um Verständnis und Nachsicht dafür, daß ich nicht an einer Verspottung Christi (durch Billigung) teilnehmen kann, sondern begehre, nicht schuld daran zu sein…« Frau Mitterer hat in gewisser Weise ähnlich wie Alma Mahler-Werfel zum Katholizismus gefunden. Sie war dem ungarischen Märtyrerbischof Kardinal József Mindszenty zugetan, dessen Messen sie in der exterritorialen amerikanischen Botschaft in Wien, wo Mindszenty als landverwiesener ungarischer Bischof im Exil lebte, oft besuchte. Ich habe in einer meiner autobiographischen Erzählungen erwähnt, daß wir in der Zeit des Schauprozesses gegen Mindszenty in der Pfarrkirche in Pichl jeden Sonntag für ihn gebetet haben, daß ihm die Kraft geschenkt werden möge, diese Marter durchzustehen.

Ein ganz besonderer Fall einer Konvertitin ist natürlich Gertrud von Le Fort, wenn man bedenkt, daß am Ende dieser Konversion ihre »Hymnen an die Kirche« stehen. Obwohl ihre Konversion nichts mit Fanatismus zu tun hatte, sondern ganz im Zeichen der großen Mystikerinnen, der verehrten Mechthild von Magdeburg und ihrer Schrift vom »fließenden Licht« und der Hildegard von Bingen steht, haben natürlich schon der Titel, erinnernd an die Hymnen Friedrich Hölderlins, und der poetische Blick auf eine so mächtige irdische Institution wie die Kirche Staunen, sozusagen »ungläubiges Staunen«, und kritisches Wundern hervorgerufen. Es gibt ein Buch, die Dissertation des Vorarlbergers Norbert Frei an unserer Klagenfurter Universität, mit dem Titel »Das Feminine als Ausdruck des Humanen«. Den Gedanken dieser Überschrift, die sich bei Frei auf Theodor Fontanes exemplarische Frauengestalten, vor allem auf Effi Briest, bezieht, möchte ich mir ausborgen und ummünzen und auf die mittelalterlichen Mystikerinnen Hildegard von Bingen, Mechthild von Magdeburg, Teresa von Avila, aber auch in unserer Zeit oder jüngeren Vergangenheit auf Mutter Teresa von Kalkutta oder auch Gertrud von Le Fort, Erika Mitterer, Elisabeth Langgässer, Enrica von Handel-Mazzetti und Dolores Vieser-Aichbichler beziehen und anwenden. Sie alle waren natürlich selbstbewußte, eigenwillige, emanzipierte, durchsetzungsstarke, aber auch leidgeprüfte Frauen, wenn auch ganz anders als im Sinne des heutigen radikalen Feminismus.

Hier ist der Platz, um diesen großen Schriftstellerinnen, namentlich Erika Mitterer und Gertrud von Le Fort, meine Reverenz zu erweisen. Es ist beachtenswert, daß beide Frauen vom Protestantismus kamen und zum Katholizismus konvertierten. Im übrigen ist der Beitrag gerade evangelischer und protestantischer Dichterinnen und Dichter für die deutschsprachige Literatur Österreichs bedeutend, man denke nur an Georg Trakl oder in neuerer Zeit an Gert Jonke – und, wie erwähnt, an Ingeborg Bachmann, von den Mundartdichtern Kärntens ganz zu schweigen, wo zwei der bedeutendsten überhaupt ein Bischof und Superintendent der Evangelischen Kirche und der andere ein Pfarrer (Pastor) waren: Otto Bünker und Gerhard Glawischnig. Bernhard C. Bünker, ein Sohn des Otto Bünker, gilt als der Erneuerer der Kärntner Mundartdichtung aus dem »revolutionären« Geist der neuen Dialektdichtung der Wiener Gruppe um H.C. Artmann und Gerhard Rühm.

Im Roman »Das Schweißtuch der Veronika« taucht in Rom im Salon der Großmutter schließlich auch ein junger unbekümmerter und frecher Dichter auf, »Enzio« genannt, mit seiner Mutter, die wegen der reichlich verwendeten Puder und Deodorants den Spitznamen »Wolke« bekommt. Enzio entwickelt sich zum Liebling und Lieblingsbegleiter der Großmutter auf ihren Streifzügen durch die Stadt, was für die Enkelin Veronika zu einer starken Erschütterung und zu Eifersucht und Trauer führt, weil sie sich von ihrer geliebten Oma vernachlässigt fühlt.

Viel Geschichtliches ist für uns im sogenannten digitalen Zeitalter von Internet und Telekommunikation ja kaum noch vorstell- und nachvollziehbar. Die Historiker haben es heute schwer, sich eine Stadt ohne Bahnhöfe, ohne Elektrizität, ohne Telefon und ohne Flughafen vorzustellen. Sie müssen, um der Atmosphäre der »tempi passati« näherzukommen, zuerst einmal vieles sich wegdenken und ausblenden, aus dem Weg räumen, was ihre heutige, aktuelle Umwelt, ihr Wohnen, ihre Kleidung, ihre Speisen, ihre Reisen und so vieles mehr betrifft. Und es sind die Filme, die das Vergangene »nachstellen«, die unsere Kenntnis von Historischem prägen und bestimmen, Irrtümer, Anachronismen und Mystifikationen inbegriffen. Man möchte in Abwandlung des ersten Satzes des Romans »Joseph und seine Brüder« von Thomas Mann sagen: Der Brunnen der

Vergangenheit ist uns zu tief! Auch ich bin in meinen historischen Romanen wie »Vom Manne aus Eicha«, der dem aus Aichkirchen stammenden Lambacher Benediktiner Koloman Fellner, dem »Stiftsschaffner«, »Regens Chori« und Kupferstecher gewidmet ist, der Wolfgang Amadeus Mozart und dessen Vater Leopold Mozart im Stift an der Traun empfangen, bewirtet und »betreut« hat, auf halbem Weg oder noch früher, steckengeblieben. Ach, möchte man von meinen »historischen« Romanen doch wenigstens einmal im Sinne des Aphorismus' Giordano Brunos sagen können: »Se non è vero, è bene trovato!« Oder wie die Engländer sagen: »Even it is not true, it is a good story!«. Was gäbe man darum, einen Film zu sehen, in dem man den jungen Mozart an der Orgel der Stiftskirche in Lambach, auf der er dem Konvent ein Konzert gespielt hat, bewundern könnte! Der aus Wien stammende, in Oberösterreich heimisch gewordene Schriftsteller Eduard Christoph Heinisch hat einmal zu mir nach einer Lesung im Behindertendorf Altenmarkt im Hausruckviertel, die er organisiert hat, gesagt, er könne sich den Himmel nicht anders vorstellen denn als eine Bibliothek, in der man nach Herzenslust schmökern könne. Als eins seiner schönsten irdischen Erlebnisse hat er von einer Begegnung mit Heinrich Böll erzählt und geschwärmt, den er einmal auf einer Tour im Salzkammergut begleiten durfte. Ich würde mir wünschen, daß »drüben«, also im sogenannten Jenseits, im Paradies, Petrus oder der zuständige Heilige mich ins *coeleste* Lichtspieltheater führte und mir aus dem Archiv jenen Film holte und vorspielte, der den jungen Mozart an der Lambacher Stiftsorgel zeigt. Wie gern würde ich auch sehen, wie es, nach Leopold Ranke, »wirklich gewesen ist«, als Karl der Große zu Weihnachten 800 im Vorgängerdom von St. Petrus in Rom zum Kaiser des Heiligen Römischen Reichs gekrönt wurde, oder sich selbst eigenmächtig die bereitliegende Krone aufsetzte ...

An sich bin ich kein Cineast, die Drehbücher der drei Fernsehfilme, die nach Romanen von mir gedreht wurden, habe nicht ich geschrieben, sondern Georg Madeja. Ich verdanke manchen »Karriereschub«, wie etwa die Verleihung des Wilhelm-Raabe-Preises der Stadt Braunschweig, die Publikation »Landessäure« im Reclam Verlag oder auch den Beitrag über meine bildkünstlerischen Ambitionen und Arbeiten im »Handbuch der Kunstzitate«, meinem Freund Hans-Jürgen Schrader. Er hat in Genf, wo ich durch seine Vermittlung in der dortigen Literarischen Gesellschaft und in der Universität Lesungen und Vorträge halten durfte, auch ein Symposium über die Autorenfilme, die nach den erwähnten drei Romanen gedreht wurden, veranstaltet, wo ich leider zum letzten Mal mit »meinem« Regisseur Georg Madeja zusammengetroffen bin. Den letzten der drei Filme, »Die Enthüllung«, habe ich dort selbst zum ersten Mal gesehen und mit Dank festgestellt und zum Ausdruck gebracht, daß er sich sehen lassen kann ... Die Ermöglichung der drei Fernsehfilme verdankte ich auch dem früheren ORF-Intendanten Gerd Bacher, dessen Wohlwollens ich mich lebenslang erfreuen durfte. Es war mir natürlich eine besondere Ehre und Freude, daß ich bei der Verleihung des Goldenen Ehrenzeichens der Republik Österreich in der Österreichischen Botschaft in Bern die Laudatio auf den Laureaten Schrader halten durfte. Das Gästebuch von

Hans-Jürgen und Eveline Schrader ist ja so etwas wie ein Who is who der österreichischen Gegenwartsliteratur von Autoren und Autorinnen wie H. C. Artmann, Friedrich Achleitner, Barbara Frischmuth, Friederike Mayröcker, Josef Winkler und vielen anderen, die hier in Genf gelesen und im Haus 173 in der Rout Aïre auch genächtigt haben … Und eine Freude und Genugtuung war es für mich, daß wiederum Hans-Jürgen bei der Verleihung des Franz-Theodor-Czokor-Preises des Österreichischen PEN-Clubs an mich 2019 die Rede hielt …

Mich wundert, daß es über dich, Aloysius, und dein spektakuläres und heroisches Leben in der Renaissancezeit keinen Film gibt. Oder welch großer Stoff wäre auch das Leben deines von Anarchisten vor dem Tor der Kirche in Goffredo getöteten Bruders und deiner Schwägerin Elena, die mit ihrer ältesten Tochter, der 5jährigen Cinzia, stundenlang »an der Seite ihres entseelten Gatten« in der Kirche weinend und betend ausharrte, bis man den ermordeten Marchese weggebracht hatte. Nach Castel Goffredo kam die Familie des Rodolfo und seiner Frau Elena gezwungen und vertrieben vom Herzog von Mantua, im Streit um Castiglione. Sie wurden verleumdet und schlechtgemacht von böswilligen Menschen, und so entzog der nach Rodolfo das Marchesat angetreten habende Francesco nach anfänglichem Wohlwollen der Witwe des Bruders seine Gunst und Hilfe. »Die Witwe hielt daher mit sich Rath, was sie thun könne, um sich an einen ruhigeren und freundlicheren Ort zurück zu ziehen, und glaubte keine bessere Zuflucht finden zu können, als bei ihrem Vater, der sich ebenfalls in die Stille eines Landgutes begeben, das er in der Gegend von Brescia, zwölf Miglien weit von Castiglione gekauft hatte. Auf dieser Villa, mit Namen Molinello, wie sie auch heutzutage noch heißt, entzog sie sich den Gefahren und den Tücken der Verfolgung … Sich ganz dem göttlichen Willen überlassend, trachtete sie, ihre Töchter christlich zu erziehen …« – so steht es in der »Lebensbeschreibung der ehrwürdigen Schwestern Cinzia, Olympia und Gridonia von Gonzaga, Stifterinnen des Collegiums der Jungfrauen Jesu in Castiglione delle Stiviere. Ihrer Majestät, Maria Anna Carolina Pia, Kaiserin von Österreich, Königin von Ungarn, Böhmen, der Lombardei und Venedig, gebornen Königlichen Prinzessin von Sardinien etc etc etc, gewidmet von dem Verfasser«. Elena, die Witwe nach Rodolfo, Mutter der erwähnten drei Töchter, hat in zweiter Ehe Claudius Gonzaga, den Herrn von Bergoforte, einem Landsitz an den Ufern des Po, »bei zehn Miglien von Mantua«, geheiratet. Ihre Töchter aber und als erste Cinzia wurden in das Kloster zur heiligen Elisabeth in Mantua gegeben, wo sie, ihrem Stand und der Kirche entsprechend, erzogen wurden, bis sie selbst Nonnen in ihrem eigenen Orden geworden sind. Dieses Damenstift in Mantua stand auch unter der Leitung einer Fürstin Gonzaga. Gonzaga also, wohin man blickt!

Wenn ich den Ortsnamen Molinello höre, schrillen bei mir die Glocken und es ereignet sich »gespannte Aufmerksamkeit«, weil es sich dabei offenbar um ein Diminutiv, eine Verkleinerungsform des italienischen *molina* oder *mulina* handelt, was bekanntlich »Mühle« bedeutet. Ist *Molinello* also die »kleine Mühle«? Ich betrachte den Roman »Die Mühle« als mein Hauptwerk und ich habe ihn einmal meinen »Nachsommer« genannt.

»Die Mühle am Po« (»Il mulino del Po«) ist ein historischer Roman von Riccardo Bacchelli, erstveröffentlicht im Jahr 1944. Es handelt sich um einen historischen Roman über einen jungen Mann, Lazarro Scacerni, der sich nach seiner Rückkehr vom katastrophalen Rußlandfeldzug Napoleons 1812 eine Getreidemühle in der Po-Ebene bei Ferrara baut, wo drei Generationen Scacerni leben werden, bis der letzte männliche Erbe 1918 in die Piave fällt. In Bibliographien firmiert der Roman »Die Mühle am Po« auch unter der doppelten Autorschaft von Riccardo Bacchelli und Stefan Andres. Andres war freilich »nur« der Übersetzer des Romans ins Deutsche. Einen kompetenteren Übersetzer als Stefan Andres, den Müllersohn von der Mosel, gibt es nicht, der vom inneren Exil in Deutschland ins »äußere Exil« nach Italien, nach Positano bei Neapel zog und einer der besten und erfolgreichsten deutschen Schriftsteller nach dem Zweiten Weltkrieg wurde, Autor von aufsehenerregenden Novellen (»El Greco malt den Großinquisitor«, »Wir sind Utopia«), aber auch des für unmöglich gehaltenen poetischen Nacherzählens der Bibel (»Die biblische Geschichte«) und vor allem, was ihn als prädestinierten Übersetzer für Bacchellis »Mühle am Po« ausweist, des Romans »Der Knabe im Brunnen«, in dem er seine Kindheit im Elternhaus und in der Mühle seines Vaters an der Mosel beschreibt, das einfühlsamste Buch über die Freuden des Lebens von Kindern auf dem Land. »Die Mühle am Po« ist nun freilich eine ganz andere Mühle als die Mühle des Vaters von Stefan Andres in der Eifel oder auch die Mühle meines Vaters am Innbach im oberösterreichischen Hausruckviertel, es ist, wie auch in der eindrucksvollen Verfilmung des Romans zu bewundern, eine sogenannte Flußmühle, also eine über eine Stegbrücke erreichbare Schiffsmühle in Ufernähe. Solche Schiffsmühlen gab es auch an Flüssen wie dem Tiber, einst auch an oder in der Donau, bis man ihnen durch Kraftwerke und Aufstauen der Ströme sozusagen das Wasser abgegraben hat. Eine letzte Schiffsmühle gab es auch in der Mur nahe der Stelle, wo der Fluß Österreich verläßt, in Mureck, wo ich einmal auf Einladung des Hobbymolinologen und Rundfunkjournalisten Dieter Dorner eine Lesung aus meiner »Mühle« gehalten habe. Leider hat kurz darauf ein sogenanntes Jahrhunderthochwasser, wie sie jetzt alle paar Jahre »stattfinden«, die Schiffsmühle in der Mur zerstört. Eine Mühle also, und darauf will ich hinaus, und zwar die Schloßmühle des Anwesens – Palazzo ist vielleicht ein wenig übertrieben, jedenfalls »Villa« – des Vaters deiner Mutter, also deines Großvaters, hat die dritte und letzte Schwester Gridonia zu einem Heiligtum ihres seligen Onkels Aloysius umbauen, »adaptieren« lassen, zu einer Art Außenstelle des Kollegs für adelige Jungfrauen, dem sie als Oberin vorstand. Unter großer Anteilnahme der dankbaren Bevölkerung der Gemeinde Casaloldo wurde die Kirche, die »Chiesa di Corte Molinello«, die Mühle also, zur Schloßkapelle und zum Santuario, einem Heiligtum für dich, Aloysius, umgestaltet. Als der Abbate Maggi aus Castiglione das neue Gotteshaus einweihte und eine vielbesuchte Festmesse zelebrierte, waren die Schwestern Gridonia und Olimpia unter den anwesenden Gläubigen und

Festgästen. Zwei Jahre nach ihrer Rückkehr nach Castiglione ins Kolleg starb Olimpia. Gridonia, die vorübergehend nicht nur dem Kolleg vorstand, sondern auch das Marchesat von Castiglione und Solferino, also die Führung der Markgrafschaft, innehatte, starb als letzte der Schwestern im Jahr 1650. Wenn man heute die Aufnahmen von Molinello betrachtet, sieht man an der Kirche mit dem aufgesetzten Dachreitertürmchen wohl noch Spuren der alten Mühle. Das Mühlrad an dem kleinen vorbeifließenden Bächlein, das auf älteren Bildern zu sehen ist, ist natürlich verschwunden. Sollte ich noch einmal in die Lombardei reisen können, dann würde ich unbedingt Molinello besuchen, meines Namenspatrons, also deinet- und deiner drei Nichten wegen, heiliger Aloysius, aber auch um die Mühlenkirche oder die Kirchenmühle zu besichtigen. Mühlen galten ja im Mittelalter und in der frühen Neuzeit von Haus aus und per se als besondere, sakrosankte Orte. Sie zu plündern wurde als besonders verwerflich und gottlos angesehen, und sie galten auch wie die Kirchen als Zufluchtsorte für Verfolgte und Asylsuchende.

In dem zitierten Buch über die drei ehrwürdigen Schwestern, deine Nichten, lieber Aloysius, deren unverweste, einbalsamierte Leichen wir, meine Frau und ich, hinter einer Glaswand in deinem Santuario im rechten Seitenschiff ein wenig schaudernd und gruselnd betrachteten und bestaunten, folgt eine seitenlange Beschreibung geistlicher Institute, die sich der Erziehung von Mädchen widmen, die extrem idealistisch, aber in ihrer Art eindrucksvoll, dargestellt werden. Sie seien »Zuchtstätten ausgesuchtester Erziehung«, »in welche die unschuldigen Mägdlein aufgenommen und zur christlichen Tugend erzogen werden, damit sie durch dieselbe, mit guten Sitten geschmückt, sanftmüthig und behutsam in die Häuser ihrer Eltern zurückkehren, und in andere Familien übergehend, das Beispiel der Gottesfurcht mit sich tragen und die in Begierlichkeit versunkene Welt über ihre Frömmigkeit, über ihre Nächstenliebe und ihr ehrbares, thätiges und züchtiges Leben in Staunen setzen.« Ich bin der letzte, der sich über dieses hier entworfene, inhaltlich natürlich idealisierte und geschönte Bild lustig machen wollte, es ist ja auch sprachlich und stilistisch perfekt gestaltet und mit Genuß zu lesen. Das Wort »Zuchtstätte« notiert freilich heute nur noch negativ! Und es fehlt auch nicht an faszinierender, aber befremdlicher Alterität. Und Staunen ist nicht nur über diese sozusagen exotische makellose Erziehung, sondern auch über ihren ideologischen Hintergrund angesagt. Die Botschaft hört man wohl… Wir werden ja heute von den Medien nahezu täglich über Unstimmigkeiten, Widersprüche, ja Skandale, Übergriffe von weltlichen und geistlichen Erzieherinnen und Erziehern in solchen Instituten und »Erziehungsanstalten« der Kirchen und des Staates informiert und sind geschockt! Es werden von der Kirche und auch vom Staat Kommissionen eingerichtet, an die sich Opfer der sogenannten »Schwarzen Pädagogik« in Konvikten und Internaten wenden können. Es gibt eklatante, sozusagen himmelschreiende Fälle, wo auch altgewordene Menschen ihr mißlungenes Leben, ihre Leiden und Depressionen traumatisch empfundenen Erlebnissen in der Kindheit, oft sexuellen Übergriffen von Erziehern in ihrer Jugend zuschreiben und anlasten. Mit Entschädigungszahlungen ist der Schaden eigentlich nicht wieder gutzumachen. Wie eindrucksvoll haben Schriftsteller und vor allem Schriftstellerinnen die Widersprüche christlicher Erziehung, der »Schwarzen Pädagogik«, dargestellt. Eben führt das Buch »Mein Fall« von Josef Haslinger die Bestsellerlisten an. Mit seinem früheren Buch »Der Konviktskaktus« hat er sich schon früh als versierter Autor der Internatsliteratur ausgezeichnet.

Barbara Frischmuth aus Bad Aussee hat mit dem 1968, im Jahr der »Hochblüte« der Studenten- und Jugendrevolten, veröffentlichten Roman »Die Klosterschule« den Klassiker der internatskritischen Literatur, ein Buch sarkastischen Humors, aber auch einer schonungslosen Abrechnung mit dem repressiven System geschrieben. Das Buch besitzt Authentizität, weil es auf Erlebnissen und Erfahrungen fußt, die Frischmuth im Gmundner Internat der Kreuzschwestern gemacht, am eigenen Leib erfahren hat. Ein köstlicher Humor überglänzt die Berichte von an sich schwerwiegenden Handlungen (»Mißhandlungen?«) der Mädchen durch Heimleiterinnen und Nonnen. In zwei Kapiteln der »Klosterschule«, »Das Fleisch und das Blut« sowie »Der Geist und das Fleisch«, geht es um Ratschläge, die jenen ähneln, die in den »Aufklärungsbüchern« der Schriftenständer für Pubertierende gegeben werden, Ratschläge für Mädchen, wie sie sich jungfräulich und rein erhalten können und wie sie Burschen und Männern begegnen und gegenüber- und entgegentreten sollen, die sie ausgesprochen oder unausgesprochen gewinnen oder verführen wollen. Natürlich ist man heute mit dem verächtlichen Wort *Prüderie* allzu schnell bei der Hand. In der Literatur hat heute der Libertinismus Konjunktur. Kunst muß nichts und darf alles. In diesem Sinn hat etwa Renate Rasp, von der schon die Rede war, in ihrem Buch »Chinchilla« bieder und praktisch Mädchen, diesmal aber »Mädchen«, also Prostituierten, Huren, Nutten, Ratschläge gegeben, wie sie sich geben und halten sollen, wie sie ihr »Handwerkszeug« in Ordnung halten sollen, damit sie gesund bleiben und weiterhin ihrem Beruf nachgehen können, wieviel sie für ihre »Behandlungen« und »Anwendungen« verlangen können etc. Dieses ihr Buch hat sie auf der Frankfurter Buchmesse am Stand des Rowohlt Verlags »oben ohne«, also barbusig, vorgestellt, was eine starke Besucherfrequenz zur Folge hatte …

Wie Barbara Frischmuth wurde auch die weltberühmte Schauspielerin Romy Schneider in einem Internat ausgebildet und »erzogen«. Sie war natürlich die Vorzeigeschülerin der Anstalt und nach den Filmen, in denen sie die süße bayrische Wittelsbacher Prinzessin und schließlich Kaiserin Elisabeth, »Sisi«, die Gemahlin Kaiser Franz Josephs, spielte, der erklärte Liebling der Nonnen. Es gab im Konvikt ein großes Bild der Schauspielerin, sozusagen ein Andachtsbild, das man freilich später, nach den großen Enttäuschungen über Romy Schneiders Interviews und über spätere, erotisch freizügige Filme, vor allem auch nach ihrem Bekenntnis, abgetrieben zu haben, von der Wand nahm … Von gleicher literarischer Bedeutung wie Barbara Frischmuth ist Marlen Haushofer, deren Roman »Die Wand«, wohl ihr Hauptwerk, anfänglich wenig beachtet, nach einer Wiederentdeckung in der Zeit des aufkommenden Feminismus aber höchstes Ansehen genießt und seitdem Franz Kafkas »Prozess« an die Seite gestellt wird. Haushofer war die Tochter eines Försters und einer Kammerzofe in Molln in Oberösterreich. In der Wallfahrtskirche in Frauenstein, Gemeinde Molln, in der sie getauft wurde, war drei Jahrzehnte lang Johann Silberhuber Pfarrer, ein Landsmann von mir aus Pichl bei Wels, Schulfreund meines ältesten Bruders Felix, ein guter Prediger – und der Kunst zugetan, was seinen Ausdruck in dem Schriftenstand seiner Kirche fand, wo nicht nur Erbauungsliteratur, sondern auch Bücher der großen Tochter des Ortes, der Marlen Haushofer, (und meiner Wenigkeit…) auflagen. Darüber habe ich in meinem Buch »Lebenszeichen« bereits geschrieben. Haushofer nun war in Linz sowohl in der Schule der Ursulinen als auch jener der Kreuzschwestern gewesen. Sie hat sich über die Zeit dort, den Geist der »geistlichen Häuser«, in ihren Augen wohl Ungeist, sehr kritisch vernehmen lassen. Sie hat sich auch als Atheistin verstanden und so ist ihr das widerfahren, was Erwin Ringel, der übrigens mit einer »entsprungenen« Nonne, in der Diktion der Helmbrecht-Dichtung, also einer laisierten »Vestalin«, verheiratet war, den »Religionsverlust durch religiöse Erziehung« nennt. Auch Barbara Frischmuth ist, wie sie in einem Interview anläßlich eines runden Geburtstages mitteilte, aus der Kirche ausgetreten. Die Lebensläufe von Marlen Haushofer und Ingeborg Bachmann zeigen in einem vielleicht nicht ganz unwesentlichen Punkt eine Ähnlichkeit. Von beiden wird in den Biographien, von Hans Höller (über Ingeborg Bachmann) und Daniela Strigl (über Marlen Haushofer), berichtet, daß sie äußerst oft dem Unterricht »ferngeblieben« sind. Haushofer brachte es in einem Jahr auf 286 krankheitsbedingte Fehlstunden, wie Daniela Strigl recherchiert hat. Über die von ihrer Freundin und Mitschülerin Elisabeth Reichmann-Endres mitgeteilten gehäuften Abwesenheiten Bachmanns ist viel gerätselt und spekuliert worden, weil sie eigentlich, anders als Haushofer – von Christine Lavant ganz zu schweigen –, nicht kränklich war. Ihr weiteres Leben, ihre Nikotin- und Tablettensucht nach den großen Enttäuschungen, die sie auch mit ihren Partnern, darunter Hans Werner Henze, Hans Weigel und vor allem Max Frisch, erlebt hat, steht auf einem anderen, späteren Blatt. Hat sie Schule geschwänzt? Als eine, die »leicht gelernt« hat, konnte sie es sich ja leisten? Für Haushofer, die, anders als Bachmann, die zwar in die Ursulinenschule gegangen ist, aber bei ihren Eltern in der Durchlaßstraße gewohnt hat, im Internat lebte, war das Krankenzimmer ein besonderer Ort des Rückzugs und der »beata solitudo« (Augustinus), wie paradoxer Weise auch der Ab-ort, der »Stille Ort«, den Peter Handke, der Zögling des Bischöflichen Kollegiums Tanzenberg auf dem Kärntner Zollfeld, in seinem Buch »Versuch über den Stillen Ort« von 2012 »besingt«… Ein eindrucksvolles Buch über Fluchten aus aufgezwungenen Gemeinschaften und Heimweh ist auch das Buch »Internat in L« von Franz Rieger. Ein »Infirmarium«, ein Krankenzimmer im Jesuitenkolleg Clongowes Wood, spielt auch in James Aloysius Joyce' Roman »Porträt des Künstlers als junger Mann«, den er 1908 in Triest geschrieben hat, eine eindrucksvolle Rolle. Nicht nur bei der Lektüre dieses Kapitels wurde ich von der Erinnerung an einen Aufenthalt im »Krankenzimmer« des Kollegium Petrinum im Jahr 1949, wo ich eine

Woche lang mit Grippe lag, betreut von einer Ordensschwester, geradezu »überfallen« ... Dieser Roman von Joyce war für mich die eindrucksvollste Lektüre der vergangenen Jahren. Natürlich habe ich im Kollegium Petrinum in Urfahr nichts vergleichbar Drastisches wie Joyce bzw. Stephen Dedalus in Clongowes College in Irland erlebt, vor allem keine körperliche Bestrafung mit dem Zuchtriemen, wie sie Joyce beschreibt. Der Studienpräfekt Pater Dolan betritt dort das Klassenzimmer und fragt Pater Arnall, den Klassenvorstand: »Irgendwelche Jungen hier, die Prügel brauchen, Pater Arnall? Irgendwelche faulen untätigen Drückeberger, die Prügel brauchen, hier in der Klasse?« Und nachdem er den Schüler Fleming, dessen »Vergehen« eine schwache Lateinschularbeit ist, verprügelt hat, fragt er, warum sich Stephen Dedalus nicht am Lektüreunterricht beteiligt. Die Entschuldigung Pater Arnalls, daß Dedalus auf dem Schulweg die Brille zerbrochen ist, nennt der Studienpräfekt eine faule Ausrede und quittiert sie mit Hohnlachen und dem Kommando »Vorgestreckt die Hand!« Es folgt eine sadistische *Züchtigung* sowie das Entsetzen und die unterdrückte und hilflose Wut des unverantwortlich und ungerecht behandelten Zöglings. Es ist, als würde schon die Bezeichnung *Zögling* auf Erziehung durch *Züchtigung* hindeuten. Es gibt ein griechisches Sprichwort, das in englischen und irischen Internaten und Eliteschulen gern bemüht wurde: *Ho me dareis anthropos u paideuetai*, »Der nicht geschundene Mensch wird nicht erzogen.« Man denkt auch an das biblische »Wer sein Kind liebhat, der züchtigt es« (Sprüche Salomos Kap. 13 Vers 24). Diese an sich bedenklichen und »inhumanen« Sprichwörter werden von »Humanisten« gern bemüht. Sie scheinen im englischen Schulwesen eine große Rolle gespielt zu haben. Es ist von »Korrektoren« die Rede, Spezialisten der Züchtigung, die die Schulen und Konvikte wie Dienstleister besucht und den Präfekten das Prügeln abgenommen haben … Auf die schreckliche Szene mit Pater Dolan folgt eine versöhnliche und stille beim Direktor oder Regens der Anstalt, zu dem sich Stephen auf Anraten eines Mitschülers begibt, um sich zu beschweren. Der Regens hinter seinem Schreibtisch, auf dem er neben Papieren einen Totenschädel liegen hat, macht dem Schüler Mut, ohne seine Lehrer und den Studienpräfekten Dolan zu verurteilen, wie der es natürlich verdient hätte. Er verfährt diplomatisch, indem er von einem Mißverständnis spricht, das ihm vorzuliegen scheint … Auf dem Weg zum Zimmer des Regens geht Stephen durch einen düsteren Gang: »Es war dunkel und still, und seine Augen waren schwach und müde von den Tränen, so daß er nicht sehen konnte. Aber er dachte, das müssen wohl die Porträts der Heiligen und großen Männer des Ordens sein, die da still auf ihn herabblickten, als er vorbeiging: der heilige Ignatius von Loyola, der ein offenes Buch hielt und auf die Worte *Ad Maiorem Dei Gloriam* zeigte, der heilige Franz Xaver, der auf seine Brust zeigte, Lorenzo Ricci mit dem Birett auf seinem Kopf wie einer der Präfekten der Klassenstufen, die drei Patrone heiliger Jugend, der heilige Stanislaus Kostka, der heilige Aloysius Gonzaga und der selige Jan Berchmans, allesamt mit jugendlichen Gesichtszügen, weil sie jung gestorben waren, und Pater Peter Kenny, der, eingehüllt in einen großen Umhang, in einem Sessel saß.« Mich hat die Audienz des Stephen Dedalus im Rektorszimmer im Clongowes Wood College an meine und meiner Mutter »Audienz« beim Regens des Kollegium Petrinum im Jahr 1950 bei meinem »Abgang« von der Anstalt erinnert. Johann Reitshamer, der strenge Regens, saß auch an einem großen Schreibtisch, dem wir, meine arme, kleine, alte Mutter und ich, uns kaum zu nähern wagten, um uns mein »Todesurteil« anzuhören... Anschließend sind wir im Rückwärtsgang aus dem Zimmer auf den Flur hinausgeschlichen, wo wir die gepackten Koffer für die Abreise abgestellt hatten...

Es gab auf dem Schreibtisch des Regens keinen Totenkopf wie in Clongowes, der riesige Raum des Dienstzimmers erinnerte mich aber daran, daß hier der Vorgänger des Regens Reitshamer, Franz Eibelhuber, der Historiker und Verfasser einer »Geschichte des Mittelalters und der Neuzeit«, residiert hatte, der, nachdem die Nationalsozialisten das Petrinum aufgelöst und polizeilich und militärisch genützt und mißbraucht haben, Stadtpfarrer in Grieskirchen wurde. Es gibt ein Photo von Pfarrer Eibelhuber, das ihn bekümmert neben den vom Turm der Stadtpfarrkirche in Grieskirchen abgenommenen Glocken zeigt, die »requiriert« wurden. Zurückgekehrt als Regens ins Kollegium Petrinum, ist er hier 1949 gestorben und in seinem ehemaligen Dienstzimmer auf einem hohen Katafalk im offenen Sarg aufgebahrt worden. Ich erinnere mich aber auch an die schreckliche Beklemmung, die ich in der Nacht vor seinem Begräbnis empfand, als ich einmal aus dem riesigen Schlafsaal gehen und austreten und auf die Toilette mußte und an der Ecke jenes Flurs, auf dem auch das Rektoratszimmer lag, das Licht flackernder Kerzen aus dem Sterbe- und Aufbahrungszimmer wahrnahm … Ich habe in meinem Archiv zwei Photos, eines vom toten Regens Eibelhuber und eines, das mich mit vielen anderen Petrinern als Ministranten vor oder nach dem Requiem zeigt. Eibelhuber wurde nach der Verabschiedung in Urfahr in seiner Heimatgemeinde Pötting bei Grieskirchen beerdigt.

Von Joyce' College Clongowes Wood, dieser imposanten »Gottesburg«, einer der fünf Jesuitenschulen Irlands, wird noch einmal die Rede sein. Sie ist architektonisch ähnlich eindrucksvoll wie das Kollegium Petrinum, an dem auch alles überdimensional war, das Gebäude, die Schlaf- und Studiersäle, ein gigantisches Atrium, aber auch die drei Sportplätze, auf denen nicht wie in Clongowes der irische Nationalsport Crikket, sondern vor allem Faustball gespielt wurde. Fußballspielen hingegen galt im Petrinum eher als unfein und proletarisch, und doch hätten wir immer gern gekickt … Im Faustball haben es die Petriner als »Diözesan Sport-Union« wohl einmal zur Staatsmeisterschaft gebracht. Ähnlich erfolgreich war auf dem Gebiet der Kultur der Petriner Chor, der es unter der Leitung des Kirchenmusikers Hermann Kronsteiner durchaus mit den Florianer Sängerknaben oder gar mit den Wiener Sängerknaben »aufnahm« …

»Lauter schwierige Patienten« hat der Literaturkritiker Marcel Reich-Ranicki ein Format, eine »Erzählung«, im Fernsehen überschrieben, in der er seine Meinung über Schriftsteller wie Martin Walser oder Thomas Bernhard medienwirksam zum Besten gab. Natürlich ist jeder, der schreibt, auch ein Patient oder doch ein unzufriedener Mensch. Martin Walser hat den Schriftsteller als einen Menschen definiert, der unzufrieden ist und dem »etwas fehlt«. Und das gilt natürlich auch für schreibende Frauen – für sie in einer patriarchalisch bestimmten Gesellschaft ganz besonders. Aus ihrer Sicht sind es die männlichen Alphatiere, die den Buchmarkt dominieren und es Frauen schwer machen, sich durchzusetzen. Viele Schriftstellerinnen sind aber auch ganz im medizinischen Sinne »schwierige Patientinnen«. Manche haben gerade ihr physisches und psychisches Leiden in ihrer Literatur zum Thema gemacht, ohne sich und die Leser zu schonen. Das trifft sicher für »Fallen lassen« von Brigitte Schwaiger zu. Sie litt unter einer Borderline-Störung. Sie hat viel Zeit in der Heilanstalt auf der Baumgartner Höhe in Wien verbracht. Ihre Erziehung, genauer gesagt, ihren Religionsunterricht in der Volksschule durch Nonnen in Freistadt im Mühlviertel, hat sie eigentlich weniger negativ beschrieben als Barbara Frischmuth ihr Gmundner Internat oder vor allem als Marlen Haushofer, die sich bei den Ursulinen in Linz todunglücklich gefühlt und vor Heimweh schier verzehrt hat. Vor allem ist Schwaigers Buch »Der Himmel ist süß« eine humorvolle »Abrechnung« mit den Nonnen in Kindergarten und Volksschule. Ein besonders schwerer Fall einer »schwierigen Patientin« im wörtlichen Sinn ist natürlich Christine Lavant. Otto Scrinzi, ihr Arzt, schreibt in dem Erinnerungsband »Steige, steige verwunschene Kraft« in seinem Beitrag »Eine Krankengeschichte dritter Klasse«, wie kränklich und krank sie ihr Lebtag gewesen ist. Nach dem Tod ihres über dreißig Jahre älteren Mannes, des naiven Malers Josef

Habernig, und dem Buch »Der Pfauenschrei« verstummte sie. »Die Depressionen häufen sich. Schwere körperliche Krisen folgen und machen lange Krankenhausaufenthalte notwendig. Eine quälende über Monate gehende Schlaflosigkeit treibt sie an den Rand des Wahnsinns…« Und später: »Dann aber erreicht das Leiden ein Maß, wo das Wort nicht mehr vergessen hilft, sondern nur noch das Gift. Sie muß in den folgenden Jahren immer häufiger nach ihm greifen. Sie verdämmert Tage und Nächte im Dämmerschlaf von Drogen, zwischen Verdemütigung, Aufbegehren, zwischen Anklage gegen einen Gott, der ihr zuviel Leid zugemessen…« Neben ihrem Arzt sind es vor allem zwei Maler, die ihr lebenslang verbunden waren und die ausdruckstarke Porträts von ihr gemacht haben: Werner Berg und Egon von Wucherer.

Auf einer Fahrt nach Polen, einem »Betriebsausflug« des Residenz Verlages, saß ich im Autobus neben Ilse Merkel. Unsere Unterhaltung, ihre »Gesprächsbeiträge« sind mir noch in lebhafter Erinnerung. Sie war vor ihrem relativ späten Debüt als Schriftstellerin (im Alter von 67 Jahren veröffentlichte sie »Eine ganz gewöhnliche Ehe«) Universitätsassistentin an der Universität Wien und Lateinlehrerin an Gymnasien, war auch philosophisch hochgebildet und wußte vom bereits erwähnten Philosophen Ernst Topitsch, dessen philosophische Ansichten in Bezug auf die Aufklärung sie wohl teilte, Kurioses zu berichten… Sie war wie Topitsch metaphysikkritisch und auch kirchenkritisch. So war sie mit Papst Johannes Paul II. moralischen Ansichten und seiner Strenge gegenüber Priestern, die ihr Amt zurücklegen und sich laisieren lassen wollten, sehr unzufrieden. Bei jenem Ausflug besuchten wir die Stelle, wo der Priester Jerzy Popiełuzko, der »Geistliche Assistent« der Gewerkschaft Solidarność, von Häschern des Staatssicherheitsdienstes ertränkt worden war. Das Grab des von Papst Benedikt XVI. seliggesprochenen Märtyrers wurde mittlerweile von 26 Millionen Pilgern, wie damals auch von uns, besucht …

Ilse Merkel wußte natürlich auch vom Maler Georg Merkel, der 1881 in Lemberg geboren, nach seinem Kunststudium in Krakau nach Wien gezogen, 1938 ins Exil nach Paris gegangen und 1976 nach Wien zurückgekehrt war, dem wohl prominentesten Mitglied des sogenannten »Hagenbundes«, viel zu erzählen. Sie wies mich auch auf den dritten Band der Autobiographie von Elias Canetti hin, »Das Augenspiel«, wo Canetti seine Begegnungen mit Georg Merkel ausführlich beschreibt. Ein Kulturjournalist der Wochenzeitung »Die Furche« hat geschrieben, wenn Karol Wojtyla, Papst Johannes Paul II., heiliggesprochen wird, würde er aus der Kirche austreten. Ich habe mich immer gewundert, mit welcher Abneigung, auch manchmal unversöhnlichem Haß, Intellektuelle den Päpsten Paul VI., Johannes Paul II. und besonders Benedikt XVI. »begegnet« sind und »begegnen«. Ernesto Cardenal, der mir durch Vermittlung von Janko Messner ein Buch mit einer Widmung geschickt hat, hat den Heiligen Vater, als ihn dieser mit erhobenem Zeigefinger ermahnte und auf den *caracter indelebilis*, den unzerstörbaren »Charakter«, des Sakraments der Priesterweihe hinwies, ein wenig verlegen, aber nicht unfreundlich angelächelt. Und eher gelöst und fröhlich wirkt auch Josef Winkler auf jenem Photo, das ihn auf dem Platz vor dem Petersdom zeigt, als der Konvoi des Papstes bei ihm Halt macht und er vom Papst begrüßt wird… Das war bereits nach dem Attentat auf den Papst durch den türkischen Rechtsextremisten Ali Ağca am 13. Mai 1981. Gerade eben wird berichtet, daß Ernesto Cardenal in Nicaragua, mit der Kirche versöhnt, gestorben ist…

Daß ich einmal in einer Einbegleitung zu einem Vortrag an der Universität Wien als Lieblingsschriftsteller des polnischen Papstes Johannes Paul II. bezeichnet wurde, hat sich als Irrtum und Verwechslung mit dem schon erwähnten »Fastnamensvetter« Roman Brandstaetter herausgestellt. Es könnte aber sein, daß Karol Wojtyła die polnische Ausgabe und Übersetzung meines Romans »Zu Lasten der Briefträger« (*Na konto listonosci*) von Matthäus Maslarcz, die in einem Krakauer Verlag erschienen ist, zu Gesicht bekommen hat. An und in der Literatur war er, der mit dem »Laden des Goldschmieds« ein durchaus spielbares Stück geschrieben hat, interessiert und versiert. Er hat in seinen theologischen Werken wie »Liebe und Verantwortung« eine gut lesbare, schlanke, wissenschaftliche Prosa geschrieben, soweit man das in der deutschen Übersetzung beurteilen kann. Eine wirklich eindrucksvolle deutsche Wissenschaftsprosa hat sein Nachfolger im Petrusamt Benedikt XVI. geschrieben, was in seiner großen Christus-Monographie deutlich wird, wie immer man inhaltlich zu seinen Ansichten von der »alleinseligmachenden Kirche« stehen mag, die die Protestanten natürlich befremdet bis geärgert haben. Man sollte aber dem Bischof von Rom nicht vorwerfen, daß er katholisch ist… Ich rechne Papst Johannes Paul II. hoch an, daß er, lieber Namenspatron Aloysius von Gonzaga, im Jahr 1991, 400 Jahre nach deinem Tod, dein Jubiläum in Rom, in Castiglione und Mantua, wo du mit so großer Wertschätzung und Hingabe verehrt wirst, begangen hat. Auch die beiden Jesuitenkirchen seines Bistums Rom waren ihm von mehreren Besuchen sehr vertraut, die Kirche Il Gesù und die Kirche des heiligen Ignatius von Loyola, in der sich nach Umbettungen nun seit langem in einer Seitenkapelle dein Grabaltar und die Urne mit deinen sterblichen Überresten befinden. Der Bau der Kirche Il Gesù wurde 1568, also genau in deinem Geburtsjahr, begonnen und war wohl um 1591, in deinem Todesjahr, endgültig fertiggestellt. Da sie schon vorher, wenn auch provisorisch liturgisch genützt wurde, könntest du in ihr schon Messen besucht haben? Vielleicht hast du dort nach den niederen Weihen, vom Ambo aus, auch die Lesung gehalten: »*Epistola Sancti apostoli Pauli ad Romanos* ...« Architektonisch wird dir das als erste Barockkirche der Welt und Vorbild vieler anderer, nach demselben Schema und Grundriß erbauten Barock- und Jesuitenkirchen gerühmte Gotteshaus von Mantua und die dortige Kirche Sant Andrea bekannt und vertraut gewesen sein. Ihr und dem Petersdom in Rom gehört eigentlich der Ruhm des Aufbruchs in die neue Zeit der revolutionären Baukunst des Barock, die von Kirchen mit einem dominierenden Langhaus und einer mächtigen lichtdurchfluteten Kuppel über der Vierung, einem geräumigen erhöhten Presbyterium und Seitenkapellen entlang des Langhauses oder in den Seitenschiffen links und rechts bestimmt und gekennzeichnet ist. Die Jesuitenkirchen des Barock sind bekanntlich die katholische

Antwort auf den nüchternen Protestantismus, im Sinne des Konzils von Trient, das einer deiner Verwandten, der Kardinal Ercole Gonzaga, geleitet oder doch eingeleitet hat. Sie eignen sich nicht nur für »opulente« lateinische Hochämter nach dem altbewährten Ritus, sie verlangen sie sogar und sind wirklich nicht für »stille Messen« gedacht. Ich habe einmal in Verfolg dieses Gedankens einen Aufsatz mit dem Titel »Vom Hochstand Gottes« über Barockkanzeln geschrieben, die sich Priester heute kaum noch zu betreten, das heißt zu besteigen und zu erklimmen trauen, weil sie einsehen, daß ihre kleinmütigen und unscheinbaren Predigten nicht mit dem architektonischen Ambiente dieser wunderbaren Schwalbennestkanzeln harmonieren … Die Barockkanzeln sind ihnen zu hoch!

Für die Petriner Seminaristen aus der jungen Diözese Linz wurde aber dein Rom, Aloysius, als religiöses Zentrum lebendig, als sie etwa unter der Führung des schon erwähnten Theologen und Kirchenmusikers Hermann Kronsteiner, der, abgesehen von seinem Buch »Eine Mutter und 11 Kinder«, ein Buch über die Auffindung des Petrus-Grabes unter dem Petersdom geschrieben hat, das neue, irdische und himmlische Jerusalem, die ewige Stadt besuchten. Wahrlich ergriffen standen sie in den Katakomben an den Gräbern der frühen Märtyrer-Christen, ergriffen und innerlich beglückt als stolze Petriner im Petersdom! Ähnlich mag es wohl auch den Seminaristen des zweiten und anderen bischöflichen Linzer Instituts, des »Aloisianums« auf dem Freinberg, in deiner Heimatstadt in Castiglione gegangen sein. Selbst mir, dem altgewordenen achtzigjährigen Petriner, ist bei meiner Wallfahrt zu deinem Santuario, vor allem in der kurzen Andacht vor deinem Haupt über dem Hauptaltar, viel scheinbar Verlorengegangenes, erkaltet Geglaubtes wieder lebendig geworden und wie blitzartig eingeschossen. Von einem Erweckungserlebnis, wie es Paul Claudel in der Kirche Notre-Dame in Paris erlebt hat, rede ich aber nicht. Ich will ja auch nicht, um mit Bertolt Brecht zu sprechen (nach einem Vortrag Alfred Döblins im amerikanischen Exil über sein Erweckungserlebnis in einer Kirche in der Provence angesichts eines Kruzifixes), die »areligiösen Gefühle« meiner Mitmenschen verletzen …

Ich stehe noch immer vor deiner Kopfreliquie über dem Hauptaltar deines Heiligtums in Castiglione, ich stehe und »stagniere«, bewege mich also nicht vom Fleck. Aber es ereignen sich angesichts dieses Totenkopfes Abenteuer in meinem Kopf. Ich staune und bewundere aus meiner Erinnerung an Lektüren, was du, dein Gehirn in deinem Kopf, oder soll ich sagen: Haupt, oder soll ich sagen: Schädel, alles gedacht, ersonnen und gesprochen und geschrieben hast. Als 15jähriger Edelknabe und Page hast du am spanischen Hof in Madrid die berühmte Rede auf den siegreich aus der Schlacht um Portugal zurückgekehrten König Philipp II., spanisch Felipe, gehalten, ein rhetorisches Bravourstück, so daß einige Kritiker dachten, ein anderer hätte die Rede geschrieben und du hättest sie nur aufgesagt. Das stimmte aber nicht. Ich darf aus dem Vorwort der Ausgabe deiner Schriften zitieren: »Die Bedenken gegen die Originalität der Ansprache, als wäre es unmöglich, daß ein fünfzehnjähriger Junge eine solche Arbeit leisten könne, lassen sich wohl durch den Hinweis auf die Mithilfe seiner Lehrer, besonders des Geistlichen Don Giulio Brisciani aus Cremona lösen. Diese Hilfe durch seine Lehrer darf aber nicht als so weitgehend angenommen werden, daß Aloysius nur eine Abschrift gemacht hätte, denn das würde der Ehre des jungen Prinzen und seiner Eltern widersprochen haben, und in diesem Punkte der Ehre war das ausgehende 16. Jahrhundert sehr empfindlich.« Es ist höchst aufschlußreich, wie der Herausgeber der Briefe und Schriften des Aloysius Gonzaga, P. Enrico Rosa S. J., an kleinen grammatischen Unregelmäßigkeiten erkennt, daß die Rede sehr wohl von einem 15jährigen konzipiert ist, weil solche »Fehler« dem Schriftgelehrten, dem Kleriker Brisciani, nicht unterlaufen würden. Das Original der Rede ist leider verlorengegangen, aber durch eine in Löwen gefundene Abschrift im Wortlaut gerettet. Aloysius, du beginnst deine Rede mit einer Berufung auf den Demosthenes in einer Einleitung, die man sich auf der Zunge zergehen lassen muß, weswegen ich sie hier wörtlich zitiere: »Wenn der berühmte Demosthenes, dessen Name nach den Worten des Valerius Maximus genügt, um in der Seele das Bild vollendeter Beredsamkeit erstehen zu lassen, bei der Rede an Philippus, König von Mazedonien, den Vater Alexanders des Großen, gleich zu Beginn der Rede, durch die Gegenwart eines solchen Mannes verwirrt, zu verzagen schien, und wenn Cicero, der Quell der Beredsamkeit und Glanz der lateinischen Sprache, bei der Verteidigung des Milo, dem er so viel verdankte, derart in Angst und Zittern kam, als wären niemals Wortgewandtheit, reiches Ausdrucksvermögen und hinreißende Beredsamkeit ihm eigen gewesen; da ist es gewiß doch nicht zu verwundern, o ewig unbesiegter

König, daß ich durch die Gegenwart deiner Majestät, dem sich der ganze Erdkreis in Verehrung beugt, und der ich und mein ganzes Geschlecht durch so viele Bande der empfangenen Wohltaten verbunden sind, in Bewunderung gefangen gehalten und durch den Glanz deiner Ruhmestaten geblendet, so gänzlich und sichtlich in Schrecken und Zittern versetzt werde.« Mit deiner großen Rede über die gewonnenen großen Kriege, sozusagen Weltkriege, gegen die Portugiesen, das Königreich Lusitanien, die Franzosen, die Pleumosier (Belgier), über die Bestrafung der »Ketzer« und die Zurückdrängung der »Heidenvölker« etc. etc. hast du aber bewiesen, daß es dir trotzdem nicht die Rede verschlagen hat. Die Moslems nennst du freilich nicht beim Namen, sprichst einfach von »Heidenvölkern« … Dein Respekt vor diesem »Weltenherrscher«, der ja »angegeben« hat, daß in seinem Reich die Sonne nicht untergeht, ist sozusagen unendlich. Und *katholisch* von griechisch *katholicos* mit dem Grundwort *holon* heißt ja auch »allumfassend« und »ganz«, nicht nur »gänzlich« … Es gibt evangelische Theologen, die sagen, ihre Kirche sei natürlich auch katholisch, aber nicht *römisch* katholisch. Von deinem Orden, den Jesuiten, könnte man manchmal vielleicht meinen, sie seien vor allem *römisch* katholisch, also vor allem römisch.

Mit der Aufgabe der Kirchensprache Latein hat sie, die katholische Kirche, aber viel von ihrer Katholizität und Identität eingebüßt. Im lateinischen Credo heißt es: *Credo … in unam sanctam catholicam et apostolicam ecclesiam.* »Heilig, katholisch und apostolisch« sei die Kirche. Und wenn es im deutschen Glaubensbekenntnis heißt, daß der Gläubige seinen Glauben an die katholische Kirche als der »Gemeinschaft der Heiligen« bekennt, handelt es sich natürlich nicht darum, daß sich alle Christkatholischen selbst heiligsprechen. Sünder sind und bleiben wir alle allzumal. Genaugenommen kann eigentlich auch jeder Katholik das von Philipp Melanchthon formulierte »Augsburger« Credo akzeptieren und jeder »Protestant« das »katholische« Glaubensbekenntnis. Darum hat auch Papst Johannes Paul II. bei einem Deutschlandbesuch die »evangelischen Brüder« gefragt, ob sie noch an der »Confessio Augustana« festhalten und an das glauben, was dort zum Ausdruck kommt. Unter Häresieverdacht ist bei strengen Fundamentalisten aber der Papst selbst geraten, weil er die Religionsführer aller Weltreligionen zu einem Friedenstreffen nach Assisi eingeladen hat. Und Arnold J. Toynbee, der britische Kulturtheoretiker, der ein Gebet entworfen hat, das alle Gläubigen aller Konfessionen mitbeten könnten, hat sein Ziel – und die Menschen – wohl auch nicht erreicht. Auch Hans Küng bemüht sich in seinen jüngsten Publikationen um den Frieden, der immer ein Religionsfrieden sein wird müssen, wie immer er herzustellen sei. Verhindert werden aber muß um jeden Preis der »Clash of civilizations« (Samuel P. Huntington) – und alle Verfolgungen Andersgläubiger. Die katholische Kirche ist vielleicht insofern realistisch, als eins ihrer liturgischen Gebete lautet: »Gib uns den Frieden, den die Welt nicht geben kann«. Friede als Gnade und göttliches Geschenk? Für den Frieden innerhalb des Christentums wäre nach der Meinung Karl Rahners schon viel gewonnen, wenn sich die einzelnen christlichen Kirchen nichts »absprechen« würden. Kann man aber eine völlig defensive Überzeugung und Meinung haben, die sich nie auch wertend auf andere bezieht, »wertschätzend«, aber auch abgrenzend? Im Wort *Definition* steckt das lateinische Wort *finis* für »Grenze« oder »Schlußpunkt«. Schon erhebt sich die Frage der *Toleranz*. Wie weit kann sie gehen? Ein Spontispruch mit philosophischem Pessimismus: »Wer für alles offen ist, kann nicht ganz dicht sein!« Muß man auch Intolerante tolerieren? Unduldsame dulden? Während ich darüber nachdenke, meldet der Nachrichtendienst im Radio, daß in Afrika ein »verheerender«, »abscheulicher« Terroranschlag verübt wurde, mit vielen Toten, darunter auch Kinder … Viele Kirchen wurden in den letzten Jahren angegriffen, in Neuseeland eine Moschee.

Als du, Aloysius, sieben Jahre nach deiner Rede auf den König Felipe, im Jesuitenkolleg in Mailand um eine Tischrede gebeten wurdest über das Thema »Obliegenheiten des bischöflichen Standes«, sagtest du im Anschluß an die offensichtlich nicht gut artikulierte Rede, es freue dich, »daß du dich heute durch die schlechte Aussprache des Buchstabens r bloßstellen durftest«! Du hast ja immer Leiden und Schmerzen gesucht, um (nicht begangene) Sünden zu büßen und zu sühnen. Daß du aber absichtlich schlecht artikuliertest, um das Eindrucksvolle als eitles Geschwätz und Blendwerk zu vermeiden, war denn doch ein zu starkes asketisches Kunststück! Ganz im Sinne eines Gebetes, das ich von Kreuzwegandachten, bei denen ich ministrierte, in Erinnerung habe: »Hier brenne, hier schneide, aber schone meiner in der Ewigkeit.« War deine Selbstkritik ein Hinweis auf einen Sprachfehler, einen Rhotazismus? Oder lag deine Schwierigkeit mit der Artikulation des Liquids r, des Lautes, nicht des Buchstabens, wie du sagst, an einer Anomalie deines Zahnstandes? Von deinen Zähnen kann man sich in Castiglione eigentlich kein Bild machen, weil eine Art Banderole den Oberkiefer verdeckt. Und den Unterkiefer könnte man ja überhaupt nur in Palermo sehen, wohin er als Reliquie gelangt ist. Ich habe selbst manchmal bei Vorträgen, wenn ich aufgeregt war, plötzlich einen trockenen Mund bekommen und die Zunge drohte mir am Gaumen haften zu bleiben. Zum bereitgestellten Glas mit Wasser wollte ich aber nicht greifen, weil ich zu zittern und zu verschütten fürchtete. Ganz arg hat es mich einmal bei einem Festvortrag auf einer Veranstaltung der Stille-Nacht-Gesellschaft in Salzburg erwischt, was auch auf dem verkrampften Photo von mir in der Vereinszeitschrift evident wurde, einem »Mörderphoto« … Und nachdem mir als 18Jährigem ein längst pensionsreifer Welser Zahnarzt, ohne daß ich recht wußte, wie mir geschah, einen Überzahn gezogen und eine Brücke mit einem Goldzahn verpaßt hat, hatte ich Hemmungen, zu lachen oder den Oberkiefer beim Sprechen zu entblößen. Das helle a sprach ich daraufhin immer »verdumpft« aus, wie es die Dialektologie nennt. Erst zehn Jahre später hat mich ein Zahnarzt in Dudweiler im Saarland von diesem als Makel empfundenen Konstrukt befreit. So konnte ich mit Franz Kafka fühlen, der, wie Elias Canetti in »Der andere Prozeß« schreibt, über die vielen Goldzähne seiner Verlobten Felice Bauer erschrocken war … Und es ging mir schlecht und ganz anders als jenem Bürgermeister, über den Ernst Wiechert geschrieben hat, daß er, nachdem er einen Goldzahn bekommen hatte, ostentativ und demonstrativ bei der nächsten Sitzung des Gemeinderats beim Sprechen den Mund verzog, damit man sein kostbares Gebiß bewundere… Ähnliches schreibt Knut Hamsun im Roman »Die Stadt Segelfoß« über den reichen Mühlenbesitzer, der von seinem Landsitz in die Stadt fährt, wo er bei den Freimaurern aufgenommen – und auch von einem Arzt »verschönert« wird, wohl die Tränensäcke beseitigt, »entleert«, und das Gebiß reguliert bekommt, und nach seiner Rückkehr darauf bedacht ist, daß seine Umgebung dies bewundernd wahrnimmt. Eines der wiederkehrenden Photos von Ingeborg Bachmann, das auch auf dem Schuber der vierbändigen Werkausgabe im Piper-Verlag abgebildet ist, zeigt die hübsche, vielleicht 30jährige Dichterin, offenbar hellauf lachend, mit üppigen, die Stirn bedeckenden Haaren, die Hand aber vor den lachenden Mund haltend. Wollte sie etwas verbergen?

Lieber Aloysius, du hast natürlich als heiligmäßiger und nobler, das heißt adeliger, also edler Jüngling, von König Philipp und seinem Hof, an dem du als Edelknabe gedient hast, eine von den heutigen Historikern nicht ganz geteilte Wohlmeinung. In der Ausgabe deiner Briefe und Schriften heißt es in den Anmerkungen: »Wenn nun auch Aloysius mit Recht die Milde Philipps im Kriege um Portugal preist, so gehört doch wohl eine gewisse dichterische Freiheit dazu, Philipp II. allgemein als einen liebenswürdigen und freundlichen Menschen hinzustellen, der auch den Geringsten gegenüber von ausgesuchter Freundlichkeit gewesen wäre.« Ein kleiner Fehler ist dir, Aloysius, auch unterlaufen, als du die Königin von England Maria Tudor, die Philipp II. 1554 nach dem Tod seiner ersten Gemahlin Maria von

Portugal heiratete, *Margarita* nennst. Und weniger der Realität als dem frommen Wunsch ist es geschuldet, daß du übertreibst und durch diese Ehe die »Irrlehren Englands ausgetilgt« siehst ... und behauptest, daß Philipp, der sich auch als »König Englands« bezeichnet, England selbst zur katholischen Kirche zurückgebracht habe. Schön wär's! Wie es auch jetzt schön wäre, wenn England in der Gemeinschaft der Europäischen Union verbliebe. Bei dem erwähnten grammatikalischen Fehler geht es darum, daß du in der Rede schreibst und gesagt hast *»cum ad maturam perventum aetatem«*, was auf Deutsch heißen soll »als er, Philipp, ins reife Alter kam« oder »als er erwachsen war«, so daß es im lateinischen Text heißen müßte *»cum ad maturam pervenisset aetatem«*. *Pervenisset* statt *perventum:* Das sind unerhebliche Schönheitsfehler, weniger inhaltlicher als formaler Natur. Es bleiben aber natürlich grundsätzlichere Fragen, die ich dir, Aloysius, stellen möchte und die ich im Folgenden anspreche, weil sie auch in der Literatur unserer Zeit und der jüngeren Vergangenheit »verhandelt« werden. So sieht der große Stefan Andres den Sohn Karls V. kritischer und wohl auch realistischer als du. In seiner Novelle »El Greco malt den Großinquisitor« erscheint er, wie natürlich vor allem auch sein Kardinalinquisitor Don Fernando Niño de Guevara, der Erzbischof von Sevilla, eher als problematischer Charakter. Die Schuld an der Ungeheuerlichkeit der Ketzer- und Hexenprozesse kann man ja nicht ausschließlich den Dominikanern anlasten. Vielleicht darf man deinem Orden zugutehalten, daß es ein deutscher Jesuit war, der in deinem Todesjahr 1591 geborene Friedrich Spee von Langenfeld, der mit seiner Schrift

»Cautio Criminalis« die unglaubliche Grausamkeit und Gesetzlosigkeit, den Wahnsinn der Prozesse der Inquisition aufgezeigt und angeprangert hat. Gerade in deiner Zeit, im ausgehenden 16. Jahrhundert, und gerade in der Lombardei, wurden viele unschuldige Frauen zu Hexen erklärt und auf bestialische Weise gefoltert, getötet, gehängt, verbrannt oder ertränkt. Ich stehe vor deiner Kopfreliquie und frage mich und dich, was du wohl in den oberitalienischen Städten, durch die du geritten bist, an Gräueln und Grausamkeiten gesehen und erlebt hast. Die Hinrichtungen waren ja von vielen Menschen, Zaungästen und Gaffern, von Sensationslüsternen gern besuchte Veranstaltungen. Und die Strangulierten hat man oft tagelang zur Abschreckung an den Galgen hängen lassen. Jede Stadt hatte außerdem einen Pranger oder Schandpfahl, an dem Verurteilte zur Schande der öffentlichen Verachtung ausgesetzt wurden. Was hast du dir dabei gedacht? Warum hast du nicht auch darüber geschrieben?

In der Kirche San Ignazio ist neben deinem Grabaltar mit der wie magisch und unirdisch azurblau glänzenden Schreinurne aus Lapislazuli auch Roberto Francesco Romolo Bellarmin, der Jesuit, Theologe und Kardinal, »Hauptverfechter des römischen Katholizismus und der päpstlichen Suprematie«, eine der bedeutendsten Klerusgestalten des 16. und beginnenden 17. Jahrhunderts, bestattet. Der dritte in San Ignazio beigesetzte Heilige ist Jan Berchmans, der in Diest in Belgien geborene Jesuitenzögling, der wie du, Aloysius, jung an Lungenentzündung gestorben ist und nach seiner Heiligsprechung 1888 durch Papst Leo XIII. neben dir als Patron der Jugend verehrt (oder vergessen?)

wird. Sein Herz kam als wertvolle Reliquie ins Jesuitenkolleg nach Löwen ins belgische Flandern. Roberto Bellarmin wurde 1570 in Löwen, sozusagen einer Hochburg der Jesuiten mit einer katholischen Universität, zum Priester geweiht. Die Zeiten haben sich auch in Flandern und der Stadt Löwen ganz sichtlich geändert. Das Stadtoberhaupt ist seit Oktober 2018 Mohamed Ridouani von der Sozialdemokratischen Partei, ein gebürtiger Löwener mit »Migrationshintergrund« …

Hier ist für mich der Ort, mich an einen bedeutenden Gelehrten, den vor zwei Jahrzehnten verstorbenen Kultursoziologen Mohammed Hassan Rassem, zu erinnern, den ich an der Universität des Saarlandes kennengelernt und auch in Salzburg, wo ich eine Lehrstuhlvertretung wahrgenommen habe und er Lehrstuhlinhaber war, wieder getroffen habe. Rassems Vater war der Sohn eines osmanischen Militärs, der in München an der Technischen Universität studiert hat. Rassems Mutter hieß mit Mädchennamen Elisabeth Huber. In Wikipedia steht: »Nach dem Abitur 1940 studierte er zunächst auch an der Technischen Universität, suchte jedoch einen ›Meister‹ an der Münchner Philosophischen Fakultät und fand diesen in dem Mediävisten Otto Höfler, den Rassem auch als seinen ›geistigen Vater‹ bezeichnete. Unter Höflers Einfluß beschäftigte er sich mit den Ursprüngen der Religionen und Kulturen bei unterschiedlichen Völkern und ›Rassen‹. Nachdem Höfler als aktiver Nationalsozialist 1945 seine Lehrbefugnis verloren hatte, schloß Rassem 1950 sein Studium der Völkerkunde auf Höflers Empfehlung bei Karl Meuli und Hans Georg Wackernagel in Basel ab.« »Wie lebt es sich in Deutschland als Mohammed?« ist eine in ZEIT-Online publizierte Reportage über vier in Deutschland lebende Männer, von denen aber einer diesen Namen, weil er nicht seinem Bekenntnis als Atheist entsprach, abgelegt hatte und deshalb von den anderen als Rassist und sinngemäß als Feigling bezeichnet wird. Den Kultursoziologen Mohammed Rassem kann man dazu nicht mehr befragen, er lebte in einer Zeit vor der Massenimmigration. Vielleicht hat er aber auch zu diesem Thema etwas geschrieben. Ich kenne nur seinen Beitrag in der Festschrift zum 65. Geburtstag Otto Höflers über den Begriff der Höflichkeit aus soziologischer Sicht: Otto Höfler erwähne ich auch im Buch »Lebenszeichen« als einen der Germanisten, die der »Deutschtümelei« verfallen waren. Die Erfahrungen, die die befragten Mohammeds in Deutschland gemacht haben, sind erschütternd und niederschmetternd: Verdächtigungen, Ablehnung, Beschimpfungen und das ganze Arsenal von A bis Z, von Aversion und Aggression bis Zorn … Von »Höflichkeit«, wie sie der Soziologe in der Höfler-Festschrift als Tugend der Zuvorkommenheit in ihrer praktischen sozialen Funktion und als humanen Wert an sich interpretiert, ist kaum die Rede. Einer der Männer beschreibt, wie er sich, auch vom Outfit als Mohammed und »Mohammedaner« erkennbar, mit einer Wortmeldung nach einem Vortrag über Martin Luther einbringt, worauf es dem Vortragenden die Sprache verschlägt, weil er sich nicht vorstellen kann, daß ein Moslem zu diesem Thema etwas wüßte oder zu sagen hätte … Einer meint übrigens, daß man den Namen des Propheten für den Propheten selbst reservieren sollte, er spricht davon, daß in seiner Klasse im Irak zwei

Drittel der Klassenkameraden Mohammed hießen … Der Schauspieler Mohammed sagt, daß auch die Rollenangebote von seiner Namenssituation bestimmt und dadurch begrenzt sind.

Hier muß oder darf ich eine Mitteilung machen über eine Widmung, die mir Wolfgang Bauer in eine Ausgabe seiner »Mikrodramen« geschrieben hat: *Für Ali auf der Buchmesse 1971 Wolfi Bauer*. Ich hatte im Laufe meines Lebens einige Kosenamen. Angelehnt an Wolf Wondratschek habe ich einmal auch meinen Lebenslauf und Werdegang in die Namen Loisi, Lois, Alois, sozusagen als Titel eines Erziehungs- und Bildungsromans, gepreßt und »verdichtet«. Auch Brandi und Brandy waren mir geläufig. Aber Ali hat mich noch nie jemand genannt. Anton Bruckner sagte, in Demut und nicht in antisemitischer Ablehnung, als er das Abendmahlbild Fritz von Uhdes sah, auf dem er als Apostel am Tisch des Herrn sitzt: »Ich bin doch kein Jude.« Ich könnte, ohne islamophob zu sein, sagen, angesichts des Bauerschen Ali: »Ich bin doch kein Araber …«

Ich habe Löwen, französisch Louvain, niederländisch-flämisch Leuven, von Saarbrücken her im Jahr 1965 besucht und erlebt, wie eine dezidiert und offiziell katholische Universität seinerzeit im Sinne des christlichen Abendlandes geforscht und gelehrt hat. Natürlich angepaßt und Rechnung tragend den Erfordernissen der modernen Zeit. So gab es bei Berufungen auf Lehrstühle in den geisteswissenschaftlichen Fächern natürlich konfessionelle Vorgaben und Rücksichten … Bei den naturwissenschaftlichen Fächern sah die akademische Sache anders aus. Gernot Eder, der Inhaber eines Lehrstuhls für Atomwissenschaft an der Technischen Universität Wien, wie ich Mitglied der Katholischen Hochschuljugend, ein ungemein geistreicher, humorvoller, auch geisteswissenschaftlich interessierter und versierter Mann, hat einmal gesagt, einen Ruf auf einen Lehrstuhl für katholische Atomphysik würde er nicht annehmen … Von seinem Humor und seiner stupenden Originalität zeugten auch seine Kolumnen in der Presse unter dem Reihentitel »Heißes Eisen, kalter Brei«. So erinnere ich mich an eine Kolumne, in der er sich über Menschen, Frauen im besonderen, lustig machte, die sich über das kirchliche Privileg der Männer, Priester werden zu können, beklagen, wo sich doch bei dem heutigen Priestermangel ohnehin so wenige Männer um dieses Amt »reißen« … Eben steht in der »Kleinen Zeitung«, daß der Vater des neuen Bischofs für die Diözese Gurk-Klagenfurt, eines Slowenen, gesagt hat, sein Sohn habe einen »ungewöhnlichen Beruf«. Die außerordentlich bescheidenen Minderbrüder des Franz von Assisi haben ja auch nicht das Priesteramt angestrebt, sondern nur einzelne Brüder für die Priesterweihe bestimmt. Ich weiß auch nicht, ob du, heiliger Aloysius, der du, wie auch Jan Berchmans, ja nur die ersten niederen Weihen des Ostiariers, des Lektors, des Akolythen, des Exorzisten und des Subdiakons erhalten hast, nicht auch vor dem Priestertum bei aller Christusliebe zurückgeschreckt wärest. Es ist eine solche Berufswahl auch ein schwerer und schwerwiegender Schritt. »Er hat sich weihen lassen«, sagen darum mit Respekt die Gläubigen von einem jungen Priester. Und manche Eltern fühlen sich auch heute wie dein Vater Ferrante unglücklich und wie bestraft, wenn ihnen ein Sohn eröffnet, er möchte Priester und gar Jesuit werden! Eine Tochter, die Nonne werden will! Andererseits sind damals die Menschen von weither angereist, um den sogenannten Primizsegen zu bekommen. Niemals sah ich die Wallfahrtskirche Maria Rast in Steinerkirchen am Innbach so voll wie damals, als Pfarrer Heinrich Steiner, der »Held« meines Buches »Der geborene Gärtner«, gleich drei Primizianten aufbot, um nach der sogenannten Fatima-Feier den Primizsegen zu spenden.

Noch eine Erinnerung an Gernot Eder: Er hatte eine Funktion bei der Auswahl von begabten oder hochbegabten Kandidaten für die Studienstiftung der Katholischen Kirche »Pro Scientia« und er war bei deren Tagungen öfter anwesend. Dort erzählte er einmal beim obligaten »gemütlichen Beisammensein« nach den Sitzungen am Abend an der Bar eines Bildungshauses von seiner Teilnahme an einem Gelehrtentreffen, zu dem er, wie andere wissenschaftliche Schwergewichte aus der ganzen Welt, von Papst Johannes Paul II. nach Castel Gandolfo eingeladen worden war und an der er teilgenommen hatte. Diesmal war das Thema »Religion und Naturwissenschaft«. Der Papst saß bei den Sitzungen aber nicht unter den übrigen Teilnehmern, sondern auf einer Art Thron oder Podium isoliert. Gerade darum aber bemerkten Eder und die anderen Gelehrten, daß er wiederholt eingenickt, ja eingeschlafen war. Noch eine Erzählung Eders ist mir in Erinnerung, sein Befremden bei einem Treffen mit einem selbstbewußten, stolzen Star der Theologie, dem Verfasser des Buches »Existiert Gott?« ... Eine Freizeit- oder Nebenbeschäftigung des Atomphysikers Eder war die Herausgeberschaft eines Buches über die Fresken seines Schwiegervaters Herbert Boeckl in der Engelskapelle im Stift Seckau in der Steiermark.

Als der Autor des Buches »Existiert Gott?« dem Heiligen Vater, Papst Paul VI., aber als großer Wissenschaftler und Konzilstheologe empfohlen und in den höchsten Tönen gelobt wurde, sagte oder vielmehr fragte dieser: Hat er aber denn auch Christusliebe? Eigentlich verwendete Papst Paul VI., der Österreich bekanntlich als »Insel der Seligen« bezeichnete, eine Formulierung aus dem Brief des Apostels Paulus an die Epheser, einen Satz, den, merkwürdig genug, auch Bertolt Brecht, der ja, wie schon erwähnt, als sein Lieblingsbuch die Bibel bezeichnete, in »Leben des Galilei« zitiert, mit genauer Stellenangabe (Epheser III, 19). Dort, in der Szene 14, sagt Virginia, die Tochter Galileis: »Auf daß ihr begreifen möget, daß Christum liebhaben viel besser ist denn alles Wissen.« (Wortlaut nach der Übersetzung Luthers!) Als Georg Trakl, der Protestant, in eine Gesellschaft von Leuten geriet, die über Christus und das Christentum leichtfertig spotteten, war er lange schweigsam und stumm. Später sagte er zu Erhard Buschbeck, den Freund seiner Schwester Grete, mit solchen Menschen möchte er nichts zu tun haben … Trakl, der Salzburger, war sicher kein Pietist, aber ein Expressionist mit einem tiefen Verständnis für Mystisches und Geheimnisvolles. Es haben freilich auch in seinem Fall Literaturwissenschaftler davor gewarnt, seine Gedichte allzu direkt christlich zu deuten. Und sie sind sicher keine »Hymnen an die Kirche«, wie sie Gertrud von Le Fort geschrieben hat.

Roberto Bellarmin gilt als dein geistlicher Vater im römischen Kolleg, Aloysius. Virgilio Cepari, dein

Freund und authentischster und kompetentester Biograph, berichtete, daß Bellarmin als Auskunftsperson im Seligsprechungsprozess als dein Beichtvater, lieber Aloysius, ausgesagt habe, daß er nie deine Beichten gehört habe, ohne daraus religiösen Nutzen für sich selbst zu gewinnen. Natürlich hielt sich Pater Bellarmin strikt an das Beichtgeheimnis. Und er hätte sich sicher eher die Zunge abschneiden lassen, als irgend etwas Konkretes oder gar Nachteiliges mitzuteilen. Den Märtyrer des Beichtgeheimnisses, den heiligen Johannes Nepomuk, den populärsten Heiligen Europas, dessen Statue sich auf hunderten Brücken in Europa findet, weil er von einer Brücke wegen seiner Verschwiegenheit in die Moldau gestürzt wurde, als er dem neugierigen König Wenzel die Sünden, die dessen Frau, die dieser des Ehebruchs verdächtigte, ihm gebeichtet hatte, nicht verraten und preisgegeben hat und darum das Märtyrerschicksal erlitten hat, Nepomuk also hat der Jesuitenorden 1732 zu seinem zweiten Ordenspatron erhoben, ihn, den Märtyrer der Geheimhaltung…

Der Klagenfurter Dom, ursprünglich eine von den protestantischen Landständen zwischen 1581 und 1597 errichtete Kirche »Zur Hl. Dreifaltigkeit«, wurde 1600 von der Reformationskommission gesperrt und 1604, im Jahr deiner Seligsprechung, hl. Aloysius, den Jesuiten übergeben und neuerlich – als Kirche der Hll. Petrus und Paulus – geweiht, von ihnen bis 1773, bis zur Vertreibung der Jesuiten, betreut und 1787, im Jahr der Übersiedlung der Fürstbischöfe von Gurk nach Klagenfurt, zur Kathedrale erhoben. Hier gibt es, jenseits der prächtigen Kanzel mit den Evangelistengestalten Matthäus, Markus, Lukas und Johannes an der Brüstung und einem auferstandenen Heiland mit der Siegesfahne über und der Geisttaube unter dem Schalldeckel, eine riesige Nepomuk-Scheibe, mit dem Heiligen in der Mitte, umrahmt von einem Sternenkranz, den Sternen, die seiner Hagiographie nach auf dem Wasser der Moldau um ihn tanzend oder tänzelnd geglänzt haben, und mit den Engeln, die ihn in einer Apotheose zu Gott emporbringen, schräg gegenüber auch von deinem, dem Aloysius-Altar, mit dem nicht besonders ansprechenden Porträt von dir, in Soutane und Superpelliceum, von einem »*pictor minor*« des Bauernbarock, Ferdinand Steiner – und sicher nicht von Josef Ferdinand Heinrich Fromiller, wie man einmal gemeint hat – gemalt. Da sähest du wahrlich anders aus! Du, heiliger Aloysius, teilst dir die Ehre des Altares mit dem hl. Stanislaus Kostka aus Polen, der in deinem Geburtsjahr 1568 gestorben ist. Es gibt viele Parallelen zwischen den Hagiographien von euch beiden. Auch Kostka hatte auf Grund seines aristokratischen Elternhauses Widerstände zu überwinden, um in Rom in den Orden der Jesuiten zu gelangen. Kostka »übertrifft« dich, Aloysius, gewissermaßen, da er am 15. August 1568, erst 18jährig, starb. Es ist von Fieberschüben die Rede, oder war es auch die Pest? Wie dich, Aloysius, zog es auch Stanislaus Kostka unwiderstehlich nach Rom. Dahin zu gelangen, war im 16. Jahrhundert von Rostkowo in Polen aus natürlich schwieriger als von Mantua. Kostka tat, was man heute in Kärnten »Stationenbeten« nennt, das heißt, er machte Zwischenstationen, die wichtigste in Dillingen in Bayern, wo er Petrus Canisius traf, der für ihn zum geistigen Führer wurde, ähnlich wie für dich, Aloysius, dein Beichtvater Roberto Bellarmin.

Von ihm später. Noch ist ein kleiner Exkurs und Nachtrag zu den Bildern und Gemälden im Klagenfurter Dom vonnöten. Das Hochaltarbild, das Petrus und Paulus, die Apostelfürsten zeigt, deren Fest am 29. Juni gefeiert wird, an dem Tag, an dem in den Domen meistens die Priesteweihen stattfinden, stammt von Daniel Gran, dem Barockmaler. Es zeigt den hl. Petrus, den ersten Papst und Bischof von Rom, der aber Rom, der Legende nach aus Enttäuschung über die unbekehrbaren Römer und ihren wahnsinnigen und grausamen König Nero, verlassen will, zurück nach Antiochia oder Jerusalem oder gleich nach Bethsaida am See Genezareth in der antiken Provinz Gaulanitis (Golan), wo er als Fischer begonnen hat. Paulus aber scheint sozusagen als Anwalt und Sprecher jener christlichen Römer, die über den Weggang Petri enttäuscht sind, auf Petrus einzureden, seiner Nostalgie nicht nachzugeben und doch hierzubleiben und auszuharren. Das bedeutet freilich schließlich seinen Märtyrertod am Kreuz, den er, aus Ehrfurcht in Erinnerung an den Heiland, den er nicht nur geliebt, sondern bekanntlich einmal verleugnet und auch enttäuscht hat, mit dem Kopf nach unten zu erleiden gewünscht – und erlitten hat …

Ich, ein »Meister der Analogie«, wie mich der Altgermanist Peter Wapnewski nach seinem Vortrag an der Universität Klagenfurt zum Thema »Kapitalismus des Nibelungenliedes« beim anschließenden Abendessen im Europapark-Hotel genannt hat, kann hier nicht widerstehen und muß vom ersten Pontifex Petrus zum vorletzten Pontifex Benedikt XVI. eine Brücke schlagen. Als Benedikt XVI., der vormalige Professor und dann Kardinal Joseph Aloisius Ratzinger, aus dem bayrischen Marktl gebürtig, als erster Papst der Kirchengeschichte demissionierte und in Pension ging, waren viele Katholiken enttäuscht. Ich erinnere mich an einen Ausspruch des Pfarrers Markus Mairitsch bei unseren mittäglichen Zusammenkünften im Pfarrhof St. Egid: Ein Papst steigt nicht vom Kreuz herab! Ein Papst läuft nicht davon! Ich erinnere mich natürlich auch, nicht nur weil Ratzinger mit seinem zweiten Vornamen Alois heißt, an deinen Verwandten, Aloysius, den Bischof Karl Borromäus, der dir die Erstkommunion gespendet hat, der nicht ausgewichen ist und in seiner pestverseuchten Diözese und in Mailand geblieben ist und sogar eigene Krankengottesdienste gehalten hat! Ach, das Davonlaufen, das Kneifen, das Türmen, das Abhauen, das Absentiren statt des »*Sentire cum ecclesia*«! Ich weiß, wovon ich spreche, weil mich mein ganzes Leben Schuldgefühle genervt haben – wie sie Ulrike Gräff im erwähnten »Großen Brandy-Buch« beschrieben hat –, daß ich nicht Priester geworden bin und mir fast die ganzen dreizehn Jahre im Saarland, ohne freilich aus der Kirche auszutreten, eine Auszeit genommen und wie ein Heide gelebt habe. Dadurch ist mir nicht nur Kultisches, sondern auch viel Kulturelles entgangen, wenn ich allein an die Kirchen der Stadt und der Diözese Trier, aber auch an Speyer denke… Kein einziges Mal war ich in der Saarbrücker Ludwigskirche!

Im Klagenfurter Dom, und zwar im Presbyterium gibt es vier Fresken des Kärntner Malers Switbert Lobisser über das Leben der Apostel Petrus und Paulus.

Lobisser war wirklich ein »Deserteur« im alten Sinn, der die »Militia Dei« verlassen hat. Er war ursprünglich Mönch im Benediktinerstift St. Paul im Lavanttal. Der Abt des Stiftes, das auch eine einst sehr angesehene, schon im 12. Jahrhundert gegründete Schule, ein Gymnasium führte, aus der viele prominente Politiker, Wissenschaftler und Künstler hervorgegangen sind, hat seinem Konventualen Lobisser, dem »Zeichenlehrer«, am Gymnasium alle Freiheiten gegeben … Einige prominente Absolventen der Schule waren übrigens Theophrastus Bombastus Paracelsus von Hohenheim für die Frühzeit, für die jüngere Vergangenheit Günther Winkler, Jurist und Rektor der Universität Wien, Paul und Attila Hörbiger, Peter Simonischek, Schauspieler, und auch Musiker wie der Liederkomponst Hugo Wolf … Der Abt also schickte Switbert Lobisser nach Wien, um an der Akademie der bildenden Künste am Schillerplatz Malerei zu studieren, und vor allem, um einen Kunsterzieher für sein stiftseigenes Gymnasium zu bekommen. Nicht erst bei dem an der Akademie üblichen »Abendakt« für die Studenten und Studentinnen der einzelnen Meisterklassen, heißt es, sei Lobisser aufgegangen und bewußt geworden, wie es um die Frau und ihre Anziehungskraft, ihren »Appeal«, bestellt sei, dem er alsbald nachgab und erlag … In St. Paul war es dann ein hübsches junges Mädchen, das er porträtierte und auch als Modell in vielen Genrebildern verewigte, mit dem er auch in einer Expositur, einem Atelier des Stiftes, lebte, bis er sie nach seinem Austritt aus dem Orden heiratete. Glücklich hat er seine »Ev« offenbar nicht gemacht, weil sie sich kurz nach der Geburt einer Tochter das Leben nahm. In zweiter Ehe war Lobisser dann mit ihrer Schwester verheiratet. Natürlich war Lobissers Schritt und Austritt aus dem Stift damals ein unerhörter Skandal und auch für viele, sicher für die Mütter der Apostaten und die »Abtrünnigen« selbst, eine schwere Belastung. Heute ist das, bedingt auch durch die Häufigkeit ähnlicher Fälle, sozusagen nichts Besonderes. Sogar Bischöfe äußern öffentlich ihre Abneigung gegenüber dem Pflichtzölibat. Und Kirchenkritiker sehen in der »aufgezwungenen« Ehelosigkeit die Wurzel aller groß publizierten sexuellen Übel, Übergriffe und Mißbrauchsfälle, in die Kleriker verwickelt sind.

Heute ist es aber weniger die Abwendung vom römischen Katholizismus und der Verstoß gegen den Zölibat, als vielmehr die Hinwendung zum Nationalsozialismus von Lobisser, der auf einigen Bildern mit Hakenkreuzfahnen seiner falschen Überzeugung Ausdruck verliehen hat, die als der eigentliche Skandal gesehen wird. Darüber ist viel geschrieben worden, erst 2016 hat Günter Schmidauer, mein Nachfolger als Kärntner PEN-Club-Präsident, Verfasser der Romane »Erbsenzähler« und »Trommelsteine«, den Essay »Lobisser. Vergessen« vorgelegt. Lobisser hat selbst in einer Autobiographie viel Belastendes preisgegeben. So schreibt er etwa, weit abseits der Wahrheit, es sei ihm im Kloster »zu slowenisch« zugegangen. So bedauerlich und abwegig man, wie ich, Lobissers Weltanschauung und politische Verblendung finden mag, so kann man ihm doch seine Kunstfertigkeit und seine Bedeutung als Maler des Jugendstils, der »Heimatkunst« und als Vertreter des »Kärntner Kolorismus« nicht absprechen. Es haben auch in der Vergangenheit oft bedeutende Maler politisch haarsträubend agiert. Ernst Fuchs hat sich über die Kunst des Bildhauers Arno Breker bei unseren Zusammenkünften öfter anerkennend, ja bewundernd geäußert, was ihm der Verfemte mit einer eindrucksvollen Porträtbüste gedankt hat. Es gibt wohl doch auch im Falschen das Richtige? In Lobissers Fall rührt mich besonders eins seiner Bilder, das eine kirchliche Prozession darstellt, ein »Prangen«, wie die Kärntner Mundart die Fronleichnamsprozession nennt, wo hinter den letzten Gläubigen mit großem Abstand ein einzelner, einsamer Mensch geht, der offenbar »nicht mitkann« oder Abstand hält und nimmt, der zurückbleibt, der wahrscheinlich den Glauben und den Anschluß verloren hat, wohl den Maler selbst darstellend … Es ist dieses Bild wie eine Bebilderung, eine Illustration zu Augustinus: *O beata solitudo sola beatitudo.* (Glückliches Alleinsein, du einzige Glückseligkeit!) Man darf sich auch an die Etymologie des Wortes Mönch erinnern, das sich ja vom griechischen *monachos,* »einzeln, alleinlebend«, herleitet, auch an den semantischen Hintergrund des Ortsnamens München, »bei den Mönchen, bei den Einsamen« … An den Lobisser-Bildern hatte offenbar auch Bischof Egon Kapellari, der 1982–2001 Bischof der Diözese Gurk-Klagenfurt war, keine rechte Freude. Und da ich meinen großen Respekt vor seinen Schriften und seinen Predigten bereits kundgegeben habe, kann ich jetzt wohl ein wenig Kritik an einer seiner Entscheidungen äußern: dem Verkauf des alten Priesterseminars mit der Hauskapelle, die Switbert Lobisser mit vielen Gemälden und nazarenisch anmutendem Design durchgestaltet hat; eine Sehenswürdigkeit, ähnlich wie in anderer Art die sogenannte Fuchs-Kapelle in der Stadtpfarrkirche (die Bischof Kapellari wohl erlaubt, aber auch nicht gewünscht hat). Von seinem exquisiten ästhetischen Geschmack konnte man sich im Anschluß an die Aschermittwoch-Gottesdienste bei den Empfängen in seiner Residenz, dem für die Maria-Theresia-Tochter Maria Anna (Marianne) erbauten Schloß neben dem Elisabethinen-Spital, ein Bild machen. Man glaubte sich angesichts der wertvollen Bilder des österreichischen Informel in der Galerie nächst St. Stephan von Monsignore Otto Mauer, auf den sich Kapellari gern bezieht (und dessen Armbanduhr er geerbt und einmal stolz und schmunzelnd vorgezeigt hat). Später hat Bischof Kapellari diese Bilder aus seinem persönlichen Besitz wohl in sein neues Domizil ins Grazer Diözesanhaus mitgenommen: Werke von Josef Mikl, Arnulf Rainer, Wolfgang Hollegha, Markus Prachensky u. a. So wird er auch im Presbyterium auf der Kathedra, dem Bischofsthron im Klagenfurter Dom sitzend, über die vier Lobisser-Bilder hinweggesehen haben … Ein wirklicher Fehler bei der von ihm angeordneten und in Auftrag gegebenen Restaurierung der Deckengemälde, auf den mich, wie schon einmal angedeutet, die Landeskonservatorin Elisabeth Reichmann-Endres aufmerksam machte, ist ihm wohl entgangen: Als man den Dom und seine Bilder renovierte, hat man das in der Vergangenheit bereits öfter über- und nachgemalte Deckenfresko, dessen ersten Schöpfer man gar nicht mehr weiß, »Die Verklärung des Herrn auf dem Berg Tabor«, eigentlich nicht restauriert, sondern bedauerlicherweise retuschiert, mit dem Ergebnis, daß das Kleid Jesu nicht, wie es in der Bibel steht und auf dem

Fresko vorher auch war, »weiß wie Schnee«, sondern schmutzig und aschgrau ausgefallen ist. Elisabeth Reichmann-Endres hat mir erzählt, daß sie entsetzt gewesen sei, als sie diesen gravierenden Fehler der Restauratoren bemerkte. Man hatte sich im Ton, im Farbton, völlig vergriffen. Beim Evangelisten Markus nämlich steht (9,28–36): »Sein Gewand wurde leuchtend weiß, wie es auf Erden kein Bleicher machen kann.« Und auch der Evangelist Matthäus schreibt ganz in diesem Sinne, Jesu Kleid sei »weiß wie das Licht« geworden. Dieser überirdischen Helligkeit des sprichwörtlich gewordenen »Taborweiß« hat der göttliche Raffael in seinem berühmten Gemälde »Transfiguration«, an dem er als seinem letzten Werk bis zu seinem Tod 1520 gemalt hat, den überzeugendsten Ausdruck verliehen. Man sieht auf dem Gemälde der »Transfiguration Jesu« an den Seiten des verklärten Herrn Moses und Elias und auf der Erde, auf dem Erdboden, die drei Jünger Petrus, Jakobus und Johannes, die mit ihm den Berg bestiegen hatten und nun vor dieser überwältigenden Vision zu Boden gestürzt sind und schier den Verstand verloren haben. In der Bibelübersetzung Luthers heißt es, die drei Jünger seien »verstörtzt« gewesen (heißt das *verstört* und *bestürzt* in einem?), was sich eben darin zeigte, daß Petrus sagt, sie wollten hier, wo gut sein sei, drei Hütten bauen, für Jesus, Moses und Elias jeweils eine … Es ist sozusagen kein Wunder, daß die Jünger angesichts dieses unerhörten Wunders eine Art Realitätsverlust erleiden und den Verstand verlieren!

Es ist heute Brauch und Mode geworden, von den »Malern des Lichts« zu sprechen. Einige Ausstellungen sind sogar unter diesem Titel gelaufen. Meistens sind damit die französischen Maler des Impressionismus gemeint wie Claude Monet, Auguste Renoir, Claude Pissarro oder Vincent van Gogh, die wirklich das Licht auf ihren Bildern »eingefangen« haben, das flirrende Licht, mit Hilfe der impressionistischen Technik, die das Licht nicht einfach als monochrome Helligkeit versteht, sondern in die Spektralfarben zerlegt. Eine der Vorführungen, eins der Experimente, die uns im Physiksaal des Welser Realgymnasiums besonders beeindruckt haben, war der bunte sogenannte Farbkreisel, der, wenn man ihn zu drehen begann, alsbald nur eine Farbe, die Grundfarbe Weiß als die Abwesenheit alles Bunten zeigte. Läuft der Kreisel aus und verlangsamt er sich, werden die sektoralen Grundfarben Rot, Grün, Blau und Gelb wieder sichtbar. Es ist eine wahre Merkwürdigkeit, daß der Dichter Robert Musil, der nach einer Umfrage des Brockhaus Verlages nach dem bedeutendsten Romancier des zu Ende gegangenen 20. Jahrhunderts von den befragten Fachleuten mit seinem Roman »Der Mann ohne Eigenschaften« an erster Stelle genannt wurde – auch ich hatte ihn als Zweiten auf meiner Liste, nach Franz Kafkas »Der Prozess« und vor Robert Walser »Jakob von Gunten«, durchaus im Bewußtsein, daß solche Rankings in der Welt des Geistes eigentlich müßig sind – Musil also, der Techniker, der Diplomingenieur, der Bibliothekar der Technischen Universität, damals »Technischen Hochschule« Wien, über den Karl Corino eine großartige, minutiös recherchierte und formulierte Biographie geschrieben hat, gilt als Erfinder des Farbkreisels… Das Licht malen, das Licht so malen wie Raffaello Santi aus Urbino oder auch 400 Jahre später auf ihre Art die Impressionisten, ist eine besondere Kunst. Es reicht nicht, einfach die Farbe Weiß, Zinkweiß oder Kremser Weiß zu verwenden, das Licht muß ja auch etwa auf den Gesichtern, auf roten Wangen sichtbar werden, mit nacktem Weiß ist gar nichts gewonnen. Ich weiß es, weil ich mich ja auch als Maler versucht habe, auch wenn ich bei der Aufnahmeprüfung an der Akademie am Schillerplatz durchgefallen bin ... In meinem Keller hüte ich etliche meiner Bilder und nicht immer bin ich mit dem Ergebnis meiner Landschaften und Porträts hinsichtlich des Lichts zufrieden. Das Prädikat »Maler des Lichts«, »Painter of Light«, hat sich der Amerikaner Thomas Kinkade als »Significatio« und »Trademark« patentieren lassen. Für mich ist aber Giovanni Segantini aus Arco am Gardasee der faszinierendste, sozusagen lichtvollste Maler des Lichts, wenn ich nur an sein Bild denke, auf dem ein alter Pfarrer im schwarzen Talar zur Frühmesse eine Treppe auf ein Plateau zum Kirchplatz hinaufsteigt, hinter dem die Morgendämmerung zu leuchten beginnt. Es gibt sicher auch grandiose Maler der Dunkelheit und der Nacht, sozusagen »lichtlose« Maler. Ein solcher war bekanntlich der Renaissancemaler und Manierist El Greco in seinem Kelleratelier in Toledo, sozusagen Lichtjahre entfernt von jedem Pleinair. Mir hat Sepp Schmölzer, Photograph und Goldschmied, Leiter der Meisterklasse für Goldschmiede und Schmuckdesigner in der Salzburger Sommerakademie, zu meinem 60. Geburtstag eine Kopie des El-Greco-Bildes »Toledo bei Nacht« von Karl Bauer geschenkt. Nun gibt es zwei Maler mit dem Namen Karl Bauer: Karl Friedrich Bauer war ein routinierter deutscher Porträtmaler des 19./20. Jahrhunderts, der ausdrucksstarke Porträts von deutschen Geistesgrößen von Martin Luther bis Johann Wolfgang von Goethe und Richard Wagner gezeichnet und gemalt hat, dem aber zum Verhängnis wurde, daß er im hohen Alter die Nazibonzen von Landwirtschaftsminister und »Blut und Boden«-Erfinder Richard Walther Darré bis Adolf Hitler gezeichnet hat ... »Mein« Karl Bauer ist ein anderer. Von Sepp Schmölzer bekam ich auch ein besonderes bibliophiles Buch, den Almanach »Salzburg. Lob eines schönen Landes«, eine Anthologie mit Salzburg-Gedichten, bei einigen Autoren sind die Handschriften im Faksimile wiedergegeben, von Gerhard Amanshauser bis Carl Zuckmayer und Stefan Zweig ... Besondere »Highlights«, also Glanzlichter, sind die siebzehn Aquarelle und zwanzig Zeichnungen des Architekten Clemens Holzmeister. Mein Exemplar des Almanachs hat auf dem Vorsatzblatt eine humorige Widmung an Sepp Schmölzer von Holzmeister, seinem Kollegen an der Salzburger Sommerakademie: »Zawos dieses Buch an Freund Schmölzer? Auf daß es ihm Freude mache! Clemens Holzmeister, Salzburg August 1970.« Das »*Zawos*« (für das hochsprachliche *Wozu*) war eine Anspielung auf den Kärntner Dialekt des Feldkircheners Schmölzer – ein Dialekt, der Holzmeister bei gemeinsamen Gasthausbesuchen besonders gefiel. Klagenfurt besitzt einen von Holzmeister gestalteten Bau, die Hauskapelle des Humanomed-Privatkrankenhauses »Maria Hilf«, die zu besuchen ich bei meinem Aufenthalt des öfteren Gelegenheit hatte. Dort gedachte ich auch der Tochter Holzmeisters, Judith Holzmeister, der Schauspielerin und zweiten der fünf Gattinnen des Burgtheatermimen und späteren internationalen Kinostars Curd Jürgens. Ich habe Judith Holzmeister in meiner Wiener Studienzeit in einigen Rollen im Burgtheater gesehen; besonders in Erinnerung ist mir ihre »Jungfrau von Orleans« von Friedrich von Schiller, aber nicht nur wegen ihrer schauspielerischen Leistung als Einspringerin für Inge Konradi, sondern auch wegen ihrer Nervosität und großen Textunsicherheit bei dieser Rolle, für die sie damals, am 2. Mai 1959, als 40jährige auch schon etwas zu alt war … Die Souffleuse hatte zu tun! Besser besetzt war sie als »Vasantasena, eine Bajadere« im Stück »Das irdene Wägelchen« von Ferdinand Bruckner, in einer Aufführung, die ich, wie ich aus den Programmheften des Burgtheaters in meinem Kellerarchiv ersehe, am 14. April 1959 besuchte.

Noch ein nachträglicher Gedanke zur »Farbe« Weiß, die eigentlich keine Farbe ist, sondern gewissermaßen oder buchstäblich die Summe aller Farben. Trotzdem gibt es über fünfzig Bezeichnungen für »Weiß«-Nuancen, -Varianten oder -Spezifikationen. Und es ist gerade die Kirche und es sind gerade die Orden, wie dein Orden, Aloysius, die Jesuiten, die ein besonderes Verhältnis und eine große Vorliebe für das Weiße entwickelt haben und immer noch entwickeln. Das liegt daran, daß Weiß besonders »symbolträchtig« ist und als Sinnbild für Reinheit und Unschuld gilt und empfunden wird. So ist es im besonderen Maße auch die in deinem Castiglioner Sanktuarium dominierende Farbe, die Farbe deines Chorhemdes auf Bildern und Statuen, aber auch deiner »Zivilkleidung« als Page beim spanischen König. Extrem weiß sind natürlich vor allem die Dominikaner in ihren weißen Soutanen. Weiß, weißer geht's nicht! Oder doch, aber nur beim Papst, dem »weißen Mann«, wie ihn die Gläubigen in Afrika gern nennen … Die kirchlichen »Fachausdrücke« für angehende Priester, *Alumne* und *Kandidat*, definieren sich farblich, sozusagen »weißlich«. In »Alumne« klingt lateinisch *lumen* an, »das Licht«. Von den liturgischen Gewändern ganz zu schweigen. Oft habe ich als Ministrant zugesehen, wenn in der Sakristei der Pfarrkirche in Pichl der Mesner Johann Leitlmair dem Pfarrer Ferdinand Hochedlinger behilflich war, in die *Alba* zu kommen, diesen riesigen, weißen, langen »Sack« oder »Schlauch«, die liturgische Unter- oder Grundkleidung der katholischen und anglikanischen Geistlichen – nur die Lutheraner haben die Alba aufgegeben –, der mit dem *Zingulum*, einer Art Gürtel, in der Leibesmitte gestrafft und gebändigt werden mußte, um die prächtige, mit Bildern und Monogrammen (Kreuzen oder IHS) geschmückte *Kasel*, das sichtbare Hauptkleidungsstück, das eigentliche »Meßgewand«, dem Zelebranten überstülpen zu können. Da »Kasel« von lateinisch *casula,* »kleines Haus« kommt, ist sie jenes sichtbare Kleidungsstück, mit dem der Priester sozusagen »eingehaust« wird … Es ist die große Hülle.

Da nun Weiß die Farbe der Unschuld und Jungfräulichkeit war, wurde noch in meiner Jugend darauf gesehen und geachtet, ob die Braut bei ihrer Hochzeit ein weißes Brautkleid trug. Wenn man sah, daß die Braut schwanger war, sagten die Spötter, es gebe eine »Fadinger Hochzeit«. Stefan Fadinger war der Führer des Bauernaufstands des frühen 17. Jahrhunderts, der mit dem Ruf »Es muass sein!« in den Kampf zog …

»Die Braut trug Schwarz«: In diesem berühmten Film rächt eine Braut, eine Witwe, ihren Bräutigam, der vor der Kirche erschossen wird, indem sie alle fünf am Verbrechen beteiligten Personen aufspürt und nacheinander an allen Selbstjustiz übt … Sozusagen »Schwarz auf Weiß«. Was die politische Farbenlehre betrifft, so spricht man auch von den »Couleurs«, wobei man den Konservativen auch auf Grund ihrer Nähe zur Kirche die schwarze Farbe zuordnete, den Sozialisten die rote, den neuen Ökoparteien grün. Eben sind wir Zeugen einer Umfärbeaktion. Die einst konservative »Österreichische Volkspartei« hat sich von der Schwärze verabschiedet und sieht sich nun als »türkis«, was Kritiker auch gern als verräterisch, weil dem Blau der »Freiheitlichen« rechts außen benachbart, hinstellen … In der »Alten Abteilung« der Germanistik gibt es den auch bei den Troubadours gebräuchlichen Fachausdruck »Alba«: Das entsprechende deutsche Wort heißt »Tagelied«. Es müßte eigentlich »Morgenlied« heißen, weil es inhaltlich vom Abschied des Ritters von seiner *»amie«*, der Geliebten, am Morgen nach der gemeinsam in der Kemenate verbrachten Nacht handelt. Doch bedeutet *Tagen* ja auch »Morgengrauen« und »Sonnenaufgang«. Die Tagelieder, wie das vielleicht schönste von Dietmar von Aist, besingen nicht die »hohe Minne«, die platonische Liebe, die Freude des Minnesklaven an der Zurückhaltung, für die bekanntlich schon Walther von der Vogelweide Reinmar den Alten kritisiert, ja verspottet hat, sondern die »niedere Minne«, die »wahre Liebe«, die sinnliche Lust, wie sie Walther in den »Mädchenliedern« besingt. Ich erinnere mich hier wieder einmal an die Gegenwart und zwar an die Rauriser Literaturtage 1976, als Karl Krolow eine Lesung hielt und der einleitende Moderator auf eine Besprechung der jüngsten Publikation des greisen Dichters zu sprechen kam, Gedichte, in denen es erstaunlicher Weise deutlich zur Sache geht. In dieser vom Moderator zitierten Besprechung heißt es, lobend gemeint, Krolow hätte sich mit diesen schonungslosen Gedichten, die alles beim Namen nennen, »vom Alter-Trottel-Image« freigemacht. Mit diesem Image war der lebensfremde Lyrismus und Hermetismus, die »vorsätzliche Dunkelheit« (Hugo Friedrich) der modernen Lyrik gemeint. Krolow war wie Reinmar der Alte von Walther von der Vogelweide in der sogenannten »Minnefehde« von jenem Rezensenten für das Deftige gelobt worden. Krolow war aber darob alles andere als erfreut, ja er nahm dem Einführenden seine »Ausführung« sichtbar übel.

Dein Beichtvater, Aloysius, Roberto Bellarmin, ist eine faszinierende Priesterpersönlichkeit, Verfasser äußerst erfolgreicher Katechismen, jedoch kein gerade pflegeleichter Kardinal, der auch innerkirchlich in der Hierarchie nicht nur Freunde hatte, weshalb er auch wiederholt »versetzt« wurde, von Rom nach Neapel und nach Capua, wo er als äußerst tüchtiger, innovationsfreudiger Bischof wirkte, schließlich als »papabile«, also als möglicher Anwärter auf den Stuhl Petri galt, wozu es dann doch nicht gekommen ist, was ihm angeblich sehr recht war … Seine Kritiker und Feinde außerhalb der Sakristeien werfen ihm natürlich vor, daß er Häresieprozesse wie jenen gegen Giordano Bruno, den Priester, Dichter, Philosophen und Astronomen geleitet und zugelassen hat, die zum

Todesurteil für den »Delinquenten« geführt haben, im Fall Brunos zum Verbrennen auf dem Scheiterhaufen! Roberto Bellarmin, heiliggesprochen, ja, zum Kirchenlehrer erklärt und damit den Kirchenlehrern der frühen Kirche wie Augustinus zur Seite gestellt, hat bekanntlich auch im Prozess um Galileo Galilei eine Rolle gespielt, aber keine so unrühmliche, wie seine Kritiker oft meinen. Eigentlich kommt er auch in Bertolt Brechts »Leben des Galilei« nicht so »schlecht weg«. Es soll Bellarmin, dem Freund und Bewunderer des Professors aus Pisa, gar nicht so leicht gefallen sein, dann doch das Urteil zu verkünden, das Brecht in seinem Drama zitiert und einmal wiederholen läßt: »Herr Galilei, das Heilige Offizium hat heute nacht beschlossen, daß die Lehre des Kopernikus, nach der die Sonne Zentrum der Welt und unbeweglich ist, töricht, absurd und ketzerisch im Glauben ist. Ich habe den Auftrag, Sie zu ermahnen, diese Meinung aufzugeben.« Bertolt Brecht war als Anwalt einer unideologischen Menschlichkeit, sozusagen als Idealkommunist, eindrucksvoll dialektisch unterwegs. Wie behutsam schreibt er in den letzten Bildern seines Dramas »Leben des Galilei«, nachdem Galilei seine »Lehre von der Bewegung der Erde« vor der Inquisition am 22. Juni 1633 widerrufen hat, Galileis Verteidigung gegenüber seinem wegen des Widerrufs tief enttäuschten Schüler Andrea …

Mich persönlich stört die liturgisch-poetische »Sprache Kanaans« nicht, ja, mich erfreut sie, wie der Psalm 113,3: »Vom Aufgang der Sonne bis zu ihrem Niedergang sei der Name Jahwes gerühmt.« *»A solis ortu usque ad occasum laudabile nomen Domini …«* Roberto

Bellarmin war das, was man heute wohl einen Intellektuellen nennen würde. Darum war er auch nicht volkstümlich und nicht leutselig und ist infolgedessen kein »Volksheiliger« geworden wie Antonius von Padua, den sogar die abergläubischen Ungläubigen anrufen, wenn sie etwas Verlorenes suchen, oder Franz von Assisi, den sogar die Grünen auf ihre Art verehren, obwohl sonst einige aus ihren Reihen das Konkordat mit dem Heiligen Stuhl aufkündigen wollen. *Konkordat* kommt vom lateinischen *cor*, »das Herz«, und bedeutet »Einvernehmen«, »Einhelligkeit«.

Immanuel Kant, der »Weltweise«, der idealistische Meister der Philosophie, hat bekanntlich geschrieben, daß es zwei Gegenstände der Schöpfung seien, die ihm das größte Staunen bereiteten und die größte Ehrfurcht einflößten, »der gestirnte Himmel über mir« und »das moralische Gesetz in mir«. Staunen ist der Anfang und der Ursprung allen Nachdenkens. Die Griechen nannten das Staunen *taumacein*. Staunen und sich wundern angesichts des Universums, der Planeten, der Sonnen und der Milchstraßen, deren Entstehung und deren Existenz kein menschliches Gehirn fassen kann. Unfaßbar ist aber letztlich auch, daß der Mensch über sein Denken und sein Gehirn nachdenken und über seine Sinne nachsinnen kann. Und angesichts eines Totenschädels wie desjenigen Friedrich Schillers, den Johann Wolfgang von Goethe vorübergehend auf seinem Schreibtisch hatte und vor dem er und sein Gast Alexander von Humboldt ehrfürchtig und ergriffen verharrten, ist es die Scheu und Achtung vor dem, was das Gehirn dieses nun leeren Behälters an Phantastischem und Großartigem hervorgebracht hat. Im

Gedicht »Bei Betrachtung von Schillers Schädel« wird der Schädel des Genies sprechend »und von dem leeren Gefäß zum gefüllten. Religiöse Andacht darf auch dem Künstler gelten.« Es ist letztlich auch unerheblich, daß es wohl, wie neuere Forschungen wahrscheinlich gemacht haben, gar nicht Schillers Totenkopf war, den Goethe bei sich auf Samt unter einem Glassturz aufbewahrte. Religiöse Andacht und Andächtigsein ist ganz besonders »bei Betrachtung des Totenkopfes von Aloysius von Gonzaga« wohl das Angebrachte. Im Wort *Andacht* ist freilich auch das Verbum *denken* und das Präfix *an*, das eine Richtung anzeigt. Nicht zum ersten Mal zitiere ich den holländischen Theologen, den Jesuiten Piet Schoonenberg und sein Buch »Auf Gott hin denken«, das der Pastoraltheologe an der Katholischen Privatuniversität Linz und Hochschulseelsorger Prälat Wilhelm Zauner zusammen mit anderen theologischen Schriften auf Deutsch herausgegeben hat. »Der bedeutende niederländische Theologe Piet Schoonenberg hat eindringlich darauf hingewiesen, daß wir von Gott nur wissen, was er für uns ist: wir können daher nicht ›von Gott her denken‹. Wir können aber auch nicht ›Gott denken‹, denn er ist größer als unser Verstand. Schon gar nicht können wir ›über Gott denken‹, denn Gott ist kein Gegenstand oder Sachverhalt. Wir können nur demütig ›auf Gott hin denken‹ und hoffen, daß wir dabei ungefähr die Richtung treffen …« Schoonenbergs defensive, »vorsichtige« und unapodiktische und undogmatische Theologie bestimmt wohl auch ein wenig, dem Geiste nach, wenn auch nicht von ihm initiiert, den umstrittenen sogenannten »Holländischen Katechismus«, der von Jesuiten der Katholischen Universität Löwen begonnen wurde und schließlich eine Fülle von Einwänden und Gegendarstellungen und Klarstellungen, auch von »Rom« und offizieller Seite *provoziert*, das heißt »hervorgerufen« hat.

Leider nur zweimal habe ich den humorvollen Pastoraltheologen Wilhelm Zauner persönlich getroffen, einmal zufällig in der Bahn, wo er mir seine Schrift über die Beichte geschenkt hat, zu der ich später noch einmal ein Wort sagen möchte, und einmal nach einem Vortrag im Akademikerverband in Linz, bei dem auch Piet Schoonenberg persönlich anwesend war. Dort erzählte er im Anschluß – wieder beim sogenannten »gemütlichen Beisammensein« – von seinem Freund, dem verstorbenen Monsignore Karl Strobl, daß dieser so schwer gestorben sei und ihn, Zauner, bei seinem Besuch am Krankenbett gefragt habe, wie es denn »der Klostermann gemacht« hätte, der 1982, also zwei Jahre vor Strobl, gestorben war. Ferdinand Klostermann war wie Zauner Pastoraltheologe, allerdings an der Universität Wien, nachdem er vorher Generalvikar der Diözese Linz gewesen war. Ja, wohl alle Menschen, auch solche, die akademisch und theologisch über die »Ars moriendi«, die »Kunst des heilsamen Sterbens«, geforscht, gesprochen und gepredigt haben, beschleicht *schlußendlich* Ratlosigkeit und Verzagtheit. Auch der Altgermanist, der, wie ich, oft das frühmittelhochdeutsche »Von des todes gehugede«, neuhochdeutsch: »Vom Denken an den Tod«, des Heinrich von Melk übersetzt hat oder übersetzen hat lassen und abgeprüft hat, ist letztlich nicht vor Zweifeln, hoffentlich nicht Verzweiflung, gefeit. Heinrich von Melk, Mönch oder »Bruder«, hat gerade auch den Dichtern, in seiner Zeit den Lyrikern und Minnesängern, Denkwürdiges ins Stammbuch geschrieben, auch den »besungenen Frauen«, denen er drastisch und zynisch rät, sie sollten auf die Zunge des toten Sängers schauen, die so schöne Liebeslieder gesungen hat – und nun faul und faulend in der Mundhöhle liegt. Heinrich von Melk hat aber auch seine Kollegen, die Geistlichen, weniger die Mönche, vor allem die »Weltgeistlichen«, in seinem »Priesterleben« nicht geschont: Hilfesuchende klopfen an die Tür des Pfarrhofs und bitten um geistlichen Beistand, der Pfarrer öffnet ihnen aber nicht, weil er gerade mit seiner Konkubine »beschäftigt« ist. Ich habe einmal, als ich noch mit dem Auto regelmäßig von Kärnten nach Oberösterreich, in mein Ferienhaus auf dem Weinberg, fuhr, in der Gegend des Pyhrnpasses eine Autostopperin, eine ältere, gesprächige Frau mitgenommen. Sie erzählte alsbald vom Herrn Pfarrer, einem mir vom Petrinum her bekannten Mann, daß er ein leidenschaftlicher Jäger sei, aber seelsorglich etwas sorglos und nachlässig. »Ein Reh müßte man halt sein«, sagte sie, wenn man die Aufmerksamkeit von Hochwürden bekommen möchte. Sie hat aber wohl nicht bedacht, daß Jäger die Rehe und die Reviere nicht nur hegen …

Weil nun schon vom Denken, dem »Denken an den Tod«, und dem Denken überhaupt die Rede ist, hier noch eine philologische Merkwürdigkeit des Holländischen, sprachwissenschaftlich und historisch gesehen des Mittelniederfränkischen, also einer westgermanischen Sprache, in der *Andacht* (*aandacht*) »Aufmerksamkeit« und »Zuwendung« bedeutet. In einer Predigt erzählte Pater Joop Roeland, der aus dem holländischen Haarlem stammende Studentenseelsorger und Schriftsteller in Wien, das Folgende: Der Flugkapitän der KLM bittet die Passagiere vor dem Abflug um »Andacht« für einige organisatorische Durchsagen. Er bittet allerdings nicht um ein (Stoß-)Gebet … Das deutsche *Andenken* ist auch ein mehrdeutiges Wort. Es kann im Sinne von »Erinnerung« verwendet werden, in einem akademischen Sprachgebrauch wird es heute auch oft für den kognitiven Anfang des Nachdenkens verwendet, im Sinne auch von »erproben, prüfen«. Ironisch sagt man es wohl auch gern, im ursprünglichen memorialen Sinn, nach einem Verlust: Jemand hat bei einem Unfall eine Schnittwunde abbekommen, dann ist die Narbe ein »Andenken« an den Unfall. Andenken, nachdenken, vordenken, verdenken und ausdenken …

Nicht *ausdenken* und *zu Ende denken* kann man die wahrlich ungeheure, unerschöpfliche Funktion und Denkleistung des menschlichen Gehirns. Ein Grazer Autor hat auch ein Buch über dieses schwierige Thema vorgelegt: Günter Eichbergers »Hirn ohne Grenzen«, wobei Eichberger als Motto markante Sätze des Neurobiologen Gerhard Roth (nicht zu verwechseln mit dem Schriftsteller) zitiert. Ein wirklicher *poeta doctus* … In mein Exemplar hat mir Günter die folgende Widmung notiert: »Für Alois. Ich hätte gerne ein wenig Freizeit, die ich ohne die Aufsicht meines Hirns verbringen könnte.« Ein »frommer« Wunsch? Ich referiere den Inhalt seines Buches, den Klappentext zitierend, der sicher von Eichberger selbst und nicht vom kleinen und ohne großes Lektorat, ja ohne eigentlichen Lektor operierenden Verlag stammt: »In ausschweifenden Phantasien ruft der Autor erkenntnistheoretische Modelle und solche aus der Gehirnforschung auf, die er im Wörtlichnehmen ihrer Sprachbilder zerstieben läßt. In einem Furioso an paradoxen Aphorismen, vorgeblichen Kindereien und echten Geistesblitzen findet ein ungezügeltes dichterisches Denken seinen unverwechselbaren Ausdruck. Selten wird die Unzulänglichkeit sprachlicher Weltaneignung derart pointiert zur Sprache gebracht.« An meinem weiter oben schon zum Ausdruck gebrachten Respekt vor seiner Literatur ändert es nichts, daß ich mit seinem raffinierten Pessimismus weltanschaulich nicht immer harmoniere und mitkann. Kann aber auch sein, daß es mir an »Hirnschmalz« fehlt … Besonders deutlich wurde mir dies im Kapitel »Rom eine Westentasche«. Dabei sind es gar nicht das katholische Rom oder der Vatikan, die in seine Ungnade fallen, sondern die Antike oder der Antikenkult. »Alles lebt hier vom Anblick der Steine. Ganz kalt macht das. Unverständlich die rasende Begeisterung der Reiseführerschwärmer. Sie müssen etwas anderes sehen, sie denken diese ganze blutige Geschichte mit hinein, und das macht sie auf ihre kultivierte Art ganz wild …« Vielleicht bin ich einer der »Wilden« …

Ich habe beim bereits erwähnten Professor Friedrich Kainz, der wohl weniger als Philosoph denn als Sprachpsychologe mit einer umfassenden fünfbändigen »Psychologie der Sprache« wissenschaftliche Berühmtheit erlangte, eine Prüfung abgelegt und Fragen über die Gehirnkarte, über Groß- und Kleinhirn, das Sprachzentrum und den Sitz der einzelnen Sinne beantwortet und mich wohl als gelehriger Schüler erwiesen. Ich schätzte die übersichtliche Klarheit der Einteilungen des Friedrich Kainz. Obwohl ich natürlich vieles vergessen habe, erinnere ich mich immer noch an das erkenntnistheoretische System, daß es im Hinblick auf den Gegenstand der Erkenntnis die Positionen Idealismus, Nominalismus, Phänomenalismus, im Hinblick auf die Tragweite der Erkenntnis des Seienden den optimistischen Realismus, den Skeptizismus und den pessimistischen Solipsismus gibt, und da Kainz im philosophischen Bereich vor allem Fachmann für die Ästhetik, die Lehre vom Schönen in Natur und Kunst, war, weiß ich noch, daß sich der klassischen Wertetrias »wahr, gut und schön« die Disziplinen Alethik, Ethik (Moral) und Ästhetik annehmen. Mit dem »summum bonum«, also dem Göttlichen, befaßt sich die Theologie. Auch die sogenannte Seinspyramide oder »Schichtenmetaphysik« des Philosophen Nicolai Hartmann wurde mir von Kainz, dem Bewunderer Hartmanns, nahe- und beigebracht, daß sich das Seiende seiner Natur nach in *anorganisch*, *organisch*, *beseelt* und *geistig* gliedert, wobei Kainz, auch ein Fachmann für »Tiersprachen«, Aufschlußreiches über die sogenannte Tierseele wußte. Kainz, im Ersten Weltkrieg zweimal verwundet, kam über die Beschäftigung und Pflege von lieblos »Kopfschüssler« genannten Verwundeten zur Logopädie und Sprachpsychologie. Seine Überzeugung belegte er gern mit dem lateinischen Satz: »*Pathologia illustrat physiologiam*«, in das Normale und Gesunde bekommt man Einblick durch Betrachtung des Kranken. Die Verstrikkung Friedrich Kainz' in den Nationalsozialismus ist zwiespältig. Zwar ist davon die Rede, daß er wiederholt einen Antrag auf Mitgliedschaft in der NSDAP gestellt hat, aber nicht aufgenommen wurde. Vor einem Berufsverbot nach 1945 mag ihn gerettet haben, daß er als Gelehrter Kontakt mit jüdischen Kollegen hatte, deren

Leistungen gerade auf dem Gebiet der Psychologie und Psychiatrie er schätzte und anerkannte. Auch seine Beziehung zu Charlotte Bühler, der Gattin des 1938 ins amerikanische Exil gegangenen Karl Bühler, des Pioniers und Doyens der Sprachtheorie, mag ihm geholfen haben. Sie hat ihn immerhin insofern gewürdigt, als sie ihn 1965 um ein Geleitwort zur zweiten unveränderten Auflage des grundlegenden Werkes »Sprachtheorie. Die Darstellungsfunktion der Sprache« (1934) bat, was eine große Auszeichnung darstellte. In den Vorlesungen von Professor Kainz war im Sinne der Sprachtheorie Bühlers von den drei Sprachfunktionen des sogenannten »Organonmodells« *Ausdruck, Appell* und *Darstellung* die Rede, davon also, daß nach dem kindlichen, elementaren, unartikulierten Schrei und Hilferuf sowie der artikulierten Darstellung und »Erzählung« das Fragen die höchste psychische Leistung des sprechenden Individuums sei und daß der altersbedingte schleichende Sprachverlust in umgekehrter Reihenfolge vor sich geht, das Anspruchsvollste und Komplizierteste verschwindet zuerst, übrig bleibt das elementar Vitale, bis alles in Sprachlosigkeit endet … Auf mein Metier, die Schriftstellerei hin gesehen, könnte man mit ein wenig Bosheit sagen, die alten Herrschaften verfassen keine Bücher mehr, sondern allenfalls sogar gut formulierte Eingaben und Ansuchen an den Sozialfonds des Bildungsministeriums oder die »Literarmechana« um Zuschüsse zu nicht mehr ausgeführten Projekten …

Sender, *Empfänger* und *Botschaft*, diese Elementarpositionen des Bühlerschen Modells kommen, variiert und abgewandelt, in allen Sprachfunktionsanalysen, auch bereits ähnlich im Strukturalismus und bei seinem Begründer, dem Pionier der modernen Sprachwissenschaft und Semiotik, dem Schweizer Sprachwissenschaftler Ferdinand de Saussure und seiner Analyse des amorphen deutschen Begriffs *Sprache* als *langage* (Sprachvermögen), *langue* (Sprache, Englisch, Deutsch etc.) *und parole* (»Verlautbarung«, Performanz) zu Geltung und Anwendung. Neben Saussures »Cours de linguistique génerale« (»Grundfragen der allgemeinen Sprachwissenschaft«) ist es auf dem Gebiet der Phonologie das Werk des russischen Linguisten Nikolai Sergejewitsch Trubetzkoy »Grundzüge der Phonologie«, das 1939 postum erschienen ist, das die Sprachwissenschaft revolutionierte. An der Klagenfurter Universität, gegründet als Hochschule für Bildungswissenschaften, die gerade ihr 50jähriges Bestandsjubiläum feiert, waren es vor allem Alexander Issatschenko (der in St. Petersburg geborene Sohn eines nach der Oktoberrevolution nach Wien geflohenen Rechtsanwalts), der in Wien bei Trubetzkoy Linguistik studierte (und eine Tochter des Professors ehelichte ...), und William Nemser, die die moderne Linguistik begründeten und vertraten.

Im Studentenheim in der Ebendorferstraße in Wien wohnte auf unserem – dem zweiten – Stock der Psychologiestudent Helmuth-Paul Huber, der bei Professor Hubert Rohracher, einem Cousin des Salzburger Erzbischofs Andreas Rohracher, eine Dissertation aus dessen naturwissenschaftlich-medizinischem Spezialgebiet schrieb – dem Versuch, elektrochemische Prozesse im Gehirn mit psychischen Zuständen und Befindlichkeiten in Zusammenhang zu bringen, mit

Krankheiten, Neurosen und Psychosen zum Beispiel, aber auch mit Freude oder Trauer, Stimmungen und Emotionen. Da Hubert Rohracher, der eine massenhaft besuchte, weil im Studienplan verpflichtend vorgeschriebene Einführung in die Psychologie im Auditorium maximum für alle Studierenden geisteswissenschaftlicher Fächer hielt, ganz anders als sein Cousin, der Erzbischof, nicht religiös, sondern Atheist war, sagte Helmuth einmal, nicht unironisch, in der Gemeinschaftsküche, wo wir nicht nur essend, sondern auch kartenspielend und uns unterhaltend oft zusammensaßen, sein Doktorvater suche im Gehirn jene Stelle, die für Religiosität verantwortlich und zuständig sei und durch deren Reizung, Berührung oder Behandlung mit Elektrizität man einen Menschen fromm machen und zum Beten bringen könne, ihn »animieren« oder ihm auch im Gegenteil Religiosität »austreiben« und ihn zum Fluchen reizen könne. Es sei alles nur eine Frage der Chemie und der Gehirnströme… Auf der Suche nach Versuchspersonen für einschlägige Experimente fragte Helmuth auch mich, ob ich mich im Institut auf die Couch legen und am Kopf verkabeln lassen wolle. Da mir aber nicht klar war, ob es sich dabei nicht doch um Elektroschocks handeln könnte, was Helmuth entschieden verneinte, lehnte ich ab. Ich wollte mich nicht in Gefahr bringen und womöglich meinen Glauben, meinen Kinderglauben (?), verlieren oder bei diesen Experimenten meinen Verstand einbüßen, sofern einer feststellbar gewesen wäre… Mir war die Psychiatrie mit den von Wagner-Jauregg praktizierten Elektroschocks immer unheimlich. Darum habe ich auch nie aus Neugier wie einige, ebenfalls nicht Medizin studierende Kollegen, Vorlesungen des berühmten Neurologen und Psychiaters Hans Hoff besucht, der oft von Wärtern begleitete »interessante« Patienten in seinen Veranstaltungen »vorführte«. Auch habe ich keine Vorlesungen des Juristen und Kriminologen Roland Graßberger besucht, der drastische, auch aktuelle Kriminalfälle behandelte und oft ein »Corpus Delicti« wie zum Beispiel ein Mordwerkzeug in die Vorlesung mitbrachte. So soll er einmal sogar jenen Hammer, das »Fäustel«, mit dem ein kleinwüchsiger Maurer oder Hilfsarbeiter am Bau in Oberösterreich mehrere Frauen erschlagen hat, aus seiner Aktentasche gekramt und vorgezeigt haben. Die erste der Untaten des kleinen Lustmörders an einer Krankenschwester führte zu einem der spektakulärsten Justizirrtümer, der Verhaftung eines unschuldigen Arztes, von dem die ermordete Krankenschwester ein Kind erwartete. Nach abgebüßter mehrjähriger Haftstrafe lebte und wohnte der vom Bundespräsidenten bei einer Weihnachtsamnestie begnadigte und aus der Haft entlassene Mann noch einige Jahre im Schottenstift (»aus Barmherzigkeit aufgenommen«, steht in seiner »Bio« im Internet), bis er selbst an den Folgen eines Messerattentats durch seine Lebensgefährtin, eine Prostituierte, zu Tode kam. Graßberger war schon damals wegen seiner Ansichten über Homosexualität als Krankheit und Auslöser von pädophilen und anderen Untaten, und weiteren, den heutigen widersprechenden, Meinungen umstritten. Einige von seinen legitimistischen Äußerungen über »law and order« hat er wohl später im heftigen Gegenwind abgeschwächt oder zurückgenommen …

Gerade hat man im deutschen Parlament festgestellt, daß es sich bei Homosexualität nicht um eine Krankheit handelt und es deshalb verboten sei, »Heilung« anzubieten und zu versprechen. Der Kirche aber konnte der Staat nicht verbieten, dich, heiliger Aloysius von Gonzaga, zum Schutzpatron der Schwulen und Lesben zu erklären. Meine Wissenschaftsgläubigkeit war, vor allem, was die Medizin betrifft, nie sehr ausgeprägt. Sie hat auch dadurch gelitten, daß mir gegen den Tinnitus, zu deutsch: Ohrensausen, in den letzten drei Jahrzehnten keiner von den vier HNO-Ärzten, deren Ordinationen ich aufgesucht habe, helfen konnte. Ich dachte anfangs, als ich als ungefähr Fünfunddreißigjähriger auf dieses lästige Pfeifen und Zischen aufmerksam wurde, das wäre ein Übel, dem die Medizin prompt abhelfen würde, durch Abstellen oder Ausschalten wie durch Umlegen eines Schalters, mit einer Tablette oder wie immer. Weit gefehlt. Der letzte der vier Äskulap-Jünger sagte mir, sozusagen mit den Worten der Ingeborg Bachmann, die Wahrheit sei dem Menschen zumutbar. Die Wahrheit aber ist, daß der Tinnitus chronisch, also unheilbar geworden ist. So werde ich ihn mir noch eine gewisse Zeit anhören müssen … Ich habe mir nur insofern »geholfen«, als ich eine »poetische Akustik« geschrieben und mein Leiden auf diese Art literarisch versilbert habe: »Vom Hörensagen«. Als mir aber nun ein Hörgerät empfohlen und verschrieben wurde, dachte ich, daß sich damit vielleicht auch das Ohrensausen geben würde. Der Fachmann, der mir die 5000 Euro teuren Außenohr-Hörgeräte anmaß und verkaufte, antwortete auf meine diesbezügliche Frage, es gäbe drei Möglichkeiten: Die Situation im Hinblick auf den Tinnitus könne sich durch das Hörgerät a) verbessern, b) gleichbleiben oder c) auch verschlechtern. Da hätte ich natürlich auch die Pythia im Orakel von Delphi fragen können…

Man sagt von Mitmenschen, die man durchschaut zu haben glaubt, man wisse nun, wie er oder sie, oder sein oder ihr Hirn, tickt. Damit vergleicht man also das Cerebrum mit einem Uhrwerk, das man etwa auch durch Senken oder Anheben und Hochschrauben des Perpendikels beschleunigen oder verzögern könnte. Und man kann die Uhr noch so gut warten und pflegen und aufziehen, sie bleibt irgendwann unweigerlich stehen. Nichts Irdisches ist ewig… Der Ästhetiker und Kulturvermittler Bazon Brock hat geschrieben, der Tod sei eine »Schweinerei«, er müsse unbedingt abgeschafft werden. Wie *ticken* eine technoide Metapher für Mentales ist, kommt auch das Wort überschnappen (übergeschnappt) aus dem technischen Wortfeld. Schließlich ist auch *spinnen* ein ursprünglich handwerkliches Wort. Und *einen Vogel haben* läßt den Schädel wie eine Voliere und einen Käfig aussehen… Auch die Ausdrücke *Hirnkastl* oder *Hirnschmalz* kommen aus derselben onomasiologischen Richtung. Hilflose sprachliche Versuche, das Unbegreifliche und Geheimnisvolle des Gehirns und seiner Krankheiten mit Humor zu benennen und zu entschärfen!

Im erwähnten Schottenstift hatte durch ein Entgegenkommen des kunstsinnigen Abtes Heinrich Ferenczy die Schriftstellerin Ilse Aichinger, die Verfasserin des Romans »Die größere Hoffnung«, ihren Alterssitz gefunden. Ich habe mich zu Ilse Aichinger nach einer ersten Begegnung bei den Rauriser Literaturtagen, von der es das Photo einer stürmischen Begrüßung gibt, immer besonders hingezogen und von ihren Gedichten angesprochen gefühlt. Eine große Ehre war es für mich, daß sie mir für die Anthologie »Österreichische Erzählungen des 20. Jahrhunderts« ihre grandiose »Spiegelgeschichte« zur Veröffentlichung überlassen hat. In den Gedichtband »Verschenkter Rat« hat sie mir als Widmung in Anspielung auf meinen Roman »Die Abtei« geschrieben: »Für A. B. aus der Großgmainer Abtei in der Hoffnung auf ein Wiedersehen von Ilse Aichinger, 4. Jänner 1979«.

In Rauris, bei jenen Literaturtagen im Jahr 1973, lernte ich auch Ilse Aichingers Gatten Günter Eich kennen, dessen Hörspiele mir Anfang der 50er Jahre aus dem kleinen Radio mit dem magischen grünen Auge in unserer, auch als Verkaufsraum für Brot dienenden Stube abends besonders nahegingen. Als ich bei unserer Begegnung meine Bewunderung ausdrückte, lobte ich besonders sein Hörspiel »Die Brandung von Sendomir«, was Eich aber stutzig und ratlos machte, weil er kein Hörspiel mit diesem Titel geschrieben hatte. Mir war irrtümlich statt Setúbal Sendomir eingefallen, wie in der Novelle von Franz Grillparzer (»Das Kloster bei Sendomir«). Vergnügen und Lektürelust haben mir später vor allem auch Eichs »Maulwürfe« und »Ein Tibeter in meinem Büro« bereitet, so daß ich jenem Kritiker, der seine Rezension mit »Kein Denkmal für Günter Eich« überschrieben hat, heftig widersprechen wollte. In Frankfurt am Main war ich auf Einladung von Ilse Aichinger auch bei jener Gedenkveranstaltung des Suhrkamp Verlags am 5. Februar 1973 nach Eichs Tod,

»Günter Eich zu ehren«, anwesend, als auf der Bühne im Saal des Hessischen Rundfunks eine wahrlich illustre Runde von deutschen, Schweizer und österreichischen Autoren Texte und Gedichte des Verstorbenen vortrug: Clemens Eich, der Sohn Eichs und Aichingers, Peter Bichsel, Heinrich Böll, Max Frisch, Peter Handke, Wolfgang Hildesheimer, Walter Höllerer, Peter Huchel, Uwe Johnson, Marie Luise Kaschnitz, Karl Krolow und Günter Grass. Clemens Eich selbst kam 43jährig in Wien nach einem Treppensturz ums Leben – eine der vielen Heimsuchungen und Tragödien der leidgeprüften Mutter. Von denen, die damals auf der Bühne saßen, leben nur noch zwei: Bichsel und Handke. Auf der Einladung zu jener Veranstaltung stand als Motto ein Satz aus einem Gedicht Eichs: »Den letzten Schlag / gab ich euch allen. / Mich triffst du nicht mehr, / Solang ich auch rufe.« Dies ist ein poetisches Vermächtnis in einer rätselhaften, geheimnisvollen Formulierung, vergleichbar dem oft interpretierten Grabspruch Rainer Maria Rilkes in Raron: »Rose, oh reiner Widerspruch. Lust. Niemandes Schlaf zu sein unter soviel Lidern.« Eichs »letzter Schlag« – eine Züchtigung oder ein freundschaftlicher »Schlag«, ein Klaps auf die Schulter? »Mich triffst du nicht mehr« – bedeutet *triffst* hier im »sensus directus«, im direkten Sinn, »schlagen, zurückschlagen« als Antwort auf das physische Schlagen im ersten Vers, oder im übertragenen Sinn »zusammentreffen«? »Solang ich auch rufe«: Ist das der Ruf vom anderen Ufer, vom Jenseits ins Diesseits herüber? Und warum ruft der Verstorbene? Ist es ein Hilferuf, eine Bitte um Gedenken (im Gebet?)? Oder ist dies das pessimistische, ja nihilistische Eingeständnis der definitiven »Auslöschung«?

Ich besuchte die Eich-Gedenkveranstaltung damals von Saarbrücken her, gemeinsam mit der Verfasserin des erwähnten »Großen Brandy-Buchs« Ulrike Gräff, und ich erinnere mich an unsere Interpretationsversuche dieser kryptischen Verse. Wenn man jung ist, hat man natürlich leicht reden über den Tod. Thomas Bernhard: »Die Jugend glaubt nicht an die Unsterblichkeit. Die Jugend IST unsterblich.« Und wie steht es mit dem oft beschworenen Wiedersehen im Jenseits? Ernst Jandl, Sohn einer frommen Mutter, die religiöse Gedichte geschrieben hat, hat in einem Interview gesagt, er habe Verwandte und Freunde aufrichtig geliebt, er möchte aber, ehrlich gestanden, »drüben« niemanden von ihnen wiedersehen. Über dem Südportal, dem Eingang zum Friedhof in Pichl bei Wels, wo ich wohl in naher oder näherer Zukunft einmal »landen« und »ruhen« werde, steht: Der Tod ist das Tor zum Leben. In diesem Sinne hat mein Freund Günter Eichberger auf die Parte für seine verstorbene Mutter, frei nach Percy Shelley, dem englischen Romantiker, geschrieben: »Sie ist nicht tot. Sie ist erwacht aus dem Traum des Lebens«, was immer sich Shelley, der Dichter des Atheismus, dabei gedacht haben mag …

Jahre nach der Günter-Eich-Gedenkveranstaltung war ich noch einmal in Frankfurt, als ich im Literaturhaus bei der Verabschiedung Professor Hubert Ivos in den »verdienten Ruhestand« die Festrede hielt. Hubert Ivo war, so merkwürdig es klingt, mein erster Dissertant an der Klagenfurter Universität gewesen. Er war, als er seine Dissertation an der Hochschule für Bildungswissenschaften einreichte, ja bereits ein durch viele Publikationen aus dem Bereich der Fachdidaktik und des

Deutschunterrichts ausgewiesener, durch seine Mitwirkung an den sogenannten »Hessischen Rahmenrichtlinien für den Deutschunterricht«, die er zusammen mit dem hessischen Kultusminister Ludwig von Friedeburg verfaßt hatte, eine über das Fach hinaus bekannte, geachtete und auch umstrittene Persönlichkeit des Schulwesens. Begonnen hat er als Deutschlehrer, Studienrat am Ricarda-Huch-Gymnasium in Krefeld, und war bereits Ordinarius für Sprachdidaktik an der Johann Wolfgang von Goethe-Universität Frankfurt, als er diesen kleinen akademischen Schönheitsfehler seiner Karriere mit der Promotion sozusagen nachträglich beseitigte... Es war mir, dem Jüngeren, eine besondere Ehre, für ihn den »Doktorvater« zu »spielen«. Und im Bewußtsein dessen wählte ich als Titel für meinen Festvortrag einen Vers aus einem Goethe-Gedicht: »Trüge gern noch länger des Lehrers Bürden / Wenn Schüler nicht gleich Lehrer würden.« Hubert Ivo hat mir später Sonderdrucke von Aufsätzen über Theologisches und Kirchliches geschickt, die eine Hinwendung oder Rückbesinnung auf das Christentum anzeigen. Seine Bibelkenntnis und intime Vertrautheit mit der abendländischen Geistesgeschichte sind beeindruckend groß.

Ja, wie soll, wie muß oder wie darf man leben, das ist die alles entscheidende Frage, die du, heiliger Aloysius, auf deine Art beantwortet hast. Du warst ein Adelssproß im 16. Jahrhundert und hast dich dem Zeitgeist der Renaissance widersetzt. Das war vorbildlich, Patron der studierenden Jugend! Aber wie weit, sozusagen Lichtjahre, sind Jugendliche mit ihrer Lebenswelt heute von dir entfernt. Wohl ist »die heutige Jugend« ähnlich wie du mit der Welt der Erwachsenen unzufrieden und rebellisch. Aber sie zieht daraus ganz andere Schlüsse, als du sie wohl ziehen würdest … Gilt nicht auch und hier ganz besonders: Die Geschichte lehrt, aber sie findet keine Schüler. Müßten nicht auch die Kirchen aus der Kirchengeschichte entsprechende Schlüsse ziehen? Und wenn ja, welche? Ich möchte, das Finale meiner Erinnerungen einläutend, mit Gedanken über die biblische Geschichte vom reichen Jüngling beginnen, dann auf Walther von der Vogelweides »Reichston« und das »Palästinalied« zu sprechen kommen und schließlich mit dem für mich überzeugendsten Beispiel eines christlichen Künstlers, nämlich Anton Bruckner, als »Coda« abschließen. Den »Ordo naturalis«, die einfache Reihenfolge, verlassend und dem »Ordo artificialis« der rhetorischen Poetik folgend, also, salopp ausgedrückt »das Pferd von hinten aufzäumend«, dies vorweg: Als Bruckner einmal gefragt wurde, ob er wirklich so fromm sei, wie man es ihm nachsage, antwortete er: »Wie hätt ich denn sonst das Credo meiner f-Moll-Messe komponieren können?« Hans Conrad Fischer nennt die d-Moll-Messe »ein Werk, in dem sich absolute Religiosität und absolute Musik glückhaft vereinen«.

Aloysius, deine Lebensgeschichte ist wie eine Kontrafaktur zur biblischen Geschichte vom reichen Jüngling, wie sie in der Bibel beim Evangelisten Markus, Kapitel 10, berichtet wird. Ein junger Mann läuft Jesus entgegen, wirft sich auf die Knie und fragt: »Guter Meister, was muß ich tun, um das ewige Leben zu erlangen?« In der lateinischen Vulgata heißt es: »*Magister bone, quid faciam ut vitam aeternam percipiam*?« Jesus verwahrt sich gegen das »Guter Meister«, gut sei Gott allein. In der griechischen Bibel lautet die Anrede, gegen die sich Christus verwahrt: *didaskale agathe*. Auch wenn man kein humanistisches Gymnasium besucht hat und gerade noch das griechische Alphabet lesen kann, erkennt man den Sinn jedes zweiten Wortes, auch von aus dem Griechischen kommenden Fremdwörtern, als der Herr zur Antwort vier von den zehn Geboten aufzählt: *me foneuses* (*foneuein* heißt »umbringen, töten«), *me moicheuses* (*moicheuein* heißt »ehebrechen«), *me klepses* (*klepsein* heißt »stehlen«) *tima ton patera sou kai ten matera* (»Ehre deinen Vater und deine Mutter«) … Das alles habe er von Kindheit an befolgt, sagt der Jüngling. Darauf sagt Christus, wenn er vollkommen sein will, möge er hingehen und alles verkaufen und den Erlös den Armen geben, sein ganzes Hab und Gut also verschenken. Dann erbe er *thesauron en ourano*, »einen Schatz im Himmel«. Und wenn er dies alles befolgt habe, komme er zurück, um ihm nachzufolgen, griechisch *akoloutein*. Da geht der Jüngling traurig weg. »Denn er war sehr reich!« »*Facilius est camelum per foramen arcus transire quam divite intrare in regnum caelorum.*« Aus dem *foramen arcus,* durch das ein Kamel leichter und eher geht als ein Reicher ins Himmelreich, wird bei Martin Luther *Naddelöhre* und auch in der sogenannten Einheitsübersetzung *Nadelöhr*. Diese Aussage sei ein »Adynaton«, der rhetorische griechische Ausdruck für etwas Unmögliches, Unausdenkbares, für eine »Aporie«, eine Ausweglosigkeit (*adynatos* heißt »unmöglich«). Kein Wunder, daß die Jünger über Jesu »Fundamentalismus« tief erschrokken sind. Ich habe mich als Kind nicht nur über die Härte dieser »ipsissima verba «, Worte des Gottessohnes, gewundert, sondern auch über die ganze Situation. Wenn man sich Jesus als ungefähr 30jährigen, also relativ jungen Mann vorstellt, dann ist es vielleicht verständlich, daß er nicht als *»magister bonus«* angesprochen werden will. Er ist noch ein junger Rabbi, vielleicht zehn Jahre älter als der fragende Jüngling. Und warum, dachte ich als Kind und Jüngling, nennt man die Apostel *Jünger*, wenn sie doch wie auf vielen Bildern, die sich mir eingeprägt haben, etwa wie sie durch ein Getreidefeld gehen, alte, bärtige Männer sind? Ich wurde gewissermaßen durch Albrecht Dürer irregeführt… Und das *Adynaton* wurde von Exegeten insofern entschärft, als man erklärte, es handle sich beim *Nadelöhr* nicht um das, was man im allgemeinen Sprachgebrauch darunter verstehe, die kleine Öffnung im Kopf der Nadel, durch die den Zwirnsfaden zu ziehen ich meiner Mutter oft behilflich war, sondern um ein niedriges Stadttor in einer kleinen Gasse in der Altstadt Jerusalems, das Kamele nur passieren könnten, wenn sie in die Knie gingen und sich so durchzwängten. Leider aber stimmt das nicht. Auf diese elegante Art können es sich die Reichen also nicht richten! Wie der Jüngling zu seinem Reichtum gekommen ist, wird nicht gesagt, aber vermutlich hat er geerbt und keine Erbschaftssteuer gezahlt? Pierre-Joseph Proudhon wird einmal sagen und den Plutokraten ins Stammbuch schreiben: Eigentum ist Diebstahl. Unrecht Gut gedeiht nicht? Dein Leben, Aloysius, habe ich geschrieben, sei wie eine »Kontrafaktur«, also ein Gegenentwurf zur Erzählung vom reichen Jüngling. So schreibt Moritz Meschler in deiner Biographie, daß sich die Leute, die dich auf dem Weg von Loreto nach Rom gesehen haben, gefreut hätten, daß ein so erlauchter junger Herr ebensosehr nach Armut strebe wie andere nach Reichtum.

Mehr als tausend Jahre später stellt sich die Frage wieder – oder noch immer, das heißt, Walther von der Vogelweide stellt sie oder stellt sie sich in seinem wohl berühmtesten Gedicht, dem sogenannten »Reichston«: Er sitzt also auf einem Stein, einem »Findling«, schlägt ein Bein über das andere, setzt darauf den Ellbogen und »schmiegt« seinen Kopf in den Teller seiner rechten Hand und denkt angestrengt, mittelhochdeutsch *ange*, nach, wie man auf der Welt leben soll und wie man diese drei Dinge, »varnde guot« und »êre« und »gotes hulde« zusammen und gleichzeitig »in ein herze« bringen, also »beherzigen« könne. Ja leider, das geht nicht (*ja leider desn mac niht gesin*)! Ein Adynaton, wie es die Griechen nennen, ein *Impossibile* die Römer, wie es im Buche steht! Peter Wapnewski schreibt in den Anmerkungen zu diesem Spruch: »Der Dichter stellt sich dar in der seit der Antike bis zur Neuzeit gültigen Pose des Nachdenkenden und Trauernden; eine typische Ausdrucksgebärde, die indes in diesem Falle das Individuum Walther charakterisiert, in seiner denkenden, mahnenden, richtenden Funktion.« Der Bildhauer Auguste Rodin hat seinem »Denker« (frz. »*Le Penseur*«) genau dieselbe oder eine ähnliche Haltung gegeben. Nur daß sein Denker nackt ist, während »die berühmte und bis zum Überdruß reproduzierte Miniatur Walthers in der Manesseschen Liederhandschrift« (Wapnewski) einen in ein tiefblaues Obergewand mit stellenweise herausleuchtendem roten Unterfutter gekleideten höfischen, gekrönten Dichter und Ritter, mit einem an den Stein gelehnten Schwert, einem »Bihänder«, zeigt. Ein merkwürdigerweise leeres Spruchband soll, wie die Germanistik vermutet, auf die Fragenot des Dichters hinweisen. In den oberen Ecken rechts ein kleiner Vogelbauer mit Vogel über einem Helm und links ein, ebenfalls mit einem Vogel besetzter, größerer Käfig auf einem tiefroten Schild. Sind es Eulen, Weisheitsvögel, oder Papageien, die nur nachplappern? Besitz, Ruhm und Gottes Gnade gehen also nicht zusammen, lassen sich nicht vereinbaren und zusammen in einem *schrin* (Schrein) unterbringen. Der Besitz ist mit *varnde guot* beschrieben, was genau dem aus dem Lateinischen kommenden Fremdwort *Mobilien* im Gegensatz zu *Immobilien* entspricht, also »bewegliche« und »unbewegliche« Güter …

In Bozen in Südtirol, wo ich in der Burg Maretsch einmal auf Einladung des Direktors der RAI eine Lesung hatte, besuchte und besichtigte ich auch auf dem Walther-Platz das eben wieder dort aufgestellte Denkmal des Dichters, das von jenem Platz, nachdem dieser von Walther- auf Vittorio-Emanuele-Platz umbenannt worden war, durch die Faschisten an den Stadtrand »verbannt« worden war. Dir, Aloysius, als italienischem Marienverehrer, dem »Pagen der Muttergottes«, wie auch mir, war nach Piazza Vittorio Emanuele der Name »Marienplatz« wegen der benachbarten Maria-Himmelfahrtskirche sicher auch sehr recht gewesen. Ein Christ kann ja kein Nationalist und absolut kein Faschist sein, und ein Katholik schon überhaupt nicht, wenn man die Herkunft des Wortes aus dem Griechischen (*kat holon*) bedenkt! Der römische Christkatholische ist sozusagen ein »Internationalist« …

An dieser Stelle muß ich etwas einbekennen, daß ich nämlich in einer Diskussion nach einer anderen Lesung in Südtirol, und zwar auf der Brunnenburg über Meran in Dorf Tirol, über dem Köstengraben, der Burg des Landeskonservators Siegfried de Rachewiltz, des Enkels von Ezra Pound, einen Fauxpas begangen habe, als ich das Siegerdenkmal in Bozen am Talfer, nahe der Burg Maretsch, als Philologe wegen des klassischen Lateins der Inschrift gelobt habe, was die Südtiroler verständlicherweise nicht gefreut hat. Ich wußte nicht, was es mit diesem Denkmal politisch auf sich hatte … Ich hätte mich darüber schon im Studentenheim in der Wiener Ebendorferstraße mit meinem Zimmernachbarn Raimund Senoner aus St. Ulrich im Grödnertal, der über den »Redeagon bei Euripides« eine Dissertation schrieb, unterhalten sollen! Er hätte als Ladiner, von seiner Muttersprache her mit dem verwandten romanischen Italienisch wie mit dem Deutschen und als klassischer Philologe dem Lateinischen intimst vertraut, mir sagen und übersetzen können, was auf dem Denkmal wirklich steht: *»Hic patriae fines siste signa. Hinc ceteros excoluimus lingua legibus artibus«* (»Hier an den Grenzen des Vaterlandes setze die Feldzeichen. Von hier aus bildeten wir die Übrigen durch Sprache Gesetze und Künste.«) Raimund Senoner hätte wohl auch gewußt, daß statt CETEROS ursprünglich BARBAROS, also »Barbaren« vorgesehen gewesen war. Kein Wunder, daß es bei so viel nationalistischer und sprachpolitischer Hybris zu dem kam, was die Griechen *Agon* nannten, zu Redeschlachten und Kulturkämpfen, Aufmärschen und Demonstrationen. Noch heute trauert man, oder trauern doch ältere Menschen in Nord- und Osttirol und in Österreich, über den »Verlust« Südtirols. Mein Vater, 1896 geboren und im Ersten Weltkrieg in den Dolomiten verwundet, und auch im elenden Zweiten Weltkrieg im Volkssturm unfreiwillig militärisch »tätig«, war ein schwer arbeitender, bienenfleißiger Gewerbetreibender, Müller, Bauer, Bäcker und Sägewerker, las keine Bücher, besuchte keine Theater und keine Kinos, ging nicht ins Wirtshaus, besuchte keinen Ball, tanzte keinen Schritt, rauchte nicht, versagte sich schließlich sogar den Schnupftabak, den ich ihm aus Bayern mitbrachte, trank nur regelmäßig zu Mittag einen Schluck von dem von ihm selbst hergestellten Most aus dem irdenen Gmundner Gemeinschaftskrug, betrieb auch keinen Sport, ging selbstverständlich jeden Sonntag in die Kirche, zu Ostern natürlich zur Beichte, verschenkte an der Mühlentür an Bettler Mehl oder Brot, ging lustlos zu Begräbnissen seiner evangelischen Kundschaften nach Wallern, doch er hörte am Samstagnachmittag nahezu regelmäßig im Radio die Sendung »Heimat an Etsch und Eisack« … Die Bezeichnung *Alto Adige* hörte er ungern, der Name Welschtirol war ihm geläufig. Er ehrte die Heiligen, was sich an den sieben Taufnamen seiner Kinder, und dem Namen Alois für mich, seinen letzten Sohn, ablesen läßt. Was Südtirol betrifft, so hatte er zu dieser Region eben durch seinen einzigen »Auslandsaufenthalt« – seine »Mitwirkung« am Krieg – ein emotionales, sentimentales Verhältnis, und auch zu dessen Schicksal, wie es anschaulich in der bei festlichen Umzügen im »heiligen Land Tirol« mitgeführten riesigen Dornenkrone symbolisch dargestellt wurde und wird. Tirol, ein Herz-Jesu-Land, das seine Freiheit in den Napoleonischen

Kriegen dem in der Bozener Stadtpfarrkirche abgelegten Herz-Jesu-Gelübde zuschrieb und mit der Hymne besingt: »Auf zum Schwure Volk und Land / heb zum Himmel Herz und Hand / Was dem Heiland du gelobt / Sei in ewger Treu erprobt / Ja, wir schwören heut aufs neue / Jesu Herz dir ewge Treue.« Die letzte, vierte Strophe rekurriert und respondiert bereits auf die Reaktion der bösen Welt auf die Frömmigkeit: »Lästern uns die Feinde auch / Treue ist der Christen Brauch / Drum geloben wir aufs neue / Jesu Herz dir ewge Treue.« Es handelt sich aber vielleicht nicht um »Lästern«, wenn es in den Anmerkungen zum Lied in Wikipedia heißt: »Halb nationalistisch, völkisch – halb religiös – an diesem Gift krankt die Welt…« Unsere Ehre heißt Treue? Ja, es haben sich viele, auch Tiroler, auch Katholiken, mit jenem Ungeist und der »Nibelungentreue« infiziert. Und als Max Weiler in der Theresienkirche auf der Hungerburg über Hötting in Innsbruck jenes Fresko malte, auf dem man unter dem gekreuzigten Christus Tiroler Standschützen und Politiker wie den Gauleiter von Tirol und Vorarlberg Franz Hofer sah, war die Empörung groß. Das Bild mußte nach dem Urteil in einem von Gegnern angestrengten Prozess verhängt werden. Max Weiler hat nicht nur in Tirol entfacht, was man heute im Zeitalter des Internets einen »Shitstorm« nennt, er hat auch in Oberösterreich mit einem großen Altarbild in der Urfahrer »Friedenskirche« Kritik und Zustimmung, sozusagen einen Krieg ausgelöst. Auch im Kollegium Petrinum, an dem ich von 1948 bis 1951, also in der Zeit, als Weiler in der Friedenskirche malte, als Zögling lebte, war Weilers Kunst ein umstrittenes Thema.

Wer heute über die Geschichte Südtirols und den politischen Frieden oder doch die Beruhigung in der Region spricht, muß natürlich Silvius Magnagos, des Vaters der Autonomie gedenken, des Landeshauptmanns von Südtirol von 1960 bis 1989. Auf einer Fahrt von Bozen nach Meran erlebte ich an meiner jungen Fahrerin, welch wirklich populärer Landeshauptmann, ein wahrlich geliebter »Landesvater«, Magnago war. Rein physisch betrachtet grenzt es an ein Wunder, daß der an der Ostfront schwer verwundete, beinamputierte Mann trotz der ungeheuren Strapazen in Verhandlungen, Dienstreisen und Amtsgeschäften 96 Jahre alt wurde. Max Weiler hat 1979 ein eindrucksvolles Porträt von Magnago gemalt. Auch mit seinem Nachfolger Alois »Luis« Durnwalder (Landeshauptmann von 1989 bis 2014) fühlte ich mich aufgrund seines politischen Handelns und nicht zuletzt wegen seiner Herkunft als sechstes Kind einer Bauernfamilie und wegen seines Vornamens, ohne ihn je von Angesicht gesehen zu haben, verbunden. Auch sein ursprünglicher »Werdegang«, eindrucksvoll und nachvollziehbar dargestellt in dem Buch »Tirol hautnah erlebt«, als Zögling im Zisterzienser-Stift Neustift, der Priester werden will, kommt mir bekannt und vertraut vor … Schade, daß es von ihm kein Porträt von Max Weiler gibt, der viele prominente Nord- und Südtiroler gemalt hat, Magnago, Ludwig von Ficker, den Tiroler Landeshauptmann Eduard Wallnöfer – ein nach Württemberg landverschicktes »Schwabenkind« aus dem Vinschgau, der als Landeshauptmann von Tirol große Popularität erlangte, auch wenn er, und ich sage Gott sei Dank, einiges, was er vorhatte, nicht verwirklichen konnte, wie zum Beispiel die Autobahn durch das Stubaital! Er hat sich mit dem Sozialisten oder Sozialdemokraten Bruno Kreisky gut verstanden. Kreisky hatte als großer Pragmatiker gegenüber ehemaligen NSDAP-Mitgliedern, ja sogar Angehörigen der SS (wie Friedrich Peter) keine besonderen Berührungsängste und ließ sich davon auch durch Simon Wiesenthal nicht abbringen… Wallnöfers Schwiegersohn und späterer Nachfolger im Amt des Landeshauptmannes war Herwig van Staa, ein Oberösterreicher aus der Ortschaft Sipbachzell im Traunviertel, dem ich, wie er als Bürgermeister von Innsbruck nach einer meiner Lesungen in der Buchhandlung Tyrolia erzählte, im sogenannten »Eisenbahnerzimmer«, einem kleinen Aufenthaltsraum für Bahnschüler im Welser Realgymnasium in der Dr.-Schauer-Straße, beim Lateinlernen behilflich gewesen war. Ich kam ja in der dritten Klasse vom humanistischen Gymnasium des Petrinum an das Welser Realgymnasium und hatte in Latein durch den intensiven Unterricht von Professor Leopold Demmler gegenüber den »Realgymnasiasten« einen großen Vorsprung.

Ich habe einmal einen mich rührenden Brief von Altbundeskanzler Josef Klaus erhalten. Er hatte sich nach seiner Amtszeit und den Regierungsgeschäften in der Pension nach Italien zurückgezogen, in das Land, für das er politisch bei den Verhandlungen und dem Abschluß der Autonomiebestrebungen auf österreichischer Seite eingebunden war und verdienstvoll für das »Südtirol-Paket« gewirkt hatte. Er ist nach dem Ende der von ihm und der Österreichischen Volkspartei geführten, 1970 gescheiterten Alleinregierung in der Pension nach Italien übersiedelt, zuletzt aber nach Wien mit seiner Frau in ein Döblinger Altersheim zurückgekommen und ist nach dem Tod seiner Gattin 2001 auch dort verstorben. Er liegt auf dem Grinzinger Friedhof begraben. Klaus war der Sohn eines Bäckers aus Kötschach-Mauthen. Er sprach Italienisch und Slowenisch, galt aber eher als spröde und wenig eloquent. Er hielt bei einem Besuch in Klagenfurt, wo er am sogenannten »Marianum« zur Schule gegangen war, eine slowenische Ansprache, was die Volksgruppe freute und einige »Deutschkärntner« verdroß. Von der tiefsitzenden Kärntner »Urangst« bekam ich eine Vorstellung, als sich bei der Einführung des Bischofs Egon Kapellari im Jahr 1982 im Dom zu Klagenfurt ein Mann neben mir auf dem Stehplatz im hinteren Raum unter dem Chor des übervoll besetzten Doms bei der zweiten Lesung, die eine slowenische Nonne in ihrer Muttersprache vortrug, unzufrieden und murrend aus dem Staub machte und demonstrativ sein Mißfallen ausdrückend die Kirche verließ. Erst später erfuhr ich, um wen es sich gehandelt hatte, der Mann war ein Mitglied der Burschenschaft »Arminia zu Villach« mit einem wunderbar klingenden italienischen (!) Namen …

Wie Josef Klaus hatte auch der deutsche Bundeskanzler Konrad Adenauer zu Italien ein besonderes Verhältnis. Legendär sind seine regelmäßigen Urlaubsaufenthalte zwischen 1957 und 1966 in Cadenabbia, wo er mit den Einheimischen Boccia spielte. Dort in der Villa La Collina hat ihn auch Oskar Kokoschka besucht und von ihm jenes Porträt gemalt, das für die Galerie des deutschen Bundestags in Bonn bestimmt war und nun wohl auch nach Berlin »übersiedelt«

ist. Oskar Kokoschka und Konrad Adenauer, der ihm Modell gesessen ist, waren politisch in vielem nicht einer Meinung, etwa was die von Adenauer betriebene Wiederbewaffnung der deutschen Bundesrepublik betraf oder auch Adenauers »Nachsicht« gegenüber dem als Nazi schwer belasteten Hans Globke, sie sind sich aber bei den Zusammenkünften und »Sitzungen« nähergekommen und so gut wie Freunde geworden. Adenauer hatte gewissermaßen von Natur aus ein ausdrucksstarkes, sozusagen »expressionistisches Gesicht«. Vor allem Karikaturisten hatten an solch markanten Physiognomien wie sie Adenauer und Charles de Gaulle besaßen, sozusagen eine Freude … Der langjährige Karikaturist der Hamburger ZEIT, der Tiroler Paul Flora, hat gesagt, er habe nach dem Abgang von Adenauer und de Gaulle die Lust am Karikaturenzeichnen verloren …

Man sagt und so steht es auch in der Lebensbeschreibung im Internet, daß Bundeskanzler Josef Klaus das Verdienst hatte, den Österreichischen Rundfunk, das Radio und das Fernsehen, das sein Vorvorgänger Julius Raab noch als »Narrenkastl« abgetan und sträflich unterschätzt hatte, zu reformieren und zu entpolitisieren, daß ihm aber gerade dies schließlich geschadet habe und politisch zum Verhängnis geworden sei, weil ihm, dem – in Anspielung auf die jüdische Herkunft und die Exiljahre seines Widersachers – »echten Österreicher«, wie er im Wahlkampf von der Volkspartei beworben wurde, in Bruno Kreisky, dem bei Intellektuellen, Redakteuren und Schriftstellern wie Gerhard Roth oder Peter Turrini beliebten »Medienkanzler«, ein übermächtiger Gegner erwuchs, dem er schließlich nicht gewachsen war und dem er unterlag…

Bei Silvius Magnago, Eduard Wallnöfer, Julius Raab, Leopold Figl, Bruno Kreisky ist stets von »breiter Zustimmung und hohen Sympathiewerten« die Rede (gewesen), darum will ich angesichts von volksnahen und populären Politikern, wie es auch die Wiener Bürgermeister Helmut Zilk und der eben in den Ruhestand getretene Michael Häupl, den die Karikaturisten gern als lustigen trinkfreudigen Fiaker darstellen, waren, einen Exkurs über Popularität, Volkstümlichkeit und Leutseligkeit anbringen und einbringen, den ich zu meinem letzten runden Geburtstag verfaßt habe:

Ein *leutseliger* Mensch ist gern unter Menschen, er ist sozusagen der ideale *Mitmensch*. Wer aber die Belege unter dem Stichwort *Leutseligkeit* im Deutschen Wörterbuch der Brüder Grimm studiert und in die Wortgeschichte schaut, auf die Verwendung des Wortes bei Wieland, bei Goethe oder bei Freytag, wird unschwer erkennen, daß – soziologisch gesehen – *Leutseligkeit* kein ganz »unschuldiges«, jedenfalls ein »bedenkliches« und merkwürdiges Wort ist…: »Jedermann drängte sich herbei, den vortrefflichen Fürsten zu sehen, und jedermann bewunderte seine Leutseligkeit und Herablassung«, heißt es in Goethes *Wilhelm Meisters Lehrjahre*. Der Artikel im Grimmschen Wörterbuch beginnt freilich mit der »Freundlichkeit und Leutseligkeit Gottes unseres Heilandes«. *Leutseligkeit* ist also eine Tugend des menschenfreundlichen Gottes… *Philanthropia* lautet das entsprechende griechische Wort… Mit *Leutseligkeit* übersetzt Martin Luther im Brief des

Apostels Paulus an Titus das lateinische *humanitas*, mit *Freundlichkeit* das lateinische *benignitas.*

Als eins der Synonyme von *leutselig* findet sich in vielen Wörterbüchern das Fremdwort *jovial. Jovial* ist abgeleitet von den sogenannten Casus obliqui von Jupiter (Genitiv *Jovis*, Dativ *Jovi*, Akkusativ *Jovem*): Zeus, der oberste Gott der Griechen, und Jupiter, seine römische Entsprechung, waren von einer besonderen, speziellen »Leutseligkeit« den Frauen, den »Weiberleuten«, gegenüber, sozusagen »weiberleutselig« … Es gibt eine stattliche Zahl von Frauen, denen gegenüber sich Jupiter mehr als nur *jovial* gezeigt hat: Alkmene, Europa, Callisto, Leda, Io, Antiope, Aegina …

In Andreas Schmellers »Bayerischem Wörterbuch« lese ich, daß es im Fränkischen das Wort *Leut* (Neutrum: *das Leut*) in der Bedeutung »Frau« gibt, so wie *Mensch* (Neutrum: *das Mensch,* Plural: *Menscher*) für »Mädchen«. Damit ist dann ein *Leutseliger* ein Mann, den man mit einem englischen Fremdwort heute gern *Womanizer* nennt. Wir hatten in meiner Kindheit auf dem Land in Oberösterreich eine sehr abfällige Bezeichnung für einen Buben, der früher als seine Spielkameraden in die Pubertät kam und mehr oder weniger plötzlich lieber die Gesellschaft der Mädchen suchte als mit den alten Spezis zu spielen …

Daß *Leut* und *Mensch* in Mundarten den weiblichen Menschen, das Mädchen und die Frau bezeichnen, ist von einer – anthropologisch gesehen – tiefen Bedeutung. Denn der weibliche Mensch ist nach Meinung der Paläoanthropologie der »Prototyp« des Menschen. Die Wissenschaft widerspricht damit der Bibel, die »das Weib« aus der Rippe des Mannes entstanden sein lassen will. Der Paläoanthropologie ist der Mann ein sekundäres »Derivat« des weiblichen Menschen, des Menschen an und für sich. Der Mann hat zwar einige spezifische Extras – die Anthropologie nennt als ein solches Extra und Surplus das ausgelagerte Geschlecht – das ihn sozusagen als »Sonderanfertigung« auszeichnet, aber zugleich auch anfälliger und verwundbarer macht. Das ist ja auch der Grund, daß die Lebenserwartung von Frauen höher ist als jene von Männern ... Der Mann ist ein »Abkömmling« der Frau, der Urmutter. Matriarchat! Schließlich spielen Frauen bei der Reproduktion des Menschengeschlechtes wahrlich die Hauptrolle!

Leutselig zu sein, galt jedenfalls als die Tugend des Höheren gegenüber dem Untergebenen und Unterlegenen – also auch als Anerkennung des Sozialgefälles in einer Zeit, als in der Dichtung und im Drama nur der Aristokrat und ganz besonders der höchste Hocharistokrat, der König, als Person für die Tragödie »zugelassen« war. Das »bürgerliche Trauerspiel« entsprach einer Revolution und brachte den Umschwung. Nun war also auch der Bürger »tragisch« geworden ... In der deutschen Literaturgeschichte gilt bekanntlich Gotthold Ephraim Lessings »Emilia Galotti« als das »Wendestück«.

Leutselig sind also nicht die »seligen« Leute, die »Normalverbraucher« untereinander, das gewöhnliche Volk, sondern die Herrschenden, jene, die den Chef oder die Chefin »nicht heraushängen lassen«, sondern *umgänglich* und *zugänglich* sind – oder sich so geben. Die *Leutseligkeit* ist eine Einstellung, manchmal wohl auch als »Verstellung« erkennbar – bei Politikern in

Wahlkämpfen ein taktisches Kalkül. Bei einer Wahl für das Bürgermeisteramt hat sich in Klagenfurt einmal einer der Kandidaten, ein eher intellektueller Akademiker mit Vornamen *Siegbert* plötzlich auf Plakaten als *Sigi* präsentiert. Den Sieg hat es ihm jedoch nicht gebracht. Ein Sozialdemokrat muß eigentlich ja schon von der Ideologie seiner Partei her leutselig sein! Er darf die einfachen Leute keinesfalls als Suderer bezeichnen! Bertolt Brecht hat in seinem Stück »Herr Puntila und sein Knecht Matti« einen Chef und Herrn vorgeführt, der zu seinem Chauffeur vor allem dann *jovial* und *kumpelhaft* ist, wenn er mit ihm getrunken hat, in nüchternem Zustand aber ist der Herr herrisch und unwirsch, unleidlich und aufbrausend … Und mancher hat sich schon in wein- oder bierseliger Laune mit »Mitarbeitern«, Untergebenen, etwa ein Unternehmer auf dem Betriebsausflug mit seiner Sekretärin, mit Bruderkuß verbrüdert, was ihm nach der Ausnüchterung tags darauf eher peinlich war – auch weil es ungünstig für das sogenannte Betriebsklima sein könnte …

Eine starke Lektion in Sachen Leutseligkeit wurde mir neulich von einer Taxifahrerin in Linz zuteil, die mich vom Bahnhof in ein Hotel am Hauptplatz brachte. Ich bin bei Taxifahrten an sich meist schweigsam, fühle mich aber manchmal doch bemüßigt, ein wenig Konversation und Smalltalk zu üben, um nicht unhöflich zu erscheinen. Ich setze mich in Taxis auch grundsätzlich auf den vorderen Sitz neben den Fahrer und nicht in den Fond des Autos. Ich fühle mich nicht als Vorgesetzter des Lohnkutschers! Das scheint übrigens vielen Taxlern, die allerhand Gebrauchsgegenstände neben sich abgelegt haben, die sie dann wegräumen müssen, eher unangenehm zu sein. Hinter dem Fahrer, womöglich hinter einer (kugelsicheren?) Glaswand, mögen sich die Politiker in ihren Dienstwagen niederlassen, um vielleicht noch etwas für ihre Auftritte und Reden vorzubereiten. Und da es ihnen oft pressierte, waren ihre Chauffeure früher auch nicht selten geradezu gezwungen, Geschwindigkeitsbeschränkungen auf Bundesstraßen oder Autobahnen zu ignorieren … Sie nahmen, um pünktlich zu sein, Strafmandate in Kauf. An der Standarte oder am niedrigen einstelligen Kennzeichen, einem CC oder CD vor der Zahl, haben Verkehrspolizisten freilich erkannt, um wen es sich bei dem transportierten Amtsträger handelt, das Fahrzeug durchgewunken und jede Amtshandlung unterlassen … Bei öffentlichen und wichtigen Personen geht es ja auch oft um Überlandfahrten. Erst durch spektakuläre und tragische Unfälle wie jenen des oberösterreichischen Landesrats, des Bau- und Umweltschutzreferenten Hans Winetzhammer auf einer Rückfahrt von Wien nach Linz im Mai 1986 wurde die Öffentlichkeit auf diesen gemeingefährlichen Hasard der Politik aufmerksam. Auch der legendäre Landeshauptmann Heinrich Gleißner wurde von seinem Chauffeur einmal in einen Unfall verwickelt, wenn auch nicht mit so dramatischen Folgen wie Winetzhammer, mit dem ja auch sein Pressereferent und sein Chauffeur den Tod fanden. Und Kardinal Franz König erlebte und überlebte im Jahr 1960 auf der Fahrt nach Agram, wo er am Begräbnis des Märtyrerbischofs Alojzije Stepinac teilnehmen sollte, einen bösen Unfall, an dessen Folgen er bis zu seinem Tod litt. Auch Helmut Krätzl, der mitfahrende Zeremoniär Königs, wurde schwer verletzt.

Der Vorsitzende der Österreichischen Volkspartei und Kanzlerkandidat Karl Schleinzer steuerte seinen Pkw selbst, als er im Jahr 1975 tödlich verunglückte.

Ein ziviler Taxipassagier auf Kurzstrecken innerhalb der Städte wie ich fragt dann vielleicht den Fahrer mit offensichtlichem Migrationshintergrund nach seiner Herkunft, er kommentiert das Wetter oder gibt kund, woher er selbst kommt und dergleichen. Diesmal aber, bei meinem Linzer Erlebnis, war mein Fahrer eben eine einheimische Fahrerin, eine Frau mittleren Alters. Nach anfänglichem Schweigen startete ich meine Kontaktaufnahme. Vor dem Beifahrersitz, auf dem ich saß, war auf dem Armaturenbrett ein kleines Firmenschild angebracht, auf dem ein Frauenname stand sowie »Taxiunternehmen« und eine Urfahrer Adresse, eine Telephonnummer und eine Funktaxinummer. »Sie sind also nicht nur Fahrerin, sondern auch Unternehmerin?«, fragte ich meine Chauffeurin. Sie sah mich von der Seite überrascht und befremdet an, als hätte ich sie schon mit ihrem Vornamen – Sonja stand auf dem Plättchen – angesprochen … Nach einer Schrecksekunde sagte sie: »Nein, das ist meine Chefin.« »Sie haben eine Arbeitgeberin, bei der Sie angestellt sind?« – »Ja«, sagte sie. »Fährt Ihre Chefin selbst auch?«, fragte ich. »Nein!« sagte sie, laut und vernehmlich. Meine letzte Frage war: »Hat Ihre Chefin also mehrere Taxis?« Jetzt reichte es ihr aber, sie fuhr ganz langsam und ging mich richtig wütend und zugleich triumphierend, wie jemand, der einen Dieb ertappt hat, an: »Sie sind Finanzer!«

An einen anderen ebenfalls mißlungenen Versuch, leutselig, außerdem wie ein richtiger Gutmensch auch noch kinderfreundlich und minderheitenfreundlich zu sein – oder zu erscheinen –, erinnere ich mich: Ich fragte im Autobus einen Buben, der bei einer Station in der Nähe des Slowenischen Kindergartens zugestiegen war, ob er hier diesen Kindergarten besuche und was sie denn heute so gelernt oder gespielt hätten, als eine Frau, offenbar die Mutter des Buben, die ein wenig entfernt saß, aber mitgehört hatte, zu uns, ihrem Sohn, so laut und zornig herüberrief, daß es alle im Bus hören konnten: »Laß dich nicht ausfratscheln, Mirko!«

Damals erinnerte ich mich daran, daß ich einmal in einer Lehrveranstaltung, einer Einführung in die Mundartkunde, im Zusammenhang mit einer Frage zu deutschen Lehn- und Fremdwörtern im Slowenischen und Windischen, ins Auditorium fragte, wer denn zu dieser Materie, über die ich bei meinem Doktorvater, dem Klagenfurter Eberhard Kranzmayer an der Wiener Universität, einiges gehört hatte, etwas beitragen könne. Niemand meldete sich. Nach der Vorlesung kam aber ein Student zu mir und sagte, meine Frage »Wer kann Slowenisch?« sei genau die Frage der Minderheiten-Erhebung, gegen die sich die Volksgruppe mit Recht wehre. Ich war eben als zugewanderter naiver Oberösterreicher mit den Kärntner Urängsten nicht vertraut … In jenem Jahr 1973 bekam ich von Helmut Zenker seinen im Luchterhand Verlag erschienenen Roman »Wer hier die Fremden sind«.

Nie wieder werde ich leutselig sein, es steht mir sozusagen nicht zu, denn die Leutseligkeit ist wie die Höflichkeit und die Pünktlichkeit bekanntlich die Tugend der Könige. Und Leutseligkeit ist, wie das Goethe-

Zitat zeigt, immer auch »Herablassung«, also Überheblichkeit! Man muß als zurückhaltender Mensch ja nicht gleich soweit gehen wie der römische Dichter Horaz, aus dessen »Carmina« bekanntlich der Vers stammt: »*Odi profanum vulgus et arceo*«: »Ich hasse das gemeine Volk und halte mich von ihm fern.« Oder: »Lasse ihn, den Pöbel, nicht an mich heran ...« Horaz nennt das Volk, das *vulgus,* also *profanum. Profanum* aber bedeutet ursprünglich »fern vom Tempel«, heute würde man »kirchenfern« sagen. *Profanum* heißt dann »ungeweiht« und »gottlos«. Die Saarländer sagen von einem, der für die Religion »nichts übrig« hat, er kenne »ken Gott und ken Gebott«. Der Gläubige fühlt sich unter Gläubigen wohl, unter Ungläubigen, womöglich rabiaten Kirchenkritikern, aber unbehaglich ...

Horaz schrieb sein Gedicht 2000 Jahre vor der Erfindung der »Political correctness« ... Das Lateinische hatte ja mindestens vier Ausdrücke für unser deutsches Wort »Volk«: *Populus, vulgus, gens* und *proles.* Unser Fremdwort *vulgär* verdanken wir also auch den Römern, wie auch das heute so populäre Fremdwort *Populismus,* den scharfe Zeitgeistkritiker als politisch vulgär empfinden, während ein raffinierter politischer Populist und »Humanist« schlagfertig meinte, *Populismus* sei weiter nichts als der lateinische Ausdruck für das entsprechende, aus dem Griechischen kommende Wort *Demokratie,* das ja vom griechischen *demos,* »Volk«, abgeleitet sei. Und *populus* sei schließlich das Etymon, also Wurzelwort, von französisch *peuple* und englisch *people.* Das Deutsche erinnert sich nur im Wort *Pöbel* an das lateinische *populus* ... Das Wort *gens* aber für »Volk« haben die stolzen Römer wie später auch die am Latein orientierten christlichen Theologen für die »Barbaren«, die »Fremden« beziehungsweise dann für die »Heiden«, gebraucht.

Ein wahrlich vielsagendes Wort der Geringschätzung, ja Verachtung für einen einfachen Menschen ist das aus dem Griechischen kommende Wort *Banause*. Es bedeutet im Ursprung eigentlich »Handwerker«, manchmal liest man auch als Übersetzung »Ofenheizer«. Da meldet sich also der ganze Hochmut und die Überheblichkeit der »Intellektuellen« für den »Mann von der Müllabfuhr«, der heute gern bemüht wird als Beispiel eines »Proleten«, eines »ungehobelten, ungebildeten Menschen«... Als weibliches Pendant zum Müllmann, als Beispiel für eine ungelernte Hilfsarbeiterin, muß heute oft die »Frau an der Kassa des Supermarkts« herhalten...

Eine starke Lektion über das Selbstbewußtsein von »Optimaten« und über die Verachtung für das »einfache Volk«, über den *Dünkel* also, verdanken wir wieder einmal der Bibel, und zwar dem Evangelisten Lukas, der die Geschichte vom »Pharisäer und dem Zöllner«, die Jesus von Nazareth als Beispiel für rechtes Beten einerseits und als abschreckendes Beispiel für selbstgerechtes und anmaßendes Beten andererseits erzählt, als einziger im Kapitel 18, Verse 9–14 berichtet. Ein Zöllner war freilich auch kein einfacher Mensch und Bürger, als Zolleinnehmer war er der Obrigkeit, im besonderen den römischen Besatzern verpflichtet und sicher auch ein wenig der Kollaboration mit den Herrschenden verdächtig... Waren die Zöllner »Leuteschinder«? Im Grimmschen Wörterbuch wird Gotthold Ephraim Lessing zu *Leuteschinder* zitiert: »was für zeug wird von ihnen in der stadt gesprochen! Ein arger betrieger, ein leuteschinder, ein blutigel, das sind noch ihre besten ehrentitel!« Ein *Schinder* ist ein Mensch, der einem Tier das Fell abzieht… Schließlich versteht sich der Zöllner in der biblischen Erzählung selbst als »Sünder«. Immerhin: Von ihm, der im hinteren Teil des Tempels von Jerusalem stehen bleibt und kaum wagt, aufzuschauen, und um Vergebung seiner Sünden bittet, heißt es schließlich: »Dieser ging gerechtfertigt nachhause«, jener aber, der Pharisäer, der Gott dankt, daß er nicht ist »wie dieser da«, der Zöllner nämlich, ging nicht gerechtfertigt nachhause… »Wer sich selbst erhöht, wird erniedrigt, wer sich aber selbst erniedrigt, wird erhöht werden.«

Als jemand, dem die Leutseligkeit und das Gutmenschentum und die Menschenfreundlichkeit wiederholt verleidet und schließlich ausgetrieben wurden, will ich mich hinkünftig an Johann Nestroy und seinen Bewunderer, den bayrischen Misanthropen Karl Valentin, orientieren: »Der Mensch ist gut. Aber die Leut san a Gsindel…« Mir ist nicht verwunderlich, daß Leute mit ähnlich mißlungenen Leutseligkeitsversuchen *leutscheu*, mißtrauisch und argwöhnisch werden. Bei Kindern, vor allem Kleinkindern, nennt man die entsprechende Reaktion *Fremdeln*… Gerade Babys ist außer der Mutter jeder und jede, und sei es der nächstverwandte Onkel oder die liebste Tante, instinktiv verdächtig.

Mit *instinktiv* ist sozusagen das Tierreich betreten, wo die natürliche Abwehr gegen »natürliche Feinde« einerseits und die Zutraulichkeit etwa bei der Zähmung von wilden Tieren andererseits große Themen sind. Die Zeitungen sind ja voll von Berichten über »zahme Hunde«, die sich plötzlich wie die artverwandten Wölfe benehmen und Kleinkinder beißen und verletzen … Es gibt wohl auch bei Tieren solche, die sozusagen genetisch und von Geburt aus und nicht erst durch Domestikation und Dressur »sanft« sind oder werden. Wir hatten in unserer alten Bauernmundart für solche »menschenfreundlichen« Tiere ein Eigenschaftswort, das ich zu meiner großen Enttäuschung in Andreas Schmellers »Bayerischem Wörterbuch« nicht finde: *manlich.* Man wird es wohl, korrekt dialektologisch, im Wörterbuch unter *män*(n)*lich* lemmatisieren müssen, weil es etymologisch gesehen sicher von *Mensch* (*Mann*) herzuleiten ist. Ein *manliches* Tier, ein Hund, eine Katze, ein Pferd, aber auch ein Vogel, der oder die oder das manlich ist, geht oder fliegt dem Menschen zu, dem Roßknecht, dem Hundehalter, dem »Herrl« oder »Frauerl« oder der Oma, die dem Zeisig den Käfig öffnet … Katzen, die zum Leidwesen ihrer Besitzerin ihr Zuhause verlassen und »ausbüchsen«, verlieren ihre *manlichkeit*, verwildern und werden in der freien Natur sozusagen wieder zu anarchistischen Wildkatzen. Es rührt mich, wenn ich auf meinen Spaziergängen immer wieder Flugblätter von unglücklichen Kindern finde, die Steckbriefe mit den Daten ihrer davongelaufenen Katzen an Bäumen oder Hausmauern angeschlagen haben. Das Tier dieser oder jener Rasse sieht so und so aus und hört auf den Namen Carlo oder Butzi etc.

Wenn ich an den Unterschied zwischen »manierlichen« und »unmanierlichen« Tieren denke, dann taucht in meiner Erinnerung unweigerlich das Pferdepaar aus meinem Elternhaus auf, das ich so oft beim Einbringen des Heus am Halfter führen mußte, *menen*, um es in der Sprache des »Helmbrecht«-Dichters Wernher der Gärtner zu sagen, einem von lateinisch *minari* abgeleiteten Bauernwort, das »leiten, zügeln, führen« bedeutet. Unsere Pferde hießen Fuchs und Gretl. Der Fuchs, wirklich ein Bräunling, war ein älterer Wallach, ein »Verschnittener«, die Gretl aber eine jüngere Stute. Das bedeutete, daß ein phlegmatisches abgeklärtes (kastriertes!) Roß neben einem nervösen, weiblichen jungen Pferd ging. So bekam das Wort »zusammenspannen« einen praktischen Sinn. Der alte Fuchs, jenseits von Gut und Böse, wirkte kalmierend und disziplinierend auf das junge Blut, sozusagen erzieherisch beim Ziehen…

Wenn aber von Natur aus scheue, sozusagen *leutscheue* Tiere wie Füchse plötzlich sozusagen *leutselig* werden, zahm und *manlich*, dann ist höchste Vorsicht geboten. Es war nämlich die gefährliche Tollwut, die infizierte Füchse plötzlich anderen Tieren wie Hunden, aber auch Menschen zugehen ließ, um sie zu »kontaktieren« – und zu »kontaminieren«. Das Krankheitsbild des tollwutkranken Tieres (oder Menschen!) ähnelt dem des vom Rinderwahnsinn befallenen. Noch ist die Prophezeiung eines neuen Himmels und einer neuen Erde beim Propheten Jesaia nicht erfüllt: »Wolf und Lamm sollen weiden zugleich, der Löwe wird Stroh fressen wie das Rind, und die Schlange sich ernähren von Erde, sie werden keinen Schaden tun, noch Verderben anrichten in meinem ganzen heiligen Bergland, spricht Jahwe.« Es ist noch gar nicht lange her, daß sich ein dressierter Löwe in einem Zirkus in seinen Dompteur verbissen hat. Und Pferden soll sich der Mensch auch mit Vorsicht nähern, vor allem besser nicht von hinten. Es könnte sein, daß das erschrockene Tier ausschlägt und ähnlich wie bei der Kunstfigur der Spanischen Hofreitschule mit beiden Hinterbeinen in die Luft schlägt ... Wehe dem, der dort steht! Um das Erschrecken von Pferden, das Scheuen, zu verhindern, gibt es am Geschirr die sogenannten *Scheuklappen.* Im Grimmschen Wörterbuch findet sich für *Scheuklappe* nur ein Beispiel für das Wort im übertragenen Sinn: »Er geht durchs leben als ob er scheuklappen trüge, den freien blick benimmt ihm die scheuklappe der parteipolitik.« Um Stiere zu bändigen und gefügig zu machen, verpaßt man ihnen Nasenringe. »An der Nase herumführen« oder verkürzt *nasführen* ist der demütigende Ausdruck für menschenverachtendes Handeln. Lutz Röhrig schreibt dazu in seinem vierbändigen »Lexikon der sprichwörtlichen Redensarten«: »Das Bild dieser sehr alten Redensart kommt von den Tierbändigern, die ihren Opfern Ringe durch die Nase ziehen, um sie so ganz in ihrer Gewalt zu haben.« Tiere sind *störrisch.* Das heißt »widerspenstig«. Ja selbst die gutmütigsten Kühe können, wenn sie trächtig sind oder gekalbt haben, dem ahnungslosen Wanderer über Almen gefährlich zusetzen. Die Zeitungen sind immer wieder voll von Berichten über Urlauber, die von einer Kuh zu Tode getrampelt werden. Bei aller Tragik gibt ein solcher Fall den Juristen und Anwälten und den Ombudsmännern der Zeitungen viel Stoff und Arbeit. Im Mittelalter hat man bekanntlich sogar Tieren, etwa Hunden oder auch Widdern, die einen Menschen totgebissen oder totgestoßen hatten, den Prozeß gemacht und Todesurteile über die Kreatur verhängt. »Mörderhunde« werden wohl auch heute »eingeschläfert«.

Zurück zu den Menschen: Vor allem eine arglose Kontaktnahme mit einem Menschen des anderen Geschlechtes wird auch gern als *Anbandeln* oder *Anmache* mißverstanden. Aus einer alten »Tischzucht« bringt das Deutsche Wörterbuch von Jacob und Wilhelm Grimm das folgende Zitat: »ein ehrliches unschuldiges mädchen ist zwar nicht leutscheu, aber doch immer behutsam gegen mannspersonen«. Die alten Wörterbücher wie Kaspar Stielers »Der teutschen Sprache Stammbaum und Fortwachs ...« erklären die Bedeutung der deutschen Wörter gern mit den lateinischen Entsprechungen, bei *leutscheu* ist es vor allem das lateinische *morosus*, das wiederum mit »grämlich, launisch, eigensinnig, pedantisch« übersetzt wird. *Morosus* ist vor allem der *Hagestolz*, der ledig gebliebene, altgewordene Junggeselle. Es ist eine sogenannte »Volksetymologie«, wenn das *stolz* in *Hagestolz* für »arrogant« gilt, eigentlich ist es ursprünglich ein germanisches Wort mit der Bedeutung »Besitzer« und der *Hagestolz* ist im Gegensatz zu einem Hofbesitzer bloß Eigentümer eines *Hags*, eines eingefriedeten Gärtchens ... besitzmäßig gesehen also ein »Kümmerer«. Ich sehe ihn so vor mir, wie ihn Carl Spitzweg gemalt hat! Im Lateinischen wird der Hagestolz auch gern als *caelebs* bezeichnet, also als »zölibatär«, als »unvermählter« und »eheloser« Mann, weil er gewissermaßen keine Frau oder Familie ernähren kann ... Ihm entspricht auf der weiblichen Seite die »alte Jungfer« ...

Der im Deutschen Wörterbuch zitierte Johann Fischart schreibt im 16. Jahrhundert über die ehelosen Mönche: »warumb die mönch weltflüchtig sind, liecht- und leutscheu sind…« Fischart, der ursprünglich Lutheraner, dann aber Calvinist und zorniger Gegner der alten Kirche war, nennt also die Mönche »lichtscheu«. Das paßt gut in die Zeit der »Dunkelmännerbriefe« (»*Epistolae obscurorum virorum*«), der polemischen Literatur des 16. Jahrhunderts. *Lichtscheu* ist später das signifikanteste Attribut zu *Gesindel*: »*Lichtscheues Gesindel*«… Man denkt auch an das gereimte Sprichwort: Im Dunkeln ist gut munkeln. *Tunkeln und munkeln*, habe bereits Martin Luther gereimt, laut etymologischem Wörterbuch. *Munkeln* bedeutet »leise sprechen, murmeln, flüstern, tuscheln«. So wird vor allem im Beichtstuhl gesprochen. Und da *munkeln* volksetymologisch auch auf Mönch, englisch *monk*, bezogen sein könnte, bringt mich der Lutherbeleg auf die Vermutung, es könnte *munkeln* auch antiklerikal konnotieren… In Karl Simrocks »Die deutschen Sprichwörter« lautet das Sprichwort vollständig so: »Im Dunkeln ist gut munkeln, aber nicht gut Flöhe fangen.« In der Nähe von *munkeln* siedelt auch *mauscheln*. Dieses Verbum des Rotwelschen bedeutet auch »undeutlich reden, Heimlichkeiten treiben, undurchsichtige Geschäfte machen, betrügen«.

Statt *Gesindel* heißt es oft auch *Gelichter*, was aber ursprünglich für »Sippschaft« steht und gar nichts mit dem *Licht* zu tun hat. Neben *lichtscheu* als Epitheton für *Gesindel*, liest man auch oft *zwielichtig*, also »zwielichtiges Volk«… Es schmerzt – und freut – den Philologen, also den »Liebhaber der Wörter«, wenn er weder im sechsbändigen »Wörterbuch der deutschen Gegenwartssprache« der Akademie der Wissenschaften der

DDR (Berlin 1977) noch im »Deutschen Wörterbuch« von Meyers Enzyklopädischem Lexikon (aus dem Bibliographischen Institut in Mannheim) das Wort *zwielichtig* findet. Mögen manche Zeitgenossen ein solches Interesse an Wörtern und Wörterbüchern auch als »Spitzfindigkeit« abtun. Einen Vorwurf dieser Art von Sprachgleichgültigen nimmt der Philologe gern in Kauf... Ihm »ist der Rede wert«, was geredet wird! Das Wort *spitzfindig* selbst, das moderne Wörterbücher gerade noch eben verzeichnen, nimmt im Grimmschen Wörterbuch einige Spalten ein. *Spitzfindig* bedeutet demnach dreierlei, 1. »tüftelnd, überklug, allzu oder in falscher Art scharfsichtig in bezug auf logisches schließen, auf prüfen, untersuchen unterscheiden«, 2. ohne tadelnden Nebensinn »klug«, 3. »listig, verschlagen« – mit einem beispielhaften Hinweis auf den Eulenspiegel Und den Sprachspitzfindigen interessieren die Redewendungen mit »reden«: Einer redet sich um Kopf und Kragen. Ein anderer redet viel, wenn der Tag lang ist.

Doch zurück zur *Leutseligkeit*. Zunächst einmal zum »Pluraletantum« *Leute*, das es im Hochdeutschen im Gegensatz zu den erwähnten Mundarten, etwa im Fränkischen, nur in der Mehrzahl und als Kollektivum gibt. Und was hat es mit *selig* auf sich? *Selig* hat ursprünglich »glücklich« bedeutet und dem lateinischen *beatus* und *felix* entsprochen. Beide »Fremdwörter« existieren im Deutschen als Taufnamen. Einer meiner Brüder heißt Felix, *Beat* ist in der Schweiz ein häufiger Vorname. Und die Griechen kennen den gleichbedeutenden *Makarios*... Die Wörterbücher belegen, daß das allgemeine s*elig* für »glücklich« schon im Altertum ein Fachausdruck für Verstorbene wird, die »seliggesprochen« nach der Überzeugung der Theologen die »himmlische Heimat« erreicht haben. *Selig* ist demnach eine Vorstufe von *heilig*. »Santo subito!« ist geradezu zu einem Schlachtruf von Gläubigen geworden, wie die nach Rom gepilgerten Polen nach dem Tod »ihres« Papstes Johannes Paul II. auf dem Petersplatz gerufen haben … »Gott hab ihn/sie selig!« war die Antwort meiner Mutter auf die Mitteilung eines Todesfalls.

Aus der Sakristei in den allgemeinen Sprachgebrauch zurückgekehrt, hat das säkularisierte *selig* oft geradezu einen ironischen Beigeschmack bekommen. »Wer's glaubt, wird selig«, spotten die Unfrommen. Andere wieder verstehen und mißverstehen die Seligpreisung der »Armen im Geiste« in der Bergpredigt so, als würden hier die Imbezilen und Debilen gelobt. Und zu denken geben muß einem auch, daß das wurzelverwandte englische *silly* »albern« und »dumm« bedeutet, als Substantiv »Dummkopf« und »Dummerchen«.

Im Mai 2019 tobte ein wilder Kampf, eine erbitterte Schlacht, um eine Äußerung eines deutschen Kabarettisten, der von den Österreichern, also uns, den »Ösis«, als von acht Millionen Debilen gesprochen hat. Da diese Zahl die tatsächliche Einwohnerzahl von sieben Millionen und einigen gequetschten autochthonen Österreichern übersteigt, hat er die Immigranten und die Zuwanderer aus anderen EU-Staaten, etwa auch aus der BRD, offenbar bereits dazu geschlagen. Wer hierhin einreist oder zuwandert, ist oder wird verrückt? Ähnlich kritisch hat sich ja bereits Thomas Bernhard über seine Landsleute in »Heldenplatz«, dem »Jubiläumsauftragswerk« des Burgtheaters im Jahr 1988

(100 Jahre nach der Eröffnung) geäußert. Papst Paul VI., der Österreich eine »Insel der Seligen« genannt hat, hat es freilich sicher nicht ironisch gemeint … Es sei aber eine wirkliche Dummheit, sagen besonnene Menschen, sich über eine solche alberne Bosheit eines Kabarettisten aufzuregen. Keiner der empörten Leserbriefschreiber kennt offenbar das Werk des österreichischen Nationaldichters Franz Grillparzer und im besonderen die Lobrede auf Österreich im Drama »König Ottokars Glück und Ende«: »Es ist möglich, daß in Sachsen und beim Rhein / es Leute gibt, die mehr in Büchern lasen; / Allein was Not tut und was Gott gefällt, / der klare Blick, der offene richtige Sinn / da tritt der Österreicher hin vor jeden, / denkt sich sein Teil und läßt die andern reden.« Ein solches Eigenlob ist freilich heute auch kaum noch erträglich. Zu viele Österreicher haben ja inzwischen getan, was Gott nicht gefallen kann … Und so gibt es heute auch schon eine lange Tradition der kritischen Distanzierung vom geschönten Österreichbild und seinen Klischees. Thomas Bernhard und Elfriede Jelinek sind wohl die berühmtesten SchriftstellerInnen, die aus ihrer Haßliebe und aus dem Provinzialismus Weltliteratur gemacht haben … Robert Musils Beschäftigung mit »Kakanien« nicht zu vergessen! Österreicher und Österreicherinnen haben also selbst viel Negatives, ja oft Vernichtendes über ihre Heimat oder »Unheimat« (Franz Innerhofer) geschrieben. Vielleicht gilt aber immer noch, was Karl Heinrich Waggerl einmal gesagt hat, daß die Österreicher, die selbst viel über sich raunzen und schimpfen, Fremden und Ausländern übel nehmen, wenn sie ihnen darin zustimmen … Ich habe mich selbst einmal in meiner

ersten Veröffentlichung »Überwindung der Blitzangst« zu diesem Thema geäußert und das Österreichische als eine Art Passion im Sinne von »Krankheit« behandelt. Gerhard Fritsch, den ich meinen ersten Förderer nennen darf, weil er mich in der von ihm herausgegebenen Zeitschrift »Literatur und Kritik« veröffentlicht hat, hat den Text »Österreich« in »Überwindung der Blitzangst« in einem Brief an mich wie folgt beschrieben: »eine der schönsten Apotheosen Österreichs ... Jedenfalls ist da etwas, was sich nicht in der Grotesk-Nabelschau der Postherzmanovskianer erschöpft und die Bosheit aus Originalquellen bezieht.« Das päpstliche »Insel der Seligen« habe ich wohl dort und auch später öfter zitiert und »analysiert«, etwa in einer Geschichte »Der größte Feind des Österreichers ist der Borkenkäfer«. Da könnte freilich jemand kommen, der dem Kollegen Grillparzer und auch mir das Sprichwort in Erinnerung bringt: Eigenlob stinkt!

Die allerschönste und würdigste semantische Ehrenrettung, wenn es dessen bedurft hätte, verdankt das Wort *selig* Eduard Mörike im Gedicht »Über das Schöne«: »Was aber schön ist, selig scheint es in ihm selbst.« Im Pfarrhof von Cleversulzbach sind wir, eine Gruppe von Studenten und Lehrern der Universität des Saarlandes, auf unserer Exkursion im Jahr 1965 vor jener Petroleumlampe andächtig gestanden, die Mörike »besungen« hat. Mörike war im übrigen alles andere als »leutselig«, ja eigentlich mit seinem Beruf als Pfarrer, dem »ungeliebten Brotberuf«, todunglücklich und hat sich als 39Jähriger frühzeitig pensionieren lassen. Er kam mit seinen Pfarrkindern nur schwer zurecht. Er war nicht leutselig, sondern eher leutscheu, eher misanthropisch als philanthropisch … Mörike hatte darum, wie es heißt, bei den Leuten seines Kirchspiels keinen guten »Leumund«. Oder hat man ihn, der es mit sich nicht leicht hatte, bloß verleumdet? Er wollte halt nur dichten, aber nicht predigen … Lang und eindrucksvoll ist die Liste evangelischer Theologen und Theologinnen, Pastoren und Pastorinnen, die großartig gepredigt und gedichtet haben, vom evangelisch reformierten Pfarrer Kurt Marti bis zu Dorothee Sölle oder Werner Bergengruen, von den Alten, etwa Johann Gottfried Herder und anderen, ganz zu schweigen …

Ich habe mir mit dem Buchtitel »Der Leumund des Löwen«, einer von der Poetik »etymologische Figur« genannten Formulierung, eigentlich einen literarischen Spaß erlaubt. Denn in *Leumund* steckt natürlich nicht das archaische Wort *Leu* für »Löwe« (»Gefährlich ist's den Leu zu wecken / Verderblich ist des Tigers Zahn. / Jedoch der schrecklichste der Schrecken / Das ist der Mensch in seinem Wahn« dichtete Friedrich Schiller im »Lied von der Glocke«). Das *Leu* in *Leumund* stammt aus einem Wurzelwort, das auch unserem *läuten* zugrunde liegt, einem sogenannten Faktitivum zu *laut*, bedeutet also eher »verlauten«, »verlautbaren«. Damit ist man auch nahe am *Gerücht*, das verbreitet wird, wenn jemand etwas »läuten gehört« hat … Bis es dann überhaupt die Spatzen von den Dächern pfeifen … Und ein grobes, aber verzeihbares volksetymologisches Mißverständnis ist es auch, das Wort *Leumund* für einen sozusagen leicht verkürzten *Leutemund* (»Volksmund«) zu halten, so wie es etwa heißt »Die Leute zerreißen sich das Maul« … Die Leute verunglimpfen, verleumden, sie »machen schlecht«, sie schmähen. Sie *dif-*

famieren, mit einem Fremdwort nach lateinisch *fama*, »Gerede, öffentliche Meinung, Leumund«. Gerüchte werden »gestreut« und »lanciert«. Das Etymologische Wörterbuch schreibt, daß *Gerücht* eine Nebenform zum älteren *Gerüft* ist, also von *rufen* und *Ruf* kommt, vergißt aber, daß *Gerücht* an *Geruch* assoziativ anklingt und ja im Kompositum *Latrinengerücht* auf die inhärente Geruchsbelästigung anspielt und abzielt. Latrine ist definiert als »primitiver Abort«.

Wenn sich ein Gerücht als »opinio communis«, also als verallgemeinerte Ansicht, verfestigt hat, spricht man auch gern von der »Stillen Post«. Eigentlich ist die »Stille Post« ein Kinderspiel, bei dem ein Kind dem anderen einen Satz oder ein Wort ins Ohr flüstert. Das letzte Kind in der langen Reihe der Teilnehmer sagt schließlich laut, was bei ihm angekommen ist. Der Vergleich des vom ersten Kind geflüsterten Worts mit dem, was schließlich herausgekommen ist, erzeugt Vergnügen und Gelächter … In der rauhen Wirklichkeit können bösartige Gerüchte und Verleumdungen bei den Betroffenen, wenn sie ihnen zu Ohren kommen, traumatische Folgen haben. So haben sich schon »Gemobbte« auch umgebracht. Einen zynischen Journalisten habe ich einmal sagen gehört: Wenn es ein Gerücht gibt, dann ist auch immer etwas dran. Nachträgliche Dementis machen das Unrecht nicht wieder gut, wirken oft geradezu ins Gegenteil, verstärkend.

Hier kann ich von einem Experiment berichten, das ein Assistent der Romanistik an der Universität des Saarlandes in einem Proseminar durchgeführt hat, das zu einem überzeugenden Ergebnis geführt hat. Er hat einen Studenten eine Geschichte aus meinem ersten

Buch »Überwindung der Blitzangst« ins Französische übersetzen lassen. Diesen Text hat er dann einem anderen Studenten gegeben, um ihn ins Deutsche rückzuübersetzen. Diesen rückübersetzten Text hat er dann wieder von einem anderen Teilnehmer seiner Übung ins Französische übersetzen lassen. Das ging so über fünfzehn »Stationen«. Am Schluß hat er den letzten ins Deutsche rückübersetzten Text mit dem Ausgangstext verglichen. Sie waren nahezu »unvergleichlich«, meine Geschichte war kaum wiederzuerkennen... Das kam aber nicht nur daher, daß unterwegs Fehler passiert sind, was sicher auch vorgekommen sein mag, aber vor allem daher, daß das Wörterbuch für jedes deutsche Wort mehrere in der Bedeutung verwandte, aber doch unterschiedliche Entsprechungen anbietet, und umgekehrt für jedes französische Wort mehrere deutsche... Im Ergebnis war eine kuriose Prosa herausgekommen, wie man sie heute oft bei maschinell mit Übersetzungsprogrammen hergestellten Gebrauchstexten, etwa bei Gebrauchsanweisungen, aber auch in Reiseführern findet. Ich habe in meiner Bibliothek zwei solcher Elaborate, die ich mir gerne zur Stimmungsaufhellung zu Gemüte führe. In »Das Leben von Francesco Petrarca Dichter« lese ich: »Wieviele sind die Städte, die die Ehre gehabt haben, Petrarca aufgenommen zu haben? Gewiss zahlreicher als jene, die im Lauf seines Lebens erinnert werden. Unter den auserwählten Wohnungen ist gewiss Arqua für unseren Dichter die vorliebste, weil er dieses Ort sein letztes und fröhliches Ziel betrachtete.« Es geht mir absolut nicht um Denunziation. Wenn ich eine Biographie, eine Hagiographie über dich, Aloysius Gonzaga, auf Italienisch oder Latein schreiben müßte, wäre das Ergebnis sicher auch haarsträubend ... Aber eine Kostprobe aus einem Führer durch den Dom in Spilimbergo möchte ich noch anbringen: »Der Dom war am Anfang in romantischem Stil und wuchs bis zu seinem Ausbau unter dem Einfluss des göthischen Stils ...« Und zum Schluß: »Dekorationen und Fresken verschönerten fast alle Innere- und Aussenwände der Kirche, die Zeichen sind fast alle verschwunden aber noch heute einige lückenhafte Spuren bezeugen die versteckte Schönheit der Vergangenheit.« Es ist in wissenschaftlichen Arbeiten üblich, wenn fehlerhafte Quellen und verschriebene Worte oder Wörter zitiert werden, hinter das verschriebene, genau zitierte Wort ein (Sic!) zu schreiben und damit darauf aufmerksam zu machen, daß es sich hier um eine Besonderheit, meinetwegen einen Fehler des zitierten Autors oder der Quelle handelt und nicht um eine Schlamperei des Zitierenden. Gerade ist mir wieder einmal ein diesbezüglicher Tort angetan worden. In der Zeitschrift »Lustgarten« hat man die Geschichte »Die lustigen Alten« aus dem Buch »Lebenszeichen« abgedruckt, aber leider nicht genau abgedruckt, sondern an einer mir wichtigen Stelle verdorben. Ich zitiere dort ein Schmuckblatt, das mir Brigitte Schwaiger einige Jahre vor ihrem Freitod geschickt hat, in verstellter Kinderschrift, in der sie mir auch sonst manchmal schrieb: »Eines schönes Tages werden mir uns wiedersehn« (Sic! Sic!) Im »Lustgarten« aber stand: *Eines schönen Tages werden wir uns wiedersehn.*

Ein neuzeitliches Phänomen mit einer alten Bezeichnung ist das heute vieldiskutierte *Mobbing*. Damit wird ursprünglich das Schlechtmachen und »Hinausekeln«

von Kollegen oder Kolleginnen aus Betrieben und Büros bezeichnet. Ein gruppendynamisches Phänomen auch an Schulen, in Konferenzzimmern oder Klassen. *Mob* sei eine »aufgeputschte randalierende Menschenmenge, *Pöbel*, geringschätzige Bezeichnung für Volksmassen« erklärt das Etymologische Wörterbuch, das englische Fremdwort sei ein verkürztes englisches substantiviertes *mobile*. Lateinisch *mobilis* heißt bekanntlich nicht nur »beweglich«, sondern auch »wankelmütig«, das Englische kann, was den Wortschatz betrifft, durchaus auch als eine romanische Sprache gelten … *Mob* entspricht dem aus dem lateinischen Altertum bekannten *vulgus mobile*, dem »wankelmütigen Volk«. Die wohl übelste und gefährlichste Ausprägung von *Mob* sind die in Fußballstadien wütenden Hooligans, »eine Menschengruppe, die vor allem bei Großereignissen wie Fußballspielen durch aggressives Verhalten auffällt« (laut Wikipedia). Als Synonyme für *Hooligan* bieten die Wörterbücher *Rowdy* und *Rabauke*.

Damit sind wir endgültig bei den heutigen Möglichkeiten der Meinungsäußerung in den sogenannten »Social Media«, auf Facebook, Instagram und Twitter, bei Postings und Kommentaren gelandet. Der bedenkliche Vorzug solcher Meldungen und Meinungsäußerungen ist ihre Anonymität. Ach wie gut, daß niemand weiß, daß ich Rumpelstilzchen heiß'! Und Rumpelstilzchen sind es auch oft, jedenfalls ideologische Zwerge und Kümmerer, »Männchen« wie im Märchen, die ihren Frust, ihren *Gitzi*, mundartlich gesagt, im »Shitstorm« ausdrücken und ausleben … Menschenverachtend! Ungenierter häßlichster Rassismus enthemmter Fans tobt sich in den Social Media wie in den Fußballstadien aus. Verifiziert sich darin etwa die etymologische Nachbarschaft von Fan und Fanatismus? »Holt den Tierarzt!«, riefen bekanntlich Hooligans in einem Stadion, als ein schwarzer Spieler verletzt auf dem Boden lag…

Doch ich möchte von der »Leutseligkeit« wieder zur Malerei zurückkehren: Max Weiler, der Porträtist der Tiroler Prominenz, war freilich selbst, wie sich herausstellte, in der Zeit des Nationalsozialismus weder im Widerstand noch in innerer Emigration, im Gegenteil: Er ist 1940 der NSDAP beigetreten… Ich habe im Innsbrucker Gymnasium der Ursulinen, einem supermodernen, überambitionierten Bau des Holzmeister-Schülers Josef Lackner, in einem von allen Seiten einsehbaren Konferenzzimmer mit einer »Schwester«, also Nonne und Professorin, gesprochen, die mir als Weiler-Tochter vorgestellt wurde, die sich aber mit ihres Vaters zweiter Gattin offenbar nicht anfreunden konnte und so auch zu ihrem berühmten Vater auf Distanz ging.

Dasselbe Schicksal wie das Weiler-Bild in der Theresienkirche auf der Hungerburg hat in Kärnten, und zwar in der Wallfahrtskirche Maria Saal, ein Bild Herbert Boeckls »erlitten«. Es wurde hinter einer Art Rolladen versteckt, die nur für besondere, sozusagen moralisch gefestigte Besucher geöffnet wurden. Das Bild stellt Christus dar, der dem halb im See versunkenen Petrus die Hand reicht und ihn vor dem Ertrinken rettet. Petrus aber hat die Physiognomie Lenins, und Christus, wie manche meinen, sogar das Gesicht Stalins. Was wollte Boeckl, wenn dieser Eindruck stimmt, damit sagen? Wollte er die Heiligen herabsetzen und die Kommunisten verherrlichen? Das kann wohl nicht sein, meinte auch eine seiner Töchter, mit der wir im Café des Klagenfurter Künstlerhauses manchmal zusammensaßen. Und auch Gernot Eder, ein Schwiegersohn Boeckls, den ich in anderem Zusammenhang schon erwähnt habe, war dieser Meinung. Wenn Herbert Boeckl aber diese Ähnlichkeit nie beabsichtigt hatte und sie ihm sozusagen nur unterlaufen ist, dann erstaunt es, daß er sich gegen diese Unterstellung nicht gewehrt hat und sich die Zensur gefallen hat lassen. Viele Boeckl-Freunde und Vertraute kann man nicht mehr fragen, weil sie Kärnten, Österreich und die Erde verlassen haben … Es ist und bleibt ein Verdienst des Bischofs Egon Kapellari, daß er das Bild Boeckls endlich freimachen ließ. Schließlich hat man auch Boeckls Vergangenheit so lange »durchleuchtet«, bis man einen »braunen Fleck« gefunden zu haben glaubte. Ich bin mit dem verstorbenen deutschen Kanzler Helmut Kohl der Meinung, daß die Kritiker mit der »Gnade der späten Geburt« nicht zu selbstsicher und selbstgerecht sein sollten. Sie wissen nicht, wie sie sich verhalten hätten, wenn sie den Versuchungen und Verfolgungen der Schreckensherrschaft ausgesetzt gewesen wären. Aber ganz ausblenden und übersehen kann man das Problem nicht. Ernst Fuchs, der bekannteste Maler des »Phantastischen Realismus«, an sich nachsichtig, hat die »Abstrakten« und »Informellen« seiner Zunft sarkastisch für Erfüllungsgehilfen der Besatzungsmacht USA und der Kunstsammlerin und Galeristin Peggy Guggenheim gehalten, als hätte nun nach den Verirrungen der Nazizeit eine Läuterung und Umorientierung stattgefunden. Lachend erzählte er einmal bei einer unserer Zusammenkünfte im Pfarrhof St. Egid, daß Herbert Boeckl bei seiner, des Fuchs, Aufnahmeprüfung in der Akademie der bildenden Künste am Schillerplatz die Bilder der vorgelegten Mappe ansah, und aufblickend zu dem vor ihm stehenden Fuchs sagte: »San S' a Jud?« Wohl, weil Illustrationen zum Alten Testament in der Mappe waren. Für viele Maler, die plötzlich oder allmählich nach dem Krieg abstrakt malten, nachdem sie eben noch kraftstrotzende arische Athleten gezeichnet und gemalt hatten, war dieses Malen wie eine Flucht aus dem untergegangenen Dritten Reich in das Niemandsland der Beliebigkeit. Einen »Abstrakten« und »Informellen« kann man natürlich nicht oder nur schwer belangen, weil er sich ja nur auf das »Unsemantische«, »Bedeutungslose« bezieht… Es waren sich freilich auch nicht alle Maler der Gruppe um die Galerie nächst St. Stephan untereinander grün. Josef Mikl, den ich meinen Freund nennen durfte, lästerte nicht nur gern über die »Phantastischen Realisten«, vor allem über Ernst Fuchs, sondern auch über Kollegen aus dem eigenen Stall. So vergaß er selten, wenn der Name des »Übermalers« Arnulf Rainer fiel, hinzuzufügen »der Napola-Schüler«. Rainer wieder lästerte über den Bildhauer Alfred Hrdlicka, den er als »Tschechoslowakischen Bildhauer des Sozialistischen Realismus« verspottete… Alfred Hrdlicka, nach seinem Lehrer Fritz Wotruba meiner Überzeugung nach der bedeutendste Bildhauer Österreichs, hat, obwohl er sich selbst als Kommunist, ja Stalinist und Atheist verstand und bezeichnete, zugleich doch die überzeugendsten Skulpturen mit christlichem Bezug geschaffen, »vollbracht«! Und es freut mich, daß eins seiner

Werke – eine Büste der Märtyrerin Maria Restituta Kafka, mit bürgerlichem Namen Helene Kafka, Schwester des Franziskus-Ordens, 1894 in Hussowitz bei Brünn geboren, 1942 von der Gestapo im Operationssaal des Mödlinger Krankenhauses verhaftet und zum Tod verurteilt und im Wiener Landesgericht hingerichtet, von Papst Johannes Paul II. seliggesprochen – in der Barbara-Kapelle des Stephansdomes angebracht wurde. Hrdlicka hat freilich auch an dieser Skulptur die Weiblichkeit der Nonne in freilich verhüllten, aber übergroßen Brüsten ein wenig überbetont… Er war wohl mit den ikonographisch oft sehr »geschlechtslos« dargestellten heiligen Frauen unzufrieden. Da Kafkas Leiche trotz kirchlichen Ersuchens nicht herausgegeben, sondern in der sogenannten 40er Gruppe des Zentralfriedhofs mit über 2000 anderen Opfern anonym verscharrt wurde, gibt es von ihr, anders als von dir, Aloysius von Gonzaga, und anderen Seligen und Heiligen, kein Grab und keine Gedenkstätte mit Reliquien, die doch das Erinnern und Gedenken in Meditation und Gebet so sehr unterstützen, ja beflügeln können. Gerade die Gräber von Erdbestatteten sind mit Recht das Ziel von Pilgerfahrten…

Nicht nur die »Souvenirs«, deutsch »Überkommenes« oder »Überbleibsel«, von heiligen oder heiligmäßigen Personen haben einen »deiktischen« Charakter und Wert, zeigen und deuten auf etwas und rufen etwas auf und rufen etwas wach und befördern so das Denken und Gedenken, Erinnerung und Andacht, auch die Orte, an denen Menschen Gutes getan haben, erfüllen eine ähnliche Funktion. Darum besuchen Menschen, Christen und Juden, das Heilige Land. Walther von der

Vogelweide beginnt sein Palästina-Lied mit dieser Strophe: »Jetzt erst erfahre ich mein Leben als wesentlich / da mein sündiges Auge / das heilige Land erblickt, und die Erde, / die man so verehrend preist. / Mir ist geworden, worum ich immer gebeten habe, / ich bin an die Stätte gekommen, / da Gott in menschlicher Gestalt wandelte.« (Übersetzung nach Peter Wapnewski) Daß Walther das Heilige Land nicht als frommer Pilger und nicht als Tourist besuchte, sondern als Kreuzfahrer, auch wenn man nicht genau weiß, an welchem Kreuzzug er teilgenommen hat, steht natürlich auf einem anderen Blatt … Faszination üben leider auch Ortschaften aus, wo Verbrechen geschehen sind. Es spricht aller Menschlichkeit Hohn, daß Anarchisten jene Stelle am Genfer See, wo Elisabeth, die Gattin Kaiser Franz Josephs, von Luigi Lucheni ermordet wurde, als Feierstätte mißbrauchen.

Nachdem ich mich in Bozen/Bolzano als zu blauäugig und landfremd gezeigt hatte, war es sozusagen kein Wunder, daß die Südtiroler meiner dritten und letzten Lesung in Südtirol, in Kastelruth, ferngeblieben sind, und mir DEN Flop und Tort meiner Lesereisen beschert haben. Über diese Niederlage, eine Lesung ohne Publikum, habe ich eine Geschichte geschrieben (»Von Odense bis Kastelruth«), die ich später vor allem dann gern vorgelesen habe, wenn mir mehr Interessenten zugehört haben, was mir sicher als Koketterie ausgelegt worden sein wird … Sei's drum. Einen gewissen Ehrgeiz, der sich ja nicht bis zur Ruhmsucht steigern soll, darf man auch Schriftstellern schon zubilligen. Ich habe in diesem Zusammenhang schon einmal Goethe mit den zwei Schlußversen seines Gedichts zum Thema

Bescheidenheit zitiert: »Nur die Lumpe sind bescheiden / Brave freuen sich der Tat!« Natürlich ist übertriebene Ruhmsucht albern angesichts des Todes. So war es wohl auch eher der Verlag als der Autor Thomas Bernhard, der das postum erschienene Buch »Meine Preise« »auf den Markt geworfen« hat, wo Bernhard doch bei einer Preisverleihung mit dem berühmt-berüchtigten Satz schockiert und provoziert hat, es sei alles lächerlich, wenn man an den Tod denke. Und schließlich, nach »Die Auslöschung« »Meine Preise«? Ein Progone, ja, der biblische Urvater des Nihilismus ist sicher der »Prediger« Kohelet, der »König von Jerusalem«, der seinen »Erwägungen« den Leitsatz voranstellt »Eitelkeit über Eitelkeit, alles ist Eitelkeit.« Dieses Motto ist auch den deutschen Epen über das Leben Alexanders des Großen vorangestellt: *Vanitas vanitatum vanitas.* Eine der Versionen des »Liedes« endet mit Alexanders Hybris, seinem »überheblichen«, surrealistischen Versuch, auf einer Leiter ins Paradies hinaufzusteigen …

Nun wird heute bei feierlichen, vor allem bei traurigen Anlässen, gern wie zur Tröstung die Lesung aus dem Kohelet geboten: »Alles hat seine Zeit. Jedes Ding hat seine Stunde unter dem Himmel. Das Geborenwerden hat seine Zeit, und das Sterben hat seine Zeit. Das Pflanzen hat seine Zeit und das Ernten hat seine Zeit.« Meist wird aber bei dieser litaneiartigen Aufzählung selektiv verfahren und Unangenehmes weggelassen, wie »Das Töten hat seine Zeit … Der Krieg hat seine Zeit.« Im Kohelet stehen freilich auch noch wesentlich härtere »Weisheitssprüche«: »Ungeboren sein ist besser als Leben.« Und im Blick auf die »Tränen der Bedrückten, denen kein Tröster wird«: »Gewalttat geht aus von der

Hand der Bedränger. Doch keiner ist, der die Bedrückten tröstet.« »Da pries ich die Toten, die längst dahin, glücklicher als die Lebenden, die noch leben, und glücklicher als beide den, der noch nicht ins Dasein gelangt ist, der das böse Treiben nicht sah, das sich abspielt unter der Sonne!« Rührt dies nicht an ein Tabu, ist es nicht eine Seligpreisung der abgetriebenen Kinder, über die keine Statistik Auskunft gibt? Ich bin kein Theologe und kein Bibelwissenschaftler, wundern tut es mich aber nicht, daß sich die Zünftigen schwergetan haben, den »Prediger« oder nach der Vulgata »Das Buch Ekklesiastikus« in den Kanon der Heiligen Schrift aufzunehmen. Wer sich der Mühe unterzieht, etwa Luthers »Vorrede« zu den »Weisheitssprüchen« zu lesen, bekommt anschaulich vermittelt, was möglicherweise gegen, aber dann letztlich für dieses Buch spricht, das, wie er meint, irrtümlich unter die Sprüche Salomons gereiht wurde, um ihm Ansehen und Achtung zu verschaffen, das er aber dem Weisen Philo zuschreibt, der es als Invektive gegen die Unterdrücker der »Jüden«, sozusagen als ihr Anwalt »In tyrannos« geschrieben hätte. Ein kurzes Stück Lutherdeutsch soll auch die Evangelischen, die sich auf Luther berufen, aber ihn kaum im Original wirklich lesen (können), erfreuen: »Aber hernachmals ist dis Buch von vielen / fur ein recht buch der heiligen Schrifft gehalten. Sonderlich aber in der Römischen Kirchen / also hoch und schon gehalten / das freilich kaum aus einem Buch in der Schrifft / so viel Gesanges gemacht ist als aus diesem. Vielleicht aus der vrsache / weil in diesem Buch die Tyrannen / mit worten so hefftig gestraffet / vnd angegriffen / Widerumb die Heiligen und Marterer / so höchlich getröstet werden / vnd zu Rom die Christen mehr denn sonst in aller Welt / verfolget vnd gemartert wurden / Haben sie dis Buch am meisten getrieben / als das sich zur sachen so eben reimet / mit trewen wider die Tyrannen vnd mit trösten fur die Heiligen / Wiewol sie darin viel Stück nicht verstanden / vnd gar offt bey den haren gezogen haben / Wie denn auch sonst der gantzen heiligen Schrifft oft geschehen ist / vnd teglich geschicht.«

Luther und Rom! Als er nach Rom kam – wann genau, darüber streiten die Gelehrten –, sagen wir um das Jahr 1512, war durch Papst Julius II. gerade erst der Grundstein für den Petersdom gelegt worden, an dem dann rund 120 Jahre gebaut wurde und für den im ganzen Heiligen Römischen Reich gesammelt wurde, was wegen des Ablaßmißbrauchs durch den Dominikanerpater Johannes Tetzel zum Auslöser und zur Initialzündung für die Reformation wurde, wenn auch der alte Luther in einem rührenden Brief an den alten Tetzel schrieb, er möge beruhigt sein, es sei nicht sein, Tetzels, Handeln allein gewesen, das die Reformation in Gang gesetzt habe …

Als du, Prinz Aloysius von Gonzaga, von Loreto her das erste Mal nach Rom kamst, hatte der Dom noch nicht jene überragende gewaltige Vierungskuppel, die architektonische Krönung, das Meisterstück nach dem Entwurf des Donato Bramante, das heute geläufige Wahrzeichen Roms. Moritz Meschler schreibt in deiner Biographie, Aloysius, über dein erstes Eintreffen in Rom: »Endlich näherte sich die Reisegesellschaft dem Ziele. Über der grünen Wellenlinie der römischen Campagna stiegen zwei dämmernde Punkte empor, der Monte Mario und St. Peter mit den luftigen Hallen, die bald die Riesenkuppel tragen sollten. Wir wissen aus seinem Briefe, wie sich Aloysius nach Rom gesehnt, der heiligen Stadt, der Stadt des Statthalters Christi und für ihn besonders die Stadt des Hl. Ignatius und der Gesellschaft Jesu; wir können uns also auch denken, wie dieser erste Blick auf das Kanaan seines Herzens, die irdische Heimat seiner Seele ihn bewegte, … mit welchem Dank gegen Gott er endlich in die Tore der ewigen Stadt einzog!« Rom als Sehnsuchtsort! Im Lexikon steht, daß der Name Bramante von *bramare* komme, was »sehnsüchtig verlangen« heiße. Eigentlich hieß *Bramante* ja Donato di Pascuccio d'Antonio.

Wir, mein Schulfreund Gerhard Neubauer und ich, waren auf unserer Radtour im Jahr 1956 tief beeindruckt und unendlich erleichtert, als wir durch die vielen Erdwellen, Bergrücken hinauf und Senken hinab, auf der Anhöhe, am Kamm der letzten, den Blick freigebenden Bodenwelle der Via Appia, Roms ansichtig wurden! *Ecce urbs*! Ein unbeschreibliches Gefühl! Ein ähnliches Erlebnis ist es, wenn man das erste Mal am Ufer des Ozeans steht. Adalbert Stifter hat an seinen Verleger Heckenast in einem Brief aus Linz am 20. Juli 1857 geschrieben: »Mein Sehnen seit vielen Jahren ist in Erfüllung gegangen: Ich habe das Meer gesehen. Alle Dinge, welche ich bisher von der Erde gesehen hatte, Alpen, Wälder, Ebenen, Gletscher etc. versinken zu Kleinlichkeiten gegen die Erhabenheit des Meeres. Ich wußte nicht, wie mir geschah. Ich hatte eine so tiefe Empfindung, wie ich sie nie in meinem Leben gegenüber von Naturdingen gehabt hatte. Wie groß ist Gott, wie herrlich ist seine Welt!« Dieses »Erweckungserlebnis« hatte Stifter auf einem Hügel bei Opicina bei Triest: Der Maler Stifter schreibt: »In Farben wie lichter Smaragd, wie leuchtender Azur, wie tiefes Ultramarin, ja wie ein Panzer mit lauter Silberschuppen.« Vom Himmel in »tiefer Bläue am Morgen« und »in fast weißer glühender Hitze« nach Mittag ist die Rede. Mit einer ähnlichen Ergriffenheit schildert Stifter auch die Sonnenfinsternis am 8. Juli des Jahres 1842, daß man sich vor dem kosmischen Ereignis – und vor Stifter – niederknien und »Die Himmel rühmen des Ewigen Ehre…« anstimmen möchte, jenes von Ludwig van Beethoven vertonte Gedicht des Moralphilosophen und Aufklärers Christian Fürchtegott Gellert aus »Die Ehre Gottes aus der Natur«, das bekanntlich einen Psalm König Davids (Ps. 19,2–6) zur Grundlage hat… Welch eine Zeit, als man die Gottesfurcht, den *timor Dei*, die *pietas* und die *religio* in Taufnamen wie »Fürchtegott« preßte, wie auch die »Gottesliebe« in *Gottlieb* und *Gottfried*, den *amor Dei*, wie in Mozarts zweitem Namen, in *Amadeus*! »*Deus est caritas*« hat der neue Bischof der Diözese Gurk-Klagenfurt, der Slowene Josef Marketz, der Direktor der Caritas war, als Motto gewählt…

Sogar Adalbert Stifter resigniert angesichts des Wunders der Natur im Brief an den Verleger: »Das Papier ist zu jeder Mitteilung zu klein!« Der »Normalverbraucher« aber ist sprachlich hilflos und »heillos überfordert« und sucht verzweifelt nach Ausdrücken für diesen schockartigen Glückszustand und findet doch nur verbrauchte Wörter: *überwältigend*, *umwerfend*, *atemberaubend*. »Das Letzte aber geben die Worte nicht her«, hat Wolfgang Borchert geschrieben, aber nicht im Hinblick auf die Wunder der Schöpfung, sondern auf die Schrecken der Kriege, die »*desastres de la guerra*«, mit Francisco de Goya gesprochen. »Wer könnte einen Reim finden auf das Röcheln einer zerschossenen Lunge …« Wenn sich die schrecklichsten Terroranschläge und Attacken, Kriegsverbrechen und Verstöße gegen die Menschenwürde häufen, mit vielen Ermordeten, darunter immer »Frauen und Kinder«, und sich Politiker dazu äußern müssen, so hören wir auch immer dieselben stereotypen Vokabel: *abscheulich, widerwärtig, ekelerregend, entsetzlich* … Wo wohl auch sprachloses Schweigen angebracht wäre. Oder sollte man wieder die aus der Mode gekommenen Wörter *teuflisch* und *satanisch, apokalyptisch* reaktivieren? Diese sagen und besagen freilich auch nicht mehr viel …

Beim 50jährigen Maturatreffen im Jahr 2007 am »Originalschauplatz« im Welser Bundesrealgymnasium gab mir der erwähnte Schulfreund und »Reisebegleiter« Gerhard Neubauer eine Kopie seiner tagebuchartigen Aufzeichnungen von unserer Gewalttour im Jahr 1956, ein Jahr vor der Matura, nach Rom. Er hat genau protokolliert, was wir gegessen und getrunken haben und vor allem die vielen Pannen mit den primitiven Rädern. Gerhard hatte wohl ein robusteres Waffenrad, ich aber das ganglose filigrane »Sportrad« meines Bruders Josef. Wir wechselten uns mit dem Transport des bodenlosen Pfadfinderzeltes ab und als ich bei Trient einmal an der Reihe war und aufsteigen wollte, sackte das Hinterrad durch die Schwere der übervollen Packtaschen zusammen … Seinem Tagebuch stellte Gerhard die Kopie seines Empfehlungsschreibens voran, das ich, da ich mein eigenes Empfehlungsschreiben von unserem Pfarrer Ferdinand

Hochedlinger im Buch »Lebenszeichen« schon wiedergegeben und mitgeteilt habe, hier nicht unerwähnt lassen möchte: *»Litterae commendatitiae pro Gerhard Neubauer, stud. in gymnasio in oppido Wels in Austria, qui catholicus vere probatus omnibus praesertim clericis et institutis catholicis commendatur. In* actione *catholica inter suos commilitones bene meritus est. Wels, die 8.Julii 1956.«* Unterschrieben hat es: *Professor et Curatus pro iuventute in decanatu. Dr. A. Eder.* Das A. der eigenhändigen Unterschrift steht für Alois oder Aloisius! An Castiglione und Mantua sind wir, von Malcesine am Gardasee kommend, damals vorbeigefahren. Jetzt, wo ich Gerhards Reisetagebuch mit meinem »Itinerar« vergleiche, sehe ich, daß wir wohl dieselben Erlebnisse doch unterschiedlich wahrgenommen und beschrieben haben. Er war wohl dadurch, daß er immer auf der bloßen Erde, auch im bodenlosen Zelt, schlief, während ich luxuriös auf einer Luftmatratze ruhte, gesundheitlich beeinträchtigt und von Diarrhöe geplagt. Auch über die Ausgaben hat er genau Buch geführt. Die 1000 Schilling, die jeder von uns zur Verfügung hatte, haben wir in Gelati und Latte und hin und wieder in eine Pizza investiert … Erst viele Jahre später bin ich auf eine Reisebeschreibung aufmerksam geworden, die mich wegen der Route, der Ähnlichkeit mit meiner »Lebensreise«, aber auch wegen der gravierenden Unterschiede fasziniert hat: Johann Gottfried Seumes »Spaziergang nach Syrakus im Jahre 1802«. »Spaziergang« ist natürlich reine Ironie für einen Fußmarsch mit gelegentlichen Mitfahrmöglichkeiten auf »Vetturinen«, mit Goethe gesprochen, über ein Jahr und 2500 Kilometer von Leipzig nach Wien, Venedig, Rom bis nach Sizilien und zurück über Mailand nach Paris und wieder zurück nach Deutschland …

Johann Gottfried Seume war nun alles andere als ein »frommer Pilger«, er war im Gegenteil ein überkritischer protestantischer Aufklärer, der das zivile und das kirchliche Italien schonungslos und stellenweise auch verständnislos kritisiert. Im Gegensatz zu Goethe, der ihm natürlich mit der »Italienischen Reise« auch Vorbild war, findet er aber weder an den antiken noch den Kunstschätzen der Renaissance Gefallen. »Ein Ölbaum und ein Weizenfeld« sind ihm ein »Heiligtum«, das er begeisterter rühmen kann als alle Kirchen der Heiligen Stadt, und den Klang von Dreschflegeln empfindet er als »herrliche ökonomische Musik«, die er Chorälen vorzieht. »Den pragmatisch denkenden Aufklärer beeindrucken das Aquädukt bei Rimini (auch wenn es ein Papst erbauen ließ) und die Talsperre von Velino mehr als ›die zwecklose Pracht‹ etwa des Augustinerklosters von Neapel, das für das Gelübde der Armut eine Blasphemie« darstelle, meint Kindlers Literaturlexikon. Seume hat, konfessionell gesehen, im Protestantismus eine ähnliche Rolle gespielt wie im Katholizismus etwa Charles Sealsfield (Carl Anton Postl), der in seiner mährischen Heimat Jesuitenschüler in Znaim war, schließlich in Prag Theologie studierte und 1814 zum Priester geweiht wurde, sich in Amerika aber eine neue Identität verschaffte, sogar als protestantischer Pfarrer ordinierte und mit seinen Reisebüchern und Romanen international bekannt wurde, sich im Alter aber in die Schweiz zurückzog, wo er 1864 starb.

Seume ist die große nüchterne Gegenstimme zu allen Rom-Begeisterten. Wie er etwa auch über Loreto und sein heiliges Haus, das Heim der heiligen Familie in Nazareth, spottet, über die vielen Kirchen Roms und die unzähligen Beichtstühle in den Kirchen und überhaupt über das Bußsakrament, ist an Sarkasmus kaum zu überbieten. Er war hierin ein gelehriger Schüler Martin Luthers, der sich im Spott über das Ablaßunwesen und die Reliquienverehrung der »alten« Kirche keinen Zwang angetan hat. Seume war ja auch als Kind armer Eltern, als Stipendiat und Theologiestudent, auf dem Weg zum Pastorenamt (wie ähnlich auch Friedrich Hölderlin), als er »türmte« und Reißaus nahm, was damals riskant war, so daß er zeitweise fern seiner deutschen Heimat wie ein Exilant leben und schließlich als »Hofmeister« und Verlagslektor sein Leben fristen mußte. Für den erwähnten Sealsfield wie auch für Friedrich Gerstäcker wurde er als Reiseschriftsteller zu einem wichtigen Vorbild.

Ich habe mein ganzes späteres Leben keine ähnlichen Extratouren zu Fuß oder mit dem Rad unternommen wie 1956 nach Rom. Ich bin wohl eher ein Stubenhocker geworden. Zwar bin ich immerhin einmal bei der Studentenwallfahrt zu Fuß von Wien nach Mariazell mitgegangen, bin aber später weder den Hemma-Weg in Kärnten, den Jakobsweg quer durch Europa noch den Benediktweg nach Norcia in Süditalien gegangen, von denen meine reiselustigen Stammtischbrüder, Morgenlandfahrer und Athospilger, die pensionierten Tanzenberg-Professoren und vor allem der ehemalige Direktor Josef Mohar im Café der Diakonie in Klagenfurt so viel Erlebnisreiches zu erzählen wissen. Literarisch, narrativ, habe ich in »Ein Vandale ist kein Hunne« ein wenig am Rande den komischen Fußgänger Joseph Kyselak zitiert, der heute gern als der Progone der Tagger und Sprayer bezeichnet wird, weil er unterwegs auf seiner Reise an markanten Stellen seine Signatur hinterlassen hat. Dieser Tradition, an einem besonderen Ort ein Zeichen, sozusagen eine geistige »Duftmarke«, zu hinterlassen, hat bekanntlich auch Goethe in der Berghütte auf dem Kickelhahn im Thüringer Wald gefrönt, wo er »Wanderers Nachtlied« an die Hüttenwand geritzt hat: »Über allen Gipfeln ist Ruh…« Als mein Vater ober seiner Mühle im Innbach eine neue Wehr errichtete, hat ein Polier der Baufirma in den frischen Beton der Ufermauer den Namen meines Vaters, des Bauherrn »gedruckt« oder gedrückt, was ihm, dem Vater, aber wenig bedeutete… Hinter ähnlichen naiven Aktivitäten steckt der rührende, aber letztlich müßige Versuch, etwas Bleibendes und Überdauerndes zu hinterlassen. Erfinderische Menschen praktizieren nun nach dem Einschnitzen von Namen oder Herzen in die Rinde von Bäumen, wie es Franz Schubert in »Am Brunnen vor dem Tore« im Zyklus der »Schönen Müllerin« besingt, das Anbringen von Schlössern und Freundschaftskettchen an Brückengeländern. Tausend solcher Schlösser hängen etwa am Geländer des Mozartstegs über die Salzach in Salzburg.

Wie viele Erinnerungstafeln mag es wohl an Goethes »Italienische Reise« geben? In wie vielen Häusern, Gasthöfen und Herbergen kann man lesen, daß er hier abgestiegen ist und übernachtet hat oder einen Turm, wie den des Straßburger Münsters, bestiegen hat, worüber er in »Von deutscher Art und Kunst« Mitteilung machte und eine Neubewertung der lange für barbarisch gehaltenen Gotik einleitete. In Innsbruck befindet sich in einem Gasthaus nahe dem »Goldenen Dachl« ein Hinweis, daß Goethe hier gegessen und genächtigt hat. Es wäre interessant und aufschlußreich, ein Ranking zu erstellen, wer wie viele solcher Memoriale bekommen hat. Übertrifft Goethe alle anderen Dichter, Mozart alle Komponisten? Beethoven ist freilich nicht viel in der Welt herumgekommen, er hat keine großen Reisen unternommen, er ist nur innerhalb von Wien oft umgezogen, und so gibt es an manchen Häusern Hinweise auf ihn, wenn er auch dort oder da nicht lange gewohnt hat … Der Ortsfesteste unter den Denkern war natürlich Immanuel Kant, obwohl er auch Geographie unterrichtet hat. Ich habe in meinem Roman »Cant läßt grüßen« Curiosa in diesem Kontext mitgeteilt, die ich meinem saarländischen Freund Rudolf Malter, den ich im Buch zu Kants »Ammanuensis«, also Assistenten, gemacht habe, persönlich verdanke oder aus seinen Editionen und Büchern entnommen habe, die ich alle von ihm mit Widmungen bekommen habe. So sagt Kant in seiner Anthropologie sinngemäß, daß jemand, der in einer Stadt wie Königsberg lebt, einer Hafenstadt und Mittelpunkt einer großen Region, es nicht notwendig hat, herumzureisen. Extreme »Zentralisten« waren in früheren Zeiten die Päpste. Sie beachteten die den Benediktinern, aber auch anderen Orden wie den Prämonstratensern aufgetragene, eigentümliche »stabilitas loci«, die dauerhafte Bindung eines Mönchs oder einer Nonne an ein bestimmtes Kloster … Die Päpste sind nach ihrer Wahl für immer in Rom, und hier vor allem im Lateran und Vatikan geblieben, unterbrochen nur von Erholungs-Aufenthalten in Castel Gandolfo. Es war eine Sensation, als Papst Paul VI. in bescheidenem Umfang, aber immerhin, Reisen unternahm, wie jene nach Konstantinopel, sozusagen Staatsbesuche, weil er ja als Herr des Vatikans den Staatsoberhäuptern politisch ebenbürtig und gleichgestellt war und deshalb auch vor der UNO in New York sprechen durfte. Besonders reisefreudig war natürlich Papst Johannes Paul II., den das Nachrichtenmagazin »Der Spiegel« gern ironisch den »eiligen Vater« nannte. Es gibt unzählige Gedenktafeln in aller Welt, die an seine »Pastoralreisen« erinnern, nicht nur Inschriften, sondern auch große Monumente und Statuen wie am Wiener Rennweg vor der Polnischen Kirche, die ich gern besuchte, oder in Altötting. Auch sein Besuch bei deinem Jubiläum im Jahre 1991, 400 Jahre nach deinem Tod, verehrter heiliger Aloysius von Gonzaga, hat in Castiglione und in Mantua unübersehbare Spuren hinterlassen. Ein Totengedenken kann man ja eigentlich nicht als »Jubiläum« begehen und feiern. In deinem Fall aber mag der Ausdruck insofern angehen, als du deinen Tod immer als »Heimgang« verstanden und herbeigesehnt hast. Einen Tag nach deinem Namenstag, am 22. Juni 1991, hielt Papst Johannes Paul II. im Dom von Mantua einen Gottesdienst mit Ordensleuten und Priestern, dir zu Ehren und aus Anlaß der 1200-Jahr-Feier der Diözese Mantua, deren Schutzpatron du gemeinsam mit dem heiligen Kirchenlehrer Anselm von Canterbury ja geworden bist... Bei jenem Besuch in der Lombardei hat er dich auch zum Patron der Aidskranken, der HIV-Positiven, der Infizierten, »ernannt«. Das war wohl ein umstrittener Akt. Zustimmend aufgenommen wurde sein Besuch im Psychiatrischen Krankenhaus in Castiglione delle Stiviere. Der gegenwärtige Papst Franziskus, der trotz dieser Namenswahl kein Franziskaner, sondern »im Gegenteil« ein Jesuit ist, also von deinem Orden, hat gerade die Barmherzigkeit zum Leitmotiv seines Pontifikats gemacht.

Immanuel Kants große »Anthropologie in pragmatischer Hinsicht« hat mich zu meiner bescheidener angelegten »Kleinen Menschenkunde« inspiriert. In einer Geschichte »Königsberg und Innsbruck« habe ich mich dem Weltweisen selbst und seiner »Erzählweise« etwa in seinem Hauptwerk »Kritik der reinen Vernunft« bewundernd kritisch »gewidmet«. Kant macht sich hier Gedanken über den akademischen Betrieb an der Universität Innsbruck, wo die Studenten statt über die Transzendenz nachzudenken lieber Ski fahren gehen. An eigenen Beobachtungen der geistlosen Sportbegeisterten auf dem »Hohen Königsberg« räsoniert er über die Unterschiede zwischen dem kurvigen »Slalomfahren« und dem »prosaischen, das heißt auf Deutsch dem schnurgeraden Abfahren«, wie auch über das Stürzen. »Der Sturz ist alles, was der Fall ist«, zitiert und paraphrasiert er befremdet die merkwürdige Ausdrucksweise Ludwig Wittgensteins im »Tractatus logico-philosophicus«. Hier geht es also um das Skifahren »von der hohen Warte des deutschen Idealismus aus gesehen«. In einem anderen Text lasse ich im Geiste Adalbert Stifters, dessen Stil der merkwürdigste deutsche Schriftsteller des 20. Jahrhunderts, der Goethe-Preisträger der Stadt Frankfurt Arno Schmidt, boshaft mit dem pathologischen Begriff »Elephantiasis« bedacht hat, den Herrn des Rosenhauses aus dem »Nachsommer« seinem höchst erstaunten jungen Besucher ein Paar kunstvoll gearbeitete Intarsien-Skier schenken …

Es war mir immer eine Lust, ausgeprägte Epochen- oder Individualstile glanzvoll oder per Mimikry nachzuahmen. Stifters altväterliche Umständlichkeit übte da auf mich eine große Anziehungskraft aus. Vielleicht darf ich mich auch als einen gelehrigen Schüler Robert Neumanns bezeichnen, weil ich mich auch gern »mit fremden Federn« geschmückt habe. Neumann gilt ja als der Begründer der Parodie als einer eigenen literarischen Gattung, die im vorigen Jahrhundert wahrlich aufgeblüht ist. Sie geht einher mit der wachsenden Bedeutung des Kabaretts und im Bildnerischen der Karikatur. Es sind die hochgeachteten Schriftsteller, die weniger beachtete und unterschätzte Kollegen zum Parodieren reizen. Wer parodiert und imitiert wird, auch Schauspieler wie Theo Lingen und Hans Moser, hat es ganz sicher weit gebracht. Es geht beim Parodieren ja weniger um Ab- als um Zuwendung … Ein grandioses Talent im Sich-Aneignen fremder Idiome hatte der polyglotte Autodidakt Hans Carl Artmann. Das Lesevergnügen bei seinem »Aeronautischen Sindbart« oder bei »Aus meiner Botanisiertrommel« ist immer noch enorm … Es ist die halbe europäische Literaturgeschichte, die Artmann unnachahmlich »nachahmlich« »draufhatte«. Dabei war er, beginnend mit dem Altnordischen der Lieder-Edda in der stabreimenden »Heimholung des Hammers« bis herauf zum Wiener Lokalkolorit in »Im Schatten der Burenwurst« oder in »How much Schatzi«, mit zahllosen Sprachen und Dialekten vertraut und in ihnen bewandert. Er war aber kein einfacher Parodist, auch dort, wo er an andere erinnert, ist er ganz bei sich selbst und unverkennbar er. Es gilt heute, da die Zeit literarisch »erfüllt« ist, ganz allgemein, daß alle Texte, die entstehen, »Texte über Texte« sind. Epigonen sind wir natürlich immer, auch dort wo wir »originell« sind oder zu sein glauben. Der Ausdruck *bewandert* hat in Artmanns Fall einen tiefen Sinn, weil er nicht nur physisch, vom Moped bis zum Flugzeug, sondern auch in der Geistes- und Literaturgeschichte »weit herumgekommen« ist…

Eines Kollegen, dem ich in meinem Salzburger Jahr öfter begegnet bin, muß ich gerade auch in diesem poetologischen Zusammenhang gedenken: Es ist Gerhard Amanshauser, der für das Buch »Der Bernhardiner ein wilder Hund«, herausgegeben von Jens Dittmar, die köstlichste Satire und »Thomate« auf Thomas Bernhard, mit dem er ja sozusagen von Jugend auf bekannt war, geschrieben hat. Einmal war er als Begleiter und Zuhörer bei einer Lesung H.C. Artmanns im Schloß Haiding bei Wels zu Gast, wo ich mit dem Schloßbesitzer, dem Baumeister Friedrich Achleitner, und dem Krenglbacher Lehrer Rolf Schrempf in einer »Aktion Haiding 70« literarische und musikalische Veranstaltungen organisierte. Hier hat Amanshauser wohl Anregungen für sein Buch »Schloß mit späten Gästen« bekommen, in dem er auch einen kunstsinnigen Monsignore auftreten läßt, in dem man unschwer Monsignore Otto Mauer, den Priester, Kunstkritiker, Galeristen und Mäzen, erkennt. Als besondere Anerkennung meiner Arbeit als Herausgeber von Anthologien habe ich es empfunden, daß mir Amanshauser für den Band »Österreichische Erzählungen des 20. Jahrhunderts« einen Originalbeitrag zur Verfügung gestellt hat: »Der Hobbyraum«. Eine buchstäblich mysteriöse und sinistre Geschichte von einem älteren Herrn und

Pensionisten, der sich im Keller unter seiner Wohnung einen Raum eingerichtet hat und dort Bastelarbeiten und Reparaturen ausführt. Ein junges Mädchen bringt ihm, dem Unhold, ihr kaputtes Kofferradio. Am Schluß jedenfalls muß die Kellertür, unter der Blut austritt, gewaltsam geöffnet werden ... Ich habe das Herausgeben, das Veranstalten von Lesungen, eigenen und von Kolleginnen und Kollegen, und auch das Rezensieren wissenschaftlicher oder belletristischer Literatur immer gern gemacht, aber nichts davon als meine wahre Lieblingsbeschäftigung betrachtet. Das war das Schreiben von Erzählungen und Romanen und als Erholung von diesem und jenem das Malen. Dem Schreiben galt meine glückliche und dem Malen meine unglückliche Liebe ...

Bei Besuchen vor allem in Kirchen auf Reisen hatte ich ein besonderes Interesse, nicht Faible, das hieße ja Schwäche und Leiden, für das Entziffern von Inschriften, Benennungen von Kreuzwegstationen, Gedenktafeln und ganz besonders auch von Epitaphen. Oft war es mir darum auch ein Bedürfnis, meine Leser an herausragenden, in Stein gemeißelten Texten teilhaben zu lassen. In diesem Sinne habe ich in meinen Erinnerungen, in den Büchern »Über den grünen Klee der Kindheit«, »Vom Schnee der vergangenen Jahre«, »Almträume«, ganz besonders aber in »Schönschreiben« solche Textzeugen zitiert oder wiedergegeben und »weitergegeben«. Dem möchte ich nun treu bleiben und zum Abschluß das Epitaph Kaiser Maximilians in der Georgskapelle in Wiener Neustadt aus dem Band »Die Inschriften der Stadt Wiener Neustadt« bringen: »Anno Domini 1519, ahm 12. tag des monaths

January in der Statt Welß in Österreich ob der Ennß ist gestorben, der allerdurchleuchstigst, Großmächtigst Furst vnd Herr Herr Maximilian Erwöhlter Romischer Kayser in Germanien, zu Hungaren, Dalmatien, Croatien, König Ertzhertzog zu Österreich, Herzog zu Burgundi, Brabant, Steyr, Kahrenten und Crain. Kayser Fridrich des dritten Sohn, der mit seiner Heurath, die er mit des streitbaren Hertzog Carls von Burgundi ehelichen töchter Frau Maria gethan, dabey er drey Kinder, König Philipsen, Ertzherzog Franciscen und Frauw Margareth uberkomen die Burgundischen Landen auch durch seines Sohns Philippsen Heurath die Hißpanische Reich gar Kayserlich regiert, und zu widerstand des Romischen Reichs nach der Österreichischen und Burgundischen feindt, merklich Krieg gefuhret und dazu mit seiner selbsten person trefflich Heerzüg und viel grosser Streit mit behaltung des Siegs volbracht, der ein Sehliges Christligs Eendt. Mit aller Kristlicher versehung genohmen und die zwen Erben den großmächtig Romischen und Hipanischen König Carll und Ertzhertzog Ferdinanden gebruderen baidt des vorgedachten Königs Philippsen der im 1507 Jahr in Hispanien mit toth abgangen ist, Eleiblichen Söhne hinter sein verlassen, auch gemelt Kayser Maximilian vor seinem abgang in der gantzer Christenheit Fried gemacht, und sein sterben sein begrabnuß in St. Georgen Capellen unter dem vorderen mittlern Altar in der Furstlichen burckh hie in der Newstatt verordnet hatt, alda er ligt. Der allemechtig wolle sein Sehll in ewigkeit gnädig und Barmhetzig sein Amen.«

Dies also ist im Frühneuhochdeutschen das »Abstract« der »Bio«, die »Vita« des vielleicht bedeutendsten Habsburgers Maximilian I., dem man in Innsbruck, seiner Residenzstadt, von den bedeutendsten Künstlern und Bronzeguß-Spezialisten seiner Zeit das wohl größte und prächtigste Mausoleum, versehen mit dem riesigen Trauerzug von vielen historischen, aber auch märchenhaft-mythischen Königen wie König Artus oder Chlodwig I., dem ersten christlichen fränkischen König, und anderen gekrönten Häuptern, aber auch Gottfried von Bouillon, in der Hofkirche errichten ließ, das er dann nicht »benützt« oder »genutzt« hat, weil er testamentarisch verfügt hatte, in Wiener Neustadt in der Nähe der Grablege seines Vaters Kaiser Friedrichs III. seine »Ruhe« zu finden. Der prächtige Kenotaph in Innsbruck hat keinen Inhalt... die Tumba des Hochgrabes ist leer. Die Kosten für eine solche Begräbnisstätte müssen enorm gewesen sein, vor allem auch angesichts der Tatsache, daß der Kaiser durch die vielen Kriege, die er, etwa auch gegen den französischen König um Burgund, das Erbe seiner jung nach einem Reitunfall verstorbenen, »innigst geliebten« Gattin Maria von Burgund, auf das Frankreich Anspruch erhob, führen mußte, finanziell immer in Bedrängnis war... Für seinen Ruhm und Nachruhm hat Maximilian, »der letzte Ritter«, mit den Werken »Weißkunig«, einer allegorischen »Autobiographie«, verfaßt von Marx Treitzsaurwein von Ehrentreitz, und »Theuerdank«, redigiert und verifiziert von Treitzsaurwein, M. Pfinzing und anderen, die er also schreiben hat lassen, zu Lebzeiten gesorgt. Das bekannteste Porträt des Kaisers Maximilian stammt von Albrecht Dürer, der auch an den »Schwarzen Mandern« mitgewirkt hat. Dürer hat eine erste Zeichnung und Skizze am Rande eines Reichstags nur in höchster Eile machen können und hat auch noch in Antwerpen, als er bei seiner, mit seiner tüchtigen, geschäftstüchtigen Frau Agnes in die Niederlande unternommenen Reise die Zeichnung der Tochter Maximilians und Marias von Burgund, Margarete von Österreich, der Statthalterin der Niederlande, zum Geschenk machte, eine große Enttäuschung erleben müssen, als die Beschenkte ihr Mißfallen am »Konterfei« ihres Vaters deutlich und unmißverständlich zum Ausdruck brachte. Ich kann mir vorstellen, wie die resolute Frau Agnes ihrem Mann Albrecht wegen seiner unbedankten Großzügigkeit eine Szene gemacht hat…

Das Bundesland Kärnten, das im obigen Epitaph in der abenteuerlichen Orthographie der Kanzleisprache als *Kahrenten* wie verschrieben erscheint, hat zu Kaiser Maximilian ein besonderes Verhältnis, weil er vor 500 Jahren, am 24. April 1518, ein Jahr vor seinem Tod, im sogenannten »Gabbrief« den Kärntner Landständen die landesfürstliche Stadt Klagenfurt geschenkt hat, worüber im Jubiläumsjahr 2018 im Landesmuseum Kärnten eine Ausstellung unter dem vielsagenden Motto »Verbrannt, verschenkt und wachgeküßt« stattgefunden hat. Das Land Kärnten ist insofern auch mit deinem Geschlecht, Aloysius, der Familie Gonzaga in Dankbarkeit verbunden, als eine der wertvollen Braut- oder Hochzeitstruhen, italienisch *Cassone,* der Paola Gonzaga, der Gemahlin des Grafen Leonhard von Görz, als Geschenk zu den Georgsrittern ins Stift Millstatt gelangt ist und von dort »teilweise«, weil zerlegt und auseinandergenommen, ins Landesmuseum Kärnten. Nach dir, lieber Namenspatron Aloysius, war es vor allem diese Paola Gonzaga, deren Spuren wir auf unserer Wallfahrt nachgehen wollten. Lange standen wir in der »Camera degli sposi«, auch »Camera picta« oder »Camera dipunta«, vor jenem imposanten Bild der Familie des Ludovico Gonzaga und seiner Gemahlin Barbara von Brandenburg von Andrea Mantegna, dem bedeutendsten Maler der Frührenaissance, dem Hofmaler am Mantovaner Hof, der nicht nur ein begnadeter Maler, Pionier des beginnenden Manierismus, Entdecker der Perspektive, Überwinder der gotischen Schablone, sondern auch ein Geschäftsmann war, der sich gut vermarktet hat, und ähnlich wie der Fürst, dem er gedient, auch gelebt hat. Neben dem Vater Ludovico Gonzaga, der sich mit einem Gesandten oder Beamten am linken Bildrand dienstlich zu unterhalten scheint – er hat ein Papier in Händen –, sind auch am rechten Rand nicht identifizierbare junge Männer wie zur Rahmung des auf einer Bühne sitzenden Clans abgebildet. Die Familie ist nicht vollzählig, Ludovico hatte ja elf eheliche Kinder, von denen Paola das jüngste war. Man zählt vier Mädchen, Paola ist das Kind in der Nähe zu ihren Eltern, das einen Apfel in der Hand hält. Sie ist wirklich nicht hübsch. Paolo Santonino, der Sekretär des Bischofs von Caorle, der eine Chronik, ein Itinerar, ein Reisetagebuch über die Pastoralreise seines Herrn durch Osttirol, Kärnten und »Saunien« (Slowenien, Krain), wo viele der durch die Türkeneinfälle entweihten Kirchen neu zu konsekrieren waren und vielen Kindern und Erwachsenen das Firmsakrament zu spenden war, Santonino also erwähnt im Kapitel über den Aufenthalt im Weiler Nußdorf bei Lienz, daß dort der Fürst Leonhard von Görz mit der Frau Gräfin, also Paola Gonzaga und vielen Hofleuten, »die gegen 19 Stunden« (von Görz) »hierhergeritten«, anwesend waren. Paola Gonzagas Bruder Rodolfo Gonzaga war der Herr von Castiglione und Solferino, dein Urgroßvater, Aloysius! Santonino lobt Paola wegen ihrer einzigartigen Bildung, deretwegen sie von allen geachtet und geliebt wird, vergißt aber nicht zu erwähnen, daß sie körperlich verunstaltet war. »Sie ist im ganzen schön und ehrbar, doch hat sie die rechte Schulter höher als die linke, was sie ein wenig entstellt.« Nachdem Fürst Leonhard den firmenden Bischof gebeten hat, er möge bei den Dienern des Grafen kräftig zulangen, die Firmlinge also mit einer kräftigen Ohrfeige traktieren, mit dem zögerlichen Bischof aber diesbezüglich unzufrieden ist und nun selbst kräftig austeilt, heißt es bei Santonino lapidar: »Die Fürstin schien sich darüber ein wenig zu ärgern.« Hat er, der »Condottiere«, der die rituelle Berührung der Wange des Firmlings durch den Bischof als »alapa«, also als kräftigen Ritterschlag oder wie das einfache Volk als »Firmwatschen« mißversteht, auch sie manchmal geschlagen? Kränklich und blaß hat sie auch Andrea Mantegna auf dem Bild in der »Camera degli sposi« im Palazzo San Giorgio dargestellt. Von Kur- und Krankenhausaufenthalten ist in ihrer Biographie die Rede. »In ihrem 12. Lebensjahr wurde 1476 der Hochzeitsvertrag von Paola Gonzaga und Leonhard von Görz unterschrieben, allerdings erst zwei Jahre später, kurz nach dem Tod ihres Vaters und überstandener Krankheit, wurde sie in Bozen zur zweiten Ehefrau von Leonhard von Görz.« Ihre Mitgift wurde in Brauttruhen aufbewahrt, von denen einige, wie erwähnt, oder Teile einer

Truhe in Millstatt und Klagenfurt bewundert werden können… Ihr Schicksal als Gattin des Leonhard war alles andere als erfreulich. Von ehelicher Treue war bei den Renaissance-Fürsten ja nicht die Rede… Sie starb 1495, vermutlich in Abano, wo sie öfter ihrer Krankheit wegen kurte. Sie hatte nur eine Tochter, die aber im Kindesalter starb. Wilhelm Baum schreibt in seinem Buch »Die Grafen von Görz in der europäischen Politik des Mittelalters«, daß die Gonzagas, vor allem Graf Leonhards Schwiegermutter Barbara, den Brautschatz ihrer Tochter Paola nach deren Tod zurückverlangten, daß Leonhard aber die Brauttruhen den Georgsrittern in Millstadt schenkte. Wo die arme Paola Gonzaga begraben wurde, ist unbekannt. Wilhelm Baum vermutet im Dom von Görz. Baum: »Leonhard würdigte ihre Persönlichkeit weder durch Meßstiftungen noch durch ein Denkmal.«

Der Klagenfurter Kunsthistoriker Richard Milesi, der auch einen Lehrauftrag an der jungen Hochschule für Bildungswissenschaften, die nun als »Alpen-Adria-Universität« ihr 50jähriges Bestandsjubiläum gefeiert hat, wahrgenommen hat, hat in einer profunden Analyse die Reliefs der in Teilen nach Millstatt und Klagenfurt gekommenen Cassone-Bilder einer Brauttruhe beschrieben, was ihre antiken, klassischen Sujets betrifft und worin der Anteil Mantegnas, nach dessen »Visierung«, das heißt Vorzeichnung, die Reliefs entstanden sind, besteht. Eine besondere Rolle spielen bei den Darstellungen von Festumzügen und den Institution gewordenen »Triumphzügen« und »Ehrenpforten« die Pferde. Paolas Bruder Francesco, der regierende Markgraf in Mantua, war Besitzer des größten Gestüts in

Europa. Er hat Mantua zu einem Zentrum der Pferdezucht gemacht. Und so standen wir auch verblüfft und staunend in jenem Saal im Palazzo del Te, der sich Camera degli Cavalli nennt und über und über mit den Bildern von Rassepferden bemalt ist, nicht von Pferden im allgemeinen, sondern von besonderen, »namhaften« Pferden. Sie sind Zeugen einer enormen hippologischen Leidenschaft. Es wird ja auch von alten Rittern berichtet, die ihren Ehrgeiz darangesetzt haben, ohne Hilfe der Steigbügel auf den Pferderücken zu gelangen und auch ohne Sattel zu reiten. Im Fernsehen hat man einmal einen erfolgreichen Springreiter interviewt und ihn in seiner Wohnung vor vielen Bildern von Pferden gezeigt, mit denen er weltweit Turniere bestritten und gewonnen hat. Gerührt blieb er bei einem Bild stehen, das ein Pferd zeigte, das nach einem mißglückten Sprung einen schweren Unfall und Schaden erlitt, das er eigentlich zu Tode geritten hatte, so daß es notgeschlachtet werden mußte. Da hielt er ein kurzes Totengedenken … Im Grundwort des Namens *Philipp*, spanisch *Felipe*, steckt bekanntlich das Pferd. In *Philipp* ist sozusagen sprachlich »das Pferd begraben« … *Philipp*, der »Pferdefreund« …

Da sie, Paola Gonzaga, keine überlebenden Kinder hatte, fiel das Erbe des Leonhard von Görz nach seinem Tod und dem Ende des Geschlechts der Meinhardinger an die Habsburger, an Kaiser Maximilian in Innsbruck. Gerühmt wird die Schönheit ihrer Schwester Barbarina Gonzaga. Doch ist auf Mantegnas Bild noch ein anderes, unhübsches, ja häßliches Mädchen zu sehen. Mantegna war sozusagen realistisch, hat bei allen Gesichtern nicht verhübscht und beschönigt. Ich fühlte mich bei der Betrachtung seines Meisterwerks ein wenig an den späteren Diego de Silva Velázquez erinnert, der ungeschönte Bilder der spanischen Königsfamilie des Habsburgers Philipps IV., des letzten Königs auch von Portugal, gemalt hat, der sozusagen die Schönheit des Häßlichen zum Thema gemacht und in den Bildern des Hofnarren Pablo de Valladolid den Zwergwüchsigen zum Helden. Auch Goya tat sich in dieser Hinsicht keinen Zwang an. Auch er hat aus seinem Herzen keine Mördergrube gemacht! Ich empfand vor Mantegnas Bild mit Paola Sympathie und Mitleid.

»REPRÄSENTATION« heißt das Schlagwort und der Anspruch der darzustellenden Potentaten an die Künstler. Wenn es von einem Wichtigen heißt, »er stellt etwas dar«, dann brauchte ihn ja der bestellte und engagierte Porträtist nur »abzubilden«? Die Kunst aber will mehr. Oskar Kokoschka hat einmal gesagt, er habe viele erschreckt und enttäuscht, weil er nicht das »Gwandl«, sondern das »Mandl« gemalt habe. Vom Bild, das er von Konrad Adenauer angefertigt hat, war schon die Rede. Ein ähnlich »ehrliches« Bild hat er vom österreichischen Bundespräsidenten Theodor Körner gemalt. Bedenkt man die hintergründige Aussage von Darstellungen Prominenter und Wichtiger durch prominente Maler, dann ist es oft, als käme zum Ausdruck, daß im Wort *Wichtiger* das Wort *Wicht* verborgen ist … Wenn es um die Zahl der Porträts von Politikern geht, dann hat wohl Franz von Lenbach mit seinen unzähligen Bismarck-Porträts die Pole-Position. Er konnte Bismarck sozusagen blind malen, brauchte ihn nicht für jedes Konterfei zum Modellsitzen zu bitten. Der heute als veraltet geltende, nur noch scherzhaft gebrauchte Ausdruck Konterfei kommt von einer Partizipialbildung zu altfranzösisch *contrefait*, »mißgestaltet, entstellt, nachgemacht«, lateinisch *contra facere* heißt »entgegengesetzt handeln«. Mit solchen wahren und wahrhaftigen »Konterfeis« von Berühmten, etwa auch von Päpsten, hat der »Schreckensmaler«, der Ire Francis Bacon, der Meister des deformierten menschlichen Körpers, die Menschheit schockiert und Berühmtheit erlangt …

Es war wohl auch nicht die reine Freude, die der mit Recht, jedenfalls nach meiner unmaßgeblichen Einschätzung, berühmteste Maler Englands im 20. Jahrhundert, Lucian Freud, ein Freund des Francis Bacon, den englischen Royals und Monarchisten mit dem Porträt der berühmtesten Britin, Königin Elisabeth II., bereitet hat, obwohl er sie nicht eigentlich »entstellt« hat … Es war immerhin noch von einer Art, daß man es als Briefmarke verwenden konnte, wenn es auch wütende Proteste in den Boulevardzeitungen hervorgerufen hat. Unter »Kommentare in der Presse« steht auf Wikipedia zu lesen: »*The Sun* nannte es ›a travesty‹. Der Herausgeber des *Daily Mirror* befand, man hätte sich das Bild sparen und stattdessen lieber eine der Puppen aus der Satire-Show ›Spitting Image‹ verwendet. Der auf die Royals spezialisierte Fotograf der Sun Arthur Edwards war der Meinung, das Bild gehöre ins WC (*khazi*) und Freud solle im Tower eingesperrt werden.« Das Bild war übrigens kein Auftragswerk, Lucian Freud hatte darum angesucht und die Königin war ihm Modell gesessen.

Im »Stillen Ort«, dem Peter Handke ein ganzes Buch gewidmet hat, sieht man ja oft die merkwürdigsten Bilder und Sprüche. Hier beweisen Hausherren und Hausfrauen ihren Humor und oft auch schlechten Geschmack. Auch in den Studentenheimen sieht man heute nicht mehr das Bild Che Guevaras am Klo …

Der deutsche Bundeskanzler Helmut Schmidt hat mit seinem Porträt für die Galerie des Bundestags wohl bewußt keinen Maler der Bundesrepublik, aber auch keinen Maler des »befreundeten Auslands«, etwa Englands, wie Lucian Freud oder gar Francis Bacon als Wunschmaler genannt, sondern Bernhard Heisig, den bekanntesten Maler der sogenannten »Neuen Leipziger Schule« und Kulturpolitiker, Mitglied der SED der DDR. Nun waren Bernhard Heisig und sein Sohn Johannes Heisig keine Maler des propagandistischen Sozialistischen Realismus, sondern, wenn man sie kunsthistorisch einordnen wollte, Vertreter eines »postexpressionistischen« pazifistischen Realismus, vor allem aber Schöpfer atemberaubend ausdrucksstarker und eindrucksvoller Porträts, etwa auch von Marx, Engels oder Lenin … Ich habe mit meiner Frau und Sohn Andreas lange nach der »Wende« eine Reise nach Thüringen unternommen und im Johann-Sebastian-Bach-Museum in Eisenach über die Bilder von Johannes Heisig zum Leben des Komponisten beglückt gestaunt. Wenn man, wie ich, lange auf das große Bild mit dem orgelspielenden Bach sieht, und sich still darin versenkt, hört man plötzlich andächtige Musik … Später in Dresden besuchte ich die durch Lehrer wie Oskar Kokoschka und andere Große der Malerei berühmte Kunstakademie an der Brühlschen Terrasse, wo in einzelnen Meisterklassen die angeblich besten, ausgesuchten Schülerarbeiten, »Objekte« der einzelnen Jahrgänge aus dem letzten Studienjahr, lieblos herumlagen. Mein Eindruck war, daß die jungen Künstler und Kunststudenten jede Anmutung des »akademischen« Studiums von früher vermeiden wollen, sie malen nicht mehr, wollen auch keine »Werke« mehr herstellen, sondern nur noch ästhetische »Projekte« und »Konzepte« realisieren. Dazu brauchen sie keine Leinwand und keinen Pinsel und keine Farben …

Es gibt auch von der lebenslang kränklichen Paola Gonzaga, der Schwester deines Urgroßvaters, lieber Aloysius, in der »Galerie bedeutender Frauen« (*Galeria mulierum praeclarum*) ein Porträt, das sie, anders als auf Mantegnas Gemälde im Palazzo San Giorgio, nicht als schmächtiges Mädchen, sondern als stattliche junge Frau zeigt und natürlich ihren Geburtsfehler, den Santonino erwähnt, übergeht und verschweigt. Der italienische Humanist Jakob von Bergamo verfaßte ihre Biographie in der Reihe »Clarae mulieres« (Ferrara 1495). Ich habe mich in meinem Roman »Vom Manne aus Eicha«, einer fingierten Autobiographie, einer langen »Rollenprosa«, in Koloman Fellner hineingedacht, den Benediktiner, »Stiftsschaffner«, »Regens chori« und Kunsterzieher des 18. Jahrhunderts, den ersten Lithographen Österreichs, der mit dieser Technik, die er bei Alois Senefelder in München gelernt hatte, mit seinen Steindrucken und Reproduktionen nach den Gemälden, zur Popularisierung des neben Anton Maulbertsch bekanntesten Malers des Spätbarock Martin Johann Schmidt, des »Kremser Schmidt«, den er noch persönlich gekannt hatte, beigetragen hat. *Eicha* im Titel ist die mundartliche Form für *Aichkirchen*, wo Fellner aus dem

Weiler Pisdorf herstammte. Fellner hat in seiner Funktion als Chorleiter nachweislich Wolfgang Amadeus Mozart und seinen Vater Leopold bei zwei Besuchen im Stift Lambach an der Traun begrüßt und betreut. Er muß Mozart auch auf den Chor und zur Orgel begleitet haben, auf der Mozart zur Freude des versammelten Konvents improvisiert hat. Mir hat der Organist der Dominikanerkirche in Wien und Professor für Kirchenmusik an der Musikakademie Hans Haselböck einen Brief geschrieben und ein Buch gewidmet, das er über die Orgel geschrieben hat: »Vom Glanz und Elend der Orgel. Ein Quellen-Lesebuch«. Mit neun Nennungen bin ich in diesem Werk zu meinem Erstaunen und Stolz einer der meistzitierten Autoren. Er schreibt auch, daß Mozart, wovon selten die Rede ist, ein Orgelvirtuose war. In meinem Roman porträtiert Koloman Fellner Mozart, was er als schwierig darstellt, weil Mozart kein stillsitzendes Modell gewesen sei, sondern viel und Vergnügliches, auch im deftigen Wortschatz seiner bekannten Briefe, gesprochen und lebhaft gestikuliert habe. Sein gewaltiger Respekt vor dem Genie Mozart läßt Fellner einiges »Ungünstige« an Mozarts Erscheinungsbild, wie etwa das von einer Kinderkrankheit herrührende verkrüppelte linke Ohr, übersehen und übergehen. Und natürlich sehe man an seinem Gemälde, einem sogenannten Brustbild, auch nicht, daß Mozart ein sehr kleiner Mann von einem Meter und dreiundsechzig Zentimeter Körpergröße war … Mozart, das Wunderkind, war sozusagen auch als Erwachsener »kindlich« geblieben. Und kindisch und übermütig war er in seinen Briefen wohl auch. Ludwig van Beethoven war sogar noch einen Zentimeter kleiner, also 1,62.

Adolph von Menzel, der als der bedeutendste Maler des deutschen Realismus gilt, maß nur 1,50. Für seine großformatigen, großartigen Bilder zum Leben des preußischen Königs Friedrich des Großen behalf er, der »Verwachsene«, sich mit Stehleitern.

Von kleinwüchsigen Menschen heißt es oft, sie seien »schmächtig«. Nun kommt *schmächtig* zwar von *Schmach*, was aber nicht bedeuten kann, daß es eine *Schmach* sei, klein zu sein. Es ist ein Schicksal. Eine Schmach ist es eher, wie die »Normalen« die »Schmächtigen« behandeln: »herablassend«. Friedrich Nietzsche empfiehlt bekanntlich dem »Übermenschen«, den »Hinfälligen« und »Schwachen« noch einen Tritt zu geben, damit sie endgültig stürzen … Das ist genau auch der Zynismus, den Pieter Bruegel der Ältere im Bild »Der Blindensturz« im Jahr 1568, also genau in deinem Geburtsjahr, heiliger Aloysius, dargestellt hat. Die kleineren Probleme der Kleinen sind mir vertraut, weil ich beim Abmessen und Aufstellen in der ersten Turnstunde des neuen Schuljahres jahrelang der Kleinste und damit der letzte in der Reihe war. Bis mich dann, in der siebenten Klasse, einer »überholte« oder »unterbot«, der merkwürdiger Weise GROSS hieß … Nach der Pubertät legte ich dann doch ein wenig zu, so daß ich es schließlich auf 1,69 brachte, seltsamer Weise, wie ich im Internet ersehe, auf die Größe Napoleons … Das literarisch größte Buch über die Kleinen hat ganz sicher Peter Henisch mit »Die kleine Figur meines Vaters« geschrieben, das ich mit Interesse gelesen und auch in einem Aufsatz über Väter in der österreichischen Gegenwartsliteratur analysiert habe. Der extrem kleine Vater Henisch war Photograph und Bildreporter der untergegangenen Wiener »Arbeiter-Zeitung«. Auf Grund seiner Kleinheit hatte er es bei politischen oder kulturellen Großereignissen, bei denen eine Meute von Photographen losstürmt, um die besten Bilder zu bekommen, besonders schwer, sich bemerkbar zu machen. Als dem Präsidentschaftskandidaten Rudolf Kirchschläger einmal auffiel, wie der kleine Henisch gerempelt und weggeschubst wurde, hat er ihn aus Sympathie und Mitleid als ständigen privilegierten Begleiter für seinen Wahlkampf engagiert… Vater Henisch hat sein Handikap auch insofern souverän kultiviert und kompensiert, als er als leidenschaftlicher Mini-Fahrer einen sogenannten »Goggomobil-Club« und später einen »NSU-Prinz-Club« gründete und präsidierte… Ich selbst bin als Assistent in Saarbrükken nach einem Kleinwagen auf einen größeren Opel, ein Cabriolet, um- oder aufgestiegen, das ich stolz auf dem Campusgelände im St. Johanner Stadtwald parkte, worauf ich einmal eine anonyme Postkarte bekam, auf der in Blockschrift stand: KLEINER GEIST IM GROSSEN AUTO… Doppelt anrührend und erschütternd ist der Schluß des Tatsachenromans, als Peter Henisch seinen todkranken Vater im Krankenhaus besucht, wo dieser an vielen Schläuchen angeschlossen ist, und ihn, den er früher nicht genug beachtet und geachtet hat, versöhnt ins Herz schließt.

Es gibt Ortschaften, die in meinem Leben auch als »Austragungsorte« von Lesungen eine besondere Rolle spielen und an die ich mich gern zurückerinnere. Eine dieser Ortschaften ist sicher Lambach, das Stift, und hier ganz besonders das völlig im Original erhaltene Barocktheater. In diesem denkwürdigen Raum und

Rahmen hat man vor der jüngsten Tochter Maria Theresias Maria Antonia, Marie Antoinette, auf ihrer Reise zur Hochzeit mit dem Dauphin, dem späteren König Ludwig XVI., in Paris im Jahr 1770, das Stück »Kurzweiliger Hochzeits-Vertrag« des Paters Maurus Lindemayr als Auftragswerk und »Welturaufführung« gegeben und »vorgespielt«, und in diesem barock möblierten Raum habe ich 225 Jahre später eine Lesung aus »Vom Manne aus Eicha« gehalten … Im Publikum war damals mein Studienkollege Johann Lachinger, der 1964 in Wien bei Werner Welzig, dem langjährigen Präsidenten der Österreichischen Akademie der Wissenschaften, mit der Dissertation »Der oberösterreichische Mundartdichter Maurus Lindemayr« promovierte und später Direktor des Adalbert-Stifter-Institutes in Linz wurde. In meinem Roman »Vom Manne aus Eicha« spielt natürlich auch Maurus Lindemayr eine Rolle, der, nach seiner Zeit als Prior im Stift, Pfarrer in Neukirchen, einer sogenannten »inkorporierten« Pfarre Lambachs, war. Neukirchen ist die Nachbarpfarre von Aichkirchen, wo Koloman Fellner herstammte. Lindemayr war einer der führenden Theologen in der Gegenreformation, der »Rekatholisierung«, und war natürlich bei der betroffenen Bevölkerung unbeliebt, ja verhaßt. Es gibt von ihm auch Spottgedichte auf evangelische Bauern, die plötzlich Theologen und Schriftgelehrte sein wollen.

Ein besonderer Zögling des Stiftsgymnasiums Lambach war Johann Beer, der Gastwirtssohn aus St. Georgen im Attergau. Er wird heute, nachdem ihm bis dahin als anonym geltende oder unter verschiedenen Pseudonymen publizierte bedeutende Werke zugeordnet werden konnten, für so wichtig wie der Dichter des »Simplicius Simplicissimus«, Hans Jakob Christoffel von Grimmelshausen, gehalten. Seine Familie – er hatte fünfzehn Geschwister! – ging ihres Glaubens wegen nach Regensburg, und Beer machte im Dienst bei Herzog August von Sachsen-Weißenfels als Musiker, Musiktheoretiker, Komponist, Countertenorsänger und Schriftsteller große Karriere. Seiner Schule, dem Internat und Stiftsgymnasium in Lambach, hat er Böses ins Stammbuch geschrieben. Er habe dort mehr Schläge bekommen als rote Buchstaben im Kalender seien. Im Band 2 der Anthologie barocker Lyrik »Wir vergehen wie Rauch von starken Winden. Deutsche Gedichte des 17. Jahrhunderts« heißt eines der Epigramme Beers zu den »Benedictiner Mönchen«: »Den Ketzern fluchet ihr, wollt sie zur Höllen schmeißen. / Man sollte euch vielmehr Maledictiner heißen.« Er wurde bei einer Jagd oder einem Preisschießen von einer verirrten Kugel getroffen und so schwer verletzt, daß er tags darauf starb.

Bei jenem schon erwähnten Besuch H.C. Artmanns in meinem Haus in Pichl bei Wels hat der Patriarch der »Wiener Gruppe« ausführlich über Johann Beer gesprochen, den er für den bedeutendsten oberösterreichischen Poeten und wohl auch für seine wichtigste literarische Bezugsperson hielt. Sein, Artmanns, 1964 erschienenes Werk »Das suchen nach dem gestrigen tag oder schnee auf einem heißen brotwecken. Eintragungen eines bizarren liebhabers« erinnert »nicht von ungefähr« an Johann Beers »Seelenvagabunden«. Ich muß freilich eingestehen, daß sich Artmann ein wenig wunderte, weil ich von meinem oberösterreichischen

Landsmann relativ wenig wußte. Erst dann begann ich, Beer zu lesen und über seine »Kunststücke« zu staunen. Ich konnte aber immerhin von einem Vortrag von Richard Alewyn berichten, den ich an der Universität Saarbrücken gehört hatte, jenes großen Gelehrten, der 1932 bahnbrechend mit seinem Buch »Johann Beer« die »Identität des Autors von etwa 22 zwischen 1677 und 1704 erschienenen Romanen festlegte«. »Erst seit damals ist die Bedeutung dieses äußerst begabten Romanciers, Komponisten, Satirikers und Höflings erwiesen«, heißt es über Alewyns Buch. Artmann hat in dem erwähnten Diarium oder Itinerarium ganz in Beerscher Diktion zum »23. september« notiert: »Ein sonntag. Vor drei jahren um diese zeit in St. Georgen am Adersee gewest, schweinsbraten mit krautsalat und knödeln gespeist, freundliches schmiedsgerank vor und in der kirche, himmelblaues, kälberfleischrotes, herrensilber, katzengold, fisolengrün. Alles recht schön befunden, fast Johann Beer angetroffen, gut gespeist, wohl getrunken. Erster herbsttag.« Meine Hinwendung und Begeisterung für Johann Beer hat neben Artmann noch einen anderen wissenschaftlichen »Promotor«, nämlich Johann Lachinger. Wir waren Studienkollegen am Petrinum gewesen und später, nach meinem Rauswurf aus dem Internat, auch wieder an der Wiener Universität, wo er nach einem abgebrochenen Theologiestudium in Linz Germanistik und Anglistik studierte und schließlich, wie erwähnt, mit einer Dissertation über Maurus Lindemayr promoviert wurde. Heute bin ich froh, daß ich mich nach dem Tod Alois Großschopfs, des zweiten Direktors des Stifter-Instituts nach dessen Gründer Aldemar Schiffkorn, nicht um die ausgeschriebene Stelle beworben habe, wie mir wohlgesinnte Freunde geraten hatten. Damit war, ohne daß ich meine Chancen überschätzt hätte, der Weg frei für Johann Lachinger, der für diese Stelle genau der Richtige war. Neben großen Aufsätzen zu Stifter ist es vor allem auch Lachingers profunde Vertrautheit mit Johann Beer, die etwa in seinem Beitrag »Glückswechsel als zentrales barockes Gestaltungselement am Beispiel von Johann Beers Romanen *Jucundus Jucundissimus* und *Teutsche Winter-Nächte*« in »Zwischen Ordnung und Chaos. Das Leben und Schaffen des Dichterkomponisten Johann Beer (1655–1700)« sichtbar wird und die mich zu Beer gebracht und geführt haben … Alewyn, Artmann und Lachinger …

»Ich brauch einen Wintermantel«, ein Zitat aus einem Brief Artmanns, fand ich als Titel für eine Sammlung von Briefen, die er an Herbert Wochinz, den Gründer und langjährigen Intendanten der Komödienspiele im Schloß Porcia in Spittal an der Drau, geschrieben hat, aussagekräftig und passend, weil Artmann, der über zwanzig Stücke von Beaumarchais (z.B. »Der tolle tag«), Molière (»arzt wider willen«), Cyril Tourneur (»Tragödie der rächer«) bis zu Heinrich von Kleist und Carl Sternheim »übersetzt« oder eingerichtet hat, wiederholt auf seine finanziell prekäre Situation hingewiesen und um Geldüberweisungen nach Schweden, nach Malmö oder wo er sich eben aufhielt, gebeten hat. »Wenn du geld für mich herausschinden solltest, wär es mir sehr recht, ich brauch einen wintermantel etz. Wirklich! Ich musste ja alles in Wien lassen. Und auch so, du weisst leben und leben lassen, das leben kostet was.« Mich, den Altgermanisten, haben seine Nöte immer ein wenig an Walther von der Vogelweide erinnert, vor allem auch an jene oft zitierte Stelle in einer Reiseabrechnung zum 12. November 1203 in Zeiselmauer, wo Walther von Bischof Wolfger von Ellenbrechtskirchen, dem Bischof von Passau, »pro pellico«, für einen Pelzmantel also, Geld erhält und eine Spende, ein »Stipendium«, bekommt: *»Sequenti die apud zeizelmurum walthero cantori de vogelweide pro pellico. V.sol. longos«.* Der einzige urkundliche, historische Nachweis der Existenz Walthers! Artmann hat sich in der bekannten Camouflage als »Der arme Poet« nach dem Gemälde Carl Spitzwegs in das Bett einer Dachstube gelegt, mit dem darüber gehaltenen Regenschirm, Verse schmiedend. Ich habe mich seines, Artmanns, Wohlwollens erfreut, was auch darin seinen Ausdruck fand, daß ich zur Feier seines 70. Geburtstags im Tonhof eingeladen war. Und als seine Frau Rosa Pock schwanger war, sagte er zu mir in Pichl, er werde, wenn es ein Bub würde, ihm den Namen Alois geben! Es wurde aber ein Mädchen, Emily... In einem Interview hat er außerdem einmal gesagt, er fahre gern nach Klagenfurt, weil er hier mit mir althochdeutsch reden könne... So war ich zugleich ein wenig »enttäuscht« – und auch belustigt –, als er in dem Buch »Nachrichten aus Nord und Süd« Pichl nur deswegen erwähnt, weil er hier auf dem Weg von Grieskirchen nach Wels zum treuen Erich (Glück) »geopfert«, das heißt »gespieben« hatte: »opferte mein gesamtes innenleben der herbstlichen natur«. Ein Ergebnis unserer Gespräche war wohl, daß er im Sinne meiner Schelte, daß Wels einen der alten Stadttürme, den sogenannten Semmelturm, den stimmigen Abschluß des Kaiser-Josef-Platzes, schleifen lassen und dem Verkehr geopfert habe, sarkastisch kommentiert hat (»die Welser Blödmänner« …)

Zu meinem 80. Geburtstag bekam ich also von meiner Frau den Gutschein für die Reise nach Mantua, samt ihrem Versprechen, mich zu begleiten. Begleiten heißt in meinem Fall auch vorbereiten, alle Termine, Fahrkarten und Reservierungen organisieren und ordern, und vor allem auch Kofferpacken. Auf mich allein gestellt, ist mir nämlich schon manche Panne unterlaufen. Einmal habe ich irrtümlich statt frischer Wäsche die Schmutzwäsche eingepackt. Ich will aber nicht mit meinen Ungeschicklichkeiten hausieren gehen, wenn sie auch manchmal Stoff für Kurzgeschichten geworden sind. Und öffentliches Schmutzwäschewaschen hatte ich nie im Sinn. Was nicht heißt, daß ich nicht manchmal angeeckt bin. Mindestens zweimal wurde mir gedroht, man würde gerichtlich gegen mich vorgehen. So habe ich einmal, noch dazu in einem Linzer Diözesanjahrbuch, den traurigen Eindruck beschrieben, den mir der völlig vernachlässigte Nachlaß des Pfarrers Alois Einberger in einer Rumpelkammer im Bauernhaus seines Bruders in Sulzbach gemacht hat, Gebetbücher und Papiere, ja, lateinische Mitschriften aus Vorlesungen des Theologiestudenten, Heiligenbilder, gerade auch Aloysius-bezügliche, alles äußerst sorglos »entsorgt«. Der, der den Hof geerbt hatte, hat mir mit einer »Besitzstörungsklage« von einem Anwalt gedroht, weil er angenommen hat, ich müßte ja in sein geerbtes, aber leerstehendes Haus eingebrochen sein. Als ich aber klargestellt habe, daß ich nicht eingebrochen bin, sondern von einigen Jugendlichen, die sich's im Haus rauchend und trinkend gutgehen ließen und gemütlich machten, freundlich eingeladen und eingelassen worden war, hat »man« wohlweislich von einer Anzeige Abstand genommen …

Casus secundus: Daß mir einmal der angekündigte Buchtitel »Stadt, Land, Fluß, Berg, Pflanze, Name, Tier« von einer anwältlich vertretenen Autorin untersagt wurde, weil sie denselben sich reservieren hatte lassen, habe ich schon einmal geschrieben. So heißt mein »Poetisches Wörterbuch« jetzt »Romulus und Wörthersee«. Klingt eh besser! Auch »Kirchliche« haben sich manchmal beschwert, so ein Benediktiner-Pater über meinen Roman »Die Abtei«, die Tierärzte über ein Veterinärkapitel in »Zu Lasten der Briefträger«. Es kann der Frömmste nicht in Frieden leben … Und ich bin alles andere als der Frömmste … Über mein Buch »Aluigis Abbild«, also über dich, lieber Namenspatron, habe ich noch keine Beschwerden bekommen. Aber auch kein besonderes Interesse gesehen. Ich weiß aber auch so, was man beanstanden könnte. Es ist ja kein historischer Roman, sondern ein fingierter, fiktionaler Briefroman. Deine Mutter Marta Tana hätte einen solchen Brief an Peter Paul Rubens wohl doch nie geschrieben, wie ich ihn ihr »zugeschrieben« habe. Ich habe mich wohl über die Literatur, etwa die Briefe, die du an deine Mutter geschrieben hast, aber auch über die vielen Briefe Peter Paul Rubens', in die Mentalitäten der »handelnden Personen« vertieft und nach Möglichkeit Anachronismen zu vermeiden gesucht. Es war aber gar nicht so leicht, alles chronologisch »auf die Reihe zu bringen«. Und manches mußte ich mir versagen, weil es sich zeitlich zu sehr gespießt hätte … Getröstet habe ich mich damit, daß schon die alten Poetologen erkannt haben, daß es zwei Arten von Erzählhaltungen gibt, den *Ordo naturalis* und den *Ordo artificialis.* Ich berufe mich also in diesem Sinn auf die erlaubte Künstlichkeit des *Ordo artificialis* …

Einen Brief, eine »Rückmeldung«, auf meinen Roman über dich, Aloysius, darf ich mit Erlaubnis des Absenders, des Notars Franz Edler von Koch aus Ingolstadt, zitieren, als Warnung auch an meine Leser, die meine Literatur zu wörtlich und historisch nehmen, auch als Richtigstellung, verbunden mit der Bitte um Nachsicht mir gegenüber: »Lieber Herr Professor Brandstetter, mit großem Vergnügen lese ich zur Zeit Ihren Roman ›Aluigis Abbild‹. In einem Punkt sind Sie vielleicht mit Ihrer dichterischen Freiheit etwas zu weit gegangen. Sie schreiben auf Seite 50 ff. vom großen Reisesegen, dem Aaronsegen, für Van Dyck durch den Erzpriester der Redemptoristen. Ein paar Zeilen weiter schreiben Sie, Rubens hätte aus Anlaß seiner Hochzeit mit Isabella Brandt dem Abt der Redemptoristen eine ›Anbetung der Könige‹ zum Geschenk gemacht. Problem: Van Dyck ist 1641 verstorben, Rubens ist 1640 verstorben. Der Orden der Redemptoristen wurde aber erst 1732 gegründet. Auch hat es in diesem Orden niemals einen Abt gegeben. Ich freue mich immer über die vielen Einzelheiten, die man in Ihren Romanen erfahren kann. Jetzt bin ich aber etwas mißtrauisch geworden. Nichts für ungut. Mit herzlichen Grüßen von einem treuen Leser, Ihr Franz v. Koch.« Es verhält sich mit solch »kleinen Verstößen« etwa gegen die Chronologie, also Anachronismen, dichterischen Freiheiten, wohl ähnlich, wie es die sogenannte Chaostheorie beschreibt. Aus kleinen Ursachen entstehen oft schwerwiegende Störungen. Am Schluß also statt Kosmos Chaos... Dabei habe ich manchen Einfall »aus Rücksicht« auf Plausibilität und Historizität »unterwegs« fallen lassen und unterdrückt...

Zu meinem 80. Geburtstag also, als Geschenk meiner Frau, die »Lebensreise« nach Castiglione, zu meinem inzwischen 81. Geburtstag vor drei Monaten ein kleines Gerät, einen sogenannten Schrittzähler, einen »Quick Guide«, wie er sich englisch nennt. Von dem kleinen Ding, ähnlich einer rechteckigen Digitalarmbanduhr, sagte die Verkäuferin zu meiner Frau, es sei an sich ein »Auslaufmodell« und darum sehr preisgünstig, weil die Technikfreaks von heute den Schrittzähler als eine App, also eine Applikation auf ihren Handys installiert hätten. Auf einem kleinen Display zeigt mein Minicomputer nicht nur an, wieviele Schritte ich gegangen bin, welche Wegstrecke in Metern das ausmacht, sondern auch wieviele Kalorien ich mit dem verzeichneten Schrittquantum verbraucht habe, also indirekt auch, wieviel ich noch an Kalorien aufnehmen darf oder ob ich das Abendessen sein lassen muß. *Dinner Canceling*, heißt es da meistens! Das hat ja der verstorbene Kardinal Franz König beispielhaft vorgelebt... Auf einer mitgelieferten Tabelle ersehe ich, daß ich – also ein Mensch, ein Mann meines Alters – täglich 7000 Schritte gehen sollte, das sind ungefähr vier Kilometer, um gesund zu bleiben. Gehen, ja, gehen – um dem Tod davonzulaufen? Wird wohl letztlich nicht gelingen. Und sind nicht manche schließlich auch gerade beim Gehen oder beim Joggen oder Walken, wie die englischen Fachausdrücke heißen, verunglückt? Einer meiner Schulfreunde ist beim Langlaufen auf Skiern wohl aus Überanstrengung tot umgefallen. Einige könnten noch leben, wenn sie daheim in ihren vier Wänden geblieben wären. Gerade am Abend und auch nachts sind schon Fußgänger, auch wenn sie vorschriftsmäßig auf der linken Straßenseite »marschiert« sind, um entgegenkommende Autos zu sehen, überfahren worden. Selbst Fußgänger, die den Rat des Kuratoriums für Verkehrssicherheit »Mach dich sichtbar!« beherzigt haben und am rechten Arm oder sogar auf beiden Armen phosphoreszierende Armbinden getragen haben, sind angefahren oder überfahren worden …

»Mach dich sichtbar!« ist auch ein brauchbarer Ratschlag für Kulturarbeiter, ebenso für Schriftsteller. Sonst könnte es schnell geschehen, daß man ihn übersieht und »übergeht«, ja »überfährt«, »unberücksichtigt läßt« … Natürlich gibt es auch Zeitgenossen, die, mit Luther gesprochen, ihr Licht unter den Scheffel stellen und gerade dafür gelobt werden wollen. Andere sind raffinierte Meister der Selbstdarstellung, der »Produktwerbung«, positionieren und propagieren ihre Artefakte wie nebenbei an unübersehbaren Stellen in den Medien, vor allem bildende Künstler im Fernsehen. Sie werden alle entschuldigt, wenn, wie Sigmund Freud festgestellt hat, der Anerkennungstrieb stärker als der Geschlechtstrieb ist. Heute, im Zeitalter der »schonungslosen Offenheit«, gibt es freilich Künstler, die das Kunststück zuwege bringen, gerade mit ihrer »Potenz« zu renommieren. »Ich bin so wild nach deinem Erdbeermund« heißt die Autobiographie des Schauspielers Klaus Kinski. Scham war gestern … »Und kein bisschen weise« ist hingegen der bezeichnende Titel der Autobiographie des Curd Gustav Andreas

Gottlieb Franz Jürgens. Autobiographien werden gern als »Steckbrief« beworben und sie enthalten wohl auch oft manch Kriminelles oder doch Absonderliches …

Ich habe mir in meinem Gastsemester an der Universität in Genua einige Verkehrsschilder und Hinweistafeln notiert und übersetzt, um nicht »fehlzugehen«. Einige Warnungen habe ich auch von meiner Radfahrt nach Rom noch in Erinnerung. Wie oft wurde uns damals im Apennin ein *Attenzione Caduta sassi* drohend signalisiert! Wir fragten uns freilich, wie man sich als Radfahrer vor einem Steinschlag schützen soll. Die Italiener nennen also den »Gehsteig« – oder älter »Bürgersteig« –, für den vor allem die Österreicher auch den Ausdruck »Trottoir« aus dem Französischen übernommen haben, *Marciapiede.* Etymologisch gesehen ist es aber von Interesse, daß das Französische mit *Trottoir* eigentlich ein Wort aus einer germanischen Wurzel gebildet hat: *Trotter* heißt soviel wie »traben«, »trippeln«, das das Deutsche auch als *trotten* kennt. Im Altdeutschen hieß der Gehsteig »Breiter Stein« … Wenn *Steig* ein Synonym von *Pfad* ist, dann könnte man *Trottoir* durchaus auch mit »Trampelpfad« übersetzen … Vom Wort »Trottel«, das aus dem Oberdeutschen, Süddeutschen, kommend, allgemein geworden ist, heißt es, es bedeute »Dummkopf« und bezeichnete wohl ursprünglich »einen Menschen mit einem täppischen Gang«. Es wird auf das Derivat *trampeln* von *Trampel* hingewiesen. *Trottel* ist das Konkurrenzwort zu *Depp. Depp* aber ist wieder oberdeutsch und ist abgeleitet von *tappen* und bezeichnet einen Menschen, der *täppisch* geht und zugreift. Ich erinnere mich an ein Lied, das wir in der (Katholischen) Jugend gern gesungen haben:

»Fein sein beinander bleiben«, dessen zweite Strophe lautet: »Gscheit sein, nit einitappn! / Es steckt oft der Fuchs in der Zipfelkappn!«

Wo man auch hinschaut, der Zusammenhang von *Gehen* und *Denken* ist sozusagen allgegenwärtig. Eines der merkwürdigsten Bücher Thomas Bernhards heißt »Gehen«. Dort lese ich auf Seite 86: »Die Wissenschaft des Gehens und die Wissenschaft des Denkens sind im Grunde eine einzige Wissenschaft. Wie geht dieser Mensch und wie denkt er …. Und wie denkt dieser Mensch und wie geht er ….« Nicht nur *Gehen* ist sozusagen philosophisch, sondern auch *Stehen*, wenn man nur an *Verstehen* und *Verstand* oder den »Standpunkt« denkt … Und bewegen kann man ein Pferd im Gelände oder beim Voltigieren, eine tiefe Bewegung kann auch der Mensch empfinden, wenn er, still in seiner Loge sitzend, einen begnadeten Schauspieler den Monolog »Sein oder Nichtsein« aus Shakespeares »Hamlet« sprechen hört.

Das Grimmsche Deutsche Wörterbuch beginnt im Band 5, Spalte 2376 den Artikel *gehen* so: »gehen, gehn, ire, nach form und gehalt überaus reich entwickeltes wort, dessen erschöpfende behandlung ein werk für sich wäre …« Nachdem der Artikel genau 99 Spalten lang ist, also bis Spalte 2475 »geht«, ist er ja eigentlich »ein werk für sich«! Der Artikel ist wie alle Artikel nach 1) »form« und 2) »gehalt« unterteilt und er nummeriert, was den Inhalt betrifft, eine stattliche Zahl an arabischen Ziffern, und das lateinische und das griechische Alphabet durch … Ja, unzählige semantische Merkwürdigkeiten zeigen allein schon die präfigierten Verben *angehen*, *aufgehen*, *begehen*, *ergehen*, *entgehen*, *nachgehen, untergehen, vergehen, vorgehen, zergehen.* Von den Komposita, den mit *gehen* als Grundwort zusammengesetzten Wörtern und den Redewendungen, ganz zu schweigen. Mir hat bei einer Begegnung in Linz am 7. Mai 1982 der bekannte bayrische Schulpädagoge, Mundartdichter und Ordinarius der Münchner Universität Helmut Zöpfl sein Buch »Geh weiter Zeit, bleib steh!« geschenkt. Das Leitgedicht hat drei Strophen, und sie münden immer in die Verse: »Geh weiter, Zeit, bleib steh, dua ma den Gfalln, dua net vergeh …« Freilich kommt mir auch der drastische südhessische »Kreuzdenker«-Spruch in den Sinn »Die Zeit vergeht und das Licht verbrennt und die Alte stirbt nicht.« Das »sagt man, wenn man auf etwas wartet«, behauptet Wikipedia. Wie kompliziert und idiomatisch verzwickt sich *gehen* verhält, wird wohl besonders deutlich an dem »Sager«, den man einem prominenten alten Politiker und »Sesselkleber« nachsagt: »Solange ich noch gehen kann, gehe ich nicht«! Der um originelle Formulierungen nicht verlegene Bundeskanzler Bruno Kreisky soll, wie kolportiert, als man als seine mögliche Nachfolgerin eine gleichaltrige, »gestandene« Ministerin ins Spiel brachte, gesagt haben: »Gehen S', alt bin ich selber!« In Goethes »Faust« sagt Faust zu Mephisto: »Werd ich zum Augenblicke sagen, verweile doch, du bist so schön, dann magst du mich in Fesseln schlagen, dann will ich gern zugrunde gehn«. Ein Teufelspakt! »Der Teufel hilft seinen Leuten«, sagten die Menschen in meiner Jugend auf dem Land. »Doch mit des Geschickes Mächten / ist kein ewger Bund zu flechten«, heißt es in Friedrich Schillers »Lied von der Glocke«: Die Zeit anhalten *geht* nicht, die Zeit verzögern, wie ein in Klagenfurt vom Philosophie- und Gruppendynamik-Professor Peter Heintel gegründeter Verein seinen Vereinszweck definierte, wohl auch nicht »nachhaltig«, allenfalls *vorübergehend*. Man kann die Zeit nützen oder genießen, im Sinne des epikureischen »Carpe diem« der »Carmina« von Horaz. Nütze den Tag und denk nicht an morgen! Und wenn es heißt: »Tempus fugit«, womit oft Sonnenuhren beschriftet sind, dann muß man die Zeit am Fliehen hindern! Eine Religionssendung im ORF heißt »Erfüllte Zeit«. Hier geht es natürlich nicht um Freizeitgestaltung und Stekkenpferde… Peter Heintel ist übrigens 2018 verstorben, er hat, wie man früher gern sagte, »das Zeitliche gesegnet«…

Das abfällige, unanständige Wort *hin* für »tot« ist eigentlich nur ein verkürztes *hingegangen* oder *hinübergegangen*. Wenn man also von einem Menschen sagte, er sei *hin*, hieß das, er sei *hinüber*, also vom Diesseits ins Jenseits gegangen. »Hinscheiden« war das »über den Jordan gehen«. Heute wird *hin* oder *hinnig*, selbst wenn es von Tieren gesagt wird, als abträglich und unpassend und anstößig empfunden. Alle zwanzig Minuten fährt vor dem Fenster meiner Schreibstube ein Autobus der Stadtwerke vorbei, die mit einer riesigen Aufschrift über die ganze Länge des Gelenkbusses für sich werben: WOHIN AUCH IMMER… Ich könnte mir vorstellen, daß meine Söhne, die ich für den Fall der Fälle – Alzheimer oder Demenz – auch notariell als Sachwalter bestimmt habe und die ich oft, und oft auch ungehalten, zur »Religionsausübung« wie etwa am Sonntag zum Messebesuch angehalten habe, am Schluß, wenn ich vielleicht als Pflegefall moribund in der Geriatrie liege, zu mir sagen werden: »Geh mit Gott, aber geh! Wohin auch immer.«

Mir sind vom Lateinunterricht im Kollegium Petrinum her noch viele »Proverbia«, also Sprichwörter, in Erinnerung, im Besonderen und im Zusammenhang mit *gehen* auch dies: »Post cenam stabis vel passus mille meabis« (»Nach dem Essen sollst du stehn oder tausend Schritte gehn!«) Hier wird *gehen* aber nicht als Vergnügen verstanden, sondern als Therapie oder Prophylaxe … Jetzt, wo ich meinen Schrittzähler besitze, kann ich diesen Ratschlag ja genau befolgen. Auch jenen: »Ut sis nocte levis, sit tibi cena brevis!« Am besten wird es überhaupt sein, am Abend STATT zu essen zu gehen … Mit *Dinner-Cancelling* hat Kardinal Franz König seine Fitness noch im Alter begründet. Er hat es also, anders als du, Aloysius von Gonzaga, nicht asketisch gemeint, eher so wie heute, wenn am Beginn der Fastenzeit vom Fasten die Rede ist, mehr die Medizin als die Theologie bemüht wird. Und *gehen* ist heute auch weniger *pilgern* als »lustwandeln«, wie man früher sagte. Daß viele »Jogger« wie verbissen und angestrengt »rudern« und alles andere als »lustwandeln«, ist freilich auch evident. Kann das gesund sein?

Nun war mir im Lateinischen für *gehen* vor allem *ire* geläufig, wie etwa am Schluß der Messe: *Ite missa est* mit *Deo gratias* beantwortet wird, was aber nicht Gott sei Dank im Sinne der Erleichterung bedeuten sein soll … Es soll kein »Aufatmen« sein, weil man die sonntägliche Gottesdienstpflicht erfüllt hat und vielleicht noch eine »Agape« winkt … Ich habe einmal in meinem Erinnerungsbuch »Über den grünen Klee der Kindheit« mitgeteilt, daß die Landsleute, die Bauern meiner Heimatpfarre, das »Ite missa est« oft nicht mehr gehört haben, weil sie ein gewisses Durcheinander bei oder nach der Kommunion genützt haben, um vorzeitig das Gotteshaus Richtung Gasthaus zu verlassen. Zu meiner Enttäuschung habe ich in keinem meiner Latein-Wörterbücher, weder im Georges (»Ausführliches Handwörterbuch«), noch im Menge-Güthling (»Langenscheidts Großwörterbuch«) und nicht im Stowasser (»Lateinisch-deutsches Schulwörterbuch«) ein Verbum *meare* gefunden, das es aber geben muß, denn woher sollte das in den Wörterbüchern doch verzeichnete *meatus* für »Gang« denn sonst kommen!

Ite missa est! Wenn man alt wird – alle wollen alt werden und niemand will alt sein –, antwortet man gern mit *Deo gratias*, wenn man noch *ire*, gehen, kann und nicht, zum Beispiel im Rollstuhl, »befördert« werden muß … Die Menschen werden immer älter, aber immer öfter benötigen sie auch Gehhilfen. Rollatoren haben die Gehstöcke der Vorzeit abgelöst, Lifte, »Elevatoren«, sind bei mehr als einstöckigen Häusern Standard und Pflicht. Einer Firma, die sich auf Treppenlifte in Einfamilienhäusern spezialisiert hat, *geht* es wirtschaftlich prächtig, sie ist inzwischen börsenotiert, läuft gut und es *geht* mit ihr stetig aufwärts … In diesem Sinn hat es einmal in der Steinzeit der Werbung vom Volkswagen geheißen: »Er läuft und läuft und läuft …« Von den großen »Amischlitten«, wie wir die Buicks und Chevrolets der in Wels stationierten amerikanischen Militärs nannten, die zu uns auf das Land kamen, um im Innbach zu fischen, und für die wir Buben Regenwürmer organisierten – von diesen Benzinfressern galt eher: »Er säuft und säuft und säuft …«

Bewegung ist auch in den Wörtern *Werdegang, Lebenslauf, Lebensreise, Lebenswandel* und *Wallfahrt.* Ob im »starken Auftritt« oder im »unheimlich starken Abgang«, im herrischen »Auftreten« oder im »Leisetreten«, in allem ist Bewegung, Motion und Emotion. Kein Lebenslauf ist hienieden nur »Lieb und Lust«, wie Josef Strauß, der Bruder des Walzerkönigs Johann Strauß, in Walzerseligkeit jubilieren läßt. »Des Menschen Leben währet, wenn es hoch kommt, achtzig Jahre, und wenn es gut war, war es Mühe und Plage.« »Lieb und Lust« oder vielmehr »Lieb und Wollust« ist vielleicht der Lebenslauf eines Pornodarstellers, aber auch nicht in einem erfreulichen Sinn, eher im Sinne von Mief und Frust … Und wenn es stimmt, was das lateinische Proverbium *»Post coitum omne animal triste«* behauptet, dann muß das Leben, besonders das Alter, dieser Sexualakrobaten trostlos und traurig sein.

Ein besonderes »Gehen« ist das in Wörterbüchern als veraltet bezeichnete *Wallen,* in der Bedeutung von »pilgern«. So erscheint das Wort »Wallfahrt« eigentlich als widersprüchlich, als *»Contradictio in Adjecto«*, weil *wallen* ursprünglich »Zufußgehen« gemeint hat. Weil Wallfahrten nun in der Regel mit der Bahn stattfinden, wie meine nach Castiglione delle Stiviere, oder mit dem Autobus oder auch dem Pkw, haben die wandernden Pilger das merkwürdige Wort *Fußwallfahrt* geprägt, das nun zusätzlich zur *»Contradictio in Adjecto«* fast schon eine »Tautologie«, eine überflüssige Verdoppelung, darstellt. Wenn abschnittweise gegangen und gefahren wird, wie bei unserer Studentenwallfahrt nach Mariazell, wo nur eine kleine Gruppe Unentwegter von Wien aus losgezogen ist, der Großteil der Teilnehmer, darunter ich, aber bis Kirchberg mit der Bahn gefahren und nur den letzten Teil der Strecke zu Fuß, »per pedes apostolorum«, gegangen ist, dann stimmt *Fußwallfahrt* wieder. Eine Wallfahrt soll mehr und etwas anderes sein als ein Fitnesslauf. Es gibt freilich zu denken, daß die wohl älteste Wallfahrt in Kärnten, ja, in Österreich, *Vierbergelauf* heißt und wohl wirklich ein anstrengender Lauf ist. Er findet am sogenannten Dreinagelfreitag abends am Magdalensberg seinen Ausgang und führt über vier Berge, darunter auch den Ulrichsberg. Mein Sohn Andreas ist zweimal mitgegangen und hat mich, der ich nicht mitgegangen bin, damit beschämt ... Er ist auch einmal mit dem Fahrrad von Linz über Freistadt nach Prag gefahren. Was in meinem Fall, bei der Romfahrt, der Apennin war – eine große Anstrengung – »duro, duro!«, das war in seinem Fall das Mühlviertel und der Haselgraben: 40 Kilometer bergauf ... Unsensible Kommunalpolitiker wollten einmal den Vierbergelauf wirklich als Fitness-Veranstaltung bewerben, was der Protest der vielen ambitionierten »Vierbergler«, die zum Teil schon zwanzigmal oder öfter »mitgelaufen« sind, Gott sei Dank verhindert hat. Eine eigenartige »Wallfahrt«, eigentlich eine Prozession, ist die »Springprozession« in Echternach, »*La procession dansante d'Echternach*«, eine als »Weltkulturerbe« anerkannte Veranstaltung, bei der am Dienstag nach Pfingsten die Teilnehmer sich in Reihen zum Rhythmus von Polkamelodien tänzelnd durch die Straßen der Stadt zur Basilika, zum Grab des heiligen Willibrord bewegen ...

Das Wort *Pilger* kommt von lateinisch *peregrinus*, »der Fremde«. Das Sehnsuchtsziel aller Pilgerfahrten war natürlich, abgesehen von Jerusalem, Rom. Dort, in Rom, hat schließlich auch Tannhäuser, der Ritter und Minnesänger, aufgebrochen vom Venusberg, bei Papst Urban IV. für sein sündiges Treiben um Vergebung und Absolution gebeten, die ihm aber verweigert wurde. Eher würde der Bischofsstab zu grünen beginnen, als daß ihm Vergebung würde. Resigniert kehrt Tannhäuser zum Venusberg zurück, die Kunde vom Bischofsstab, der tatsächlich austreibt und zu grünen beginnt, erreicht ihn nicht mehr. Von Reue und schlechtem Gewissen war in unserer Zeit einmal die Rede, als der weltberühmte, amerikanische Schauspieler und Sänger Frank Sinatra Papst Johannes Paul II. für eine Absolution angeblich eine Milliarde Dollar geboten hat, jedenfalls viel Geld. Legendär sind Sinatras Frauengeschichten, seine Alkoholexzesse und seine Nähe zur italienischen Mafia, der amerikanischen Cosa Nostra... Viel Stoff für eine Lebensbeichte!

Gehen, gehen... Eine besondere Gangart ist das liturgische Schreiten. Ich erinnere mich an einen Ministranten-Unterricht, den wir Erstklassler, damals »Primaner« genannt, von einem »Sextaner« oder »Septimaner« bekamen, dem in meinen »Lebenszeichen« erwähnten »spätberufenen« Johann Silberhuber, der mit meinem ältesten Bruder Felix die Hauptschule in Wels besucht hatte und erst danach ins »Knabenseminar« des Petrinum kam, also eigentlich schon kein Knabe mehr, sondern ein junger Mann war, und später nach dem Theologiestudium und der Priesterweihe jahrelang Pfarrer in Frauenstein im Traunviertel war, daß uns Primaner also der Septimaner Silberhuber nicht nur die lateinischen Psalmen des »Staffelgebetes« beibrachte, sondern auch das sogenannte *Schreiten*, die liturgische, feierliche, festliche, bedächtige Gangart beim Gehen zum Altar oder vom Altar zurück in die Sakristei. Nicht schlendern oder humpeln, nicht rennen oder schlurfen sollten wir, als hätten wir es eilig, nicht trödeln, sondern eben schreiten. Schreiten als rituelle Disziplin …

Gehen ist bekanntlich in unserer Zeit eine olympische Disziplin geworden. Es werden bei den Männern 50, bei den Frauen 20 Kilometer *gegangen*. Im Unterschied zum Laufen muß beim leichtathletischen Gehen immer ein Fuß Bodenkontakt haben und ein Bein durchgestreckt sein. Elegant oder ästhetisch sieht das nicht eben aus, läßt sich auch schwer exakt kontrollieren, aber wenn die Geher zu ihrer Schlußrunde in irgendein Stadion einlaufen, nein »eingehen« und dem Ziel zuwackeln, warten dort immer begeisterte Zuschauer … Manche Geher rhythmisieren ihren Gang durch stoßweises Atmen, so wie auch einige Tennisspieler jeden Schlag mit einem unartikulierten, aber lauten Schrei oder Seufzer versehen. Es gibt bei allen Sportarten gewisse Methoden des »Schrittmachens«, des Beschleunigens oder auch Ausdauerns. Die umstrittensten Hilfsmittel sind natürlich die Dopingmittel oder die medizinischen Eigenblutinjektionen. Unzählig und letztlich erfolglos sind alle Kontrollen und Drohungen der Sportjustiz, die den *Dopingsündern* Beine machen wollen. Das Wort *Sünde* hört man heute auch in den Kirchen selten, im Sport ist es hingegen im Kompositum »Dopingsünder« und in der Politik als »Umweltsünder« wieder populär geworden …

Es gibt das lateinische Sprichwort, das ich einmal falsch oder ungenau zitiert habe und das ich nun, richtiggestellt, zum Nachdenken empfehle. *Tempora mutantur, nos et mutamur in illis.* Mit großer Verblüffung habe ich in James Joyce' »Ein Porträt des Künstlers als junger Mann« gelesen, daß Mister Dedalus, der Vater des Stephen Dedalus, bei einem Besuch im Jesuitenkolleg Belvedere, das sein Sohn nach Conglowes Wood »beziehen« soll, von einer Begebenheit aus seiner eigenen Zeit in Belvedere berichtet: »Einer von ihnen hatte ihn, um sein Latein auf die Probe zu stellen, kurze Passagen aus dem Dilectus übersetzen lassen und ihn gefragt, ob es richtig sei, zu sagen: *Tempora mutantur nos et mutamur in illis*, oder aber *Tempora mutantur et nos mutamur in illis* ...«

Latein hin oder her: Ja, »die Zeiten ändern sich und wir ändern uns in ihnen«. Wie sich die Zeiten in der Germanistik geändert haben, habe ich und haben Germanisten meiner Generation sozusagen »am eigenen Leib«, »auf Schritt und Tritt« erfahren. Wer Germanistik oder Deutsche Philologie in den 50er und beginnenden 60er Jahren des vorigen Jahrhunderts studierte, mußte Proseminare der »Älteren Abteilung« absolvieren. Und es begann mit Gotisch! Nun ist Gotisch bekanntlich eine ostgermanische, aber ausgestorbene Sprache... Und es gibt an Texten im wesentlichen nur die Bibelübersetzung des arianischen Bischofs Wulfila, deren kostbarste Handschrift, der »Codex argenteus«, in der Universitätsbibliothek in Uppsala aufbewahrt wird. Wie im Lateinunterricht, wo wir, als Primaner, einfache deutsche Sätze ins Lateinische übersetzen mußten, mußten wir uns im ersten Semester an der Universität in Klausuren bei Prof. Hermann Menhardt auch an Übersetzungen aus dem Deutschen, dem Neuhochdeutschen, ins Gotische bewähren und beweisen. Als ich diesen Brauch an der Universität des Saarlandes einführen wollte, erlebte ich aber einen Aufstand. Eine Hörerin meiner Übung hat sich darüber bei ihrem Onkel, Professor Helmut Stimm, dem Romanisten und Provenzalisten, der 1963 Rektor der Universität war, beschwert, und so hat mich mein verehrter Lehrer, der Germanist Hans Eggers, mit dem Stimm gesprochen hatte, »gebeten«, von dieser rigorosen Examinationsmethode Abstand zu nehmen …

Ja, die Zeiten ändern sich. Und vieles bleibt mir rätselhaft, wenn ich an deine Zeit, Aloysius, das 16. Jahrhundert, denke. Es wird sicher selbst dir aufgefallen sein, wenn du es auch in deiner zurückhaltenden noblen Art nirgends ansprichst, daß auch in den tonangebenden aristokratischen Familien und im Kirchenstaat und selbst im Papsttum arge Dinge passieren und passierten. *arg*, mhd. *arc*, bedeutet im ursprünglichen Sinn – so steht es im »Lexer«, dem »Mittelhochdeutschen Handwörterbuch« von Matthias Lexer – »böse«, »nichtswürdig«. Ja, »unwürdig« ist vielleicht der richtige Ausdruck. Nun hast du, Aloysius, deinem Bruder Rodolfo wegen seiner, wie du (irrtümlich) vermutetest, »wilden Ehe« mit der Tochter des Münzmeisters Aliprandi, Elena Aliprandi, die bittersten Vorwürfe gemacht und ihm angedroht, du würdest ihn nicht mehr als deinen Bruder akzeptieren, wenn er sein Verhältnis nicht legalisieren und bekanntgeben würde – aber gab es nicht noch viel gröbere, wirkliche Verstöße gegen Gesetz und Moral in den weitverzweigten Gonzaga-

Familien, auch bei Bischöfen, ja Kardinälen aus deinem Geschlecht, die dir bekannt gewesen sein müssen, zu denen du aber geschwiegen hast? Selbst hochgeachtete und herausragende Persönlichkeiten der Kirchengeschichte wie Ercole Gonzaga, der Kardinal und von 1540 bis 1559 auch Regent des Herzogtums Mantua war und am 18. Jänner 1562 das Konzil von Trient eröffnet hat, war eine widersprüchliche Gestalt. Und wenn einige der Ergebnisse des Konzils die Festlegung auf die Kindertaufe, die Siebenzahl der Sakramente und auch die Zölibatsverpflichtung des Klerus waren, so konnte er, Ercole Gonzaga, doch nicht als Vorbild eines guten Hirten gelten. Als er 57jährig, ein Jahr nach der Eröffnung des großen Reformkonzils von Trient und Bologna, starb, hat er vier Kinder zurückgelassen, und daß er wohl eine karitative Stiftung für arme Kinder gemacht, für die eigenen Kinder aber nicht als Erblasser gesorgt hat, macht seine Sache nicht besser. Nun ist Ercole Gonzaga fünf Jahre vor deiner Geburt gestorben. Du könntest aber vielleicht noch mit einem seiner Kinder Kontakt gehabt haben? Ich habe mir in meinem Buch »Aluigis Abbild« erlaubt, einige Leerstellen in deiner »Bio« oder »Hagio« mit Phantasie zu schließen. So habe ich mir ausgedacht, du könntest den Herzog Vincenzo Gonzaga in Mantua, bei dem du Page warst, gebeten haben, dir keine Aufträge zu erteilen, die eine Anwesenheit im Palazzo del Te notwendig machten, weil du die erotischen Bilder des Raffael-Schülers Giulio Pippi, genannt »Romano«, in der Sala di Amore e Psiche, diesem als Liebesnest« für Herzog Federico Gonzaga II. und Isabella Boschetti, seine Muse und Geliebte »la bella Boschetta«, bezeichneten Gebäude, nicht ertragen konntest. Habe ich dich da falsch verstanden? »Überinterpretiert«?

Ach, Aloysius, man weiß so wenig und oft nichts Genaueres … Daher die vielen »Konjekturen« in meinem Roman über dich. Ich bitte um Verzeihung. Vielleicht darf ich aber in Anspruch nehmen, was die Italiener als »Se non è vero, è ben trovato« bezeichnen. Nicht belegt und historisch, aber gut ausgedacht und erfunden … Das *Konjizierte* muß *plausibel* sein. *Plausibilitas* attestierten die Römer einer Erzählung dann, wenn sie vielleicht nicht wahr, aber *plausibilis*, »beifallswert« war. *Plaudo* heißt bekanntlich »ich klatsche« (Beifall). Die Künstler aber suchen den Beifall, die Schauspieler zählen nach den Vorstellungen die Zahl der »Vorhänge«, wie oft sie also herausgeklatscht werden. Und nichts ist ihnen widerwärtiger als ein »endenwollender Applaus«. Da ist ihnen der »Beifall aus der falschen Ecke« immer noch lieber als das »Schweigen im Walde« … Was als historisch in der Literatur daherkommt, ist doch oft nur historisierend. Gilt Goethes »Denn eben, wo Begriffe fehlen, da stellt ein Wort zur rechten Zeit sich ein«? Eigentlich sagt diesen bedenklichen Satz ja Mephisto in »Faust I.«. Lateinisch *coniectura* heißt »Mutmaßung«, »Vermutung«, »Annahme«. Und »*coniecturam de se facere*« »nach sich selbst beurteilen«, »von sich auf andere schließen«. »Konjekturalkritik« aber ist im Editionswesen wissenschaftlich verpönt. Je weiter man aber zurückgeht in der Geschichte, umso größer wird die »Alterität«, die Fremdheit … So ist man auf Konjekturales angewiesen …

Ich habe ja schon von meinem Vergnügen an automatisch hergestellten Übersetzungen fremdsprachiger

Literatur berichtet und aus einer dergestalt übersetzten Biographie Francesco Petrarcas und einem Prospekt des Domes in Spilimbergo zitiert. Über dich, Aloysius, lese ich da: »Gonzaga war das älteste von sieben Kindern geboren, bei seiner Familie Burg in Castiglione delle Stiviere, zwischen Brescia und Mantua in Nord Italien in der damals Teil des Herzogtums Mantua, in den illustren Gonzaga. Aloysius ist die lateinische Form von Aloysius de Gonzaga angegebenen Namen in Italienisch, Luigi. Er war der Sohn von Ferrante de Gonzaga (1544–1586) Marquis von Castiglione und Marta di Santena, Tochter eines Baron de piemontesischen Della Rovere Familie: Seine Mutter war eine Zofe zu Isabel, Frau von Philipp II. von Spanien. Als erstgeborener Sohn war er in Linie des Titel seines Vaters und den Status von Marquis zu erben. Sein Vater angenommen, daß Aloysius Soldat werden würde, als dass die Norm für die Söhne des Adels war und die Familie war oft in den kleineren Kriegen der Zeit beteiligt. Seine militärische Ausbildung begann schon in jungen Jahren, aber er erhielt auch eine Ausbildung in Sprachen und Kunst. Bereits im Alter von vier Jahren wurde Luigi eine Reihe von Miniatur-Kanonen gegeben und seinen Vater auf der Ausbildung von Expeditionen begleitet, so daß der junge die Kunst der Armen könnte lernen. Mit fünf Jahren wurde Aloysius in ein Militärlager geschickt auf seine Ausbildung zu beginnen. Sein Vater war zufrieden sein Sohn an der Spitze des Zuges von Soldaten marschiert um das Lager zu sehen. Seine Mutter und sein Lehrer war weniger zufrieden mit dem Vokabular er dort abgeholt. Er wuchs inmitten der Gewalt und Brutalität von bis Renaissance Italien und Zeuge der Ermordung von zwei seiner Brüder. Im Jahr 1576 im Alter von acht, wurde er zugeschickt Florenz zusammen mit seinem jüngeren Bruder Rodolfo am Hof des Großherzogs zu dienen Francesco I. de Medici und erhält Weiterbildung. Dort fiel er mit einer Erkrankung der Nieren krank, der sein ganzes Leben lang quälte ihn. Während er krank war, nahm er die Gelegenheit, über die Heiligen zu lesen und viel Zeit im Gebet zu verbringen. Er sagte ist ein privates Gelübde genommen haben Keuschheit im Alter von 9. Im November 1578 wurden die Brüder auf die gesendete Herzog von Mantua. Aloysius war geschockt durch den gewaltsamen und frivolen Lebenslauf, den er dort angetroffen …«

Dies ist der Eingangspassus, der Einleitungsteil deiner Hagiographie, Aloysius, die man im Internet googeln kann. Sie ist wohl durch ein automatisches digitales Übersetzungsprogramm zustande gekommen, mit Hilfe einer speziellen Software. Der Sinn des Ganzen oder von Einzelheiten erschließt sich mir auch ein wenig über meine Erfahrungen mit dem »Gastarbeiter-Deutsch« und meiner Mitarbeit an einem Forschungsunternehmen »Automatische Sprachübersetzung« der Deutschen Forschungsgemeinschaft in Saarbrücken. In den frühen 60er Jahren kamen viele »Fremdarbeiter« aus Italien in die Bundesrepublik Deutschland, Hilfsarbeiter, aber auch Facharbeiter und Geschäftsleute, die etwa mit Pizzerien gute Geschäfte machten. Nach den Italienern, von denen viele nach ihren erfüllten Arbeitsverträgen wieder in ihre Heimat zurückkehrten, kamen bekanntlich die Arbeitsmigranten aus der Türkei. Das ursprünglich verwendete Wort *Fremdarbeiter* wurde bald als ungebührlich und gegen die »Political Correctness« verstoßend empfunden, und durch *Gastarbeiter* ersetzt. Ich erinnere mich an den Vorschlag eines Sprachkritikers der »Saarbrücker Zeitung«, der statt des verpönten »Fremdarbeiters« *Südwerker* vorgeschlagen hat ... Das »Gastarbeiter-Deutsch« der Italiener hatte und hat durchaus Charme, weil auf diesem Weg etwas von der Lebendigkeit und dem Temperament der Südländer in den teutonischen Bierernst eindringt. Von diesem Charme und Temperament zeugt etwa heute das oft zitierte, zornige »Ich habe fertig!« des italienischen Trainers Giovanni Trapattoni beim Fußballclub Bayern München. »Es gibt Spieler wie Flasche leer.« Oder der philanthropische Spruch: »Hier werden Sie geholfen« ... Die Wissenschaft kennt die Disziplin der »Kontrastiven Grammatik«. Davon war im Zusammenhang mit dem italienischen *caldo*, das von Deutschen gern als »kalt« mißverstanden wird, die Rede, einem Phänomen, das die Linguistik »Falsche Freunde« nennt. Ein instruktives Beispiel enthält auch der oben gegoogelte Text: Vater Ferrante, der überzeugte, um nicht zu sagen bornierte Militarist, wollte unbedingt, daß du, Aloysius, als der Erstgeborene und sein präsumptiver Nachfolger im Marchesat, die »*Kunst der Armen*« (Sic!) lernen solltest, weshalb er dich ins Militärlager zu seinen Soldaten, die sich für ihren Einsatz in Afrika vorbereiteten, mitgenommen hat, wo du das bekannte gefährliche Lausbubenstück mit dem Abfeuern einer Kanone geliefert hast. Einmal flog dir, wie Moritz Meschler in seiner Biographie schreibt, das Pulver einer Zündpfanne an den Kopf und verbrannte jämmerlich dein Gesicht ... »Ihn selbst schüchterte aber dieses Mißgeschick nicht besonders ein«, schreibt Meschler. Du warst demnach als Sechsjähriger schon, zur Freude deines Vaters und zum Mißfallen deiner frommen Mutter, unterwegs auf der Soldatenlaufbahn! Die »*Kunst der Armen*« wolltest oder solltest du also im Sinne deines Vaters erlernen … Die *Armen* sind aber hier nicht die *pauperes*, die Hilfsbedürftigen, auch nicht die »*Armen* im Geiste«, die in der Bergpredigt seliggepriesen werden, sondern »ganz im Gegenteil« die »Waffen«. Der große Sohn der Lombardei, der bedeutendste Dichter der römischen Antike, der »Vater des Abendlandes« Publius Vergilius Maro aus Andes, beginnt sein Opus maximum, die »Aeneis«, bekanntlich mit »*Arma virumque cano*«. Und wenn man auch seine weltliterarische Leistung nicht genug loben kann – und ich habe sein Buch auf Deutsch mit vielen Rückblikken in den lateinischen Text gelesen –, muß ich doch einbekennen, daß mich die vielen Kämpfe, *pugnae, proelia, certamina, contentiones* um Latium und Lavinia sehr gefordert haben, mir sozusagen über den Kopf gewachsen sind … Welch wunderbares Mißverständnis liegt in diesen »falschen Freunden«, den zitierten »*Armen*«, wenn man an dein »seliges« oder unglückliches Ende, Aloysius, voraus- oder zurückdenkt, daß du dir im Dienst an den *Armen*, ja den Ärmsten, den Pestkranken, den Tod geholt hast. Zwei deiner Brüder, Rodolfo und Diego, sind ja wirklich und buchstäblich den »Armen« zum Opfer gefallen, sie wurden erschossen. Gott hab sie selig.

Dein Vater Ferrante war wohl das, was man heute abfällig einen »Militärschädel« nennt. Das Höchste, was ein Mann erreichen kann, war ihm der Feldherrenruhm. »Er war seinem Beruf und Geschmack nach Soldat… und er erwartete, daß auch sein Erstgeborener in die glorreiche Laufbahn der Waffen einlenken werde.« Deine Mutter war anderer Meinung und Gesinnung, sie sah mit großer Genugtuung, wie du Freude an der Religion und am Beten gewannst. Wohingegen dein Vater, von dem es heißt, daß er wohl mit Überzeugung am römischen Katholizismus festgehalten habe und gerade deswegen einen sensationellen Ruf zum Oberbefehlshaber der gesamten Reiterei des englischen Königs Heinrichs VI. aus Angst um seine Rechtgläubigkeit abgelehnt habe, trotzdem der Meinung war, daß »zuviel Frömmigkeit nicht für diesen Lebenslauf tauge«. Die Episode deiner Anwesenheit im Heerlager ist bei Meschler mit »In den Zelten der Sünder« überschrieben. Und da ist auch davon die Rede, daß du den Reden der Soldaten, ihren frivolen Unterhaltungen mit deftigen obszönen Witzen, zweideutigen Scheltreden, ihren Flüchen »und Schlimmerem« gern zugehört, ja, ihre Sprache sogar nachgeahmt habest. Dein Hofmeister Franz del Turco habe es gehört und dir deshalb Vorhaltungen gemacht. Man kann vielleicht die Predigt des Kapuziners in »Wallensteins Lager« von Friedrich Schiller lesen, die der *»Ars praedicandi«*, der Predigtkunst des Abraham a Sancta Clara nachempfunden ist, um von den Reden der Soldaten im Lager eine Vorstellung zu bekommen. Wie freilich mögen die Söldner aus der Lombardei, aus dem Piemont oder der Republik Venedig gesprochen, »dirty getalkt«, »geschweinigelt« und wie geflucht haben? So richtig häßlich fluchen sei eine »Kunst«, die an sich nur unbeherrschte »Religiöse« beherrschen… Die Spanier und die Kroaten haben das dafür notwendige Temperament. Bei Meschler lese ich, daß du in Florenz, das du später gern als die »Wiege deines geistlichen Lebens« bezeichnet hast, angefangen habest, öfter als vordem in Castiglione zur Beichte zu gehen, und daß du in einer Generalbeichte, auf die du dich gründlich vorbereitet hast, auch nachträglich die »unschicklichen Soldatenausdrücke, deren du dich in Casale bedient«, die du aus Scham aber verschwiegen hattest, nun einbekannt hast. Es muß sich also in Casale im Lager, in das dich dein Vater mitgenommen hat, eine Szene abgespielt haben, wo du die rauen Soldaten zum Lachen brachtest, weil du ihre Obszönitäten nachgeplappert hast. Eine Szene, ganz anders und eine diametral entgegengesetzte Kontrafaktur der biblischen Szene mit dem Knaben Jesus unter den Schriftgelehrten im Tempel, die er mit seiner Weisheit zum Staunen bringt… Es kommt bei einer Generalbeichte übrigens nicht darauf an, daß man jede einzelne, womöglich »lässliche« Sünde anführt, sondern allgemein einbekennt, man habe gesündigt »in Gedanken, Worten und Werken«… Mir hat einmal bei einer zufälligen Begegnung in der Bahn der Linzer Theologieprofessor Wilhelm Zauner den Sonderdruck eines seiner Aufsätze über das Sakrament der Buße gegeben mit dem Titel »Beichten wozu«, mit der Bemerkung, es sei erstaunlich, daß er gerade für diesen Artikel erfreulich viel Interesse finde, wo doch das Bußsakrament äußerst unpopulär geworden sei. Aber vielleicht gerade deshalb die »Nachfrage«?

»Glücklicherweise dauerte das Soldaten- und Lagerleben bloß einige Monate. Der Markgraf war mit seinem Erfolg zufrieden. Mit Anbruch des Sommers 1573 führte er seine Kriegsvölker über das Meer nach Tunis, und Aloysius kehrte nach Castiglione in den Schoß seiner Familie zurück.« Einen der schwerwiegenden Charakterfehler deines Vaters Ferrante Gonzaga, seine Spielsucht, die ihn und seine Familie in arge finanzielle Schwierigkeiten brachte, übergeht Meschler recht nobel: »Im übrigen war er ein vollendeter Hofmann und Großer seiner Zeit, eifrig auf Ehre und Hebung seiner Familie bedacht und zeitweilig auch dem Spiele mit Leidenschaft ergeben.« Ja, kann man denn beides zugleich sein, Hofmann und Hasardeur? Dein Vater, Aloysius, wurde mir bei meinen Recherchen nicht sympathisch. Daß er ein Militarist, ein Spieler und Trinker war, will ich nicht selbstgerecht monieren. Aber wie er dich, seinen erstgeborenen Sohn, behandelt hat, nachdem du mit deinem Entschluß ernst gemacht hast, zu den Jesuiten zu gehen, ist schwer verzeihlich. Er hat dir nicht nur EINE Szene gemacht. Als er sah, daß er mit Strenge und Wut nichts ausrichtete, hat er sich aufs Schmeicheln verlegt. Und er hat auch andere aus eurer reichen Verwandtschaft, wie den Herzog Wilhelm in Mantua selbst, oder Alfons, den Fürsten von Castel Goffredo, dessen Besitz dir ja als Erbe und Lehen zufallen sollte, für seine Zwecke eingespannt. Und wenn du schon unbedingt geistlich werden wolltest, dann sollte es nicht in einem Orden, sondern als Weltpriester sein, wie viele Gonzagas, die in dieser milderen Form der »Imitatio Christi«, der Nachfolge Jesu, es zu hohem Ansehen als Bischöfe, ja Kardinäle gebracht haben. Und ihren Besitz behalten durften! Karl Borromäus zum Beispiel, der dir die Erstkommunion gespendet hat. Bei den Jesuiten aber galt beim Eintritt in den Orden die sogenannte »*Spoliatio*«, eine »Enteignung« des Eintretenden durch die Obrigkeit. Eine solche Szene hat uns Fridiolin Wiplinger, der Freund und Reisebegleiter auf der beschriebenen Wallfahrt mit Monsignore Karl Strobl, erzählt, wie er nämlich in Kärnten in St. Leonhard im Lavanttal ins Jesuitenkloster eingetreten ist und sogar Bücher wie den »Tausendjährigen Rosenstrauch«, den er bei sich hatte, abgeben mußte. Er hat es dann dort nicht lange ausgehalten, die Theologie sein lassen und in Wien ein Philosophiestudium begonnen. »*Spoliatio*« – ein feiner lateinischer Ausdruck für einen Vorgang, der in der deutschen Literatur mit dem häßlichen Wort »Losschälung«, auch »Abtötung« übersetzt wird. *Spoliatio* heißt eigentlich »Reinigung« und der Begriff hat über das Spanische des Ignatius von Loyola und sein »Exerzitienbuch« in der Übersetzung ins Deutsche zum häßlichen deutschen Wort »Losschälung« geführt… *Spoliatio* ist freilich wie *Mortificatio* auch ein martialisches, drastisches Wort, weil es doch ursprünglich »Beraubung« und »Plünderung« bedeutet. Eine gewisse asketische Gewalttätigkeit und die Rücksichtslosigkeit gegen sich selbst im Geißeln, Kasteien und Fasten, wie sie von dir, auch von deinen Bekannten, den Auskunftspersonen im Seligsprechungsprozess, mitgeteilt wurden, sind wohl heutzutage nicht dazu angetan, als nachahmenswert angesehen zu werden. Es ist vom »sacro egoismo«, dem Fanatismus vieler Heiliger, die Rede. Und dem »*Contemptus mundi*«, der »Weltverachtung«, die doch eigentlich auch eine Verachtung der Schöpfung, also auch des Schöpfers, ist. Ein Irrweg, ein Vergehen vielleicht? Man muß freilich nicht so weit gehen, wie es der große Theologe

Josef Pieper in einem Beitrag für die Anthologie »Das Glück liegt auf der Hand«, für die ich auch etwas beigetragen habe, zu bedenken gibt, daß ein Mensch, der den Wein verschmäht, auch sträflich eine Gottesgabe negiert, also eine Sünde begeht? Denkt man da nicht unwillkürlich an die »Legende vom heiligen Trinker« von Joseph Roth? Den Ausdruck »heiliger Egoismus« gebraucht Peter Wapnewski in einer Interpretation der Legende »Der arme Heinrich« von Hartmann von Aue für das Mädchen, das gegen den Widerstand der Eltern sein jungfräuliches Blut für den kranken Herrn Heinrich hingeben und opfern will. Sie liegt zuletzt schon auf dem »Seziertisch« des Arztes in Salerno, als im letzten Augenblick, das Messer des »Chirurgen« ist schon gewetzt, der kranke Heinrich selbst das Grauenhafte verhindert. Daraus kann man lernen, was »Peripetie« bedeutet, der dramatische »Umschwung« im Handlungsverlauf...

Vater werden ist nicht schwer, Vater sein dagegen sehr? Und die Väter der Heiligen, in deinem Fall Ferrante Gonzaga, wie auch der in meinem Roman behandelte Vater des Franz von Assisi, Bernardone, hatten es besonders schwer, ihre eigenwilligen, sozusagen egoistischen Söhne zu akzeptieren. Ich habe nun aber als profaner Vater zweier Söhne allen Grund, mit deinem Vater, Aloysius, nachsichtig zu sein, weil ich wohl auch nicht gerade ein so idealer Vater geworden bin, wie man es vielleicht von einem »spätberufenen«, 38jährigen Vater erwarten hätte können... Unseren Erstgeborenen ließen wir auf den Namen *Andreas* taufen. Er kam ja gerade am 10. November 1979 in der Privatklinik Maria Hilf in Klagenfurt zur Welt, zu der Zeit, als Papst

Johannes Paul II. eine Pastoralreise nach Konstantinopel, in die Stadt Istanbul, die früher den Apostel Andreas als ihren Schutzpatron verehrte, unternommen hat. Heute ist es mir wie ein schicksalhafter Hinweis auf des Andreas späteren Lebensweg, daß er sich mit Martin Luther den Geburtstag teilt… Der Apostel Andreas ist bekanntlich der Bruder des Simon, dem Christus den Ehrennamen Petrus gegeben hat, und er ist, wie Petrus der erste Papst der römischen Kirche ist, für die Orthodoxie jener Apostel, auf den sich die Patriarchen als seine Nachfolger berufen. Unseren zweiten Sohn tauften wir auf den Namen Markus. Das ist vielleicht durch die Nähe Venedigs auch »naheliegend«. Einige Erziehungsfehler, die ich wohl gerade auch im Hinblick auf Religion und Kirchlichkeit begangen habe, werden mir wohl nicht ganz zu Unrecht bis heute vorgehalten. Schon früh hat sich der Nachwuchs nicht mehr an meinem Tischgebet und bald auch nicht mehr an einem weihnachtlichen Vaterunser »beteiligt« und mich als »Vorbeter« allein gelassen … Hatte ich es gut gemeint und schlecht gemacht? Vielleicht sollte man es aber als Ungeschicklichkeit und weniger als »Sünde« sehen und eher auch als Humorlosigkeit durchgehen lassen, daß ich einmal Sohn Markus »bat« – oder »mir verbat« und ihm verbot, die Kirche Sankt Egid mit einer Jacke zu betreten, auf der lebensgroß Che Guevara abgebildet war. Fidel Castro, der Jesuitenschüler, und sein Kurzzeitminister, der Argentinier Che Guevara, seien zu Christenverfolgern geworden und es sei eine Verhöhnung ihrer Opfer, mit einer solchen Ikone am Wams ein Gotteshaus zu betreten. Castro hat über 2500 Nonnen und Priester des Landes verwiesen, katholische

Schulen schließen lassen etc … Erst gegen Lebensende ist er, wohl aus Sentimentalität, nicht gerade fromm geworden, hat sich aber gern vom Papst besuchen lassen. Schließlich hat er auch seinen Landsleuten, den Kubanern, gnädig erlaubt, Weihnachten wieder als Fest zu begehen … Da war nach meiner »Beanstandung« meinem Sohn Markus schnell geholfen. Er machte vor dem Portal der Stadtpfarrkirche stehenden Fußes kehrt – und sein Bruder Andreas zeigte sich mit ihm solidarisch … Im Ergebnis meiner »Erziehung« geschah wohl das, was der Psychiater Erwin Ringel »Religionsverlust durch religiöse Erziehung« genannt hat …

Am 13. Febuar 1586 ist dein Vater Ferrante Gonzaga in Mailand gestorben. Du, Aloysius, warst erst drei Monate im Noviziat in San Andrea in Rom. Zwei relativ kurze Briefe gibt es von dir an deine Mutter in Castiglione, in denen du sie allein »mit himmlischem Troste« tröstest. Die Briefe sind doch recht unpersönlich und haben mir schon in meinem Roman »Aluigis Abbild« zu denken gegeben. Du verschwendest auch keinen Gedanken darauf, daß du vielleicht am Requiem und Begräbnis deines Vaters in der Franziskanerkirche in Mantua teilnehmen könntest. Moritz Meschler schreibt: »Bald bot sich ihm auch die Gelegenheit zu zeigen, wie losgeschält sein Herz von Fleisch und Blut, von der ungeordneten Liebe zu seinen Verwandten und zu seiner Familie war.« Fünfmal kommt in diesem Kapitel das Wort »Losschälung« vor. »Man muß bedenken, daß Aloysius sich im Noviziat befand und glaubte, selbst bei dieser Gelegenheit das Wort des Herrn von der *Losschälung* üben zu sollen.«

Hier kann ich ein persönliches Erlebnis mitteilen, das mir den Sinn dieses jesuitischen Prinzips erschloß. Ich bin in Klagenfurt mit einem Jesuitenpater bekannt geworden – inzwischen gibt es hier keine Jesuiten mehr –, der wie ich aus Oberösterreich, aus Königswiesen im Mühlviertel, stammt und überdies, wie ich, aus einer Mühle. Wenn ich das Wort Mühle höre, werde ich »hellhörig« und neugierig. Ich habe einen Roman »Die Mühle« geschrieben, besitze eine stattliche Bibliothek mit »Molinarien« und ich habe einige Mühlemuseen mit Wind- und Wassermühlen besucht, das wohl größte in Deutschland in Gifhorn bei Braunschweig in Niedersachsen, auch die Wilhelm-Busch-Mühle in Ebergötzen am Harz, die Furthmühle Pram und andere. So fragte ich meinen Landsmann, den Jesuiten und Müllersohn aus dem unteren Mühlviertel, neugierig nach seinem Elternhaus, der heimatlichen Mühle, war aber erstaunt, mit welchem Widerwillen er auf mein Thema (nicht) einging. Er war also auch gründlich »losgeschält«. Von dir, Aloysius, heißt es, daß du, gefragt nach der Zahl deiner Geschwister, nie gleich geantwortet hast, sondern Zeit brauchtest, um nachzurechnen… Er, der Mühlviertler Jesuit, der auch Gedichte geschrieben hat, wäre der ideale Gesprächspartner über Mühlenthemen gewesen, auch über die Rolle, die »Müllerisches« in Bibel und Theologie, in Liedern, auch kirchlichen, spielt. Vor allem wollte ich einmal von einem Kleriker, einem »Zünftigen«, einem Jesuiten, über Wort und Sache sprechen, mich also onomasiologisch und semasiologisch, auch sprachgeschichtlich und theologisch, über die »Losschälung« von einem »Losgeschälten« unterrichten lassen. Was rechneten die Ordensgründer denn zu den

»Schalen« und »Schlacken«, die der in den Orden Eintretende zurücklassen und abwerfen muß? Muß er sich »häuten«, »schälen«, Vater und Mutter verlassen, aber nicht, wie es in der Bibel heißt, »um der Frau anzuhangen« (Matthäus 19,5), sondern um mit Haut und Haar, arm, keusch und gehorsam, einem General (!), einem Abt, einem Guardian, einem Prior, oder Propst, einem »Praepositus«, oder letztlich dem Papst zur Verfügung zu stehen? Ist das aber dann nicht eine kirchliche Spielart des militärischen »Kadavergehorsams«? Ignatius von Loyola war vor seiner Erweckung und Bekehrung Soldat, ja, »Kriegsinvalide«... Kommt daher der Ausdruck General für den »Praepositus«, den »Vorgesetzten«? Vom Gehirn und der »Gehirnwäsche« war schon die Rede. Gegen Invalide und Behinderte, Amputierte etwa, wie Ignatius wohl nach seiner Verwundung einer war, ist das alte Kirchenrecht an sich sehr streng. Es mußte ein junger Mann schon kerngesund sein, wenn er in den kirchlichen Dienst treten und etwa zum Priester geweiht werden wollte. Fehlte etwa einem Bauernsohn ein Arm, den er bei Schlägerungsarbeiten eingebüßt haben mochte, dann war dies ein *impedimentum*, ein Ausschließungsgrund. Wie sollte er als Priester bei der Wandlung das heilige Brot hochheben und den Gläubigen zeigen? Und wie kann ein Beinamputierter eine Kniebeuge machen? Die Begründung für die legistische Rigorosität der Ablehnung war die Würde des feierlichen Ritus und der Liturgie, der der Zelebrant entsprechen mußte. Ein Urteil wie bei der Assentierung: untauglich!

»Losschälung«... Eine der wichtigsten Müllereimaschinen ist die sogenannte »Schälmaschine«, eine lange, schrägliegende, rasend schnell rotierende Trommel, durch die das Getreide getrieben und gerieben wird, um am Ende, befreit von Schalen und Spelzen, den Gräten, dem »Fleim«, auch der Kleie, in einen Trichter zu fallen. Dann erst kann es dem Walzenstuhl zugeführt werden. Der Müller kann das Getreide nicht, wie es von der Dreschmaschine kommt, aufschütten. In der »Wenkmühle«, in der Schälmaschine, muß es gereinigt und in der sogenannten »Kopperei« auch »genetzt«, also angefeuchtet werden. Vorbehandelt… Ganz wichtig ist natürlich auch der sogenannte »Steinausleser«, der das Mahlgut von jenen Steinchen befreit, die den geriffelten Walzen im »Walzenstuhl« jeden »Schneit«, also alle Schärfe, rauben würden.

Nach einer mittelalterlichen Mühlenallegorie wird Christus als Müller dargestellt, der die Evangelien und Paulus in einen Mahltrichter schüttet, aus dem schließlich die feingemahlenen Kardinaltugenden Glaube, Liebe und Hoffnung herauskommen… Ich habe in den drei Lyrikbändchen des Priesterdichters keinen Hinweis auf seine Herkunft aus einer Mühlviertler Mühle gefunden. Er hielt sich nicht mit nostalgischen oder sentimentalen oder melancholischen Kindheits- oder Jugenderinnerungen an das Leben auf dem Land auf, ging vielmehr ganz auf in seinen neuen seelsorglichen Aufgaben, unter anderem der Gründung und Betreuung der Telefonseelsorge der Caritas in Klagenfurt. Mechanisch freilich oder maschinell und automatisch kann man sich nicht »losschälen«. Dazu brauchte es einen starken Willen, wie du, Aloysius, ihn gehabt hast. Mir hat er oft gefehlt! Abgesehen von der Gesprächsunlust oder Gesprächsverweigerung, was das Molinarische betrifft, bin ich dem Pater dankbar für Beratung und Auskünfte zum Kirchenrecht in Ehefragen …

Wer ist mir Vater und Mutter? Eines der verstörendsten Worte Jesu teilt der Evangelist Lukas in Kapitel 14/26 ff. mit: »*Si quis venit ad me et non odit patrem suum et matrem et uxorem et filios et fratres et sorores adhuc autem animam suam, non potest meus esse discipulus; et qui non baiulat crucem suamet venit post me non potest meus esse discipulus.*« Wenn man in der ersten und wichtigsten deiner Biographien, Aloysius, jener von Virgilio Cepari, deinem Freund und Kollegen, liest, daß dein Vater in seinem Zorn dich auspeitschen lassen wollte, als du ihm mitteiltest, daß du Jesuit werden willst, könnte man sich vorstellen und es verständlich finden, wenn du ihn gehaßt hättest. Aber wie hättest du deine Mutter »hassen« sollen, die dir unendlich zugetan war und der du, wie deine Briefe überzeugend zeigen und dartun, herzlich verbunden warst? An der Lukas-Stelle sind wohl schon viele Prediger verzweifelt, die gemeint haben, Jesus hätte auch im Sinne des »Königs von Jerusalem«, Kohelet, von dem schon die Rede war, sagen sollen und müssen: Wer seinen Vater haßt, wer seine Mutter haßt, kann mein Jünger nicht sein? Sic, sic, sic! Die Literatur ist reich an Geschichten von verhaßten Vätern. Franz Innerhofer, der uneheliche Sohn eines Pinzgauer Bauern, schreibt in seinem Roman »Schöne Tage«, wie er, respektive sein Held Holl, immer wieder von seinem Vater geprügelt wurde und wie er um die Züchtigung bitten und sich nach jeder »Züchtigung« entschuldigen und für die Schläge bedanken mußte …

Der Philosoph des Existenzialismus Jean-Paul Sartre schreibt 1964 im Buch »Les mots«, in der deutschen Übersetzung »Die Wörter«, daß er vaterlos aufgewachsen sei, da sein Vater ein Jahr nach seiner Geburt an Gelbfieber gestorben war – bevor ihn der Sohn als Vater wahrnehmen und »erleben« konnte. Die Mutter geht mit ihrem Sohn zurück zu ihren Eltern. Sartre nennt sich selbst einen glücklichen Aeneas, der keinen alten Vater Anchises auf den Schultern schleppen muß. Er macht aber dann bei seinem Großvater Charles Schweitzer, einem Onkel des Friedensnobelpreisträgers Albert Schweitzer, schlimme Vatererfahrungen, der ihn buchstäblich »verstößt«, nachdem der Enkel Geld aus der Haushaltskasse entnommen hatte ... Konflikt und Zerwürfnis sind dem Existenzialismus im Verhältnis der Generationen konstant und konstitutiv, und alles Autoritäre und Autoritative mündet unweigerlich in die Krise und in den Streit, in Aufruhr und Auflehnung. Ein gutes und entspanntes Verhältnis zwischen Eltern und Kindern ist eher die Ausnahme und ein Glücksfall. Der Konflikt zwischen Aeneas und seinem Sohn Ascanius ist sozusagen nur eine Frage der Zeit ...

Die gewaltigste »Lektion«, die man *legere*, also »lesen« kann, hat Franz Kafka mit seiner Erzählung »Das Urteil« verfaßt. Sie beginnt so harmonisch und versöhnlich mit dem Bild des braven Sohnes, der den alten moribunden Vater zu Bett bringt. Es zeigt sich aber dann im Fortgang des Gesprächs der beiden, daß der alte, physisch kranke Vater dem Sohn psychisch immer noch überlegen ist. Bis er ihn zuletzt zum Tod verurteilt, ein Urteil, das der Sohn ohne zu widersprechen durch einen Sprung von einer Brücke, als Hinrichtung, eigentlich als Selbstmord, exekutiert… Im November 1919 schrieb Franz Kafka während eines Erholungsaufenthaltes in Schelesen bei Prag den »Brief an den Vater«, in dem er ihm, dem robusten, in seinen Augen unsensiblen Geschäftsmann, bittere Vorwürfe macht und sein Verhalten in der Familie seinem Sohn und seinen Töchtern gegenüber als tyrannisch, ja sogar subtil despotisch anprangert. Auch die Religiosität des Vaters, der am Judentum festhält, wird als äußerlich und oberflächlich dargestellt und hingestellt. Der Pädagoge Helmwart Hierdeis von der Universität Innsbruck hat für ein Buch »Lieber Franz! Mein lieber Sohn!« Wissenschaftler und Schriftsteller zu Antworten auf Franz Kafkas »Brief an den Vater« eingeladen, sozusagen »im Namen des Vaters« Antwortbriefe Hermann Kafkas oder auch eine Analyse zu verfassen. Ich habe für diesen Sammelband einen Aufsatz geschrieben, der sich stilistisch wohl der »Schreibart« des Sohnes annähert, ohne hoffentlich als bloßes Imitat zu erscheinen, inhaltlich aber auf Erfahrungen, wirkliche und erdachte Einwände gegen einen die (mosaische) Religion praktizierenden Vater rekurriert. Natürlich steht im Hintergrund meines Textes meine eigene Erfahrung mit dem Thema…

Vom Vater Ferrante Gonzaga heißt es bei Virgilio Cepari: »In seinem heftigen Schmerze ließ der Markgraf seinen ganzen Zorn gegen den abwesenden Beichtvater aus und konnte bei Tag und bei Nacht keine Ruhe finden, so unleidlich erschien ihm die Wunde, die ihm geschlagen, so unerträglich der Verlust, den er durch den Entschluß seines Sohnes erlitten.« So folgt eine häßliche Szene, die man überschreiben könnte: Vater gegen Beichtvater! Fünf Jahre vor seinem Sohn Aloysius stirbt Ferrante 1586. Der Generationenkonflikt zwischen dir, Aloysius, und deinem Vater Ferrante vor 500 Jahren mutet heute Menschen, die davon hören oder lesen, archaisch und atavistisch an, daß nämlich dem Vater ein Kind zu religiös und zu fromm ist... Heute ist es eher meist umgekehrt, daß den Eltern, namentlich den Müttern, die am Althergebrachten festhalten, der Nachwuchs zu gleichgültig, indifferent oder überhaupt zu ablehnend der Kirche gegenübersteht. In diesem Sinn hat sich ein Sohn beschwert, daß sich sein Vater verpflichtete, für ihn immer, bis an sein, des Vaters, Lebensende, den Kirchenbeitrag zu bezahlen, sozusagen blanko... Ist vielleicht auch hier nichts wert, was nichts kostet? Mein schlimmster Konflikt mit meinem eigenen Vater ist mir immer noch in Erinnerung – und wird mir bis an mein hoffentlich »seliges« Ende in Erinnerung bleiben. Ich fuhr mit ihm in den Ferien mit meinem VW mit Saarbrücker Kennzeichen nach Bad Schallerbach, wo wir in der sogenannten Lourdes-Gedächtniskirche den Sonntagsgottesdienst, gehalten von Pfarrer Gilbert Schandera, besuchten. Auf der Rückfahrt kommentierte der Vater mit Mißfallen, wie sich die Kirchenbesucher heute, also damals, um das Jahr 1967, beim Gottesdienst unziemlich verhielten, sich also nicht »ordnungsgemäß« aufführten, was Knien, Aufstehen und Mitbeten und Bekreuzigen, vor allem während der Wandlung, betrifft. Als ich einige neuere kirchliche Verhaltensweisen, wie wir sie auch in der Katholischen Hochschuljugend in Wien praktizierten, erläuternd und erklärend verteidigte, geriet er allmählich, nein, eigentlich plötzlich so in Wut, daß er auf der Stelle aus meinem Auto aussteigen und zu Fuß heimgehen wollte, und als ich dies verweigerte und nicht anhielt, während der Fahrt aus dem fahrenden Auto springen wollte, was ich gerade noch verhindern konnte … Nicht erst seit diesem für mich schrecklichen Erlebnis habe ich vermieden, mit dem Vater vor allem allein zusammenzusein, was dadurch, daß ich ja in Deutschland lebte, leicht möglich war. Ich habe ihm wohl einmal einen versöhnlichen Brief geschrieben, aber keine Antwort erhalten. Auch als er im Welser Krankenhaus am 5. Jänner 1975 starb, blieb ich fern, obwohl ich damals bereits in Klagenfurt lebte. Meine Mutter war hingegen »unaufdringlich« fromm und hat mir auch damals, als ich ihr durch meinen »unrühmlichen« Abgang aus dem Internat in Urfahr großen Kummer bereitete, keine Vorwürfe gemacht. Als sie mich, durch einen eingeschriebenen Brief des Präfekten J. S. dazu aufgefordert, »unverzüglich« abholen mußte und wir vom Regens des Knabenseminars in jesuitischer Strenge »verabschiedet« worden waren, fuhren wir mit allen Habseligkeiten mit der Bahn über Wels nach Schallerbach, von wo wir spätabends bei Einbruch der Dunkelheit die fünf Kilometer nach Aichmühl zu Fuß zurücklegten, wobei wir uns mit dem Tragen des schweren »zeinernen«, also geflochtenen, Koffers abwechselten. Das war übrigens der Koffer, mit dem Vater in den Ersten Weltkrieg eingerückt war … Manches, was ich in deiner Biographie, Aloysius, über deine Mutter Marta Tana lese, erinnert mich an meine am 1. Jänner 1971 verstorbene Mutter Anna. Sie war eine Bauerntochter, und natürlich, anders als deine

Mutter, keine Adelige. Sie besaß aber in hohem Maße das, was man im Gegensatz zum Geburtsadel den Seelenadel nennt …

Mein Sohn Andreas hat sich in Erinnerung an meine in seinen Augen wohl problematische oder mißlungene Erziehung, aber mit Humor im Wiener Wachsfigurenkabinett der Madame Tussaud neben Papst Benedikt XVI. abbilden lassen und mir davon ein Photo geschickt. Der Sohnemann lacht und scheint zu sagen: So hätte es sich der Herr Vater wohl gewünscht, eine Privataudienz für Andreas beim Heiligen Vater … Natürlich hat er gerade an Joseph Ratzingers Buch »Jesus von Nazareth« und seiner dezidiert katholischen, theologischen und ekklesiologischen Position keinen Gefallen gefunden. Es war gewissermaßen ein Entgegenkommen, eine *Konzession*, aber keine *Konversion*, meinerseits, daß ich mit ihm, seinem Wunsch entsprechend, aber durchaus auch aus eigenem Verlangen, die Wartburg in Eisenach mit der Luther-Stube besucht habe und mich mit ihm vor der großen Luther-Statue in Erfurt ablichten ließ. Auch einen Gottesdienst in der Johanniskirche auf dem Martin-Luther-Platz in Klagenfurt habe ich mit ihm einmal besucht. Ein Philologe hat allen Grund, Luthers Bedeutung für die deutsche Sprachgeschichte hochzuachten. Ich bin kein Theologe, ich bin Philologe. Und als Philologe gewissermaßen auch »Lutheraner« … »Ihr müßt das Wort doch lassen stan …« Aufmüpfiger gegen Autoritäten als ich waren meine Söhne eigentlich nicht … Vielleicht gleichmütiger – oder gleichgültiger.

Mir wurde mit der Strafe für pubertären Ungehorsam und für entsprechende Keck- oder Frechheiten durch den Kummer, den ich damit mir und vor allem meiner armen Mutter mit der darauf folgenden Relegation bereitete, die Lust am Widerspruch wohl für lange Zeit, ja alle Zukunft genommen. *Relegation* bedeutet ja im ursprünglichen Sinn die »Rückkehr« ins Gesetzliche nach erfolgter *Deviation*, »Abweichung« … Nie wieder wollte ich meiner Mutter solche Schmerzen bereiten … An diesen Vorsatz habe ich mich wohl weitgehend gehalten. Und wo ich in meiner Literatur etwas, das ihr, wie die Kirche, viel bedeutete, zum Thema machte und »kritisierte«, geschah es doch höchstens im Licht sanfter Ironie. Franz Stelzhamer, der oberösterreichische Mundart- und »Nationaldichter«, von dem ja auch die Landeshymne stammt, schreibt in dem Gedicht über seine Mutter »Mein Müederl« in der letzten Strophe: »Und wann i mi änder / Wann i brav wir und frum; / Zwögn da Mueder is g'scheha, / Sist kehrt mi Niemd um« … Nachdem man in letzter Zeit einen ganz üblen antisemitischen Text von Stelzhamer entdeckt und publik gemacht hat, haben Kritiker auch gefordert, das Land Oberösterreich soll sich von seiner mundartlichen, von Stelzhamer stammenden Landeshymne trennen: »Hoamatland, Hoamatland …« Roman Sandgruber, der kompetenteste Wirtschaftshistoriker des Landes, hat in einem Artikel in den »Oberösterreichischen Nachrichten« am 7. März 2020 insofern nachdenklich gemacht, als er schrieb, daß Stelzhamers Innviertler Landsmann Adolf Hitler ihn, Stelzhamer, wie überhaupt die Mundartdichtung, verachtet hat. Hitler hat sich ja auch ein merkwürdig schnarrendes Hochdeutsch angequält. Sandgruber schreibt: »Nun geht es sicher nicht darum, Stelzhamer zu verteidigen, weil

Hitler ihn nicht geschätzt hat... Hitler wollte keine Mundarten und keine Mundartdichtung, weil das seinen Plänen von einem großen, völlig gleichgeschalteten großdeutschen Reich und einem von diesem Reich beherrschten Europa diametral zuwiderlief... Das sollte man bedenken, wenn man die Hymne singt: Der Dialekt ist eine Ansage gegen totalitäre Tendenzen von rechts und von links.«

Von hier, dem Gedicht Stelzhamers in »obderennsischer Mundart« »Mein Müederl« aus dem Jahr 1844, ist es ein weiter Sprung zu dem irischstämmigen, englisch schreibenden Dichter James Joyce, der mit »Ulysses« als der große Erneuerer und Revolutionär des Romans der Moderne gilt und höchstes Ansehen genießt. Aber zugleich schließt sich für mich auch ein Kreis über »Söhne und Mütter«: James Joyce, der mit vollem Namen, wie schon erwähnt, James Augustine Aloysius Joyce hieß. »Bei seiner Erstkommunion wählt er sich zum Namensheiligen den Jesuiten Aloysius von Gonzaga, den Schutzheiligen der studierenden Jugend«, berichtet Friedhelm Rathjen in seiner Joyce-Monographie. Aloysius, mit diesem, seinem, meinem, deinem Namen, Aloysius von Gonzaga, ist in Joyce' Fall auch bereits seine oder seiner Mutter Nähe zu den irischen Jesuiten angezeigt und ausgedrückt, in deren Schulen Clongowes Wood und Belvedere er erzogen wurde und studiert hat. Er wollte sogar selbst Priester werden, kam aber bald von diesem Vorsatz ab... Schließlich ist er ja schon in jungen Jahren aus der Kirche ausgetreten und ein großer Kritiker des römischen Katholizismus geworden. Seine Werke sind geprägt vom katholischen Milieu, sozusagen durchtränkt von Theologie und (negativer) Ekklesiologie. Schon der Beginn des Ulysses ist in diesem Sinn symptomatisch: »Gravitätisch kam der dicke Buck Mulligan vom Austritt am oberen Ende der Treppe: er trug ein Rasierbecken, auf dem kreuzweise ein Spiegel und ein Rasiermesser lagen. Im milden Morgenwind bauschte sich leicht hinter ihm ein gelber ungegürtelter Schlafrock. Er hob das Becken in die Höhe und stimmte an: ›Introibo ad altare Die‹. Dann machte er Halt, sah die dunkle Wendeltreppe hinab und rief rauh: ›Kinch, komm rauf! Komm rauf, du grässlicher Jesuit!‹« Kinch ist der Nickname für Stephen Dedalus, James Aloysius Joyce… In dem als »Einführung zu James Joyces Ulysses« bezeichneten Nachwort von C. Giedion-Welcker in meiner Ausgabe des »Ulysses« heißt es: »Die Pariser Studienzeit wird abrupt abgebrochen, durch den Ruf nach Dublin, an das Sterbebett der Mutter. Hier eine letzte persönliche Auseinandersetzung mit dem Katholizismus, dessen Dogma zu befolgen er der Sterbenden verweigert. Ein entscheidender Lebensaugenblick, eine Wunde, die sich nicht schließen will und immer wieder als Gewissensfrage und -plage im ›Ulysses‹ auftaucht…« James Joyce verläßt Irland und geht mit Nora Barnacle, die seine Frau wird, nach Italien, wo er als Lehrer an Berlitzschulen und als kaufmännischer Angestellter in Triest, Rom und später in Zürich neben seinem Brotberuf nachts schreibt und »dichtet«… Es ist erschütternd oder eigentlich eher tragisch rührend, vielleicht sogar tragikomisch, daß seine Witwe Nora Barnacle auf den Vorschlag eines alten Freundes ihres verstorbenen Gatten hin, eines Jesuiten, für James Augustine Aloysius in Zürich, wo er begraben liegt, eine Totenmesse zu halten, bittet, davon Abstand zu nehmen, daß man ihm dies bitte nicht »antun« möge … Litt Joyce an einer unheilbaren, chronischen »Gottesvergiftung«, mit Tilmann Moser gesprochen? Ein solches Requiem haben Freunde des verstorbenen Thomas Bernhard, der ja, wie sein »Eckermann« Karl Ignaz Hennetmair berichtet, auch aus der Kirche ausgetreten war und sich für den ersparten Kirchenbeitrag, die »Kirchensteuer«, bei seinem Steyrer Altwarenhändler ein wertvolles Kruzifix gekauft hat, in der Gmundener Pfarrkirche gehalten oder halten lassen, es wurde von seinen Vertrauten Franz-Josef und Christa Altenburg bestellt und besucht, von vielen anderen aber, von denen man es erwarten hätte können, gemieden und verschmäht. *Requiescat in pace* … Es heißt, daß es Bestrebungen gab, den in Zürich beigesetzten James Joyce zu exhumieren und in seine Heimat Irland zu überführen, die allerdings am mangelnden Eifer und Nachdruck, ja Widerstand streng katholisch gesinnter Iren gescheitert seien. Vor dem »Ulysses«, gewissermaßen als narratives Vorspiel im technischen Sinne des kontinuierlichen Durcherzählens, hat James Joyce in Triest »Ein Porträt des Künstlers als junger Mann« geschrieben, in dem er seine eigene Vergangenheit und Erziehung, verschlüsselt in der Figur des Stephen Dedalus, in den irischen Jesuitenkonvikten eindrucksvoll und einprägsam »verdichtet«. Davon war schon die Rede. Von der souveränen Erzähltechnik heißt es, daß sich der Stil im Fortgang der Erzählung ändert. Joyce beginnt sozusagen kindertümlich oder vielmehr kindgemäß und steigert sich gegen Ende zu virtuoser Intellektualität, er beginnt gläubig und endet skeptisch … Wobei weniger er selbst als sein Gesprächspartner Cranly unfromme, auch blasphemische und gotteslästerliche Meldungen losläßt… Stephen Dedalus ist im Wissen um seinen Werdegang eher wehmütig und zurückhaltend. Vielleicht hat er auch – wie ich von meinem Vater – von »seinen« Jesuiten die Warnung im Ohr: »Gott läßt seiner nicht spotten« aus dem Brief des Apostels Paulus an die Galater (6/7), in der Formulierung der Vulgata: »*Nolite errare: Deus non irridetur.*« Luther übersetzt: »Gott läßt sich nicht spotten.«

Wenn ich von deiner Mutter, Aloysius von Gonzaga, in den Geschichtsbüchern oder im wichtigsten deiner »Leben« von Pater Virgilio Cepari oder in deinen Briefen an sie oder ihren Briefen an dich lese, werde ich ganz besonders auch an meine Mutter erinnert. In einem Brief nach Saarbrücken hat sie mir einmal geschrieben: »Lieber Alois, nun kommt bald das Osterfest, so wirst wohl auch du nicht versäumen, die Osterbeichte zu halten.« Heute muß ich mir aber den Vorwurf machen, daß ich auch bei ihrem Sterben nach Schlaganfällen und einem zweijährigen Siechtum im Welser Krankenhaus nicht anwesend war, was vielleicht möglich gewesen wäre. Einen ganz anderen Vorwurf muß ich mir auch gefallen lassen, daß ich nämlich bei der Geburt meiner Söhne nicht im Kreißsaal war. Kreißsälen und Sterbezimmern bin ich mein Lebtag ausgewichen. Erst als ich mir das kleine »Landhaus«, das Beunthaus, oder die »Sölde«, wie man in Kärnten sagt, auf dem Weinberg in meiner Heimatgemeinde Pichl bei Wels kaufte und in den Ferien bewohnte, habe ich meine feige Scheu überwunden und meine Bettstatt in jener kleinen fensterlosen Kammer installiert, in der nach der gängigen Art der Hausaufbahrungen meine Vorbesitzerin, die nach dem Tod ihres Mannes hinten in der Scheune, nach dem Besuch der Messe und der Lektüre der Linzer Kirchenzeitung, die aufgeschlagen auf dem Stubentisch gefunden wurde, Selbstmord begangen hatte, aufgebahrt war. Dort, wo das sogenannte Paradebett, der Katafalk, der Schragen, auf dem der offene Sarg mit der Toten gelegen hatte, um den die Nachbarn nach der Totenwacht betend bis ins Vorhaus hinaus gestanden waren, stand also nun mein Birnbaumholzbett mit dem Strohsack, auf dem ich schlief, wohl damals schon mit den der Apnoe geschuldeten 300 »Atemaussetzern« pro Nacht… Ignaz Hennetmair schreibt, daß er und sein damaliger Freund Thomas Bernhard »Aufbahrung simuliert« hätten und Bernhard die Rolle des Toten auf der Bahre gespielt hätte. Soweit habe ich es natürlich nicht gebracht oder getrieben. Dazu hätten mir ja auch der Humor und ein Mitspieler gefehlt…

Der Generationenkonflikt, im besonderen die Auseinandersetzung mit den Vätern, ist ganz sicher ein Hauptthema der Weltliteratur. Bei einer Tagung über österreichische Gegenwartsliteratur, die im Juni 1985 auf Einladung von Wilhelm Solms stattgefunden hat, habe ich den Vortrag »Prosaische Annäherung an die Väter. Zu einem Motiv-Boom in der österreichischen Gegenwartsliteratur« gehalten, der auch im Buch »Der gemütliche Selbstmörder. Vorträge und Lesungen vom österreichischen Autorentreffen in Marburg« abgedruckt ist, in dem ich einschlägige Textzeugen interpretiert habe, beginnend mit dem althochdeutschen

»Hildebrandslied«, das ich auswendig kann, sozusagen in- und auswendig, und das mir noch heute nahegeht, über Franz Kafkas erwähnten »Brief an den Vater« bis zu Franz Innerhofer, den ein Rezensent in »Le Monde« in einer Besprechung des Buches »Schöne Tage« den »Kafka der Bauern« nannte, sowie Peter Henisch mit dem auch schon erwähnten Buch »Die kleine Figur meines Vaters« und Julian Schuttings »Der Vater« ... Möchte ich meinen Essay heute fortschreiben und aktualisieren, dann wäre natürlich der Georg-Büchner-Preisträger Josef Winkler, den ich in jenem Vortrag auch damals schon am Rande »behandelte«, mein erstes Thema ... Er handelt in mehr als einem Buch von seinem Vater Jakob Winkler, dem im 99. Lebensjahr 2004 in Kamering im Drautal verstorbenen Bauern, dem »Ackermann aus Kärnten«, dem er wie ein Knecht lange stumm und sprachlos gedient hatte, mit dem er aber zuletzt in einen argen, heillosen Konflikt geriet, in dem andere Geschwister und Verwandte und eine Schwägerin, die Frau seines Bruders und Erben des Elternhauses, des vulgo *Enz* in Kamering, die Partei des Vaters ergriffen und Josef wie das schwarze Schaf der Familie behandelten ... Josef hat mir auf einer Karte aus Japan geschrieben, als sein Vater gestorben war, daß er nicht am Begräbnis teilnehmen könne. Der Zorn der Kameringer auf den »großen Sohn der Heimat«, den »Nestbeschmutzer«, war in Leserbriefen, aber auch durch einen Gerichtsprozess, den ein Beleidigter, als »Schöndarm« verspotteter Polizist, angestrengt hatte, gefährlich angewachsen, und man hätte sich Sorgen um Winklers Sicherheit machen müssen, wenn er zum Begräbnis des Vaters erscheinen würde. Unter diesen

Umständen war sein ferner Aufenthalt in Japan als Entschuldigung geradezu ein Glücksfall. Verhinderung durch höhere Gewalt… Ein Streitpunkt im Zerwürfnis zwischen Vater Jakob und Sohn Josef war die Kirche, von der Josef Winkler, der sich als »Erzministrant« bezeichnete, als nächster Nachbar des Pfarrhofs und fleißiger Helfer des Pfarrers Franz Reinthaler und der Pfarrhaushälterin, etwa als Pfarrblattausträger, später mit schonungsloser Offenheit geschrieben hat, wie auch über Religiöses und Profanes, Glauben und Aberglauben, Frommes und Blasphemisches und Tabus wie Faschismus, Selbstmord, Todessehnsucht, Homosexualität, »Blut und Hoden«, stets faszinierend, ironisch und kritisch. In »Roppongi. Requiem für einen Vater« schreibt er einleitend: »Als ich mich vor drei Jahren mit meiner Familie in Tokio aufhielt, wo wir im Stadtteil Roppongi wohnten, starb im Alter von 99 Jahren mein Vater, der mir ein Jahr vor seinem Tod in einem kurzen, aber dramatischen Telefonmonolog mitteilte, daß, wenn es soweit sei, ich nicht zu seinem Begräbnis kommen solle.«

»Wenn es soweit ist« heißt übrigens auch eine 2002 erschienene Erzählung Winklers.

Die literarische Initialzündung, sozusagen ein »Erweckungserlebnis«, das ich aus nächster Nähe als Mitherausgeber der Zeitschrift »Schreibarbeiten«, die wir, Winkler und ich, gründeten und einige Jahre herausbrachten, miterlebte, war der Doppelselbstmord zweier Jugendlicher in Kamering im Drautal, Jugendfreunde Josefs, durch Erhängen im Pfarrhofstadel in unmittelbarer Nähe und Nachbarschaft seines Elternhauses im Jahr 1973. Die traurige Sensation dieses Todes war wie die Geburtsstunde seiner Kunst. So fühlt er sich auch Künstlern, Schriftstellern oder Malern nahe und verwandt, die ähnliche Zugänge zum Existenziellen suchten. Über sie hat er geschrieben, wie etwa über Alfred Kubin, der sich bekanntlich als junger Mann auf dem Grab seiner Mutter auf dem Friedhof in Zell am See erschießen wollte, oder über Jean Genet und Hans Henny Jahnn. Neben dem seelenverwandten Graphiker Alfred Kubin, der in Klagenfurt als Photograph gearbeitet hat, war es vor allem der weißrussisch-jüdische Expressionist Chaim Soutine, der es Winkler mit seinen Sujets, kardinalsroten Soutanen und Meßgewändern, Ministrantenkitteln, aber auch rotrosigen und blutroten Schweinehälften auf Fleischerhaken in Schlachthöfen, angetan hat…

Winklers Vaterschelten faszinierten und erschreckten nicht nur, sie machten gewissermaßen auch Schule: So besuchte mich einmal ein junger Schriftsteller, der eben erst maturiert hatte, und zeigte mir Texte, auch Gedichte, die später unter dem Titel »Grußlos aus der Nacht heraus« im Verlag Ritter in Klagenfurt erschienen sind und für die ich ein Vorwort geschrieben habe: Ernst Christian Pacher. Obwohl er uns, meiner Frau und mir, mit besonderer Höflichkeit begegnet ist, sprach er davon, daß er ein invektives Buch gegen seinen Vater, eigentlich seinen Adoptivvater, einen Sänger und Schuldirektor, plane und in Arbeit habe, das an Heftigkeit und Schonungslosigkeit Josef Winklers Anwürfe gegen den Vater weit in den Schatten stellen werde. Ich redete begütigend auf ihn ein und bat ihn vor allem, Winklers »Ackermann« nicht so eindimensional auf dieses Thema reduziert zu sehen und mißzuverstehen, es gehe doch dort auch eher um Liebe als um Haß, vielleicht Haßliebe. Walter Laber, der Lektor des Ritter Verlags und Herausgeber von »Grußlos aus der Nacht heraus«, schreibt in seinen Nachbemerkungen zu den Gedichten: »Eine Lyrik, die sich nur selten Erholung von den Gedanken an den Tod und den Schmerz gönnt. In diesem heillosen Stau der Gefühle, Aggressionen, Selbstverletzungen, der Bewegungen ›in eine beliebige Richtung‹, in dem immer beschworenen Tod, der gefürchtet, herbeigesehnt, zurückgewiesen wird… werden doch helle Punkte als kleine Hoffnungen, Momente des Anhaltens vor dem Abgrund… angesprochen und sichtbar.« Bevor das Buch erscheinen konnte, ist Ernst Christian Pacher nach einem Zeckenbiß 21jährig an FSME gestorben, somit ähnlich jung, ja, ein Jahr jünger als Aloysius von Gonzaga… Mit ihm Befreundete und Vertraute meinen, es seien nicht (nur) die Zecken gewesen, die ihn umgebracht haben…

Ähnlich »begütigend« und »beschwichtigend« wie auf Ernst Christian Pacher habe ich wohl auch einmal auf Josef Winkler selbst »eingeredet«, als ich ihn ein wenig von seinem damaligen obsessiven Lieblingsthema, dem Selbstmord, abbringen wollte. Diese »Einrede« hat offensichtlich im Roman »Der Ackermann aus Kärnten« Spuren hinterlassen: »Ein Literaturprofessor sagte mir, ich sollte lieber Stifter als Genet lesen. Aber Herr Professor, Stifter hat sich trotz allem umgebracht und Genet trotz allem nicht…« In das 2001 erschienene Buch »Natura morta« hat mir Josef die folgende Widmung geschrieben: »Viel zu gutmütiger Alois! Ich bin jetzt soeben über den Zebrastreifen, Richtung Landhausbuchhandlung gegangen, da ist vor mir ein silberner Leichenwagen (Mercedes) stehen geblieben, und ich habe mich sofort gefragt, was er wohl von mir will. Dann habe ich durch die Windschutzscheibe hineingeschaut und die beiden Männer haben weggeschaut. Jetzt sitze ich in der Landhausbuchhandlung – mutterseelenallein – Erwin Brunner ist nicht da, signiere ein paar Bücher. Daß auch Du eine Signatur haben willst, freut mich, ist aber zuviel des Guten, Gutmütiger! Bleib fröhlich! Ganz herzlich: Josef. PS: Bin gerade vom Briefmarkenkaufen gekommen, mit der Briefmarke über den Zebrastreifen gegangen.« Eine dieser Briefmarken hat er unter die Widmung geklebt. Sie zeigt ein prächtiges »Pluviale aus dem Domschatz Feldkirch aus dem 18. Jahrhundert«. In einem solchen »Pluviale«, einem »Vespermantel«, wie ihn die Priester beim feierlichen Schlußsegen mit der Monstranz nach Hochämtern tragen, hat Winkler sich ja einmal in einem Kuhstall beim Ausmisten gezeigt und abbilden lassen. Man muß deshalb wirklich nicht Zeter und Mordio schreien, schließlich heißt *Pluviale* auf Deutsch doch »Regenmantel« und in jener Szene wurde weniger das Heilige »herabgesetzt« als das Agrarische und die Bauernarbeit gewissermaßen als heiliger Dienst »hinaufgesetzt« und erhoben … Nicht provokante Profanierung des Sakralen und Sakrosankten, sondern Sakralisierung des Einfachen, der Bauernarbeit war in meinen Augen sein Thema. Und so gesehen ist Josef Winkler ein würdiger und logischer Preisträger des Büchner-Preises, wenn man an den »Hessischen Landboten« denkt. Josef Winkler ist ein entschieden politischer Autor geworden und eine viel beachtete Stimme gegen den schlampigen und fahrlässigen Umgang mit Faschistischem und Faschistoidem hierzulande in Kärnten und darüber hinaus. Das hat er als Redner bei einer Festversammlung im Saal des Landhauses anläßlich der 500-Jahr-Feier Klagenfurts (500 Jahre nach der Schenkung der Stadt durch den »Gabbrief« Kaiser Maximilians an die Kärntner Landstände) auf eine unfeierliche Weise zum Ausdruck gebracht, als er riet, die Asche jenes Landeshauptmannes, der nach einem Ulrichsbergtreffen die Mitglieder der Waffen-SS gelobt und später von der »ordentlichen Beschäftigungspolitik im Dritten Reich« gesprochen hatte, in einem Sicherheitsgefängnis unterzubringen, um seine Wiederkehr ein für alle Mal zu unterbinden ... Der Protest nach dieser Rede war gewaltig, auch von Seiten jener, die ihn als Festredner eingeladen hatten und eigentlich wissen hätten müssen, was von ihm zu erwarten war. Über diesen Auftritt und nach diesem Eklat ist leider durch einen kritischen Kommentar des Schriftstellerkollegen Egyd Gstättner, den ich vielleicht, als Absolventen der Klagenfurter Uni und promovierten Germanisten unseres Instituts, in gewisser Weise meinen Schüler nennen kann, den ich aber jedenfalls als einen guten Freund betrachte, die Freundschaft zwischen den beiden, Egyd und Josef, in Brüche gegangen. Egyds Vorwurf bestand darin, daß er selbst sich mit seinen wiederholt gegen jenen Landeshauptmann verfaßten Artikeln seinerzeit allein gelassen gefühlt hatte und daß Winkler erst nach dem Ableben des Landeshauptmanns, also post mortem, zum Widerstand gefunden habe. Vor mir steht auf dem Schreibtisch eine Porzellan- oder Steingut-Tasse, in die ein Photo eingebrannt ist, auf dem Josef Winkler, Egyd Gstättner und ich einträchtig und freundschaftlich nebeneinander stehen… Auf dem Bild stehe ich am Rande, in ihrem Zwist stehe ich genau genommen jetzt ein wenig dazwischen… Ich erinnere mich an ein Buch des bereits erwähnten Arnfrid Astel: »Zwischen den Stühlen sitzt der Liberale auf seinem Sessel.« Egyds Vorwurf, zur gegebenen Zeit geschwiegen und zu spät und zur Unzeit, sozusagen post festum, also zeitverzögert, laut geworden zu sein, war vielleicht nicht ganz zu Unrecht auch auf mich gemünzt, weil ich mich gegen jenen Landeshauptmann, einen oberösterreichischen Landsmann, nicht besonders hervorgetan, wenn auch nie seine Nähe gesucht habe. »Alois«, sagte Josef zu mir: »Wir hatten doch etwas anders zu schreiben, als in Tagespolitik zu dilettieren.«

Finale: Gestern, am 21. Februar 2020, war ich in einem China-Restaurant in der Nähe unseres Hauses in Klagenfurt mittagessen, allein, weil meine Frau, die normalerweise mittags kocht, auswärts mit einer Freundin unterwegs war. Solche Gelegenheiten nütze ich manchmal, vielleicht einmal im Monat, um »beim Chinesen« »Acht Schätze« zu konsumieren, ein angeblich wegen der verwendeten »Geschmacksverstärker« nicht besonders gesundes Menü. Meine Frau, die mich sonst, wenn wir auswärts essen, immer begleitet, streikt aber, wenn es zum Chinesen gehen soll… Diesmal aber war ich zu Mittag im Restaurant besonders und zusätzlich einsam, weil kein einziger weiterer Gast im Lokal anwesend war, worüber ich mich sehr wunderte, bis mir in den Sinn kam, daß ich gelesen hatte, daß Chinarestaurants wegen der in China wütenden, und nun an vielen anderen Orten in Asien, aber auch in Europa auftretenden, vom Coronavirus als Erreger verursachten Lungenkrankheit Covid-19, wirtschaftlich in Schwierigkeiten geraten, weil die Kunden sie aus Angst vor Ansteckung meiden. Gerade auch in Friaul, der Kärnten nächstgelegenen italienischen Provinz, und in deiner Heimat, Aloysius, in der Lombardei, herrscht gegenwärtig Alarmstimmung. Italien hat eben auch jeden Flugverkehr mit China eingestellt. Und allerorten werden Chinesen wie Aussätzige behandelt. Wegen der Überbevölkerung Chinas war früher, in meiner Jugend, oft von der »gelben Gefahr« die Rede, die »im Anrollen« sei. Als Kind dachte ich, es handle sich um eine Krankheit, ähnlich der Gelbsucht oder dem Rotlauf oder der Gürtelrose, an der ich einmal litt. Unter der »gelben Gefahr« durfte man sich aber sicher keine mehr oder weniger harmlose Kinderkrankheit vorstellen.

Vielleicht wäre es mit der »gelben Gefahr« so schlimm wie bei der »Kramer Loisl«, die bei der Familia Kaser, unseren nächsten Nachbarn, die auf der anderen Seite der Brücke über den Innbach wohnten, daheim war, der Aloisia Grubmaier, die als 45jährige an Kinderlähmung erkrankte, ihr Bauernhaus in Sipbachzell einem Neffen, dem Kaser Hubert, vermachte und von der Familie Kaser als Pflegefall aufgenommen und betreut wurde? Oft saß ich mit der armen Frau in der Stube des »Gemischtwarenhändlers« Kaser und unterhielt die auf dem Sofa liegende gelähmte Frau, die mich irgendwie gernhatte, vielleicht auch weil ich Alois hieß und sie Aloisia … Auch andere »Geschäftskunden« saßen oft in dieser Stube am Jogltisch, bevor sie einkauften oder nachdem sie eingekauft hatten, bei einer Flasche Bier oder einem »Kracherl«, und unterhielten sich mit der Bettlägerigen. Männer rauchten eine Zigarette aus einer Packung Austria 3, die sie in der angeschlossenen Trafik erstanden hatten. Nicht einmal einen Rollstuhl hatte die Loisl und kam deshalb kaum jemals ins Freie. Regelmäßig besuchte sie ein Kriegsinvalide, der »alte Gatterbauer«, über den ich in meinem ersten Buch »Überwindung der Blitzangst« eine Geschichte geschrieben habe: »Unserem Nachbar sein linkes Bein«. Er war beinamputiert und hatte eine primitive Prothese, im wesentlichen eine steife Stange aus Eichenholz, mit einem Roßhaarkissen und Lederpolster am oberen Ende, mit Riemen zum Festschnallen und einem Hartgummiabsatz als Puffer am unteren Ende. Er war übergewichtig und brauchte für die 200 Meter vom Hof seiner Tochter bis zum Kramer über die Brücke eine halbe Stunde. Und da in den Gesprächen in der Stube viel über das Wetter gesprochen wurde, hatte der Gatterbauer durch die Phantomschmerzen des fehlenden Beins, das irgendwo in Italien nach der Schlacht am Isonzo von Sanitätern beigesetzt oder »entsorgt« worden war, immer eine zuverlässige Prognose zum bevorstehenden Wetterumschwung … In Erinnerung sind mir schließlich auch die beiden Abende der Totenwachten für die verstorbene Aloisia, bei denen ich Vorbeter war. Als Gymnasiast und ehemaliger Petriner sprach ich übrigens die Namen der Heiligen in der Allerheiligenlitanei, der »Litania Sanctorum«, nach den zwei Rosenkränzen ganz anders, nämlich richtig aus, und nicht wie die Vorbeter auf dem Land aus dem Bauernstand. Ich sagte natürlich »Heiliger Dominikus« mit dem Ton auf dem ersten i und nicht auf dem zweiten … Und Heiliger

Franz Xavér und nicht Franz Xáfer wie die sonstigen Vorbeter …

Der Jesuitenheilige Franz Xaver, der erste »Anhänger« des Ignatius von Loyola, spielt mit ausführlich über Seiten hin beschriebenen Exerzitien im Belvedere College bei Joyce eine große Rolle. Mir war bei der Lektüre dieses Kapitels, als wäre ich dabei gewesen. Ich habe am Petrinum bei Exerzitien durch den Exerzitienleiter Engelbert Schwarzbauer, den Regens des Linzer Priesterseminars, gerade solche Homilien in Erinnerung, wie sie Pater Arnall im Roman von Joyce hält. Wir Zöglinge saßen bei den an die Vorträge anschließenden Gebets- und Meditationszeiten um den riesigen Kachelofen des Studiersaales, die meisten mit Erbauungsliteratur in Händen oder auch mit Rosenkranzbeten »beschäftigt«. Ich aber hatte einmal nichts Frommes im Sinn, sondern ein Karl-May-Buch, »Durch die Wüste« oder »Durchs wilde Kurdistan«, in Händen, in dem ich las, und auch noch laut … Das war eine jener Sünden und Verstöße gegen das *Silentium religiosum*, das »religiöse Schweigen«, das entsprechend der Hausordnung vor allem in Exerzitien, aber ganz allgemein in den Schlafsälen streng gehandhabt wurde, die sich häuften und schließlich zu meinem Rauswurf aus der Anstalt führten.

Ich vermißte übrigens als Vorbeter bei der Totenwacht für die verstorbene Aloisia unter den angerufenen Heiligen deinen Namen, Aloysius von Gonzaga, während viele Namen aus der frühen Kirche aufgerufen werden, die nur Spezialisten der Kirchengeschichte etwas sagen. Jedenfalls bildete ich mir etwas ein und hielt mich auch beim Lesen und Auswendiglernen von Gedichten in der Schule für einen »schön sprechenden« Rezitator, bis mir aber in einer Pflichtübung im Studium der Germanistik »Technik der Rede« bei der Lehrbeauftragten, der Rezitatorin Charlotte zu der Luth, diese Illusion genommen wurde, als sie an meinem Probevortrag die Aussprache jedes zweiten Wortes beanstandete und »bekrittelte«. Mein Hauptfehler war wohl, daß ich auf Grund meiner Mundart, dialektologisch gesehen des »Mittelbairischen«, entsprechend der sogenannten »Einsilberdehnung« nicht *fisch*, sondern *fiisch* sagte und statt *grob groob*... Und um nicht meinen häßlichen Goldzahn zu entblößen, hatte ich mir angewöhnt, bei der Aussprache des hellen a bei halb verschlossenem Mund und ungespitzten Lippen ein verdumpftes o zu sprechen. Und schließlich die Verwirrung um die stimmhaften und stimmlosen Reibelaute...

Nun hat dieses Schlagwort von der »gelben Gefahr« einen neuen, realen Sinn bekommen... Inzwischen haben Chinesen oder aus China zurückgekommene Geschäftsleute und Touristen das Virus in die meisten Länder auch des europäischen Kontinents importiert. »Virus vor der Tür« ist der Aufmacher der heutigen »Kleinen Zeitung«, weil gerade in der Lombardei und im noch näheren Friaul mehrere Fälle von Ansteckung und auch Todesfälle gemeldet werden. Eine Nachricht gibt mir besonders zu denken. Es heißt, daß sich die Wissenschaft über die Dauer der Inkubationszeit, also der Zeit zwischen der Ansteckung und dem Ausbruch der Krankheit, nicht im Klaren ist, daß man aber von einem Zeitraum von bis zu 14 Tagen auszugehen habe.

Nun ist es gerade eine Woche her, daß ich als einziger, sozusagen »steinerner Gast« im Restaurant »Chinesischer Garten« diniert oder genauer *geluncht* habe…

Ganze Ortschaften und kleinere Städte sind in der Lombardei und im Veneto unter Quarantäne gestellt, die Bewohner sozusagen »kaserniert« und mit einem Ausreiseverbot belegt worden. Codogno in der Lombardei, 60 Kilometer südlich von Mailand nennt man das »neue Wuhan«. Codogno ist eine Kleinstadt mit 15000 Einwohnern. Doch Mailand ist nahe… Günter Eichberger schreibt heute in einem Kommentar in der »Kleinen Zeitung« »Vor uns die Sintflut« über die Konjunktur der apokalyptischen Literatur der »Kollapsologen«. Die Suche nach jener Person, die als erster oder erste das Virus aus China mitgebracht hat, hat man mittlerweile, weil aussichtslos, aufgegeben. Von der »Nadel im Heuhaufen« ist die Rede. Von Codogno nach Mantua oder nach Castiglione delle Stiviere sind es ungefähr jeweils 80 Kilometer Luftlinie. Inzwischen sind Schulen und die Universität Udine bis auf weiteres geschlossen. Abgesagt sind auch viele Veranstaltungen, Opernaufführungen in der Mailänder Scala, auch Fußballspiele und ganz besonders Karnevalsumzüge. Der berühmte Karneval in Venedig wurde für die nächsten Tage, den Rosenmontag und Faschingsdienstag abgesagt, das heißt für beendet erklärt. In einem Kommentar steht, es sei »Schluß mit lustig«… Der wirtschaftliche Schaden durch das Ausbleiben der Touristen ist erheblich, nachdem erst im letzten Jahr durch das *Acqua alta*, das »Jahrhunderthochwasser«, eine wahre Sintflut, enormer Schaden entstanden ist. Adolf Winkler, der stellvertretende Chefredakteur der »Kleinen

Zeitung«, schreibt heute, am Montag, den 24. Februar 2020: »Symbolhaft wurde für den Karneval in Venedig das vorzeitige Ende ausgerufen. Schluß mit lustig! Das Virus läßt seine asiatische Maske fallen … Man sah bereits am Samstag auf dem Markusplatz via Webcam deutlich weniger Menschen als sonst. Atemmasken konnte man kaum erspähen, wohl aber die typischen Totenvogel-Schnabel-Masken des ›*Medico della Peste*‹, der Pestärzte, als makabre Warnung.« Solche Schnabelmasken bei Ärzten hast sicher auch du, Aloysius, bei deinem Sanitätsdienst in Rom im Jahr 1591 gesehen, du selbst wirkst auf den vielen Bildern und Statuen, die dich mit dem geschulterten oder untergehakten Pestkranken zeigen, ganz und gar ungeschützt. Rom wurde von der Pest ja besonders oft heimgesucht, von der Pest, aber auch von der als Lustseuche benannten, nach der Entdeckung Amerikas eingeschleppten Syphilis. Der bayrische Schriftsteller Oskar Panizza hat mit seinem satirisch-grotesken, radikal antikatholischen Drama »Das Liebeskonzil« die Sache so dargestellt, als sei im Himmel beschlossen worden, die verweltlichte Kirche und den päpstlichen Hof für seine venerischen Sünden zu bestrafen, indem man eine von der Lustseuche infizierte Prostituierte im Vatikan einschleust. Das hat Panizza nach einem Prozess auch Gefängnis eingebracht. Er hat seinen Übermut abgebüßt …

Abgesagt wegen der Corona-Seuche wurden gestern in Oberitalien auch alle Sonntagsgottesdienste. Fliehen vielleicht auch die Priester wie einst die Ärzte vor der Krankheit und vor den Kranken? So gab es auch keine Friedensküsse und Friedensgrüße, die in der nachkonziliaren Kirche im gläubigen Volk eingeführt wurden, nach dem Beispiel des Klerus im Presbyterium bei »mehrspännigen« Hochämtern in früheren Zeiten. Ich bin und war auch selbst kein Held, bewunderte und bewundere aber heroische Menschen wie deinen Onkel, Aloysius, Karl Borromäus, der im pestverseuchten Mailand geblieben ist und eigene »Krankengottesdienste« und Messen für die Pestkranken gelesen hat oder lesen hat lassen, wo doch gerade Adelige und Kirchenmänner der Pest nach Möglichkeit ausgewichen und in andere Gegenden zu Verwandten verzogen sind … Auch in deinem Fall, Aloysius, ist von einer solchen Flucht deiner Familie vor der Pest die Rede, was bei den weitverzweigten Verwandtschaften der italienischen Adeligen nicht besonders schwer war.

Ist es gefährlich geworden, Gottesdienste zu besuchen? Sich an die Absage von Messen zu halten, wird freilich heute vielen Menschen nicht schwerfallen, weil die früher einmal »obligate«, die »verordnete« Sonntagspflicht lange nicht mehr gilt. Ich habe einen Satz Ferdinand Hochedlingers, unseres Pfarrers in Pichl, noch immer im Ohr: »Wie dein Sonntag so dein Sterbetag.« Er hat es aber sicher nicht wie Rainer Maria Rilke gemeint: »Sterben muß ein Fest sein …« Und die eingehaltene Osterbeichte mußten die Dienstboten ihrem Arbeitgeber, dem Bauern, mit dem sogenannten »Beichtzettel« nachweisen. Die Pichler haben sich seinerzeit, also zu meiner Zeit, weitgehend am Sonntag in der Kirche »eingefunden«, wenn auch gerade die bäuerliche Bevölkerung oft verspätet zur Siebenuhrmesse »eingetroffen« ist, weil man mit der Stallarbeit in Verzug geraten war, was den mit dem Weihwassergefäß durch das Kirchenschiff schreitenden und den *Asper-*

ges-Segen spendenden Pfarrer oft ärgerte, weil er sich durch die verspätet eintreffenden Gläubigen zwängen mußte, was er durch ungnädiges Brummen, angeblich auch einmal mit einem unchristlichen Fluch bedachte … *Asperges me, Domine, hysopo* … »Besprenge mich mit Ysop, dann werde ich rein: wasche mich, und ich werde weißer als Schnee …« Ysop ist eine Pflanze mit buschigen Zweigen, die im alten Israel als Aspergill verwendet wurde. Das *Asperges* spielt auf die rituelle Reinigung von Aussätzigen und deren Wohnungen nach Levitikus (Lev 14) durch siebenmaliges Besprengen an. Wer wie ich dem Hinweis auf Levitikus 14 nachgeht, wird erstaunt sein, daß dort nicht nur von aussätzigen Menschen, sondern mehr noch von aussätzigen Häusern die Rede ist, womit aber nach genauer Beschreibung der Schimmel gemeint sein muß, den der Priester mit auch technischen Hinweisen zu seiner Entfernung, durch Abkratzen und Neuverputzen der Mauern und Besprengen mit Ysop beseitigen und so das Haus entsühnen muß, damit es schließlich, wenn der kontaminierte Verputz entsorgt und auf die Schmutzhalde verbracht ist, vom Priester als rein erklärt werden kann. Man denkt unwillkürlich auch an das Entsalzen von Mauern in unserer Zeit. Es bedarf natürlich einer gewissen Spitzfindigkeit bei den Theologen, die das Buch Levitikus wie das ganze Alte Testament im Sinne der »Präfiguration«, also als Ankündigung des Neuen Testaments, Erfüllung nach Verheißung, erklären, wenn auch Reinigung und Sündenvergebung mit Recht ein zentrales Anliegen der Pastoral sind. Ein »Ärgernis«, nach heutigem Verständnis, ist die alte Vorstellung, daß der Aussätzige wegen seiner Sünden mit Aussatz gestraft wurde. Diesen Un- oder Aberglauben hat schließlich Christus selbst den Fragenden in der Erzählung von der wunderbaren Heilung des Blindgeborenen verwiesen (Joh. 9/1–38). »Die Jünger fragten Jesus: Wer hat gesündigt, daß er blind geboren wurde, er oder seine Eltern? Jesus antwortete: Weder er noch seine Eltern haben gesündigt, vielmehr sollen die Werke Gottes an ihm offenbar werden …«

Pfarrer Ferdinand Hochedlinger, habe ich geschrieben, hat sich über die Zuspätkommenden *geärgert*, sah darin ein Ärgernis, auch sonst wurde er, bei all seinen Verdiensten um seine Pfarre, oft ärgerlich. Das kam von seinem cholerischen Temperament. *Arg* ist ein Eigenschaftswort, ein auch als Adverb gebrauchtes Wort, das ähnlich wie *sehr* sozusagen harmlos und zahm geworden ist, das aber im Alt- und Mittelhochdeutschen noch moralisch-ethisches Gewicht und Bedeutung hatte. In diesem Sinne heißt es ja im sogenannten »Wessobrunner Gebet« nach dem kosmogonischen Schöpfungsteil im eigentlichen Fürbittgebet, ins Neuhochdeutsche übertragen: »Allmächtiger Gott, du hast Himmel und Erde erschaffen und den Menschen so manches Gut verliehen, verleihe mir rechten Glauben an deine Gnade und guten Willen, Weisheit und Klugheit und Kraft, den Teufeln zu widerstehen und das Böse zu meiden und deinen Willen zu tun.« *Arc za piuuizzane* heißt es, also das Arge, die Sünde zurückzuweisen, zu verweisen … Ärgernis aber bedeutete einmal »Anlaß zur Sünde« geben. Ein Ärgernis in diesem Sinne haben die Bauern und Bäuerinnen, die wegen der Arbeit in den Ställen verspätet in der Kirche eingetroffen sind, ganz sicher nicht gegeben, wenn sich der Pfarrer auch darüber geärgert hat. Einer der Landwirte hatte sich offenbar so beeilt, daß er vergessen oder versäumt hat, sich gründlicher zu waschen, so daß andere seine Nähe, auch in der Bank, gemieden haben ... Unglücklicher Weise besaß gerade er einen Geißbock, den andere Kleinhäusler, die Ziegen zogen, als Zuchtbock in Anspruch nahmen ... Ich habe einmal in einem Text »Hygiene und Frömmigkeit« in »Von den Halbschuhen der Flachländer und der Majestät der Alpen« darauf Bezug genommen. Auch auf die damals noch nicht ausgerottete Ungeheuerlichkeit des Ausspuckens, selbst in der Kirche unter die Bank ... Die an vielen Stellen angebrachten Schilder mit der Aufschrift: »Ausspucken verboten« waren wirklich *angebracht* ... Diese »Unsitte« mußte man den Sputatoren wirklich *verargen*, das heißt als arge Verfehlung ankreiden.

Ich habe in meiner Kindheit noch so etwas wie »Theokratie« erlebt. Gesellschaftlich bedeutender als der Bürgermeister war damals der Pfarrer. Und es wurde auch keiner Bürgermeister, der dem Hochwürden nicht genehm war ... In unserem Pichler Fall war die Nähe von Thron und Altar schon dadurch gegeben, daß unser Bürgermeister Isidor Ammer der Firmpate, der »Göd«, des legendären Bischofs Franziskus Salesius Zauner war, der ihn auch oft in Pichl besuchte. Zauner war ein Bauernsohn aus Tollet bei Grieskirchen, er wurde 1931 zum Priester geweiht, 1934 wurde er Generalpräfekt am Kollegium Petrinum und schließlich Koadjutor des Bischofs Josephus Calasanctius Fließer, den er 1956 als Bischof ablöste. Man hat statistisch erhoben, daß er in dem Vierteljahrhundert seines Episkopats praktisch die gesamte katholische Bevölkerung Oberösterreichs im entsprechenden Alter gefirmt hat. Zauner war sehr volksnah, fuhr gern mit dem Motorrad, was ihm aber nach einem schweren Unfall auf der Rückfahrt von einem Besuch bei seinem Göd in Pichl vom Domkapitel verboten wurde. Von meiner Firmung im Jahr 1948 in der Welser Herzjesukirche habe ich in meinem Archiv kein Foto, aber ein Foto von einer Begegnung mit Bischof Zauner im Studentenheim der Katholischen Hochschulgemeinde in der Wiener Ebendorferstraße, wo er den 2. Stock, wo vor allem Oberösterreicher wohnten, besuchte. Einmal habe ich ihn später noch gesehen, als ihn, den schwerkranken, alten, emeritierten Mann sein ebenfalls pensionierter Generalvikar im Rollstuhl durch die Herrengasse in Linz schob. *Sic transit gloria mundi* … Exzellenz Zauner war für mich der Firmbischof, wie für dich, Aloysius, Karl Borromäus. Einer der Nachfolger Bischof Zauners war in Linz Alois Wagner. Ihm fühle ich mich nicht nur unseres gemeinsamen Taufnamens wegen verbunden, sondern auch, weil er mich, nach einer Lesung in der Katholischen Hochschulgemeinde in Linz, gesegnet hat, was mich gefreut, aber auch ein wenig verlegen gemacht hat. Für einen ihm nahestehenden Menschen erbat er eine Widmung in meinen Roman »Die Abtei«.

Daß und wie die Kirche das Leben der Menschen auf dem Land bestimmte, zeigte sich etwa daran, daß der Pfarrer im Sommer beim Sonntagsgottesdienst von der Kanzel herunter ausnahmsweise Erntearbeiten erlaubte. Andererseits sah er nicht gern und hätte Tanzveranstaltungen am Samstagabend, wie sie von den Feuerwehren und anderen Vereinen ausgerichtet wurden, am liebsten verboten, weil, wie er wohl zu Recht meinte, die übernächtigten Teilnehmer dieser Lustbarkeiten am Sonntag die Kirche schwänzten oder der Messe nicht mit der verlangten Andacht »beiwohnten«. An eine solche Beanstandung nach einer durchzechten Silvesternacht durch meine sonst so nachsichtige Mutter erinnere ich mich, als sie meiner, der ich die ganze Nacht unterwegs und nicht zu Hause gewesen war, auf dem Kirchenplatz mit allen Anzeichen von Verkatertheit ansichtig wurde … Mir war elend zumute.

60 Prozent der Katholiken in Pichl besuchten laut einer Besucherzählung damals, in meiner Jugend, den Gottesdienst, heute sind es angeblich nur noch 5 Prozent. Manche Pfarren weigern sich ja heute, sich an der Zählung zu beteiligen, andere ignorieren die Bitte des Seelsorgeamtes auf andere Weise, oder melden Phantasiezahlen. Ist es ein Verstoß gegen den Datenschutz? Heute am Aschermittwoch 2020 steht in der Zeitung, daß in deiner Heimat, Aloysius, in der Lombardei, wo die meisten vom Coronavirus Infizierten und auch Toten zu beklagen sind, bis auf weiteres auch keine Gottesdienste mehr abgehalten werden dürfen. Und eine Meldung ist besonders alarmierend und »läßt aufhorchen«: »Die Diözese Bozen-Brixen hat Empfehlungen an die Gläubigen ausgesprochen: Es werde gebeten, die Kommunion nur mit der Hand zu empfangen, den Friedenskuß zu vermeiden und in den Kirchen kein Weihwasser zu nehmen, erklärten Bischof Ivo Muser und Generalvikar Eugen Runggaldier: Prinzipiell gebe es aber derzeit keinen Grund, Gottesdienste zu verbieten – oder gar Kirchen zu schließen.« Der Bozener Bischof hat vergessen darauf hinzuweisen, daß jetzt auch die »Communio

sub utraque specie«, also auch das gemeinschaftliche Trinken aus einem Kelch, bis auf weiteres unterbleiben muß. Das ist nun die paradoxe Situation, daß die Kirche vor ihrem Gebrauch und ihrem Besuch warnen muß … Auch der neu geweihte Bischof von Gurk-Klagenfurt Josef Marketz hat angeordnet, daß die Weihwasserbekken entleert werden sollen. Auch auf Kelch und Mundkommunion sowie auf den Friedensgruß per Handschlag soll verzichtet werden. »Man folgt dem Vorbild der Gotteshäuser in Salzburg, Brixen und Köln.« So wird also jetzt meine erwähnte Geschichte »Hygiene und Frömmigkeit« wieder aktuell … Der alte mundartliche Ausdruck für Weihwasser ist *Weihbrunn*. Macht vielleicht jetzt das Beispiel des Pfarrers Konsistorialrat Christian Öhler von Bad Ischl Schule, der, wie vor einem Jahr in den Medien berichtet, in seiner Kirche das große Weihwasserbecken von einem Installateur an die Wasserleitung anschließen hat lassen, so daß nun immer frisches Quellwasser zu- und nachfließt … Heilig und »geweiht« ist das Wasser gewissermaßen »von Natur aus« … »Vidi aquam« ist eine Antiphon, ähnlich dem »Asperges me«, ein Meßgesang, der verschiedentlich, unter anderem bei der Erneuerung des Taufgelöbnisses, vor allem aber bei der Taufwasserweihe, angestimmt wird. Der Text bezieht sich auf eine Stelle bei Ezechiel im Alten Testament (Hes 47/2). »Ich sah Wasser fließen aus der rechten Seite des Tempels, Halleluja, und alle zu denen es kam, wurden heil, und sie werden sagen: Halleluja!«

Hygiene und Frömmigkeit. Zu diesem Thema hat die kanadische Autorin Katherine Ashenburg ein aufsehenerregendes Buch »The Dirt on Clean. An Unsanitized History« verfaßt. Dort wird unter anderem dargestellt, daß die christlichen Spanier in deiner Zeit das »schmutzigste Volk« Europas gewesen seien, sie hätten der sogenannten *Alousia* gefrönt, »the state of being unwashed«, auch um sich von den Moslems und den Juden, bei denen Waschungen, vor allem vor dem Gebet, eine große Rolle spielen, abzusetzen. Der Saubere wurde verdächtigt, kein rechtgläubiger Christ zu sein! Außerdem galten hygienische Anstrengungen als hedonistisch, widersprachen also dem asketischen weltverneinenden Programm der »Mortifikation des Fleisches«, dem »Contemptus mundi« … *Alousia* kommt vom griechischen *louo*, das heißt »waschen, baden«, das sogenannte A-privativum im Anlaut von *Alousia* indiziert die Negation, das Verschmähen und die Abwesenheit des Waschens. Ein griechisches *loutiao* wird im »Gemoll«, dem »Griechisch-deutschen Schul- und Handwörterbuch«, mit »Lust haben, sich zu baden« übersetzt, und ein *loustes* wird als »gern badend« ins Deutsche übertragen. Die Leib- und Badefeindlichkeit wirkte sich, medizingeschichtlich gesehen, in den vielen Pestzeiten fatal aus, die falsche Vorstellung nämlich, daß die ungewaschene Haut, also der Grind, die Ansteckung verhindere! Der *Odor sanctificati* ist sprichwörtlich geworden. Begründet wurde er mit dem Hinweis auf den Kirchenvater Hieronymus, der gemeint hat: »Wer in Christus getauft ist, braucht kein zweites Bad.«

In meinem Roman »Aluigis Abbild« habe ich geschrieben, du, Aloysius, hättest dich an den frivolen Spielen an den Höfen, wo das Küssen unter den Jugendlichen eine Rolle spielte, und auch an den aufkommenden Badevergnügen deiner Altersgenossen im Gardasee nie beteiligt. Das war natürlich von mir »konjiziert«, mit anderen Worten »erfunden«. Nun habe ich aber mit Verblüffung in Joyce' »Porträt des Künstlers als junger Mann« gelesen, daß ein Gesprächspartner des Stephen Dedalus, Cranly, ein arger Spötter und Religionsverächter, den häßlichen Satz sagt: »Aloisius is a pig!« Joyce läßt Stephen sagen: »›Pascal, glaub ich, wenn ich mich recht erinnere, mochte sich von seiner Mutter nicht küssen lassen, weil er die Berührung ihres Geschlechts fürchtete.‹ ›Pascal war ein Schwein‹, sagte Cranly. Stephen: Aloysius Gonzaga war, glaub ich, der gleichen Ansicht. Dann war der eben auch ein Schwein, sagte Cranly. Die Kirche nennt ihn einen Heiligen, wandte Stephen ein. Kümmert mich verdammt noch mal kein verfluchtes bisschen, wie irgendwer den nennt, sagte Cranly. Stephen, der sich seine Worte im Kopf genau überlegte, fuhr fort: Auch Jesus scheint seine Mutter in der Öffentlichkeit wenig rücksichtsvoll behandelt zu haben, aber Suarez, ein jesuitischer Theologe und spanischer Ehrenmann, hat ihn entschuldigt.« Eigentlich scheint Dedalus Verständnis und Trost zu suchen, weil er sich seiner Mutter gegenüber, die ihn inständig bat, zu Ostern zu beichten (ganz wie meine eigene Mutter mich in dem zitierten Brief, den sie mir ins Saarland geschrieben hat!), an ihrem Krankenlager hinzuknien und ein Gebet zu sprechen, wiederholt verweigert hat, wovon ihm lebenslang eine seelische Wunde geblieben ist. Da ist ihm freilich Cranlys Geringschätzung, ja Verachtung für eine Religion, die man bedenkenlos auch heucheln könne, wozu er rät, kein Trost. Eher scheint ihn zu beruhigen, daß auch

Jesus seiner Mutter unfreundlich begegnet ist. Er mag im Ohr gehabt haben: »Weib, was habe ich mit dir zu schaffen!« »*Quid mihi et tibi est, mulier*«, heißt es bei Johannes 2,4 im lateinischen Text der Vulgata. Hat der Jesuitenzögling Joyce vielleicht auch die erwähnte »Losschälung« so sehr internalisiert, daß er bei seiner Mutter am Totenbett so unmenschlich versagt hat? Auf Jesus konnte er sich in dieser Situation nicht berufen. Jesus war kein Jesuit! Das letzte Wort Jesu zu seiner Mutter steht in der Johannes-Passion (Joh. 19). »Bei dem Kreuz Jesu standen seine Mutter und die Schwester seiner Mutter, Maria, die Frau des Klopas, und Maria von Magdala. Als Jesus die Mutter sah und bei ihr den Jünger, den er liebte, sagte er zur Mutter: Frau, siehe dein Sohn! Dann sagte er zu dem Jünger: Siehe, deine Mutter. Und von dieser Stunde an nahm sie der Jünger zu sich.«

Dem polyglotten Joyce, dem Philologen und Sprachlehrer, der deinen Namen, Aloysius, bei seiner Erstkommunion mit so großer Hingabe angenommen hat, mag nach seinem Abschied vom Christentum und dem Austritt aus der römisch-katholischen Kirche die Nähe deines, seines, meines Namens zur griechischen *Alousia* aufgegangen sein, so daß er Cranly diesen häßlichen Satz sagen läßt: »Aloisius is a pig.« Die *Alousia* ist die »Unlust für die Reinigung«, für Säubern und Waschen, wie sie gerade den Spaniern trotz oder wegen ihres elaborierten Hofzeremoniells nachgesagt wird. Kratzen statt Waschen ... Aloisius, von Spanien imprägniert, Aloisius, der »unwashed«, der Pestinfizierte? Aloisius ist nicht der »ganz Weise«, wie irrtümlich etymologisiert wird, sondern der »Schmutzige«?

Der Reinheit, nicht nur jener der Seele, die dir, lieber Namenspatron, ein so großes Anliegen war, auch jener des Leibes, wird in den heiligen Schriften, wie im weiter oben angesprochenen Levitikus des Alten Testaments, große, ja größte Aufmerksamkeit zuteil! Und immer ist dort davon die Rede, daß die Priester, auch als Ärzte verstanden, die »Unreinen« absondern, mit Ausgehverbot belegen, Quarantäne anordnen, und erst wieder, wenn sie durch die »Behandlung« der Priester geheilt worden sind, auch für rein erklären. In diesem Sinn heißt es etwa in Levitikus 13,29 ff.: »Wenn bei einem Mann oder einer Frau ein Ausschlag am Kopfe oder am Bart entsteht und der Priester bei der Untersuchung findet, daß er tieferliegend als die Haut erscheint, und dünnes goldgelbes Haar daran ist, so erkläre ihn der Priester für unrein; es ist bösartiger Grind, der Aussatz des Kopfes oder des Bartes…« Im lateinischen Text der Vulgata heißt der Ausschlag *lepra* und auch das Zeitwort *contaminare*, das die Wörterbücher als »besudeln«, »beflecken« ins Deutsche übersetzen, kommt vor und schließlich *macula*, das mit »Fleck«, auch »Schandfleck«, ins Deutsche übersetzt wird. Es kontaminieren aber die Priester, das heißt, sie erklären eine Person als unrein, als »kontaminiert«. Die drastischen Schilderungen des Aussatzes, die Härte gegenüber den »unreinen« Männern und vor allem auch Frauen, namentlich den »unreinen Wöchnerinnen«, aber auch die Vorschriften, wie mit den Tieren, den reinen und den unreinen, zu verfahren ist, erwecken natürlich heute beim frömmsten Gläubigen, Jude oder Christ, ungläubiges Staunen. Wo es doch immer heißt, wie am Beginn des 13. Kapitels des Levitikus: »Alsdann befahl der Herr dem Moses und Aaron …«, im Lateinischen: »*Locutus est Dominus ad Moysen et Aaron dicens*«. Die heiligen Bücher der Buchreligionen, die Bibel wie der Koran, geben noch viele Rätsel auf! Vieles darf man natürlich nicht wörtlich nehmen. Manches ist im Sinne der Aufklärung »überholt« und obsolet.

Wenn ich das Wort *Lepra* höre, erwachen in mir Erinnerungen an meine Internatszeit in den Jahren 1948–1949 im Petrinum in Urfahr, wo es, ganz nach Klosterart, zu Mittag im großen Speisesaal auch eine Tischlesung gab. Täglich wurde von einem ausgesuchten Studenten aus der Oberstufe ein Kapitel aus dem Buch »Damian de Veuster. Priester der Verdammten« gelesen, einem Roman des Priesterdichters Wilhelm Hünermann über den 1840 in Belgien geborenen und 1889 verstorbenen Ordenspriester Damian de Veuster, den Sohn einer kinderreichen belgischen Bauernfamilie, der als Ordenspriester der »Arnsteiner Patres« in die Mission gegangen ist und sich als Seelsorger auf die Insel Molokai in Hawaii zu den dort abgesonderten Leprakranken begeben, sich schließlich selbst infiziert hat und an Lepra in Kalaupapa gestorben ist. Er wurde von Papst Benedikt XVI. als »Märtyrer der Nächstenliebe« heiliggesprochen. Er ist in Löwen in der Saint Anthonis Chapel beigesetzt. Mich hat als Zehnjährigen seine Geschichte so ergriffen, daß ich mir selbst vorgenommen habe, Missionar zu werden und ähnliche Großtaten der Nächstenliebe zu vollbringen – ein Vorsatz oder Gelübde, das sich bald gegeben hat … Zu meinem Vorhaben hat auch ein Vortrag im Haus von Paul Schebesta, einem Pater der Steyler Missionare des Ordens

SVD »Societas verbi divini« in Mödling bei Wien und bedeutendem Ethnologen, beigetragen, der vor allem über die afrikanischen Pygmäen geforscht und Unerhörtes über diese kleinwüchsigen Menschen, aber auch über angebliche »Menschenfresser« in Afrika vorgetragen hat … In meiner Heimatpfarre Pichl bei Wels hatten wir einmal einen Pfarrer, der seine klerikale Laufbahn als SVD-Mann in Mödling begonnen hatte, aber schließlich als Weltpriester im Innviertel und im Hausruckviertel gewirkt hat. Er erzählte mir, daß er im Mödlinger Stammhaus die Bekanntschaft von Paul Schebesta und auch des noch berühmteren Paters, Anthropologen und Universitätsprofessors Martin Gusinde gemacht habe, daß die beiden berühmten Forscher aber alles andere als Freunde waren, ja, sich aus dem Weg gingen, obwohl sie im Missionshaus nahezu am selben Flur wohnten … Ähnliche Aversionen und Abneigungen unter Gelehrten habe ich an den Universitäten später öfter erlebt. Bekannt geworden ist jener Fall von den beiden »entzweiten« Münchner Germanisten, der zur Teilung eines vordem einheitlichen Instituts geführt hat. Nicht immer oder auch selten führt dieselbe Profession bei den Professionisten, auch bei Professoren, zu einer harmonischen Innung. Sie sind eben auch wie die Müller am selben Bach *Rivalen* …

Von Segregation, Isolation und Quarantäne war am ersten Tag der Fastenzeit im Jahr 2020 viel in den Medien die Rede. Hotels, in denen, wie in Innsbruck, vom Coronavirus Infizierte vermutet wurden, wurden zu Isolierstationen … Ganze Siedlungen werden »abgeriegelt«. Polizei kontrolliert die Zugänge. Eine der merkwürdigsten Maßnahmen lautet heute in der Rubrik »Wissenswertes zum Virus«: »Aus Gesundheitsgründen hat der Vatikan am Aschermittwoch die Schließung aller Katakomben in Italien angeordnet.« Damit ist sozusagen den vielen Besuchern der bei den Touristen »beliebten« Katakomben eine fastenzeitgemäße Enthaltsamkeit auferlegt. Sie könnten sich »infolge der geringen Belüftung und Feuchtigkeit in den unterirdischen Räumlichkeiten« bei der Betrachtung der dort beigesetzten Märtyrerchristen von anderen Besuchern – sicher nicht von den Toten – ein Leiden, ja den Tod zuziehen und holen … »Die Katakomben sind bis auf weiteres geschlossen.« Das erinnert mich an einen Text Julian Schuttings, in dem davon die Rede ist, daß er (damals sie), mit seiner Klasse als Klassenvorstand das Konzentrationslager Mauthausen besuchen will, daß er aber vom »Büro« des Konzentrationslagers die Auskunft bekommt, daß an dem Tag, den er dafür vorsieht, das Konzentrationslager geschlossen bleibt. Für Instandsetzungs- oder Reinigungsarbeiten? Ach wäre es nie »eröffnet« worden! Als der Friedhof um die Kirche in Pichl als »überfüllt« galt, hat die Gemeinde einen neuen Friedhof neben dem Innbach »errichtet«, der aber nun, im Zeitalter der einst kirchlich verpönten Feuerbestattung, eigentlich überflüssig zu werden droht oder schon geworden ist …

Im Internet habe ich gestern, am 27. Februar 2020, die nachfolgende Meldung über Castiglione delle Stiviere gelesen: »*Coronavirus falsa segnalazione a Castiglione denunciato per procuratore allarme. Un 28enne di origini pakistane aveva segnalato la presenza di due cuochi cinesi ammalati in un ristorante …*« Es war aber, wie gesagt, eine »falsa segnalazione«, ein Fehlalarm.

Die beiden Köche waren lange nicht mehr in China gewesen, wo die Pandemie ihren Ausgang nahm. Noch ist aus Castiglione delle Stiviere Gott sei Dank (oder dir, Aloysius?) kein Corona-Kranker gemeldet.

Aus dem Lexikon erfährt man, daß sich die Pestheiligen ikonographisch unterscheiden und daß sie sich in fürbittende Helfer, Heiler oder Wundertäter, denen man die Errettung Einzelner, ganzer Gruppen oder Städte vor der Epidemie zuschrieb, unterteilen. Klagenfurt ist eine dieser Städte, die in Erinnerung daran, daß sie von einer Pestepidemie verschont wurden, eine jährliche Andacht, die sogenannte Heilighauptandacht in der Fastenzeit, vor der Karwoche, gelobt hat, die nun schon über 250 Jahre in der Kirche Sankt Egid eingehalten und abgehalten wird. Der heilige Egidius ist übrigens wie Rochus von Montpellier, die Ärzteheiligen Cosmas und Damian, auch »Pestheiliger«. Am Alten Platz der Kärntner Landeshauptstadt gibt es wie in vielen Städten eine Pestsäule. Und ein Pestheiliger ist auch dein Verwandter, Aloysius, nämlich Karl Borromäus, der Erzbischof von Mailand, aus den beschriebenen Gründen. Mailand ist gerade jetzt eine der von der Corona-Epidemie am schwersten heimgesuchten Städte Italiens. Der populärste Pestheilige bist natürlich du, Aloysius von Gonzaga, lieber Namenspatron. Die gegenwärtige Situation der Corona-Epidemie, der Covid-19-Pandemie ist sicher auch bei grundsätzlich Gläubigen einem wachsenden Gottvertrauen nicht förderlich. Wird mehr geflucht als gebetet? »Gott ist tot. Und wir haben ihn getötet«, heißt es bei Friedrich Nietzsche in »Also sprach Zarathustra«. Damit hat der Philosoph bei den Theologen eine regelrechte »Tod-

Gottes-Theologie« angestoßen. Oft wird freilich auch der Sponti-Spruch zitiert: »Gott ist tot. (Nietzsche) Nietzsche ist tot. (Gott)«. Ein anderer »Sager«: »Gott ist tot und Nietzsche ist unsterblich …« Egyd Gstättner hat in einer Kolumne der »Kleinen Zeitung« angekündigt, er werde nun wegen der Corona-Pandemie ein hartes, schonungsloses Gedicht gegen die Natur schreiben, von dem sie sich sozusagen nicht so schnell erholen werde! Ein Gedicht gegen Gott zu schreiben, wie es Voltaire nach dem Erdbeben von Lissabon mit tausenden Toten tat, hätte heute und jetzt ja keinen Sinn. »Dafür ist Gott schon zu lange tot …« Aus Kärntens gemischtsprachigem Gebiet, aus Köttmannsdorf/Kotmara vas, gab es gestern, am 17. April 2020, in »Kärnten heute« einen Bericht über die Errichtung eines neuen Corona-Bildstockes/Novo znamenje sveta Korone von einem Maler mit einer Darstellung einer frühchristlichen, historisch kaum faßbaren Märtyrerin aus dem 2. nachchristlichen Jahrhundert in Syrien, die auch Stephana genannt wird. Der Bildstock soll an die Opfer der Corona-Krise erinnern.

Die Corona-Krise, die Pandemie der Covid-19-Infektionen, die jetzt, wo ich mein »Leben« (literarisch …) abschließe und zu Ende bringe, die »Lebensreise« sich also dem Ziel nähert – vielleicht ihren Höhepunkt erreicht oder überschritten hat, veranlaßt mich noch einmal zu einem letzten Exkurs zum Thema der »Leutseligkeit«. Sie ist in dieser Zeit der Quarantäne und der Vorschriften des Abstandhaltens und der Gesichtsmasken, der Besuchsverbote natürlich zu einem besonderen sozialen Problem geworden. Leutseligkeit war gestern … Vor »Leutseligkeit« wird gewarnt. Abstand halten, daheimbleiben! »Menschenansammlungen« müssen unterbleiben. Sportveranstaltungen, aber auch Gottesdienste müssen abgesagt werden oder ohne Zuschauer und Publikum stattfinden. Vieles ist »virtuell« geworden… Es herrscht »Waschzwang«… Selbst das übliche Grüßen, das Händeschütteln oder gar Küssen, sind zu sogenannten »No-Gos« geworden. Allenfalls grüßt man sich durch Ellbogenstöße… Die »Umgangsformen« werden sich wohl »nachhaltig« verändern. Alte Menschen mit sogenannten »Vorerkrankungen« sind mittlerweile gewissermaßen zu »Unberührbaren« geworden… Es gilt das Besuchsverbot in Krankenhäusern und Pflegeeinrichtungen. Da es sich bei Covid-19 um eine Pandemie, also ein globales Phänomen, handelt und nicht bloß um ein regionales, hat man auch für das verlangte Abstandhalten ein Wort aus der neuen »Koine«, der Weltsprache Englisch, geprägt. Es heißt SOCIAL DISTANCING.

In meinem Lieblingsbuch, dem Grimmschen Deutschen Wörterbuch, ist neben dem Synonym *jovial* für »leutselig« auch das Adjektiv *umgänglich* verzeichnet. Es hat – merkwürdig genug! – zwei geradezu konträre Bedeutungen. Es bedeutet einmal »vermeidbar«, »umgehbar«, aber andererseits bezeichnet *umgänglich*, von einem Mitmenschen gesagt, »gesprächig, vernünftig«. Ein umgänglicher Mensch ist einer, der gern mit anderen Menschen spricht, ein Mensch, mit dem man oder frau gern verkehrt. Eine gewisse *Umgänglichkeit* ist gerade für Politiker, die ja gewählt werden wollen, *unumgänglich*…

Dein nächstes großes Jubiläums- und Gedenkjahr 2068, lieber Namenspatron Aloysius, 500 Jahre nach deiner Geburt, werde ich nicht mehr erleben. Wie wird man es begehen? Können sich die Jesuiten, wenn es gilt, im Jahr 2068 das 500-Jahr-Jubiläum deiner Geburt zu begehen, an den Salesianern Don Boscos und ihrem Jubiläum zum 200. Geburtstag Don Boscos im Jahr 2015 ein Beispiel nehmen? Damals, im Jahr 2015, hat man eine große Statue des Heiligen, in die als Reliquie ein Armknochen Don Boscos eingearbeitet war, von der Salesianer-Pfarre Sankt Wolfgang in München aus auf Weltreise geschickt. Sie hat auch in Klagenfurts Don-Bosco-Kirche Station gemacht. Der spirituelle Grundgedanke dieser Unternehmung war, man möge sich angesichts dieser Reliquie in Dankbarkeit an die Leistungen und Wohltaten erinnern, die Don Bosco mit seinen Händen, mit Segnen, Trösten, Ermutigen, Sakramentespenden, Kommunionausteilen, vor allem bei Jugendlichen und Kindern vollbracht hat. Don Bosco war ein Bauernsohn aus Castelnuovo di Garda, wo heute ein eindrucksvolles Gotteshaus auf dem Colle di Don Bosco steht, das ist nur 30 Kilometer entfernt von Castiglione delle Stiviere. Don Bosco hat in Chieri, der Heimatstadt deiner Mutter Marta Tana, im dortigen Priesterseminar der Erzdiözese Turin, Theologie studiert. So nimmt es nicht wunder, daß du, Aloysius von Gonzaga, Patron der studierenden Jugend, einer der von den Salesianern Don Boscos besonders verehrten Heiligen, ja, sozusagen ihr »Lieblingsheiliger« bist. Die Jesuiten müssen sich aber, wenn es gilt, dich als einen der ihren zu feiern, etwas anderes, Eigenes, Originelles einfallen lassen. Denn Reliquien, Teile deines Skeletts, haben sie ja bereits kurz nach deinem Tod großzügig in Italien, nach Syrakus in Sizilien den Unterkiefer (!), aber auch nach Deutschland und Belgien, ja bis nach Indien, verschenkt (auch verkauft?), das Haupt vor allem nach Castiglione, vor dem ich am 21. Juni 2019 in Gedanken und Gedenken gestanden bin, so daß in dem prächtigen Lapislazuli-Sarg in San Ignazio in Rom nur noch Teile von dir aufbewahrt werden …

Vor zwanzig Jahren habe ich zu meinem 60. Geburtstag ein gesticktes Bild bekommen, das eine liebe Nichte im Dorotheum gefunden und gekauft hat. In der Mitte des stockfleckigen Bildes bist auf einem papierenen, applizierten Heiligenbildchen du abgebildet, in der ikonographisch üblichen Art mit dem Kruzifix in Händen und einer Lilie in einer Vase auf dem Tisch vor dir, neben einem Buch und einer *Corona*, einer Krone, aber nicht der Markgrafenkrone, die du ja verschmäht hast, sondern einer Dornenkrone. Und das Ganze ist umgeben von floralen Ranken. Über deinem Bild steht HEILIGER ALOYSIUS und unter deinem Bild BITTE FÜR UNS. Die Inschrift ist verblaßt und am Erlöschen. Man kann sie aber noch lesen …

Alois Brandstetter **LEBENSZEICHEN**

Alois Brandstetter
Lebenszeichen
256 Seiten, 3. Auflage
ISBN 978 3 7017 1702 6

Alois Brandstetter besticht mit seiner demütigen, religiös grundierten Einsicht in die Grenzen des Menschen. (…) Ein sanfter Konservativer, ein großer Stilist, ein humorbegabter, humanistisch gebildeter Menschenfreund. Hören wir ihm zu.
Christian Schacherreiter, WIENER ZEITUNG

Eine maßvolle, gelöste Heiterkeit schwebt über Brandstetters Alterstexten, eine sanfte, menschenfreundliche Ironie, die stilistische Eleganz mit, fast möchte man sagen: montaignescher Gelassenheit verbindet. Leben und leben lassen, so lautet, scheint's, das philosophische Credo des Autors. (…) Alois Brandstetter hat mit seinem aktuellen Buch ein kräftiges »Lebenszeichen« von sich gegeben.
Günter Kaindlstorfer, Ö1 EX LIBRIS

Meister des Worts, Humanist, Menschenfreund und (einer) der ganz großen österreichischen Schreibenden des 20. und 21. Jahrhunderts (…).
Hans-Jürgen Schrader, Laudatio Franz-Theodor-Csokor-Preis des österreichischen P.E.N.-Zentrums